mare

Für Veronica

*La bellezza si risveglia l'anima di agire …*

Dunkles Haus, vor dem ich wieder steh'
Hier in der langen ungeliebten Straße,
Das Herz schlug über alle Maßen,
Hoffend darauf, dass ich dich wiederseh' …

*Aus »In Memoriam« von Alfred, Lord Tennyson*

# ERSTES KAPITEL

Normalerweise fühle ich mich in Flughafenlounges, mit ihren Gratiserdnüssen und ihrer Anonymität, wie zu Hause, aber diesmal war ich vollkommen neben der Spur und konnte der Aufgeblasenheit nichts abgewinnen. Es war schwierig genug gewesen, bis hierher zu kommen. Die Schlangen auf dem Kennedy Airport zogen sich bis zu den Eingängen der Terminals; die Reisenden, die ihre Schrankkoffer zu den Check-in-Schaltern wuchteten, ließen eher an Lagos als an New York denken.

Ich hatte etwas Schlimmes getan und wollte raus aus der Stadt. Ich hatte ein paar Tage auf der Upper West Side verbracht, im Apartment meines Freundes Jonas Hoffman, und dorthin hatte ich auch das Callgirl kommen lassen. Die Nummer stammte aus einer Telefonzelle am Columbus Circle. Irgendwie wollte ich den Geschlechtsakt ins rechte Licht rücken, mich selbst verspotten, wie man andere Leute wegen ihrer Partnerwahl verspottet. Ein ehrlicher Blick auf mich selbst und meine Kümmernisse: Genau den hatte ich gesucht.

Ich darf mich durchaus einen Lüstling nennen und habe im Leben schon alles gesehen, aber als der Portier anrief, um mir zu sagen, dass eine junge Dame auf dem Weg zu mir nach oben sei, war ich doch ziemlich nervös. Die Klingel an der Wohnungstür schnarrte. Ich nahm einen Schluck vom Gin auf Eis und ging öffnen. Es war elf Uhr vormittags. Sie trug einen olivgrünen Mantel und hatte eine praktische Handtasche mit Spangenverschluss bei sich; einen Augenblick lang glaubte ich, dass sie Hoffmans Putzfrau sei. Nur die High Heels und der Lippenstift deuteten auf etwas Vergnüglicheres hin. Ich bot ihr einen Drink an.

»Nein, danke, Mister. Vielleicht ein Glas Wasser.«

Als ich mir vorgestellt hatte, wie sie aussehen würde, hatte ich an ein Pin-up gedacht – oder eine Nutte mit platinblondem Haar und Rouge. Diese Frau aber war von unbestimmter Nationalität, vielleicht puerto-ricanisch. Sie war in keiner Weise hässlich, aber schön war sie auch nicht. Sie sah aus wie die achtunddreißigjährige Schwester von irgendjemandem, wie die Frau, die die Aufsicht über den Waschsalon führt, oder eine, die in Midtown Manhattan hinterm Pult eines Reisebüros sitzt.

Ich holte das Wasser und setzte mich dann in Hoffmans großem, von Bücherregalen eingefasstem Wohnzimmer neben sie. Sie hatte ihren Mantel ausgezogen und trug darunter unpassenderweise ein Cocktailkleid. Ich musste unweigerlich an ihre Familie denken: Bruder, Eltern ... Kinder. Ich legte meine Hand auf ihr Knie und spürte das grobe Nylon. Musste ich sie küssen? Das erschien mir zu intim, wir hatten uns doch gerade erst kennengelernt ... Ich versuchte es trotzdem und spürte den unendlichen Überdruss in ihrer Reaktion.

Eine Erinnerung an Paula Wood blitzte auf, ein sechzehn Jahre altes Mädchen, das ich vor einer Ewigkeit in einem Gemeindezentrum geküsst hatte, noch bevor ich den ganzen Schrecken des Begehrens entdeckte. Diese Hure zu küssen, war, wie ein Mannequin zu küssen. Wie eine Wiederholung oder eine Erinnerung, jedenfalls nicht wie ein Kuss. Ich ging in die Küche und goss mir noch ein halbes Glas Gin ein, mit Eiswürfeln und zwei Scheibchen Zitrone dazu.

»Hier lang«, sagte ich und zeigte auf das Extrazimmer – mein Zimmer – am Ende des Flurs. Hoffman hatte es für seine Mutter vorgesehen, wenn sie zu Besuch aus Chicago kam, und als wir es betraten, fühlte ich mich einen Moment lang unbehaglich. Ich zog meine Schuhe aus und legte mich aufs Bett.

»Du solltest dich vielleicht ausziehen.«

»Sie sollten mich vielleicht erst mal bezahlen.«

Ich kramte Geld hervor und gab es ihr. Mit einem gewissen Widerstreben zog sie sich aus. Als sie fertig war, stellte sie sich neben mich. Sie nahm meine Hand und führte sie über ihr Abdomen und ihre Brüste. Der Bauch war rundlich, und an den Hüften gab es kleine Fettpolster, den Nabel hatte der Arzt bei der Geburt verpfuscht. Ihre Haut war sanft, und in ihren Augen sah ich so etwas wie Konzentration – nicht Zuneigung oder Interesse, eher das angestrengte Bemühen einer Nachwuchskraft. Ich fühlte mich äußerst müde und hätte am liebsten die Augen zugemacht. Zugleich empfand ich eine Verpflichtung dieser Frau gegenüber; wir waren nun mal beide in diese Sache verstrickt, auf Gedeih und Verderb.

Nach den Brüsten berührte ich das flache, knochige Sternum und das Klavikel. Ich fragte mich, wie sich meine Finger für sie anfühlen mochten. Wenn man seine Hand über die Haut eines anderen gleiten lässt, ist es dann wirklich nur die eigene Absicht, die die Hitze des Liebhabers von der Fürsorge des Arztes unterscheidet?

Dieses Mädchen fühlte vermutlich keins von beidem, sondern nur eine Reibung von Haut an Haut. Ich stand auf und zog meine Sachen aus und legte sie auf einen Stuhl. Bei Annalisa und mir passierte das in buchstäblich rasendem Tempo. Ich hatte immer panische Angst, meine Begierde an ihr niemals stillen zu können; ich fürchtete, dass sie gehen könnte, bevor wir überhaupt angefangen hatten, denn ich wusste, sobald die Tür hinter ihr zufiel, hätte ich schon wieder ein verzweifeltes Verlangen nach ihr. Und dieses Gefühl – diese rasende Angst – konnte nicht richtig und nicht echt sein, das wusste ich. Ich musste dringend eine gesündere Einstellung dazu gewinnen.

In Hoffmans Extrazimmer gab es einen Spiegel, der mir einen alternden Mann bei der Paarung mit einer Fremden zeigte: Das war endlich die zoologische Komödie, die ich haben wollte, die Kollision weißer Haut mit brauner, mein hässliches Gesicht rot angelaufen, ihr Kopf gesenkt und der Rücken durchgedrückt. Das war die Schmierenkomödie, die ich im Leben anderer Leute sah, und ich klatschte ihr voller Genugtuung auf den Hintern.

Hinterher drängte ich sie, auf einen Tee oder ein Bier zu bleiben, um unser Tauschgeschäft in zivilisierter Manier abzurunden. Sie erzählte mir, dass sie in Queens wohnte und in einem Schuhgeschäft aushalf. Ich hatte mir vage vorgestellt, es sei ein vollgültiger Job, eine New Yorker Hure zu sein, nicht gerade mit »Perspektiven« und Gewerkschaft, aber vielleicht mit einem beschützenden Luden unter der Straßenlaterne. Mehr wollte sie mir anscheinend nicht erzählen, vielleicht fürchtete sie, dann könnte der Lack ab sein. Ich schätze, sie wollte nicht, dass ich sie mir als Frau vorstellte, die ins Lager ging, um einen Herrenschuh Größe 7 zu holen.

Ein paar Minuten später lag sie ausgestreckt auf dem Teppich vor Hoffmans Kamin und wartete auf eine Wiederholung. Ich hatte wenig Lust auf ein zweites Mal, aber ich wollte ihr nicht die Chance nehmen, noch ein bisschen was zu verdienen. Mein Motiv unterschied sich nicht so sehr von damals, an dem Abend im Gemeindehaus, als ich ganz am Schluss Paula Woods Mutter zum Tanzen aufforderte. Höflichkeit, oder einfach eine Unkenntnis dessen, was Frauen wollen.

Als wir fertig waren, gab ich dem Mädchen noch einmal zwanzig Dollar, die es mit einem Dankesnicken zusammenfaltete und in seinem Portemonnaie verstaute.

»Was ist das für eine Narbe auf deiner Schulter?«, fragte sie.

»Eine Schusswunde. Eine Pistole.«

»Wie –«

»Das willst du nicht wissen.«

Ich holte ihren Mantel und hielt ihn ihr hin; als sie sich verabschiedete, gab es einen Moment der Verlegenheit. Musste ich sie küssen, und wenn ja, wie? Sie tippte mir auf die Wange und drückte dann ihre Lippen flüchtig auf die Stelle, wo die Finger gewesen waren. Auf seine Art war dies der erotischste Moment, den es zwischen uns gegeben hatte.

Als ich wieder allein war, ließ ich mich in den großen Armsessel fallen und sah über den Central Park hinweg. Ein paar einzelne Frauen liefen dort, jede vermutlich mit einer Pfefferspraydose in der Tasche ihrer Jogginghose; Mütter mit Kindern waren selbst zu dieser helllichten Tageszeit nicht zu sehen. Auch einige Männer mit Walkman-Kopfhörern trabten die Wege entlang – Gewalttäter oder Mitglieder einer Bürgerwehr, das war schwer zu sagen, jedenfalls sahen sie nicht wie Sportler aus. Die ganzen Mayor-Koch Autoaufkleber hin oder her – niemand liebte das New York von 1980. Was sollte man an einer Stadt auch lieben, in der der Türsteher darauf bestand, dass man beim Verlassen der Stammkneipe wartete, bis das Taxi mit schon geöffneter Tür hart am Bordstein stand, abfahrbereit. Es waren nur drei Blocks bis zur Wohnung, aber man hatte mir eingeschärft, niemals zu Fuß zu gehen.

Nachdem ich im Badezimmer von Hoffmans Mutter geduscht

hatte, goss ich mir noch einen Gin ein, ging zurück ins Wohnzimmer und dachte über die Hure nach. Es heißt, wenn man mit einer Frau schläft, sind alle ihre früheren Partner mit im Bett, aber ich habe das nie so empfunden. Und auf jeden Fall hätte es ein Bett sein müssen, das zum Repertoire einer Professionellen gepasst hätte. Dagegen habe ich immer schwach die Gegenwart meiner eigenen früheren Geliebten gespürt. Das Haar auf dem Kopfkissen, die Unbequemlichkeit der Matratze, die verschiedenen Abstufungen von Schuldbewusstsein ... Was ich als junger Mann gehört und gelesen hatte, hatte in mir den Glauben geweckt, anhaltende sexuelle Leidenschaft, romantische »Liebe« sei die höchste Form der Beziehung überhaupt – vielleicht sogar die höchste Form der Existenz, die ein menschliches Wesen erstreben kann. Wie erbärmlich hatte ich da versagt. Wie selten hatte ich die Erfüllung und Gewissheit gespürt, eins mit jemand anderem zu sein – aber immerhin erinnere ich mich an das erste Mal, als das passierte.

Ich war achtundzwanzig Jahre alt und stand in der italienischen Hinterhofwohnung des Mädchens, das ich seit einigen Wochen umworben hatte. Selbst mit diesem zeitlichen Abstand fällt es mir schwer, sie beim Namen zu nennen, jene drei Silben ohne Schmerz auszusprechen, also nenne ich sie L. Es war Krieg – daher stammte meine Schusswunde –, und wir hatten miteinander geschlafen. Als ich dort stand, kam es mir vor, als hätten die Kommode, die langweilige Daunendecke auf dem Bett und die Wände des Zimmers in allen Regenbogenfarben zu schillern begonnen. Selbst das dünne Rollo schien zu leuchten. Ich schaute mich um, ob vielleicht irgendwo eine Lampe umgekippt war; dann sah ich sie, wie sie sich einem Spiegel entgegenbeugte und für den Abend zurechtmachte, sich mit einem weißen Taschentuch die Mundwinkel betupfte. Sie hielt inne, drehte sich zu mir um und lächelte. Ich trat einen Schritt zurück. Den ganzen Abend lang trug sie dieses Licht durch jeden Raum, den wir gleichsam mit unserem Leuchten erfüllten.

Als ich wieder unter Leute ging, hatte ich das Gefühl, dass der Besuch des Callgirls nicht unbemerkt geblieben war. Nicht nur, dass der Portier sich räusperte, als ich vorbeiging, nicht nur, wie der Barkeeper in der Kneipe an der Ecke das Gesicht verzog, als er mir meinen Drink einschenkte, selbst der Bettler im Hauseingang schien zu grienen, als er mich sah. Am Tag darauf dachte ich dann, ich sollte besser abhauen aus New York.

Eigentlich kam der Moment gerade recht. Ich war wegen einer medizinischen Tagung hierhergekommen und hatte in den Hörsälen der Columbia University in Upper Manhattan diversen Vorträgen gelauscht. Das Sponsorengeld der Pharmafirmen war dermaßen reichlich geflossen, dass die jüngeren Teilnehmer im letzten Moment von Bed-and-Breakfast-Unterkünften in der Gegend von Murray Hill ins Plaza umquartiert worden waren. Ich hatte mich in einer der obersten Etagen in einer Suite vom Ausmaß einer Scheune wiedergefunden, mit der ich nicht viel anfangen konnte. Das Ganze erinnerte weniger an ein Hotel als an eine Baustelle. Ich kämpfte vergebens mit der Regulierung der Klimaanlage; nachts seufzten und murmelten die Rohrleitungen in meinem unbenutzten Wohnzimmer wie die Gedankenmaschine eines erschöpften Irren.

Als die Konferenz zu Ende ging, entschloss ich mich, länger zu bleiben und in Hoffmans Apartment zu ziehen. Ich hatte Jonas nach dem Krieg auf der Medizinischen Hochschule in London kennengelernt, wohin er auf einer Art amerikanischem Zauberteppich durch die G. I. Bill of Rights oder durch ein Rhodes-Stipendium gelangt war. Unsere Freundschaft hatte die Tatsache überlebt, dass er es zu Geld gebracht hatte, indem er in seiner Praxis in der Park Avenue wissbegierige Frauen durch ihre Vergangenheit führte, während ich in einem Haus in Kensal Green praktizierte, das nur ein paar Schritte vom Friedhof entfernt lag. Die Erträge aus diesen langen Stunden des Zuhörens hatten es Hoffman ermöglicht, das Apartment zu erwerben, aus dessen Extrazimmer ich durchs Fenster die herbstliche Färbung der Bäume sehen konnte, während ich im Bett lag und die Zeitung las.

Mein Flug nach London war aufgerufen worden, also nahm ich meinen Aktenkoffer und verließ die Anonymität der Lounge – wie ich zugebe, nicht ohne einen plötzlichen Schmerz: Ich war nicht erpicht darauf, mich mit dem zu beschäftigen, was jenseits dieses Vakuums lag. Ich überlegte, wie viele hundert Male ich die Gangway eines Flugzeugs schon hochgestiegen war und ihre Scharniere und Nieten berührt hatte, während ich den Kopf einzog und ein Lächeln für das Bordpersonal aufsetzte, das mich mit untadelig gefalteten Händen erwartete. Sobald ich auf meinem Platz am Fenster saß, schluckte ich eine Schlaftablette und schlug ein Buch auf. Die Maschine setzte aus dem Stand zurück und lief auf ihren plumpen Reifen leer, dann verwandelte sie sich in eine Bestie, jagte wie verrückt über die Startbahn und presste mich gegen die Rücklehne meines Sitzes.

Die anderen Passagiere schlugen bald ihre Rätselhefte auf oder starrten nach oben auf die Trennwand, um den Film zu sehen. Mein Sitz befand sich in einem ungünstigen Winkel, sodass das Licht, das auf die Leinwand traf, alle Figuren als kolorierte Negative erscheinen ließ, wie Öl in Wasser. Den Fluggast vor mir schien es aber gepackt zu haben, denn er beugte sich vor und mampfte aus seiner Tüte mit Nüssen.

Nach einigen Gins spürte ich, wie die Schlaftablette in meine Blutbahn eindrang und sich dort auflöste. Ich zog das Rollo herunter, deckte mich mit einer dünnen Decke zu und sagte der Stewardess, sie möge mich nicht wecken, wenn es Essen gab.

Der Nachtflug hatte mich um halb sieben Uhr morgens in Heathrow ausgespuckt, und als mich das Taxi durch die tristen Seitenstraßen von Chiswick fuhr, kam der vor mir liegende Tag mir schier endlos vor. Als ich die Haustür aufschloss, war ich versucht, direkt ins Bett zu gehen, aber ich wusste aus Erfahrung, dass das alles nur noch schlimmer machte. Mrs. Gomez, die Zugehfrau, hatte die Post von drei Wochen auf dem Tisch in der Diele gestapelt. Ich ging sie rasch durch, um zu sehen, ob irgendetwas in Annalisas Handschrift dabei war, aber es gab nur einen einzigen Umschlag, der nicht mit Maschine adressiert war. Ich riss ihn auf und las auf normalem Papier:

*Lieber Mr. Hendricks, wir sind gerade in die Wohnung ganz oben eingezogen und geben am Samstagabend eine Party. Wenn Sie Lust haben, schauen Sie doch bitte vorbei. Ab 8. Lockere Kldg.*
*Sheeze und Misty*

Ich bewohnte Erdgeschoss und Souterrain des Hauses, das größer als die meisten im Viertel war. In der ersten Etage lebte seit über zwanzig Jahren eine polnische Witwe, aber im obersten Stock gab es ständige Fluktuation. Die Namen schienen mir darauf hinzudeuten, dass die Neuen Australierinnen waren. Ich ging davon aus, dass es ziemlich laut werden würde und sie meinen Beschwerden zuvorkommen wollten, vermutlich hatten sie auch die arme alte Mrs. Kaczmarek eingeladen.

Im Arbeitszimmer stand der Anrufbeantworter, den ich mir

vor Kurzem angeschafft hatte. In einem Geschäft hatte ich verschiedene ausprobiert und mich für diesen entschieden, weil man dafür ganz normale Kassetten benutzen konnte und er mit seinen drei deutlich markierten Knöpfen einfach zu bedienen war. Aus der Zeit, die er zum Zurückspulen brauchte, schloss ich darauf, dass er beinahe voll war. Eine Besonderheit des Geräts war es – vielleicht hatte ich bei der Installation auch etwas falsch gemacht –, dass ich meine Ansage erst noch einmal anhören musste, bevor die eingegangenen Nachrichten abgespielt wurden. »Dies ist der Anrufbeantworter von Robert Hendricks ...«

Meine Stimme missfiel mir jedes Mal. Sie klang wie Schmirgelpapier und außerdem noch verlogen. Während das Band zurücklief, nahm ich Stift und Schreibblock zur Hand und wappnete mich innerlich gegen den vertrauten und nervenden Klang; wie jeder Narziss stellte ich mir äußerst ungern vor, wie sich meine Stimme für andere anhören mochte.

Aber aus dem Gerät kam die Stimme einer Frau. »Wir wissen, was du getan hast, du dreckiger Bastard! Wir wissen, was du der armen Frau angetan hast. Kein Wunder, dass du aus New York abgehauen bist!«

Ich kannte die Stimme nicht. Sie hatte einen amerikanischen Akzent und schien einer Frau zu gehören, die mindestens Mitte fünfzig war. Ich ging raus in die Diele und wartete, bis es zu Ende war; ich wollte es nicht löschen, denn ich fürchtete, damit gleichzeitig andere Nachrichten zu löschen. Das Quietschen, das den Beginn einer neuen Nachricht begleitete, hörte ich nicht, aber schließlich war eine tiefere, männliche Stimme im Arbeitszimmer zu vernehmen. Ich ging wieder rein. Es war meine eigene Stimme: die übliche Ansage, die mit der Versicherung abschloss, dass ich so bald wie möglich ... Dann kamen die Anrufer.

»Hi, Robert, hier ist Jonas. Tut mir leid, dass ich dich in New York verpasst habe. Die Sache in Denver war so was von nervtötend. Ich hätte mich wirklich lieber mit dir im Lorenzo's besoffen. Ruf mal an.«

Es folgte das übliche hohe Piepsen, dann die nächste Nachricht. »Dr. Hendricks, hier ist Mrs. Hope, Garys Mutter. Ich weiß, Sie haben gesagt, ich soll Ihre Praxishilfe anrufen, aber es geht ihm wieder schlechter ...«

Ich setzte mich an den Tisch und griff nach dem Notizblock. Es gab vierzehn weitere Nachrichten, darunter nichts Außergewöhnliches. Als ich alles notiert hatte, was wichtig war, löschte ich das gesamte Band. Dann drückte ich *Play*, um mich zu vergewissern, dass meine Ansage noch drauf war. Tatsächlich summte es und dann: »Dies ist der Anrufbeantworter von Robert Hendricks ...«

Ich begriff einfach nicht, wie die ausfällige Anruferin meine Ansage umgangen hatte.

Ich wachte mitten in der Nacht mit einem Jetlag-Koller auf. Ich mag diese Aufwallungen, es ist, als hätte man etwas von der kinetischen Energie Manhattans in sich aufgenommen. Ich ging in die Küche und machte mir eine Kanne Tee. Was ich an den Amerikanern wirklich mag, ist, dass sie sich selbst ernst nehmen. In New York braucht man keine tiefen Wurzeln und keine Selbstironie; man hat ein Messingschild an der Tür, ein Diplom, eine Position – und folglich steht man über dem gemeinen Volk, das gerade erst vom Kennedy Airport reingekommen ist. Und sie haben recht, so zu denken. Das eigene Leben mag nichts Großes sein, aber warum sollte man es nicht schätzen? Ein anderer wird's nicht tun.

Mit einem Becher Tee ging ich an den Schreibtisch und fing

an, den Stapel Briefe zu öffnen, die an Robert Hendricks, MD, MRCP oder FRCPsych adressiert waren. Das sah doch wirklich nach einer Karriere aus. Diese Qualifikationen hatten nichts Unfertiges und nichts Unechtes an sich, ich hatte sie durch Knochenarbeit und Zeitaufwand erworben – und Hingabe an ein bestimmtes Gebiet, auf dem nur wenige bis zum Ende durchhielten. Ich fragte mich, ob es wohl eine spezifisch englische Eigenart ist, sich sein ganzes Leben lang wie ein Hochstapler zu fühlen, beständig zu fürchten, man könne durchschaut werden – oder ob es ein menschliches Grundgefühl ist. Und als praktizierender Psychiater hätte ich es wirklich wissen müssen.

Ich nahm meine Aktentasche und holte die Hotelrechnung und einige Visitenkarten für die Ablage heraus. Als ich die Schublade aufzog, in der die Papiere lagen, mit denen ich mich nicht beschäftigen wollte, entdeckte ich einen Brief wieder, der mich einige Wochen zuvor, als ich ihn erhalten hatte, vor ein Rätsel gestellt hatte. Er kam aus Frankreich, trug den Poststempel »Toulon« und war in der Handschrift eines älteren Mannes mit Tinte geschrieben.

*Lieber Mr. Hendricks,*
*verzeihen Sie, dass ich Ihnen einfach so schreibe, aber ich bin im Besitz von etwas, von dem ich glaube, dass es für Sie von Interesse sein könnte.*

*Im Ersten Weltkrieg war ich in der britischen Armee und diente bei der Infanterie an der Westfront. (Nebenher bemerkt, habe ich auch als Stabsarzt im Zweiten Weltkrieg gedient.) Von Beruf bin ich Neurologe und spezialisiert auf Altersleiden – Gedächtnis und Vergesslichkeit und Ähnliches. Da sich nun auch mein eigenes Leben dem Ende zuneigt – ich bin inzwischen sehr alt und längere Zeit krank gewesen –, bin ich darangegangen, meine Papiere zu ordnen. Im Zuge dessen fand ich in alten Tagebüchern Hinweise auf einen Mann, der denselben etwas ungewöhnlichen Namen wie Sie trug. Er war von 1915 bis 1918 in meiner Kompanie.*

*Ich hatte jahrzehntelang nicht in dieses Tagebuch geschaut, aber bei seinem Namen läutete sozusagen eine zweite Alarmglocke in meinem Inneren, und dann fiel es mir ein. Ein Buch, das ich sehr hoch geschätzt hatte, als es vor fünfzehn Jahren erschien, verfasst von einem Robert Hendricks – The Chosen Few. Ich ging an mein Bücherregal und zog es heraus. Sie können sich vielleicht meine Erregung vorstellen, als ich das kleine Autorenfoto auf der hinteren Umschlagklappe prüfte und dann vor meinem geistigen Auge sehr deutlich das Gesicht eines jungen Soldaten auftauchte, den ich vor sehr langer Zeit einmal gekannt hatte.*

*Meine Aufregung nahm noch zu, nachdem ich mich hingesetzt hatte, um das Buch wieder zu lesen – was ich in einem Zug tat, in einer einzigen Nacht. Im fünften Kapitel stieß ich auf eine Bemerkung des Autors – also von Ihnen, Dr. Hendricks, wie ich annehme –, die sich darauf bezieht, dass sein Vater ein Schneider gewesen sei – so wie der Mann, den ich im Krieg gekannt hatte.*

In dieser Manier ging es noch eine Weile weiter, und am Ende stand eine Einladung, den Verfasser des Briefes zu besuchen. Er hieß Alexander Pereira, und offensichtlich wollte er mir etwas zu tun geben.

Am Samstagnachmittag machte ich mich zu einem Spaziergang in den Wormwood Scrubs auf. Auf dem Weg dorthin holte ich Max, meinen hochbeinigen Terriermischling, aus der Wohnung der Zugehfrau in Cricklewood ab, die sich während meiner Abwesenheit um ihn gekümmert hatte. Obwohl Mrs. Gomez ihn verwöhnte – ich nahm an, sie fütterte ihn mit Paella und Keksen –, freute er sich immer ganz rührend, wenn er mich wiedersah. Ich hatte ihn als Welpen aus einem Teich in Northamptonshire gerettet, und er schien ein ausgeprägtes Dankbarkeitsgefühl zu haben.

Wir machten einmal die Runde um die Scrubs und kamen unten im Süden bei den Häusern der Gefängniswärter wieder raus, gingen dann zum Gefängnis selbst. Ich dachte flüchtig an die armen Kerle, die dort einsaßen, eingesperrt in die zwanghaften Abläufe einer Anstalt. Aber nur flüchtig. Mich beschäftigte die Frage, ob Annalisa am Nachmittag Zeit haben würde. Das Komische an einer »Beziehung« ist, dass man oft erst im Rückblick merkt, dass man offenbar eine solche aufgebaut hat. Während sie besteht, fühlt es sich eher nach einer Reihe von Begegnungen an: eine Abfolge ohne innere Notwendigkeit. Nur die Möglichkeit, dass ich Annalisa vielleicht nicht sehen könnte, ließ mich innehalten und darüber nachdenken, wie viel Platz der Gedanke an sie in meinem Leben einnahm. Aus irgendeinem Grund konnte ich die Tiefe dieses Gefühls in mir nicht anerkennen oder ihm einen Namen geben.

Wir hatten abgemacht, dass ich sie niemals anrief, weil eventuell ihr »Freund« den Hörer abnehmen könnte; sie aber konnte mich jederzeit anrufen und tat das häufig. Ich schob Max auf den Rücksitz des Wagens und ging zu einer Telefonzelle direkt am Rand des Parkplatzes der Wormwood Scrubs. Ich konnte Nachrichten auf dem Anrufbeantworter aus der Ferne abrufen, wenn ich meine eigene Nummer wählte und dann ein kleines Zubehörteil in die Sprechmuschel des Telefons steckte, sobald die Ansage kam. Ich hörte meine Stimme und startete die Fernabfrage. Ich hatte keine neuen Nachrichten.

Annalisa und ich hatten uns vor etwa fünf Jahren kennengelernt, in der Praxis des Osteopathen in Queen's Park, wo sie am Empfang arbeitete. Ich hatte Probleme mit meinem Rücken, seit durch einen Wachstumsschub in meinen Teenagerjahren meine untere Wirbelsäule labil war; die großen Muskeln meinten, bei der kleinsten Reizung in schützende Krämpfe verfallen zu müssen (es reichte, dass ich mich bückte, um den Fernseher anzuschalten). Ich hatte es mit Übungen, Schmerzmitteln und Yoga versucht, aber die einzig spürbare Erleichterung verschafften mir die brachialen Handgriffe eines Neuseeländers namens Kenneth Dowling.

Annalisa war in den Vierzigern, eine gut aussehende und offensichtlich ehrbare Frau, die elegante Röcke und dazu Pullover trug. Erst bei meinem dritten Besuch bemerkte ich etwas in ihren Augen – einen träumerischen Ausdruck, der überhaupt nicht zu dem Kalender auf dem Pult und zur Tätigkeit einer Sprechstundenhilfe passte. Während wir darauf warteten, dass Dowling den Patienten vor mir entließ, fragte ich sie nach ihrer Arbeit und ob sie einen weiten Weg hierher habe. Sie war sehr umgänglich und schien sich gern zu unterhalten, als nähmen nur wenige Menschen größere Notiz von ihr. Am Ende eines weiteren Besuches blieb ich noch ein bisschen, nachdem ich den Scheck ausgeschrieben hatte. Ich erfuhr, dass Dowling sie donnerstags und freitags nicht brauchte, erwähnte beiläufig, dass ich in meiner Praxis durchaus eine Hilfe gebrauchen könnte, die den Papierkram erledigte, und fragte sie, ob sie interessiert sei.

Meine Praxis befand sich in einem Apartment in North Kensington, über einem kleinen Gemischtwarenladen, der von ugandischen Einwanderern betrieben wurde. Das war keine glanzvolle Umgebung, spiegelte aber recht exakt den Status meines Fachgebiets innerhalb der britischen Medizin wider. Wenigstens war es eine ruhige Straße, und die Praxis selbst war hell und luftig. Es gab auch eine Kochnische und eine Dusche, außerdem einen kleinen Büroraum, der früher vermutlich das Schlafzimmer gewesen war und in den ich einen Aktenschrank gestellt hatte – und wo ich jetzt Annalisa hinter einen Schreibtisch setzte. Ich achtete nicht weiter darauf, wie sie mich scheinbar unabsichtlich streifte, wenn sie etwas ablegte, ich ignorierte auch, dass sie keinerlei Anstalten machte, ihren Rock nach unten zu ziehen, wenn sie am Schreibtisch saß und er ihr über die Schenkel hinaufgerutscht war. Man spricht von »erotischer Spannung«, als ob die eindeutig messbar wäre, dabei kann man doch nie mit Sicherheit sagen, was wirklich von beiden Seiten empfunden wird und was man sich nur einbildet.

Es muss am dritten Tag ihrer Arbeit bei mir gewesen sein, als die Dinge sich klärten. Ich stand hinter ihr, da machte sie absichtlich einen halben Schritt zurück. Der Kontakt war da. Sie drehte sich um und berührte meine Hose an der Stelle, wo unsere Kleidung sich aneinander rieb. Es dürfte weniger als eine Minute gedauert haben, bis wir voll bei der Sache waren. Ihr Bauch war ein ganz klein wenig gewölbt, und ihre Schenkel hatten hinten die Festigkeit der Jugend verloren – doch ich fand diese Zeichen der Hinfälligkeit ebenso rührend wie erregend, als sie sich über den Schreibtisch beugte.

Annalisa war verheiratet gewesen und lebte jetzt in einer langjährigen Beziehung mit einem Mann namens Geoffrey, der in den Fünfzigern war; sie war ihm wirklich zugetan und wollte ihr gewohntes Leben nicht aufs Spiel setzen. Geoffrey war Fachanwalt für Vermögensrecht, und nach allem, was Annalisa erzählte, klang er für mich homosexuell. Ich sprach das aber nie aus, es gab keinen Anlass, das getroffene Arrangement aus dem Gleichgewicht zu bringen.

An jenem Samstagabend nahm ich ein ausgedehntes Bad und trank einigen Gin mit Wermut und Eis. Danach wollte ich auf die Party im obersten Stock gehen. Ich wusste, dass sie schon im Gang war, denn die Musik rieselte die Treppen runter, wenn auch nicht so, dass es Mrs. Kaczmarek erschrecken müsste. Tatsächlich hatte sich der Lärm, der aus dem oberen Stock kam, in jüngster Zeit geändert. Vor zehn Jahren war das Haus noch von apokalyptischen Donnerschlägen erschüttert worden, inzwischen schienen die Songs maschinell erzeugt und nicht im Geringsten bedrohlich zu sein. Mich interessierten diese Musikrichtungen alle nicht, aber der jüngere Sound war leichter zu ertragen, etwa wie die Hintergrundmusik auf einer Fachtagung.

Die Tür wurde von einem lächelnden Mädchen mit schwarz geränderten Augen und blond gefärbtem Haar geöffnet. »Hallo. Ich bin Misty. Kommen Sie rein.«

Sie holte mir einen Wein von der Küchentheke, auf der nebeneinander eine Batterie verschiedener Flaschen aufgereiht war.

»Bitte schön! Chateau Oblivion.« Sie hatte den munteren australischen Tonfall, den ich mir vorher ausgemalt hatte, ebenso wie Sheeze, ihre Mitbewohnerin, die sich dazugesellte. Misty war kleiner und hübscher, mit attraktiven, zarten Gesichtszügen, während Sheeze kleine Pusteln im Gesicht hatte. Ansonsten sahen sie wie Zwillinge aus, mit blauen Augen und der ungetrübten Zuversicht der Jugend, die fest damit rechnete, glücklich zu werden.

Auch ihre Freunde waren jung, kultiviert und zuversichtlich, so kam es mir wenigstens vor. Die Musik wurde langsam lauter, aber ich konnte noch immer alles verstehen, als ich mich einer Gruppe von Fremden vorstellte und das alte Spiel von Selbstoffenbarung und vorsichtiger Neugierde begann. Ich erzählte anderen ungern, was ich beruflich machte, weil es sie zu beunruhigen schien; ich gab mich als Allgemeinmediziner aus, und das wurde gut aufgenommen. Dann versuchte ich, die Unterhaltung auf weniger persönliche Themen zu lenken: auf eine bemerkenswerte Sendung, die ich im Radio gehört hatte, oder einen Film, der gerade angelaufen war.

Ich bin mir nie ganz sicher gewesen, was man auf Partys von mir erwartet. Ich bin in England auf dem Land aufgewachsen und bin auf Dorffeste gegangen und war zu Geburtstagen oder zu Weihnachten bei anderen Leuten zu Hause. Diese Abende – zum Beispiel der, an dem ich Paula Wood küsste – konnten ganz schön schlüpfrig sein, selbst damals in den Dreißigerjahren. Oft gab es einen Anlass oder eine Veranstaltung: ein Tennisturnier auf dem Freizeitgelände oder ein Dorffest im Gemeindesaal. Im Sommer verschwanden die Leute gern in der Dunkelheit, es gab genügend Rhododendren, zwischen denen man abtauchen konnte. Ich erinnere mich an aufglimmende Zigaretten, Gelächter, an die unter Schritten raschelnden Blätter und das Betatschen eines kühlen, nackten Schenkels.

»Robert, ich möchte Ihnen jemand vorstellen. Das ist Mandy. Sie ist Krankenschwester.«

Vielleicht war es die medizinische Verbindung, die meine Gastgeberin glauben ließ, ich käme gut mit ihrer Freundin aus. Diese Krankenschwester machte es mir leicht, denn sie redete ohne Unterlass; ich glaubte zuerst, es ginge ihr darum, mir eine komplizierte Angelegenheit zu erklären. Aber nachdem meine Versuche, ihr auf die Sprünge zu helfen, abgeblitzt waren, erkannte ich, dass sie überhaupt nicht auf etwas Bestimmtes hinauswollte, sondern einfach nur Angst vor der Stille hatte.

Bald hatte die Musik den Pegel erreicht, an dem kein weiteres Gespräch mehr möglich war, außer in der kleinen Küche. Da ich es für unhöflich hielt, vor zehn Uhr schon wieder zu gehen, warf ich einen Blick auf meine Armbanduhr und ergab mich in weitere fünfzehn Minuten, in denen ich gegen die Waschmaschine gedrückt wurde. Ich sprach mit einem jungen Mann in einem rot karierten Hemd, der sich als Luftakrobat vorstellte, und seinem Bruder, der in einem Reisebüro arbeitete.

Mir schien, dass beide betrunken waren. Sie waren auf eine etwas verwirrte Art freundlich zu mir, als würde es sie überraschen, dass jemand wie ich überhaupt auf eine Party ging. Ich spürte einen Anflug von Neid, als ich mir ihr Alltagsleben ausmalte: jede Menge bereitwilliger Mädchen mit jugendlichen Brüsten und strahlend weißen Zähnen.

»Also lasse ich den Kunden in der Warteschleife, während ich die Fluggesellschaft anrufe und mir den Flugplan kopiere«, sagte der Reisebüromann und goss sich Rotwein nach. »Das ist nicht gerade Gehirnakrobatik.«

»Das ist nicht mal Luftakrobatik«, sagte ich.

Keiner der beiden Brüder merkte, dass ich einen Witz zu machen versuchte, und als ich mich umdrehte, um mein Plastikglas aufzufüllen, sah ich wieder die Krankenschwester vor mir.

»Kann ich Sie was fragen? Nehmen Sie auch Privatpatienten?«

Ich sah sie mir genau an – die weit aufgerissenen Pupillen, die glasige Iris. »Nein, mache ich nicht.«

Sie presste ihre Hand gegen meinen Brustkorb. Ich fürchtete schon, dass sie sich übergeben würde, aber vermutlich wollte sie nur das Gleichgewicht halten.

»Ich kenne jemanden, der Hilfe braucht. Er hat eine furchtbare Depression und –«

»Ich sagte es bereits. Ich bin Allgemeinmediziner: Mit so was habe ich nichts zu tun.«

»Ach. Weil Misty gesagt hat –«

»Vergessen Sie einfach, was Misty gesagt hat. Ich habe sie gerade erst kennengelernt.«

Ich drängelte und schubste mich zwischen den Leuten aus

der Küche heraus, blieb kurz stehen, um mich bei Sheeze zu bedanken, und schaffte es nach draußen ins Treppenhaus. Unten in meiner Wohnung schaltete ich den Fernseher an und schenkte mir einen großen Whisky ein, bevor ich mich in den Liegesessel sinken ließ. Das Stimmengewirr der letzten Stunde fiel von mir ab; ich zündete mir eine Zigarette an und lehnte den Kopf zurück. Ich befand, es war früh genug, um ein Video anzusehen, etwa nach der Hälfte würde ich eine Schlaftablette nehmen; nach dem Film würde ich die Musik von oben mit Ohrstöpseln ausblenden, die Tagesdecke abziehen und dem nächsten Morgen entgegenschlafen.

Nur zwanzig Minuten später klopfte es vorsichtig an der Tür.

»Kann ich reinkommen?«

»Woher wussten Sie, dass ich hier wohne?« Es war Mandy, die Krankenschwester.

»Misty hat's mir gesagt.«

»Ist alles in Ordnung? Wollen Sie ein Glas Wasser?«

Sie setzte sich auf das Sofa im Wohnzimmer und fing an zu weinen. »Entschuldigung, Robert. Ich weiß selbst nicht, was ich tue. Es ist nur, weil du älter bist ... Und du bist Arzt. Ich sitze in der Klemme.«

Ich setzte mich zu ihr. »Wie viel hast du getrunken?«

»Ich weiß nicht. Ich habe schon ein paar Gläser Wein gehabt, bevor ich auf die Party kam.«

»Soll ich dir ein Taxi rufen? Wo wohnst du?«

»Balham. Kann ich nicht ein bisschen hierbleiben? Ich fühle mich ... Es dreht sich alles.«

»Ich mache dir einen Tee.«

Hauptsache, so dachte ich, während ich mit dem Kessel und der Tasse klapperte, ich bekomme dieses Mädchen so schnell wie möglich aus meiner Wohnung. Als ich mit dem Tee ins Wohnzimmer zurückkam, sah ich, dass sie sich die Schuhe ausgezogen und die Füße aufs Sofa gelegt hatte. Eine Haarsträhne fiel ihr über eine Hälfte des Gesichts, und an den Sohlen ihrer Nylonstrumpfhose sah ich Flecken, die feucht wirkten.

»Trink das hier, ich rufe dir ein Taxi.«

»Ich kriege eins auf der Straße.«

»Das bezweifle ich.«

»Aber sicher kriege ich eins. Es ist noch nicht mal elf.«

Wenn es sein musste, überlegte ich, würde ich sie wieder nach oben zu ihren Freundinnen bringen: Sie hatten die Verantwortung. Mandy schwang sich in Sitzposition und beugte sich vor, um die Tasse hochzunehmen, wobei ihr Rock ihre dicken Schenkel hochrutschte.

Ich ging ans Fenster.

»Wohnst du allein?«

»Nein, ich wohne mit zwei anderen Mädchen zusammen. Sie sind aber nicht da. Und du?«

»Ja. Allein«, sagte ich.

»Bist du nicht verheiratet?«

»Nein.«

»Freundin?«

»Hör mal, Mandy, warum verfrachten wir dich jetzt nicht in ein Taxi und bringen dich sicher zurück nach Clapham?«

»Balham. Warum so eilig? Morgen ist Sonntag. Ich ... ich brauche einfach nur ein bisschen Gesellschaft.«

»Was hast du denn?«

Es folgte eine Geschichte über einen Mann, eine gewisse Entrüstung – der billige Versuch, mein Mitgefühl zu wecken ... Aber es gab keinen logischen Zusammenhang in dem Ganzen, und ich hatte keine Lust, danach zu suchen.

»… finde ich. Und wo bleibe ich bei der Sache? Ich meine, ich habe doch auch mal ein Wörtchen mitzureden. Und … Was ist das?«

»Da ist jemand an der Tür. Noch jemand.«

Ich ging in die Diele und drückte den Türöffner. Es war Annalisa, und ihre Miene zeigte so viele widersprüchliche Gefühle, dass ich fröstelte.

»Gott sei Dank bist du zu Hause«, sagte sie und schob mich in die Diele und dann ins Wohnzimmer, ohne auch nur für einen Kuss innezuhalten.

Sie blieb stehen und starrte. Ich machte eine ungeschickte Vorstellung.

Was dann geschah, lief wie in einem Trickfilm ab, wie die Szenen auf dem Bildschirm im Flugzeug aus New York. Es gab Geschrei und Anschuldigungen. Annalisa dachte selbstverständlich, dass ich mit der Krankenschwester schlafen wollte und sie deshalb von oben hier in meine Wohnung geschleppt hatte.

Die Scheidewand zwischen Liebe und Zorn ist dünn. Ich vermute, es geschieht aus Selbstschutz und Angst vor noch mehr Verletzungen, dass wir diejenigen Menschen anschreien, die wir lieben.

Schließlich waren beide Frauen weg. Ich ließ mich aufs Sofa fallen. Ich bin so allein, dachte ich. Alle Beziehungen, die ich in den mehr als sechzig Jahren meines Lebens mit anderen aufgenommen habe, können nichts daran ändern, dass ich vollkommen allein bin.

## ZWEITES KAPITEL

Am nächsten Morgen erwachte ich früh, noch ganz benommen von einem Traum voller Gewalt. Beim Waschen und Rasieren versuchte ich, mich aus den Fängen meines Unbewussten zu befreien und ins wache Leben zurückzukommen. Das alles war für mich ein ganz normaler Start in den Tag.

Nachdem ich Max gefüttert und die Zeitung gelesen hatte, kamen meine Gedanken langsam wieder auf die Reihe, aber sie drehten sich nicht um Annalisa. Es war der Brief von Alexander Pereira, der mich beschäftigte. Pereira behauptete, meinen Vater gekannt zu haben – das war mehr, als ich von mir selbst sagen konnte. Als er starb, kurz vor dem Waffenstillstand, war ich zwei Jahre alt. Auch wenn es ein Foto von ihm gab, wie er mich als Baby auf dem Arm hielt, besaß ich keinerlei Erinnerung an ihn.

Meine Mutter war mein Schutzschild und meine Ernährerin. Sie war eine kleine, magere Frau, die immer mit dem Schlimmsten rechnete. Sie arbeitete hart in der Verwaltung eines Hofes, der Ackerbau und Viehzucht betrieb, und wenn sie am Ende der Woche ihren Lohn abholte, rechnete sie jedes Mal damit, entlassen zu werden. Die monatlichen Rechnungen nahm sie als Beweis dafür, dass der Milchmann oder die Elektrizitätsgesellschaft sie persönlich verfolgten; wir hatten nie Leute zum Tee bei uns zu Gast, weil sie von Unterhaltung »nichts hielt«, und sie misstraute denen, die uns zu sich nach Hause einluden, also gingen wir auch selten aus. Sie erzählte mir, ihre Eltern hätten eine Pension irgendwo an der Südküste betrieben, aber dann habe es einen Brand gegeben. Ich glaube eher, dass sie sich getrennt oder sich hatten scheiden lassen, aber sie bemäntelte das mit einer Naturkatastrophe. Meinen Vater hatte sie im Haus einer Tante bei London kennengelernt. Vor dem Krieg war er Schneider gewesen, nach ihren Aussagen allerdings sehr viel mehr als ein kurzsichtiger Mann mit Nadel und Faden in einem Hinterzimmer: Als er 1915, mit dreißig Jahren, als Freiwilliger in den Krieg zog, hatte er schon sechs Angestellte und ein Geschäft in der Hauptstraße. Sie besaß ein Foto von meinem Vater und sich selbst am Tag ihrer Verlobung; ihr Gesicht zeigte ein Lächeln, wie ich es im richtigen Leben nie an ihr gesehen habe, wobei zugleich auch eine Spur Unsicherheit darin zu lesen war.

Mein Vater hatte einen älteren Bruder, Onkel Bobby, der in einer Einrichtung lebte. Nach dem Tod meines Vaters 1918 besuchte meine Mutter meinen Onkel jedes Jahr zu Weihnachten, und einmal, als ich etwa sieben war, nahm sie mich mit. Erst fuhren wir endlos mit verschiedenen Buslinien, um in die Außenbezirke der Kreisstadt zu kommen. Der letzte Bus ächzte und schleppte uns einen Hügel hinauf, wo wir vor einer Reihe heruntergekommener Geschäfte ausstiegen. Hundert Meter die Straße hinunter erreichten wir zwei hohe Eisengatter mit einer hölzernen Pförtnerloge daneben, in der ein Pförtner neben einem rauchenden Kohleöfchen saß. Er winkte uns durch.

»Was ist mit Onkel Bobby?«, fragte ich. »Warum lebt er hier?«

»Er hat einen leichten Knacks«, sagte meine Mutter.

Zu beiden Seiten der Auffahrt erstreckte sich ein Parkgelände. In der Entfernung sah ich Häuser, die Farmgebäuden ähnelten, und eine Werkstatt, aus deren Ziegelschornstein Rauch aufstieg, wie bei einer kleinen Fabrik. Das Hauptgebäude war fast so lang wie eine Straße. Wir gingen durch den Haupteingang bis zu einer Glaskabine, wo eine Frau unsere Namen notierte. Durch ein hohes Kuppeldach fiel Licht in den Korridor, der einen Steinfußboden hatte. Ich freute mich für Onkel Bobby, dass alles so sauber war.

Wir gingen los. Links von uns folgte ein Fenster auf das nächste, und alle gingen sie auf den Park hinaus, rechts von uns befanden sich verschlossene und nummerierte Türen, hinter denen merkwürdige Geräusche zu vernehmen waren. Schließlich kamen wir in einen weiteren Gemeinschaftsbereich, ähnlich der Eingangshalle, jedoch nicht so groß; von ihm ging ein Raum mit Blick auf den Hinterhof ab, und hier erwartete uns Onkel Bobby.

In diesem Aufenthaltsraum standen ungefähr ein Dutzend Stühle, die schon bessere Tage gesehen hatten. Ein Mann in einem langen braunen Jackett, der aussah wie ein Lagerist in einem Möbeldepot, stand mit verschränkten Armen da. Er hakte unsere Namen auf einem Klemmbrett ab und deutete mit dem Kopf auf einen Mann, der am Fenster in einem der besseren Armsessel saß.

Für meine siebenjährigen Augen sah Onkel Bobby wie »ein Erwachsener« aus, mindestens wic vierzig. Er hatte dunkelbraunes Haar, das dünn geworden war, und trug eine Brille mit verschmierten Gläsern; sein Anzug war alt und seine Krawatte vom vielen Tragen ganz fadenscheinig.

»Hallo, Bobby. Wir wollten dich mal wieder besuchen. Wie geht's dir?«

Es war schwer herauszufinden, wie es Bobby ging, weil er auf Fragen nie direkt antwortete – was nicht heißen soll, dass er nicht gesprächig war. Er nannte meine Mutter zwei- oder dreimal beim richtigen Namen – Janet –, während er ihr erzählte, was andere Leute gesagt oder getan hatten. Sie nickte ermutigend und kicherte oder gackerte, wo es ihr passend erschien.

Meine Mutter versuchte, mich in die Unterhaltung einzubeziehen, aber Onkel Bobbys Blick rutschte jedes Mal von mir ab, als könne er keine dritte Person erkennen. Seine Geschichten hatten etwas Gnadenloses und wurden, wie unterschiedlich die Dinge auch waren, um die es ging, in immer demselben Ton vorgetragen. Es hörte sich an, als würde er laut in einer Sprache vorlesen, die er nicht verstand.

Damals empfand ich das nicht so. Ich dachte: Dies ist der Bruder meines Vaters. Er muss stark sein und freundlich, denn er ist mein Fleisch und Blut. Bald werde ich es richtig verstehen; bald wird alles klar.

Dann betrachtete ich seine Hände und fragte mich, welche Spiele sie gespielt hatten, als er ein Kind gewesen war, ob er der Werfer und mein Vater der Schlagmann gewesen war und ob sie in dieser Jahreszeit zusammen einen Schneemann gebaut hatten. Ich suchte seine Augen und hoffte auf ein Zeichen des Wiedererkennens. Erwachsensein war merkwürdig. Es schien keinen Spaß zu machen.

Auf einem Servierwagen wurde Tee gebracht, und Onkel Bobby schlürfte geräuschvoll aus der Tasse. Ich wandte zum ersten Mal den Blick von meinem Onkel ab und stellte fest, dass meine Mutter noch immer ihren Filzhut aufhatte, in dessen Krempe eine Feder steckte.

Die Unterhaltung erstarb langsam. Meine Mutter schien sich unbehaglich zu fühlen, und Onkel Bobby zog eine Zigarette aus der Tasche seiner Strickjacke und zündete sie sich mit zittriger Hand an.

Ich sah mir gründlich sein zerfurchtes Gesicht an, das, mit Ausnahme einer kleinen Stelle unterhalb der Unterlippe, sauber rasiert war. Ich fixierte seine Augen. Näher als jetzt konnte ich meinem Vater nie kommen. Ich hätte ihn gern berührt.

Am Abend nach der Party und den sich daran anschließenden Missverständnissen nahm ich mir den Brief von Alexander Pereira noch einmal vor, dem Mann, der behauptete, meinen Vater gekannt zu haben. So endete er:

*Ich lebe auf einer sehr kleinen, aber recht schönen Insel vor der französischen Südküste, die man mit dem Wassertaxi von der presqu'île südlich von Toulon erreichen kann. (Die Insel liegt etwa fünf Kilometer von Porquerolles entfernt, wenn Sie es auf der Karte nachschauen wollen.) Was halten Sie davon, hierherzukommen und für einige Tage mein Gast zu sein? Ich habe Ihren Vater nicht gut gekannt, aber ich habe einige Erinnerungsstücke aus dem Krieg, Fotos und andere Sachen, die mit ihm zu tun haben. Auf der Insel gibt es ein Weingut, dessen Weine zwar kaum bekannt, es aber unbedingt wert sind, dass man sie kennenlernt.*

*Ich möchte Ihnen zum Schluss noch einmal versichern, dass meine hohe Meinung von Ihrem Buch absolut aufrichtig ist. Ich habe auf dem Gebiet, auf dem Sie gearbeitet haben, selbst einige Entdeckungen gemacht, und wenn wir mit meinem Krempel aus dem Großen Krieg durch sind, werden wir über unseren gemeinsamen Interessen einiges zu bereden haben, dessen bin ich sicher. Und ich hoffe, wenn dann alles nach Plan verläuft, könnten Sie sich mit einem Arrangement anfreunden, bei dem Sie nach meinem Tod meine Arbeit fortführen und mein literarischer Nachlassverwalter werden.*

*Ich weiß, dass dieses Angebot vonseiten eines völlig Unbekannten sehr ungewöhnlich klingt, ich hoffe jedoch, dass Sie Nachsicht üben mit einem alten Mann! Und selbst wenn der Vorschlag der Nachlassverwaltung Sie nicht reizt, kann ich Ihnen versichern, dass Sie hier eine sehr angenehme und erholsame Zeit verbringen würden.*

*Mit kollegialen Grüßen*
*Alexander Pereira*

Am Tag darauf ging ich in die London Library am St. James's Square und sah nach, was ich über diesen Pereira finden konnte. In der Präsenzabteilung fand ich den *Conseil de l'Ordre des Médecins en France*. Tatsächlich gab es einen Alexander Pereira, geboren 1887. Der Eintrag umfasste ein Verzeichnis der Stationen seiner klinischen und akademischen Arbeit. Seine Karriere schien nach dem Zweiten Weltkrieg ein ziemlich abruptes Ende gefunden zu haben. In einem anderen Nachschlagewerk entdeckte ich, dass er eine ganze Reihe Zeitschriftenartikel und außerdem fünf Bücher veröffentlicht hatte, die alle mit dem Themenfeld Gedächtnis und Demenz zu tun hatten. Vor dem Krieg hatte er einige bemerkenswerte Positionen eingenommen, und offenkundig hatte er jenen privilegierten Weg des französischen Bildungssystems beschritten, der die künftige Elite behutsam durch das Lycée und die Grande École zu den wenigen Spitzenpositionen im Ingenieurwesen, in der Medizin und der Finanzwelt führt.

Ich konnte nicht umhin, daran zu denken, wie himmelweit sich das von meinem eigenen Ausbildungsweg unterschied. Unsere Dorfschule lag am Rande eines Ackers und bestand aus drei Räumen in einem Haus, dessen Pforte fünffach verriegelt war. Ist das wirklich so gewesen? So wie ich es beschreibe, klingt es nach einem Kuh- oder Schweinestall. Und vielleicht war's auch einer. Das Geld war in dieser Zeit, den frühen Zwanzigern, sehr knapp, es gab gerade das Nötigste, um die jüngste Vergangenheit vergessen zu machen. Mrs. Adams, die Köchin, die ihr Haar in einem Netz trug und einen Löffel über dem gigantischen Berg Milchreis schwenkte, bereit, seine obere Schicht zu zerstören ... Meine Füße, die über den unebenen Hof flitzten, der zwischen den Klassenzimmern lag ... Mr. Armitage, der Rektor, der bei Ypern verwundet worden war, den rechten Arm ins Jackett gestopft, und dann die geheimnisvolle Federung, die aus dem Rist seines rechten Schuhs kam und in seinem Hosenbein verschwand ...

Dauernd mussten wir Bastmatten machen oder mit Knetmasse modellieren; der Lehrer hatte keine Geduld, und ich musste in der Ecke stehen. Im zweiten Schuljahr gab es weniger Werkunterricht und dafür mehr Arithmetik; wir buchstabierten und lernten lesen. Ich erinnere mich an den Morgen, an dem die Wörter sich für mich langsam mit einer Bedeutung verbanden. Ich hielt mich für schlau, weil ich sie nicht mehr Buchstabe für Buchstabe zusammensetzte, sondern, wenn das Wort mit »Briefu« begann und es noch eine ganz schöne Strecke bis an sein Ende war, ich doch schon wusste, dass es nur »Briefumschlag« heißen konnte. Ich war mir nicht sicher, ob das erlaubt war.

Nach dem Unterricht ging ich normalerweise über Pococks Achtzig-Morgen-Feld zu dem Hof, auf dem meine Mutter arbeitete. Ich verlief mich gern absichtlich, was leicht zu bewerkstelligen war, wenn man in den dichten Wald abtauchte. War ich erst einmal von Laubwerk umgeben, konnte ich meine Position nicht mehr bestimmen, und es tat mir gut, mich inmitten der Baumwurzeln und des Mooses und der kleinen Wildblumen zu bewegen, die kein anderer je entdecken würde. Einmal verlief ich mich so erfolgreich, dass ein Ortspolizist mich nachts nach Hause bringen musste, als ich endlich in der angrenzenden Grafschaft aufgetaucht war.

Auf dem Hof, wo meine Mutter arbeitete, gab es ein Stallmädchen namens Jane, das mich beim Ausmisten mitmachen ließ, und wenn Jane guter Stimmung war, was nicht allzu oft vorkam, beschrieb sie mir die unterschiedlichen Charaktere der Pferde. Ich hätte gern mal auf einem Pony gesessen, um meine eigenen Erfahrungen zu machen. Es gab einen Schecken namens Stoker, auf den ich ein Auge geworfen hatte, und schließlich lernte ich reiten.

Bald kam ich in Mr. Armitages Klasse. Wenn man etwas nicht schnell genug begriff, schlug er einem mit dem Lineal auf die Handfläche, aber er erklärte die Aufgaben klar und deutlich. Eines Tages bat er mich, vor Beginn des Unterrichts mit meiner Mutter zu ihm zu kommen. Sie und ich befürchteten Ärger. Ich war mir nicht bewusst, was ich getan haben könnte, aber ich kannte auch nicht alle Regeln, und selbstverständlich konnte ich eine davon gebrochen haben.

Wir waren um kurz nach sieben da, als der Klassenraum noch gefegt und die Milchkannen angeliefert wurden. Für ein Gespräch gab es neben den Klassenzimmern keine anderen Räume, also saßen meine Mutter und ich an Schulbänken in der ersten Reihe und Mr. Armitage in dem großen Lehrerstuhl. Er erzählte ihr, das Gymnasium in der Stadt sei verpflichtet, ein Viertel seiner Schüler aus Dorfschulen wie dieser zu nehmen und ihnen Stipendien zu geben. Wenn meine Mutter nichts dagegen hätte, würde er mich dafür vorschlagen. Sie hatte jede Menge Einwände, die mir teilweise rätselhaft erschienen, über unseren Platz im Leben und so weiter – aber Armitage besaß doch einige Autorität; sein zerschossener Körper war Zeugnis von Erfahrungen, die unseren Horizont weit überstiegen.

Er zog sich selbst empor und hinkte zum Fenster, wo er hinaus auf die Felder blickte, als erinnere er sich an ganz bestimmte Hügel weit weg.

»Als wir drüben in Frankreich waren«, sagte er, »dachte ich an ein ruhiges Leben als Dorflehrer. Wir alle hatten Vorstellungen, was wir hinterher machen wollten. Viele der Männer überlegten sich, zusammen ins Geschäftsleben einzusteigen oder einen Pub aufzumachen. Ich stellte mir gern einen Augenblick wie diesen vor, wenn ich einem Jungen aus dem Dorf die Tür zu neuen Möglichkeiten öffnen könnte. Sie müssen ihn natürlich nicht dorthin schicken, Mrs. Hendricks, aber ich glaube, er sollte gehen.«

Sie wurde durch sanften Druck überzeugt, und im darauffolgenden September wechselte ich auf das Gymnasium. Dieses befand sich in einem roten Backsteinbau, typisch für den Fortschrittsglauben der Viktorianer. In Nachahmung älterer und ruhmreicherer Schulen konzentrierte man sich hier auf Latein und Griechisch. So wie niemand besser gekleidet ist als der Emporkömmling, verwandte vermutlich keine andere Schule in England so viel Zeit auf den Subjunktiv und zu gegebener Zeit auf die Werke von Ovid und Euripides. Zum Glück gefielen mir diese Themen. Lateinische Prosa zu zergliedern und Verse zu verfassen, mochte noch so technisch sein, doch ich verstand dadurch, warum andere Jungen beim Auseinandernehmen und Wiederzusammenbauen von Maschinen eine solche Freude empfanden.

Literarisch konnte ich Livius oder Homer überhaupt nicht beurteilen, aber das wurde auch nicht verlangt; es ging allein um Logik und Grammatik. Der Physiklehrer riet uns, zu Hause das Wasser in der Badewanne zu beobachten, zuzusehen, wie Flüssigkeit sich in Dampf verwandelt, und über die Wasserverdrängung nachzudenken, die entsteht, wenn wir in die Wanne steigen; wenn ich aber das Wasser, den Wasserhahn, den Spiegel und das Becken betrachtete, dachte ich darüber nach, wie ihre Skandierung in einen Hexameter passen würde.

In der Rückschau erscheint das alles ein bisschen geistesgestört, aber ich denke, es bewahrte uns davor, an verdrießlichere Dinge zu denken. Was uns bestimmt dauerhaft vermittelt wurde, war ein Gespür dafür, dass unser Jahrhundert unbedeutend war und unsere Führer, verglichen mit den Helden und Gesetzgebern der Antike, erbärmliche Figuren; man konnte sich schwerlich vorstellen, wie Mr. Neville Chamberlain den Augiasstall ausmistete oder Mr. Baldwin die goldenen Äpfel aus dem Garten der Hesperiden stahl.

Nach dem Abendessen mit meiner Mutter ging ich nach oben, um meine Hausaufgaben zu machen, wobei Schäferhündin Bessie (die uns die Farm zusätzlich zur Verfügung stellte) mich umrundete und in ihr imaginäres Gehege trieb. Diese Arbeit nahm normalerweise nicht mehr als eine Stunde in Anspruch und ließ mir Zeit genug, die Bibel zu lesen. Meine Mutter machte sich immer Sorgen, dass ich zu viel Zeit damit verbrachte, meine »Nase in Bücher zu stecken«. Ich sah nicht ein, was sie dagegen hatte, wenn ich tat, was von uns allen verlangt wurde, aber es machte mir Freude, sie ein bisschen zu ärgern. Ein Kind ist so furchtbar darauf angewiesen, bemerkt und anerkannt zu werden, dass es auch demjenigen Schmerz zufügt, den es liebt, nur um die eigene Bedeutungslosigkeit vergessen zu können.

Das Haus, in dem wir wohnten, war größer, als man denken mag. Es war meinem Vater vor dem Krieg zugefallen. Dabei spielten die Summe von hundert Pfund und eine Versicherungspolice eine Rolle, auch wenn meine Mutter diese ganze Geschichte nie recht verstanden zu haben schien. »Dein Vater war ein gebildeter Mann«, sagte sie dazu immer, als würde das den Fall erklären.

Die meisten Leute lebten damals zur Miete in Werkswohnungen; Häuser kosteten nicht viel, und wo wir lebten, waren sie leicht zu kriegen; niemand sah darin eine Kapitalanlage.

Unser Haus stand auf einem Morgen Gartenland, das an Felder angrenzte; dazu gehörten einige Nebengebäude, in denen sich früher eine Gerberei befunden hatte. Es gab mehr Zimmer, als wir brauchten, und so konnte meine Mutter vermieten. Ich mochte es nicht, wenn ein neuer Mieter einzog, denn wenn sie ihm sein Zimmer zeigte und sie sich über die Miete einig geworden waren, sagte sie zum Schluss immer: »Und stören Sie sich nicht an Robert. Er ist ein komischer kleiner Kauz, aber er wird Ihnen nicht im Weg sein.« Und danach zerzauste sie mir kurz das Haar.

Mein Kinderzimmer lag am Ende des Flurs, mit Blick auf den Vorgarten. Das war ein Rasenstück mit einem knorrigen Apfelbaum und ein paar Büschen drum herum. Wir hatten weder die Zeit noch die Kenntnisse, um Tulpen oder Dahlien oder sonst irgendetwas anzupflanzen, das ein bisschen Farbe ins Spiel gebracht hätte. Meine Mutter und ich nutzten die Küche als Wohnraum; aus Kostengründen heizten wir die anderen Räume im Erdgeschoss nicht, daher hielten wir uns dort nur im Sommer auf. Vom Halb-sieben-Uhr-Tee abgesehen, der in der Küche stattfand, erwarteten wir vom Mieter, dass er sich auf sein Zimmer beschränkte.

Aber das Haus bestand aus mehr als verschlossenen Räumen und einem Kohleherd. Es war erst hundert Jahre alt, wirkte aber älter; ich traute mich längst nicht überall hin. Angrenzend an die ehemalige Gerberei draußen, gab es einen unbeleuchteten Raum und darin eine offene Truhe, in der Ratten lebten oder Schlimmeres, noch dahinter befand sich eine weitere Tür, die sich in eine so tiefschwarze Dunkelheit öffnete, dass ich sie nie zu erkunden wagte. An einer Seite des Hauses selbst war eine Metallleiter ins Mauerwerk eingelassen, die zu einem Fenster hinaufführte, hinter dem sich drinnen kein Raum zu befinden schien. In den zugigen Fluren und auf den ziegelgepflasterten Höfen, in den Kellern und auf den muffigen Speichern wehte der Geist der Verstorbenen, und das Raunen früherer Zeiten war zu vernehmen.

Ich bin von meiner Bildung nie überzeugt gewesen, sie schien mir lückenhaft und zugleich voller überflüssiger Detailkenntnisse zu sein. Wenn ich im Verlauf meiner Karriere mit Leuten zu tun hatte, die auf besseren Schulen gewesen waren, fühlte ich mich angesichts ihres Selbstvertrauens und der Breite ihres Wissens oft benachteiligt. Zwar hatte ich selbst ein Buch veröffentlicht, doch schien mir das noch lange nicht das Recht zu geben, mit jemandem von so offensichtlichem Rang wie diesem Pereira zusammenzuarbeiten.

Dann gab es da das Problem meines Vaters. Meine Mutter erzählte mir, er sei zu Lebzeiten ein freundlicher Mann und ein guter Staatsbürger gewesen; andere Leute im Dorf sprachen nur selten über die Kriegstoten, aber wenn mal eine Bemerkung über ihn fiel, bestätigte sie ihre hohe Meinung. Folglich nahm mein Vater in meinem Leben einen genau bestimmten Platz ein: Vom Grab aus übte er einen nicht zu großen, aber konstanten Einfluss auf mich aus. Unbewusst versuchte ich seinem Beispiel nachzueifern, und ich glaube, mein Versuch, in meinem Leben etwas zu erreichen, ging vor allem auf den Wunsch zurück, ein Leben in seinem Namen zu führen. Bisweilen wünschte ich mir sogar, er möge mir zusehen.

Ich kann nicht behaupten, dass ich mit dieser Konstruktion immer »glücklich« gewesen bin, aber ich kam damit zurecht.

Obwohl ich den Gedanken verlockend fand, mit jemandem zu reden, der meinen Vater tatsächlich gekannt hatte, mutmaßte ich doch, was Pereiras wirkliche Absichten sein mochten, und ich fürchtete, eine Begegnung mit einem solchen Menschen könnte Fehler oder unbewältigte Traumata in mir bloßlegen – und schlafende Hunde wecken.

Alles in allem war es klüger, sie schlafen zu lassen. Am nächsten Tag schrieb ich einen Antwortbrief, in dem ich das Angebot ablehnte, steckte ihn in einen Umschlag und ließ ihn auf dem Tischchen in der Diele liegen.

Erst am folgenden Samstagmorgen brachte es Annalisa über sich, mich zu besuchen.

»Geoffrey hat von uns erfahren«, sagte sie. »Das hatte ich dir erzählen wollen, als ich dich mit dieser Frau erwischt habe.«

»Wie hat er's rausgefunden?«

»Das spielt keine Rolle, aber er weiß es. Ich glaube, er ist mir eines Tages bis hierher gefolgt. Wir haben die ganze Woche gestritten. Gestern Abend hat er seine Sachen gepackt und ist gegangen.«

Sie tat mir entsetzlich leid. »Und was machst du jetzt?«

»Nichts. Ich fange mein Leben neu an.«

»Das klingt nicht nach nichts.«

»Ich möchte dich nicht mehr sehen, Robert. Es ist zu schmerzhaft.«

»Das tut mir so leid.«

»Es liegt nicht an dir. Ich habe schon lange darüber nachgedacht. Es geht einfach nicht.«

»Dann verlierst du uns also alle beide.«

»Ja, und so ist es auch besser. Ich kann wieder ich sein. Ich kann von vorn anfangen.«

Ich setzte mich und steckte mir eine Zigarette an. »Ich schätze, zu viel Nähe ist gefährlich.«

»Red keinen Unsinn, Robert. Ich werde immer gut von dir denken. Ich werde mich immer an dich erinnern. Ich bereue es nicht.«

Vielleicht hätte ich hinter ihr herrennen sollen. Ich hörte die Haustür unten mit dem Wumms zuschlagen, der jedes Mal die Fenster erzittern ließ. Ich sah auf meine Hände und Füße herab, um nachzusehen, ob sie sich bewegten. Ließ ich es wirklich zu, dass diese Frau von mir fortging – fort von unserer geteilten Nähe? Wo auf der ganzen Welt würde ich eine vergleichbare Leidenschaft finden? Und zu ihrem eigenen Besten sollte ich sie davon überzeugen, dass so etwas im Leben sehr selten und sehr kostbar ist.

Ich ging in die Küche und kochte Tee. Offenbar war es das, was meine Hände und Füße von mir wollten. Nachmittags ging ich in das Kino in der Curzon Street und sah einen dreistündigen französischen Film der Sorte, die ich mochte, wo die Hauptpersonen ihre persönlichen Ziele ohne moralische Rücksichtnahme und ohne Nachdenken über die möglichen Konsequenzen verfolgen und wo man nur eine Unmenge Zigarettenqualm, Sex und französische Kleinstadtstraßen sieht.

In der Nacht durchbrach der Verlust von Annalisa die Verteidigungslinien meines Schlafs und weckte mich mit einem Ruck. Ich ging ins Bad, trank etwas Wasser und nahm eine von den leichten Schlaftabletten, die ich mir selbst verschrieben hatte.

So unerfreulich es auch war, fühlten sich das Bewusstsein eines Bruchs und der Blick auf die Einsamkeit, die mich erwartete, nicht traumatisch an, sondern mehr wie eine Rückkehr zur Norm. Ich kannte das von früher: Ich war ein Habitué der Einsamkeit, die zweifellos die Grundverfassung der Menschheit darstellt, wohingegen die kleinen Zusammenschlüsse und gegenseitigen Abhängigkeiten, die wir eingehen, nur eine seltene Abwechslung sind. Seitdem ich im Krieg mit L. zusammen gewesen war, vor mehr als fünfunddreißig Jahren, war ich keine dauerhafte Bindung mehr eingegangen, sondern nur Beziehungen, die der Lust oder der Gelegenheit entsprangen.

Mit etwa sechzehn, in meiner Zeit auf dem Gymnasium, hatte ich angefangen, Tagebuch zu schreiben. Jahrzehntelang lag es in der untersten Schublade meines Schreibtischs, zwischen den losen Fotografien, die ich irgendeines fernen Tages in ein Album kleben würde. Am Tag nachdem Annalisa gegangen war, nahm ich es aus der Dunkelheit heraus.

Die Welt, die es mir zurückbrachte, war tief in mir immer noch lebendig, denn damals, das wurde mir wie eine Offenbarung deutlich, als ich diese tintenschwarzen Seiten durchblätterte, hatte ich mich erstmals mit der Einsamkeit abgefunden.

In meinem letzten Schuljahr hatte man mir nahegelegt, mich für einen Studienplatz an der Universität zu bewerben. Als Fach nannte man Altphilologie, aber ich musste mich natürlich um ein Stipendium bewerben, weil meine Mutter das Studiengeld niemals hätte bezahlen können. Um mich auf das nötige Niveau zu bringen, war zusätzliche Förderung nötig, und der Schulleiter schlug vor, dass ich mich bei Mr. Liddell einquartieren sollte, einem pensionierten und jüngst verwitweten Lehrer, der nicht weit von der Schule wohnte. So konnte ich den ganzen Tag und auch noch abends lernen. Also begann ich mit siebzehn Jahren mein Leben als Mieter. Meine Güte, die Speicher, die Mansarden, die Abstellräume; die Dachrinnen, die Schiefer- und Ziegeldächer, über die ich hinwegsah ...

Mr. Liddells Haus lag zehn Minuten mit dem Fahrrad von der

Schule entfernt, es ging durch einen Wald über einen steinigen Weg mit Rhododendren zu beiden Seiten. Meine Kammer befand sich im obersten Stock. Darin standen ein Eisenbett, eine Truhe und ein Schreibtisch. Aus dem Fenster blickte man auf einen Garten mit einer Europäischen Lärche, die wie ein Hund aussah, das Fell wie ein Wischmopp; man konnte keinen Stamm und nicht einmal Zweige erkennen, nur struppiges Nadelwerk. Sie schien ständig kurz davor zu sein, sich in Bewegung zu setzen, und wenn der Wind wehte, schaute ich weg.

Morgens wurde ich durch das Gebimmel einer Glocke auf dem Flur geweckt. Sie wurde von Mr. Liddell geläutet, der dafür an einem im Treppenhaus hängenden Seil zog, das bis ins Erdgeschoss reichte. »Guten Morgen, Robert.« »Guten Morgen, Sir.« Zeit für Tacitus. Vor einer Stunde *Historien* durfte ich noch eine Tasse Tee trinken. Liddell hatte Tacitus ausgesucht, weil dessen Knappheit im Ausdruck es schwer machte, die grammatischen Strukturen aufzudröseln. Wenn ich mich den anderen zur ersten Stunde anschloss, war ich schon auf Touren gekommen.

Am Ende des Schultags, wenn alle anderen nach Hause gegangen waren, ging ich allein in den Speisesaal, um das gekochte Ei oder die Sardinen auf Toast zu essen, die unter einer Haube aus Zinn neben einer Karte mit meinem Namen bereitstanden. Dazu gab es starken Tee, von dem gemunkelt wurde, er enthalte Bromid. Abends machte ich zuerst meine Hausaufgaben und ging dann in Liddells Arbeitszimmer im ersten Stock hinunter – einen quadratischen, von Büchern eingefassten Raum mit einem Schiebefenster, aus dem der Blick auf ein Rasenstück mit einer Lorbeerhecke ging.

Mr. Liddell hatte nach dem vorangegangenen Schuljahr aufgehört und war also schätzungsweise fünfundsechzig. Doch er sah aus wie ein alter Mann. Sein Haar war weiß, sein Gesicht faltig, und er trug eine Brille mit Horngestell; es war irgendwie etwas Trockenes, Pudriges an ihm. Er besaß zwei Tweedsakkos, die er abwechselnd ein halbes Trimester lang trug. Unsere Abende widmeten wir dem Verfassen griechischer Verse: Liddell gab mir irgendein viktorianisches Gedicht, und ich musste es in eine Pindar-Ode verwandeln; oder er ließ mich Macaulay übersetzen, sodass er wie Homer klang.

Wenn ich mich in Mr. Liddells Alter nicht täuschte, musste er um 1868 geboren sein – noch vor der deutschen Reichsgründung und als Italien gerade erst ein Staat geworden war. In Geschichte hatten wir den Deutsch-Französischen Krieg durchgenommen und waren damit so nahe wie gerade noch erlaubt an unsere eigene Zeit herangekommen. Die Belagerung von Paris, die Kommune, Gambettas Flug im Heißluftballon ... Das alles, dachte ich plötzlich, hatte der Mann, der neben mir saß, schon miterlebt.

Eines Abends, als wir uns über preußische Geschichte unterhielten, gelang es mir, das Gespräch darauf zu lenken.

»Denken Sie manchmal auch, Sir, dass der Lauf der Geschichte von Kleinigkeiten abhängt?«

Liddell zündete seine Pfeife wieder an und zog die Brauen hoch. »Wie zum Beispiel?«

»Na ja. Man hat uns beigebracht, dass Bismarck Napoleon III. ein Telegramm geschickt hat, das ihn reizen sollte. Napoleon war aber so erzürnt, dass er Preußen den Krieg erklärte. Genau das hatte Bismarck gewollt. Aber man stelle sich vor, Napoleon hätte nur mit den Schultern gezuckt und gesagt: ›So ist das Leben.‹ Es hätte keinen Krieg, keine Demütigung Frankreichs, kein Deutsches Reich und auch keinen Weltkrieg gegeben.«

»Es war alles wohl doch ein bisschen komplizierter«, sagte Mr. Liddell.

»Waren Sie da schon auf der Welt, Sir?«

»Ja. Gerade so eben. Die Vereinigung Deutschlands war ein unvermeidlicher Prozess, denke ich. Große Länder neigen zum Wachstum und zur Festigung. Gewöhnlich müssen sie dafür Krieg führen.«

»Aber das klingt so, Sir, als sei alle Geschichte vorherbestimmt.«

»Es gibt stärkere Kräfte als den Willen des Einzelnen.«

»Aber sagt nicht die Bibel, dass Menschen die Wahl haben und schwach sind? Denken wir nur an Adam und Eva. Aber sie sagt auch, dass wir uns für das Gute entscheiden können, denn das hat Christus uns gezeigt.«

Mr. Liddell lehnte sich in seinem Armsessel zurück. Um den beneidete ich ihn: Unterhalb der Armlehne war ein Miniaturbücherregal in den Sessel eingelassen, in dem er seine Kriminalromane aufbewahrte. Er lächelte mir über den Pfeifenrauch hinweg zu. Vermutlich dachte er, dass dies haargenau eine jener Diskussionen mit Oberstufenschülern sei, die herauszufordern er bezahlt wurde.

»Wollen Sie mich einen *Whig* nennen?«, fragte er mit seinem trockenen kleinen Lachen.

»Oder einen Kommunisten, Sir.« Ich prustete selbst einmal kurz los, um anzudeuten, dass es nicht ernst gemeint war. »Auf jeden Fall einen Deterministen. Entweder von der einen oder von der anderen Art.«

»Und werden Sie selbst dadurch zum *Tory*?«

»Ich denke nicht, Sir. Aber wenn Napoleon an jenem Tag keine Kopfschmerzen gehabt hätte, hätte er vielleicht doch anders über das Ganze gedacht. Die Erbfolge bei den Hohenzollern hätte nicht unbedingt einen Krieg auslösen müssen.«

»Woher wissen Sie, dass er Kopfschmerzen hatte?«

»Weil er irrational reagiert hat. Er hatte am Abend vorher ein Glas Brandy zu viel getrunken. Und ohne den Deutsch-Französischen Krieg und die Geburt des Deutschen Reiches hätte es den Weltkrieg in Europa nicht gegeben.«

Mr. Liddell sah mich mitleidig an.

»Und mein Vater wäre noch am Leben«, sagte ich.

Dann gab es einen Moment des Schweigens. Ich wusste nicht genau, warum ich ins Persönliche abgedriftet war, und damals kannte ich all die psychologische Literatur noch nicht, die uns davon überzeugen möchte, dass erst Fehlleistungen den »eigentlichen« Inhalt eines Gesprächs zutage fördern.

Dann geschah etwas Furchtbares. Mr. Liddell langte in die Tasche seines Tweedsakkos und zog ein Taschentuch daraus hervor. Er schnaubte sich nachdrücklich die Nase und führte dann das Taschentuch unter seiner Brille hindurch zu seinen Augen. Er hatte geweint. Mir drehte sich der Magen um. Panik stieg in mir hoch. Vielleicht ein jüngerer Bruder, gefallen in Passchendaele ... Oder seine Frau. Ja. Vielleicht hatte ihn die Tatsache, dass ich den Tod erwähnt hatte, an Mrs. Liddell erinnert. Wir hatten nie über sie gesprochen, und nun war es zu spät.

Mein Schlafzimmer bei Mr. Liddell sah nicht nur auf die widerliche Lärche hinaus, sondern auch auf einen Teil des Nachbargartens. Als ich eines Abends in einem Band Catull las und mich fragte, wann mein eigenes Leben je beginnen würde, trat ein Mädchen in meinem Alter aus dem Haus auf den Rasen. Da ich morgens früh aus dem Haus ging und abends spät zurückkehrte, hatte ich mit der Familie, die dort wohnte, wenig bis nichts zu tun; von Mr. Liddell wusste ich gerade mal, dass sie Miller hießen. Der Vater arbeitete irgendwo in der Elektronikbranche, und die Tochter hieß Mary.

Sie trug Tenniskleidung und balancierte ein Glas mit irgendeinem Orangensaftmix. Sie ließ sich auf eine Decke nieder und begann zu lesen. Ich legte Catull für einen Moment zur Seite. Ich hatte keine Schwestern, und wenngleich ich in der Gemeindebücherei beim Durchblättern von Büchern zur Humanbiologie ein paar Stunden mit der Betrachtung von Eingeborenenfrauen verbracht hatte, war ich nur einziges Mal auf der Mädchenschule gewesen – um eine Aufführung von *Der Kaufmann von Venedig* zu sehen, bei der Lindsay Elliots Portia mir schon ein merkwürdiges Kribbeln im Nacken verursachte. Nach dem Stück blieb ich und sprach mit einigen der Mädchen. Ich fand es leichter, mit ihnen klarzukommen als mit den Jungen auf meiner Schule, aber keine von ihnen lud mich zu sich nach Hause ein. Unsere Freundschaft ging über ein gelegentliches Zuwinken an der Bushaltestelle bei der alten Werft nie hinaus. Ich hatte ein paar Bücher gelesen, in denen Liebe und auch Sex vorkamen, aber die Mädchen, die ich traf, schienen solche Leidenschaften nicht erregen zu können. Die Figuren in diesen Büchern waren irgendwie exaltiert; meine Wirklichkeit kam mir im Vergleich dazu schal vor. Aber vielleicht war das noch nicht alles …

Vielleicht versuche ich's nicht ernsthaft genug, dachte ich, als ich mir jetzt Mary Miller auf ihrer Decke genauer ansah. Zweifellos hatte ihre Pose etwas Verführerisches. Die Vorderseite ihres einen Beins hatte sie fest ins Gras gepresst, wobei der leichte Zug der Schwerkraft der Rückseite ihres Schenkels eine fast konische Form verlieh. Unwillkürlich wollte man diese Silhouette streicheln, das feste Fleisch unter der Haut spüren. Ein Bein war vom Kniegelenk aus in die Höhe gestreckt, das andere lag flach auf dem Boden. Dann tauschte sie die Stellung der Beine, wie bei einem sehr langsamen Wassertreten.

Nachdem sie das Haarband gelöst hatte, das fürs Tennisspielen gedacht war, fiel ihr das dunkelbraune Haar voll über die Schultern. Den Titel des Buches, das sie las, konnte ich nicht sehen, aber es schien sie nicht besonders zu fesseln. Sie ließ das Gesicht auf einen Arm sinken und schloss die Augen. Ihr Haar störte sie offenbar und musste immer wieder zurückgeschoben werden; wenn es nicht das Haar war, war es irgendein für mich unsichtbares Insekt, das verscheucht werden musste.

Jetzt stützte sie sich wieder auf die Ellbogen, las weiter in dem Buch und schlürfte ab und zu aus dem Glas. Auf Millers Rasen muss es ein sehr reiches Insektenleben geben, dachte ich, als Mary ihren Rock lüftete, um sich am Oberschenkel zu kratzen. Schließlich kam sie wieder zur Ruhe, legte ihre Wange auf ihre verschränkten Arme und schlief ein. Als sie so ruhig dalag, malte ich mir aus, wie sie wohl aussähe, wenn sie überhaupt nichts anhätte. Ich dachte an Aphrodite, die dem Schaum der Ägäis entstieg, aber dieses Bild schien einer völlig anderen Welt anzugehören als das dösende Schulmädchen. Die Göttin konnte ich durch den erotischen Schleier hindurch erkennen, die Oberstufenschülerin nicht so sehr.

Bedeutete das vielleicht, dass man eine Person falsch wahrnehmen musste, um sich in sie zu verlieben? Eventuell wusste Catull die Antwort darauf. Ich warf einen Blick in das Buch auf der Fensterbank. »Lass uns leben, meine Lesbia, und uns lieben«, forderte er. »Gib mir tausend Küsse.«

Ich dachte an Mary Miller als an meine Lesbia; ich beugte mich über ihren Leib, lüftete ihr Röckchen, während sie schlief, und gab ihr tausend Küsse.

Bald danach ließ ich den Tee nach dem Unterricht sausen, sodass ich um die Zeit zu Mr. Liddell zurückkehrte, von der ich vermutete, dass auch Mary von der Bushaltestelle nach Hause kam. Ungefähr nach einer Woche schaffte ich es, ihr über den Weg zu laufen. Ich stellte mich vor und fragte sie, ob sie zu mir zum Tee kommen wollte.

»Warum nicht, klar«, sagte sie.

Ich bremste. »Wenn ich's recht bedenke, ist die Idee vielleicht nicht ganz so gut. Mr. Liddell ist ziemlich streng. Und ich weiß wirklich nicht, ob es ihm gefällt, wenn ich ... Wie sieht's mit deinen Eltern aus?«

»Ach, kein Problem«, sagte sie. »Die sind nicht vor sechs zu Hause. Ich mache uns Tee. Hast du Hunger?«

Ich hatte Hunger. Ich hatte seit einer Woche keinen High Tea mehr gehabt. »Wenn's dir keine Mühe macht.«

Mary führte mich ins Haus. Ich schnüffelte. Das Haus meiner Mutter roch nach Paraffin und Speck, das von Mr. Liddell nach alten Polstermöbeln und Pfeifenrauch; in der Diele der Millers lag der Geruch von Bohnerwachs und Bratensauce in der Luft, und dazu roch es noch irgendwie blumig-elegant, aber was das war, konnte ich nicht genau ausmachen.

Wir gingen in die Küche. Mary bewegte sich flink, redete, während sie den Kessel mit Wasser füllte, holte Tassen aus dem Schrank. Sie hätte alles zwischen sechzehn und zweiundzwanzig sein können. Ihre Haut war rein wie die eines Kindes, mit ein paar Sommersprossen unter den Augen, doch ihr Körper war der einer Frau – nicht schwer oder träge, ein vollendetes Werk. Ich fühlte mich in ihrer Gesellschaft sehr wohl und musste gegen sechs regelrecht rausgeschmissen werden, weil ihre Eltern bald nach Hause kommen würden.

Mary stellte mich anderen Mädchen an ihrer Schule vor, und schließlich wurde ich zu einer Party eingeladen. Meine Mutter hatte immer auf meine Manieren geachtet, also konnte ich dort im Großen und Ganzen bestehen. Ein paar von den Jungen vom Gymnasium waren überrascht, mich zu sehen, doch ich ignorierte sie und machte einfach weiter. Im Notfall hatte ich immer Mary, mit der ich sprechen konnte – auf die ich zurückkommen konnte –, und dann gab es da ihre Freundin Paula Wood, in die ich mehrere Stunden investierte. Ich fand heraus, dass Mädchen es mochten, wenn man ihnen Fragen stellte und bei den Antworten aufmerksam zuhörte. Schwieriger war die Frage, wie diese Versenkung in ihre Kümmernisse und Hoffnungen in etwas Erotisches umschlagen konnte – wofür sie, das spürte ich, wirklich etwas geheimnisvoller und erwachsener hätten sein müssen.

Eines Tages bat mich Paula, ihr bei den Vorbereitungen für die Party zu helfen, die sie nach langer Überzeugungsarbeit bei ihren Eltern endlich geben durfte. Ich verließ früh meine Unterkunft und radelte quer durch den Ort, vorbei am samstäglichen Viehmarkt und den steilen Hügel hoch, der aufs offene Land führte. Paula gehörte einer Welt an, die mir völlig unbekannt war, wo Kieswege zwischen Lorbeer- und Ligusterhecken zu gediegenen Häusern mit Gärten, Schaukeln und Sommerhäuschen führten. Zwei Hunde kamen aus der offenen Haustür der Woods, durch die ich flüchtig das Parkett der Diele und den leeren Stuhl jenseits davon erspähen konnte. Hinter mir hörte ich das Rumpeln eines Lieferwagens, der die Kiesstückchen unter seinen Rädern zermalmte; aus dem Innern des Hauses kam das Geräusch leerer Gläser, die auf leicht zitternden Tabletts durch die Räume getragen wurden. Paula und ihre Schwester stellten entlang eines gepflasterten Wegs Windlichter auf, bis hinunter zu den Rhododendren, die den Rand des Gartens markierten. Wir errichteten einen Leinwandbaldachin, für den Fall, dass es regnete, und verankerten ihn mit Halteseilen, die durch Holzpflöcke gezogen wurden, im Rasen. Aus der Küche hörten wir das Radio spielen, während Paulas Mutter schnippelte und hackte und kochte, dabei ihr Haar zurückwarf, und die Scheibchen und Häppchen auf Porzellantellern anrichtete.

Als in der Dämmerung die Gäste eintrafen, fielen die langen Schatten der Zedern über den Rasen. Hoch aufgeschossene und ziemlich unbeholfene Jungen wedelten mit ihren Zigaretten und sprachen über sich selbst, während die Mädchen gegenseitig ihre Kleider bewunderten. Man stellte ein Grammofon ins geöffnete Fenster des Wohnzimmers, und Tanzmusik klang herüber, während Paula und ihre Schwestern aus großen Krügen einen Fruchtcocktail anboten, der mit Gin und Wermut aus der Speisekammer angereichert war.

Ich sah, wie ihr Vater aus einem Fenster im oberen Stock alles beobachtete, gespannt, aber vor allem belustigt. Seinem aufmerksamen Auge enthüllte sich vielleicht ein Muster in den Gruppen, die sich bildeten und wieder auflösten, inzwischen Jungen und Mädchen vereint, mit Gläsern in der Hand, nach drinnen treibend, um zu tanzen. Für uns, die wir mittendrin waren, gab es nur die Eingebungen des Augenblicks. Ich erinnere mich, dass ich den Eindruck hatte, so etwas wie Neid im Blick des Vaters zu erkennen, und dass ich mich deshalb stark und unverwundbar fühlte.

Später, als die ersten Gäste gingen, fragte Paula mich, ob ich mit ihr nach draußen kommen wolle. Wir gingen den beleuchteten Weg hinunter, wo die Kerzen in ihren Glasbehältern nur noch schwach brannten, vorbei an dem Baldachin, der nicht gebraucht worden war, und setzten uns nebeneinander auf die Grasböschung. Paula legte ihren Kopf auf meine Schulter, wie es ein guter Freund gleichen Geschlechts vielleicht erschöpft nach dem Fangenspielen tun würde. Ich ließ meine Hand über das dünne Gewebe ihres Kleids und entlang ihrer Schenkel gleiten, in demselben freundschaftlichen Gestus. Sie wandte ihr Gesicht dem meinen zu, sodass ich sie auf die Lippen küssen konnte. Ihre Zunge fuhr scheu hin und her, während sie mit ihren kleinen, entschlossenen Fingern meinen Hemdsärmel streichelte. Sie stand auf und nahm mich an der Hand. Wir gingen in eine Lichtung mitten in den Rhododendren, wo niemand uns sehen konnte, und Paula öffnete ihr Kleid und legte meine Hand auf ihre Brüste. Dann hob sie den Saum, um mir ihre nackten Beine zu zeigen. Ich hatte bis dahin nicht gewusst, dass menschliche Haut so weich sein kann. Meine Fingerspitzen erschienen mir zu rau, also drehte ich meine Hand um und fuhr mit der Außenseite meiner Finger über das Innere ihrer Schenkel. Ich traf auf etwas glühend Heißes, mit dem ich nicht gerechnet hatte. Nach einem Kampf, den sie wohl eher mit sich selbst als mit mir ausfocht, nahm sie meine Hand dort weg, küsste sie und reichte sie mir zurück.

Zu dieser Zeit führte ich schon seit zwei Jahren ein Tagebuch. Jetzt konnte ich ihm mehr anvertrauen als kleine Triumphe beim Übersetzen oder Kommentare zur Qualität des Schulessens. Um für neugierige Blicke unverständlich zu bleiben, schrieb ich griechisch – nicht in der Sprache selbst, sondern indem ich das altgriechische Alphabet benutzte, und um die Identitäten zu verschlüsseln, gab ich den Personen Namen aus der Mythologie: Mary Miller war Helena, Mr. Liddell Anchises. Meine Mutter war Medea. Mein Vater, den ich nur selten erwähnte, war Odysseus.

Ich schrieb dieses Journal in eine Kladde von vierhundert Seiten Umfang, die ich aus dem Schrank mit den Schreibmaterialien in der Schule genommen hatte. Ich wollte lieber kein Kalendarium haben, dessen einzelne leere Seiten mich vorwurfsvoll anstarrten, sondern das Buch nur dann aus dem Regal nehmen, wenn ich etwas zu sagen hatte. Meine Handschrift war klein und ordentlich, und ich hoffte, das dicke Buch würde für zwanzig Jahre reichen. Ich achtete sorgfältig darauf, dass niemand es sah, obwohl ein Fremder vermutlich ohnehin nichts damit hätte anfangen können.

Nachts las ich die Bibel. Ich hatte die biblischen Geschichten immer spannend gefunden, zugleich aber Witze über den Heiligenschein gerissen, der sich zwangsläufig über dieser Lektüre verbreitete. Jeftah, Josua und Gideon waren Kriegsherren – wie sie durch Judäa und Samaria stürmten und Land für die Israeliten eroberten, machte sie interessant. Um elf Uhr musste ich in meinem Zimmer das Licht löschen, danach las ich im Schein einer Taschenlampe unter der Decke weiter. Aus irgendeinem unerschöpflichen Quell brachten diese Israeliten nacheinander alle möglichen Führer hervor: Patriarchen, Propheten, Soldaten, Könige ... Was mich am meisten interessierte, war die Machtbalance zwischen Herrscher und Ratgeber. Solange Abraham und Moses ihre Anweisungen noch direkt von Jehova erhielten, war es noch einfach, doch spätere Führer – Saul oder David zum Beispiel – mussten sich darauf verlassen, dass ihre Ratgeber den Willen Gottes vernahmen und an sie weitergaben. Eine direkte Befehlslinie gab es anscheinend nicht mehr. Und wenn ich mich mit den späteren Propheten befasste, denjenigen, von denen man in der Kirche nie hörte, begegnete ich diskreditierten Männern, die Stimmen hörten, die ihnen mehr und drängendere Ratschläge gaben, als sie verarbeiten konnten. Einstmals die wichtigsten Figuren am Hofe, waren sie jetzt Parias geworden, die auf einem steinernen Hang hausten. Ich fühlte mit ihnen, mit diesen Hesekiels und Amos, die durch die gebieterischen Stimmen fast taub geworden waren und von ihren Herrschern nicht länger um Rat gefragt wurden.

Ich war so vertieft ins Latein und in unbedeutendere Propheten, dass ich die unheilvollen Entwicklungen in Europa überhaupt nicht mitbekam. Ich war so mit Napoleon III. beschäftigt, dass ich die Art und Weise, wie Adolf Hitler den Vertrag von Versailles zerfetzte, nicht wahrnahm, nichts davon wusste, dass die Italiener sich aufmachten, die speertragenden Einwohner von Abessinien mit Giftgas und Maschinengewehren abzuschlachten. Den glatzköpfigen Mussolini mit seiner pomadigen Armee und selbst den sich brüstenden kleinen Führer mit seiner Aura konnte man wahrlich nur schwer ernst nehmen.

Ich bestand ein paar Prüfungen und bekam einen Platz an einer alten Universität, in einem wenig bekannten College, das von Schotten gestiftet worden war. Das Studiengeld wurde bezahlt, und ich erhielt einen kleinen Zuschuss für den Lebensunterhalt. Mr. Liddell überreichte mir zum Abschied einen in Kalbsleder gebundenen Band Euripides, von dem ich glaube, dass er daran hing; außerdem schenkte er mir ein überschüssiges Sakko, was mich überraschte, hatte ich doch geglaubt, er besitze nur die beiden, zwischen denen er immer wechselte. Meine Mutter sagte, es breche ihr das Herz, mich ziehen zu lassen, aber sie zeigte keinerlei Regung, als ich mich aufmachte, um zum Bahnhof zu gehen, in der Oktobersonne, den Koffer in der Hand und unter dem Gewicht von Mr. Liddells Tweedjackett schwitzend ...

Ich schlug das alte Tagebuch zu und schloss das Leben weg, das es mir in Erinnerung gebracht hatte, dieses Leben voller Zufälle, Glücksfälle und merkwürdiger Ereignisse.

Etwa achtundvierzig Stunden nachdem ich meinen höflichen Absagebrief an Pereira verfasst hatte, tauchte eine Ecke des noch immer nicht abgeschickten Umschlags unter einem Haufen Reklamepost auf dem Tisch in der Diele wieder auf. Ich zog den Umschlag hervor, warf ihn in den Papierkorb, setzte mich an meinen Schreibtisch und begann von Neuem. »Sehr geehrter Dr. Pereira, vielen Dank für Ihren Brief. Es würde mich freuen …«

Eine Woche darauf hatte ich Post von ihm; und weitere zehn Tage später saß ich im Flugzeug.

Flüge nach Toulon waren selten und teuer; also machte ich einen Bogen über Marseille und fuhr dann mit einem gemieteten Kastenwagen bis an die Spitze der Halbinsel – die Pereira eine *presqu'île*, eine »Beinahe-Insel«, genannt hatte –, dorthin, wo Ausflugsdampfer und Wassertaxis andockten. Hier stand ich vor einer schmuddeligen Örtlichkeit mit einer roten Markise, dem Café des Pins, und wartete darauf, dass man mich abholte.

Welches Nachdenken über meine Vergangenheit hatte mich veranlasst, meine Meinung zu ändern? Ich gestand mir ein, dass ein so gründlicher Rückblick auf meine Jugend vermutlich dabei half, meine Verteidigungslinien aufzubauen. Jüngste Forschungen hatten gezeigt, dass das Gehirn sich schneller entschied, als es dem Bewusstsein möglich war, und die entscheidenden Synapsen abgefeuert wurden, bevor das schwerfällige »Urteilsvermögen« ins Spiel kam. Ohne mich weiter darum zu kümmern, was das für den freien Willen oder die Illusionen darüber bedeuten mochte, war ich zufrieden, dass es bei mir so abgelaufen war.

Ich sollte also einen Mann treffen, der mir eine Tür zu meiner Vergangenheit öffnen konnte: Ich fühlte mich verletzlich bei dem Gedanken, ein Fremder könne mehr über mich wissen als ich selbst; ich musste mich also vergewissern, dass mein eigenes Bild von meinem Leben in Ordnung war. Gleichzeitig hatte die leidige Annalisa-Angelegenheit (dieses ganze Durcheinander aus Lust und Angst und blockierten Gefühlen) mich einsehen lassen, dass es Aspekte meines Charakters gab – oder wenigstens meines Verhaltens –, die nicht nur selbstzerstörerisch wirkten, sondern anderen Schmerz zufügten. Auch in meinen frühen Sechzigern fühlte ich mich immer noch jung genug und in der Lage, mich zu ändern – mich dem zu stellen, dem ich mich stellen musste –, und ein Mediziner aus der Generation meines Vaters, dessen besonderes Interesse auf dem Feld des Gedächtnisses und der Erinnerung lag, war vielleicht genau der Mann, der mir helfen konnte.

Ich war bei meiner zweiten Zigarette angelangt, als eine ganz in Schwarz gekleidete alte Frau stehen blieb und mich von oben bis unten musterte.

*»Vous êtes Dr. Hendricks?«* Ihr Akzent war so südfranzösisch, wie ich es mir nur vorstellen konnte.

*»Oui.«*

*»Venez.«* Sie gab mir einen Wink, ihr zu folgen. Trotz ihrer krummen Beine legte sie ein hohes Tempo vor. Wir gingen über eine Mole vorbei an der Fähre, die für die Nacht angelegt hatte, und dann über eine Gangway auf ein Schiff mit einer weißen Plane. Es hatte Platz für ein Dutzend Leute, aber wir waren nur zu dritt. Der Dritte war der Mann im Ruderhaus, der den Motor anwarf und das Boot in die Bucht hinauszumanövrieren begann.

Mein Französisch war gut genug, dass ich nachfragen konnte, wie weit wir fahren und wie lange wir unterwegs sein würden, aber durch den Lärm des Motors verstand ich die Antworten der alten Frau nicht, und mir schien, das war ihr nur recht. Schließlich gab ich die Gesprächsversuche auf und sah nur über die weiße Heckwelle auf den Hafen zurück. Zwanzig Minuten später war das Festland nicht mehr zu sehen, und wir hatten, im Rücken die untergehende Sonne, die croissantähnlichen Umrisse von Porquerolles hinter uns gelassen.

## DRITTES KAPITEL

Irgendwann musste ich trotz des Seegangs eingenickt sein. Ich wachte auf, als das Boot gegen einen Felsen stieß. Es war finster.

Es gab einen eindrücklichen Wortwechsel zwischen dem Schiffsführer und der alten Frau. Wir waren an einer Felsbucht angekommen, einer *calanque*, wie der Mann das nannte. Er ließ das Licht einer Taschenlampe über einen Eisenbügel gleiten, der in das Riff gehämmert war, daran machte er die Fangleine fest. Die See war ruhig genug, dass er hinausspringen und seine Hand zuerst der alten Frau und danach mir reichen konnte.

Eine schwierige Kraxelei im Schein der Taschenlampe folgte, bis wir einen Weg erreichten. Hier verabschiedete sich der Mann und kehrte zu seinem Boot zurück; ich folgte der alten Frau im Dunkel auf einem bewaldeten Weg bergan. Ich roch den Duft von Pinien und konnte ihre Nadeln unter meinen Füßen spüren. Schließlich erreichten wir Stufen, die nach erheblicher Zeit – es waren vielleicht hundert an der Zahl – auf eine Ebene führten, dem Anschein nach oben auf der Kuppe des Kliffs. Vor uns lag ein großes rechtwinkliges Haus, nur vom Mond beleuchtet, entlang dessen verschlossener Veranda ich zahllose tropische Büsche und Bäume ausmachte.

Wir gingen durch einen Seiteneingang ins Haus und einen unbeleuchteten Gang entlang. Die alte Frau sagte, ich solle warten, verschwand in der Dunkelheit und kam kurz darauf mit einer Gaslaterne zurück. Damit führte sie mich über eine frei liegende Treppe nach oben in einen langen Korridor. An dessen Ende bogen wir um die Ecke auf die Rückseite des Hauses zu und stiegen eine halbe Treppe bis zu einer Tür hoch.

»Ist Dr. Pereira nicht da?«, fragte ich in meinem holprigen Französisch.

»Nein. Er ist aufs Festland gerufen worden. Er kommt morgen zurück. Unten gibt es ein Badezimmer. Frühstück ist um acht.«

Ich machte eine Kerze an und sagte Gute Nacht, dann sah ich mich im Zimmer um. Das Bettgestell war aus Eisen; die Matratze war dünn und gab nach, als mich daraufsetzte. Saubere Laken und nur eine Decke, die Nacht war warm. Über dem Bett hing ein Kruzifix, eine handgeschnitzte Figur aus weichem Holz mit beeindruckenden Dornen und Blutstropfen; an der gegenüberliegenden Wand sah ich das Gemälde eines fromm ausschauenden, in eine Robe gekleideten Mannes mit einem entrückten Blick.

Auf einen kräftigen Stoß hin gaben die Fensterläden nach und ließen das Kreischen der Zikaden herein. Der Mond war gerade durch vorbeiziehende Wolken verdunkelt, aber ich konnte die Umrisse von Pinien erkennen; ich meinte, trotz des Lärms der Insekten das Schmatzen und Klatschen der See in der *calanque* zu hören. Das Geschrei der Frauen in meiner Londoner Wohnung war weit weg.

Pereiras Insel tauchte auf keiner der Karten auf, die ich auf dem Flughafen kurz durchgesehen hatte – sie war für den touristischen Maßstab vermutlich zu klein; doch allein die Größe dieses Hauses sprach für fließendes Wasser, Arbeit, menschliche

Besiedelung. Wie um meine Vermutung zu bestätigen, schlug jetzt eine entfernte Kirchenglocke die Stunde.

Ich versuchte, bei dem Kerzenlicht zu lesen, aber selbst mit zwei Flammen konnte ich die Schrift kaum erkennen. Ich schätzte mich glücklich, dass die üblichen Erniedrigungen des mittleren Lebensalters vor mir haltgemacht hatten – Bierbauch, steife Knie oder Haarausfall –, aber helles Licht war fürs Lesen unerlässlich geworden.

Es machte nichts. Wenn man in so vielen spartanischen Zimmern und Unterkünften geschlafen hat wie ich, bietet auch die Fremdheit Trost genug; das Neue ist immer schon vertraut.

Die Sonne warf ein helles Lichtdreieck auf meine Bettdecke, als ich erwachte. Es war kurz vor sieben, und ich fühlte mich sehr ausgeschlafen, als ich nach unten ins Bad ging. Dessen altertümliche Armaturen signalisierten, dass irgendjemand vor langer Zeit viel Geld in dieses Haus gesteckt hatte. Ich rasierte mich überaus gründlich und packte meinen Koffer vollständig aus, so überbrückte ich die Zeit bis acht, um dann die halbe Treppe hinunter in den Korridor zu gehen. Ich entdeckte die Haupttreppe und stieg hinab in eine geflieste Diele, die mich an ein hydrotherapeutisches Kurhotel denken ließ, einen dieser Orte, wo man Tuberkulösen oder Damen mit Schoßhündchen begegnete. Ich folgte dem Kaffeeduft und kam in einen Raum, in dem auf einem kleinen Tisch für eine Person gedeckt war.

Beinahe sofort brachte die alte Frau auf einem Tablett ein gekochtes Ei, Baguette, Marmelade und Kaffee in einer glasierten Steingutkanne herein. Sie ignorierte meine Anläufe zu einer Unterhaltung und drängte mich zu essen. Der Kaffee schmeckte so stark, wie er roch, und sehr bald hatte ich das Tablett leer gemacht. Ich steckte mir eine Zigarette an und trat nach draußen auf die Veranda. Außer den tropischen Arten, die ich in der letzten Nacht im Dunkeln erkannt hatte, gab es kleine Sträucher und Pflanzen in Terrakottagefäßen. Der Rasen wirkte beinahe englisch grün, obwohl das Gras von einer derben Sorte war, die auch einer Dürre standhalten konnte.

Das Auffälligste, was sich erst jetzt im Tageslicht in den Blick drängte, war jedoch ein Treibhaus von enormer Größe – fast so groß wie das Haupthaus und rechtwinklig daran angebaut. Es war leer.

»Sie können sich hier völlig frei bewegen«, sagte die alte Frau, die plötzlich neben mir aufgetaucht war. »Dr. Pereira hat angerufen. Er kommt zum Lunch zurück.«

»Gibt es hier so etwas wie einen Ort?«, fragte ich. »Ich müsste ein paar Sachen einkaufen.«

»Es gibt den Hafen, aber das ist zu weit. Legen Sie einen Zettel auf den Tisch in der Diele mit dem, was Sie brauchen. Der Gärtner fährt später mit dem Wagen los.«

Zwei Flaschen Gin. Zwei Schachteln Zigaretten. Wenn möglich, einen Campari oder Dubonnet und eine Orange. Ein paar Zitronen. Ein Kilo Pistazien oder Cashewnüsse. Ich war mir nicht sicher, ob ich einen solchen Zettel hinlegen konnte. »Wo ist der nächste Strand? Kann man da schwimmen?«

»Strände gibt es nicht, nur *calanques*. Schwimmen ist gefährlich. Dies ist keine Ferieninsel.«

»Kann ich den Wagen haben, um zum Hafen zu fahren?«

»Nein. Der Wagen ist unterwegs.«

»Dann werde ich … einfach ein bisschen rumlaufen.«

»Wie Sie wollen.«

»Gibt es Bücher im Haus?«

»Ja. Eine Menge Bücher. Die Bibliothek ist der Raum da ganz hinten, am letzten Fenster.«

Ich lächelte und hoffte, das würde bei der alten Frau eine ähnliche Reaktion hervorrufen, aber in ihren Augen war nichts anderes zu lesen als eine unbestimmte Geringschätzung. Ich nahm es ihr übel, dass sie mich nicht als Gast ihres Arbeitgebers betrachtete, sondern als jemanden, den man überwachen musste.

Das war jedoch kein Grund, sich einen sonnigen Tag an einem Ort von außergewöhnlicher natürlicher Schönheit verderben zu lassen, den kaum jemand auf der Welt kannte. Ich ging etwa fünfzig Meter die Einfahrt hinunter und trat dann auf eine Straße. Was lag näher als der Versuch, den höchsten Punkt der Insel zu erreichen und von dort aus einen Überblick über ihre Größe und Gestalt zu gewinnen? Es war immer noch erst neun Uhr; vor mir lagen gute drei Stunden, in denen ich umherstreifen konnte.

Obwohl es schon Mitte September war und die Luft diesig und voller Wehmut, brannte die Sonne so heiß wie an einem Augusttag. Unterwegs begann ich, leicht zu schwitzen. Als ich den vermutlich höchsten Punkt erreicht hatte, kletterte ich auf einen Felsen und sah mich um. Die Insel maß vielleicht sechs mal fünf Kilometer, mit ihren schroffen Kanten ließ es sich nicht so genau sagen. Überall ringsum sah ich eine blauschwarz gefärbte See. Im Norden erkannte ich eine Ansammlung weiß verputzter Häuser, eine Siedlung; ich konnte mir schwerlich vorstellen, dass der Hafen, von dem die alte Frau gesprochen hatte, wirklich ein Städtchen war, es sei denn, man hatte weiter den Hügel hinauf gebaut.

Ich brannte jetzt darauf, meinen Gastgeber kennenzulernen, ich fühlte mich bereit für ihn. Ich hatte gerade den Rückweg zum Haus eingeschlagen, als ich glaubte, eine weibliche Stimme zu hören. Ich sah mich um, aber niemand war zu sehen. Der Wind, dachte ich. Vielleicht auch eine Möwe.

Für den Weg zurück zu Pereiras Anwesen brauchte ich nicht einmal eine Stunde, und statt dort auf seine Rückkehr zu warten, ging ich lieber über den Rasen die Stufen hinunter zu der *calanque*, wo wir angekommen waren. Das war ziemlich anstrengend, obwohl es abwärtsging. Auf dem Weg gab es viel Gestrüpp und Baumwurzeln, und ich war froh, als ich endlich die flache Zone erreicht hatte, wo das Boot in der letzten Nacht angelegt hatte. Ich setzte mich hin und sah zu, wie das eingeschlossene Wasser gegen die Felsen schäumte.

»*Bonjour*«, sagte eine Frauenstimme, und diesmal gab es auch eine Person dazu.

Es handelte sich um ein schwarzhaariges Mädchen, etwa fünfundzwanzig Jahre alt. Sie hatte ein geblümtes Bauernkleid an, an einem Arm trug sie einen Holzkorb und hielt außerdem ein Instrument in der Hand, wie ich es noch nie gesehen hatte, ein bisschen wie ein verstellbarer Schraubenschlüssel, allerdings aus einem leichteren Metall.

Sie sah, wie ich guckte, und lächelte, als sie das Ding hochhielt. »*Pour les oursins*«, sagte sie. »*Cette calanque est la meuilleure.*«

Ich verstand, dass diese *calanque* die beste war, aber wofür? Was waren *oursins*? Ich musste nicht lange warten.

Die junge Frau legte eine Tauchermaske an, schleuderte ihre dünnen Ledersandalen von den Füßen und schlüpfte aus ihrem Kleid. Darunter trug sie nichts. Ich winkte ab und erlaubte meinem Blick nicht, an ihr festzuhalten. Sie tauchte vom Felsen aus flach ins Wasser ein, wendete, schwamm zum Ufer zurück, holte einmal tief Luft und war weg. Fast eine Minute verging, bevor ihre Tauchermaske wieder aus dem Wasser auftauchte, dann ihr Kopf, glänzend wie der eines Otters. In den hölzernen Korb, den sie knapp über den Wasserpegel hielt, legte sie drei Seeigel. Das also waren die *oursins*.

Sie lächelte, machte kehrt und verschwand erneut unter den Wellen, und einen Augenblick lang funkelte das Wasser über ihrem weißen Hintern. Jeder Tauchgang schien ein bisschen länger zu dauern als der davor: Die Kraft ihrer Lungen war bewundernswert. In der Art, wie sie ans Werk ging, lag viel Ernsthaftigkeit, zugleich aber eine gewisse Unschuld, eine Freude daran, beobachtet zu werden. Vielleicht keine Koketterie, aber wenigstens Prahlerei. Ich habe seit jeher einen merkwürdigen Kitzel empfunden, wenn ich Leuten bei etwas zusehe, was sie sehr gut können, auch wenn mich die Sache selbst vielleicht gar nicht interessiert: Ich kann voller Faszination einem Skifahrer zusehen, der einen Abhang hinabrast – selbst einem Klempner, der eine Waschmaschine repariert.

Nach etwa einer halben Stunde war ihr Korb voll. *»Voilà«*, sagte sie stolz.

Ich sah weg, als sie aus dem Meer kletterte und dann zu mir kam und sich neben mich setzte. Sie hatte kein Handtuch, aber die Oberfläche des Felsens war glatt und die Sonne heiß. Sie nahm aus dem Korb ein kleines Küchenmesser und schnitt damit einen der Seeigel ein. Sie bot ihn mir an. Ich rechnete mit etwas Kaltem und Salzigem, etwa wie eine Auster, aber er war warm und schmeckte schwach süßlich. Ich spuckte ihn aus.

Sie öffnete den nächsten und aß ihn selbst. »Aber es schmeckt gut«, sagte sie.

»In Ordnung. Kann ich noch einen probieren?«

Weil ich jetzt wusste, was mich erwartete, genoss ich den delikaten Geschmack.

»Wo sind Sie hergekommen?«, fragte sie.

»London«, sagte ich. »Ich besuche Dr. Pereira. Da oben.«

Die junge Frau sagte nichts.

»Kennen Sie ihn?«

Sie wandte den Kopf ab und sah aufs Meer, während ich ihr – soweit mein Französisch das zuließ – erzählte, was ich auf ihrer Insel zu tun hatte. Auf einem Felsen neben einer nackten Frau zu sitzen und Seeigel zu essen, hatte mit meinem gewöhnlichen Leben dermaßen wenig zu tun, dass ich keinen Anlass zur Verschwiegenheit sah.

»Sie sollten sich den Hafen ansehen«, sagte sie.

»Das mache ich. Sobald ich den Wagen haben kann. Ich gebe Ihnen in einem Café einen aus.«

»Ich wohne da nicht.«

»Wo wohnen Sie?«

Sie zeigte hinter sich.

»In einem von den weißen Häusern?«

»Zum Hafen kommen Sie auch mit dem Boot.«

»Ich habe kein Boot.«

»Hat Dr. Pereira keins?«

»Das weiß ich nicht. Wir sind in einer Art Taxi angekommen. Mit der alten Frau zusammen. Kennen Sie sie?«

Sie sah zur Seite.

»Und Sie? Wie heißen Sie?«

»Ich heiße Céline.«

»Sind Sie von hier, von der Insel?«

»Nein. Ich bin auf Mauritius geboren.«

»Und warum leben Sie jetzt hier?«

Sie stand auf. Ich drehte mich weg, als sie ihr Kleid anzog und die dünnen Sandalen festmachte. Ich fragte mich, ob ich zu neugierig gewesen war. Sie fing an, die Felsen hochzuklettern, weg von Pereiras Haus, auf die Spitze zu.

Ungefähr auf halber Höhe drehte sie sich um, den Korb überm Arm, und winkte. Mit ihrem wehenden schwarzen Haar sah sie aus wie eine Bäuerin auf einem Gemälde von Millet.

Es war jetzt an der Zeit, hochzugehen und zu sehen, ob mein Gastgeber zurückgekommen war. Als ich an Pereiras Haus ankam, traf ich die alte Haushälterin auf der Veranda.

»Dr. Pereira ist in der Bibliothek«, sagte sie. »Er erwartet Sie schon.«

Es war zehn vor eins. Ich entschied, dass er noch ein bisschen länger warten könnte, und ging aufs Klo unterhalb der Treppe, mit seinem gusseisernen Wasserkasten und dem Sitz aus Mahagoniholz. Ich sah mich selbst im Spiegel an. Anscheinend wurde ich meinem Vater jedes Jahr etwas ähnlicher – jedenfalls dachte ich das; ganz bestimmt waren es nicht die Gesichtszüge meiner Mutter, die aus meiner Haut hervortraten.

Ich durchquerte die Diele und betrat die Bibliothek. Dr. Pereira war ein Mann in hohem Alter, mit einem vollständig kahlen Kopf, der wie eine Kastanie schimmerte. Seine Haut war voll tiefer Furchen; er trug eine Brille mit einem Drahtgestell und hatte einen grauen Anzug an, der weit an seinem Körper herabfiel. Trotz oder wegen seiner Zerbrechlichkeit hatte er etwas »Authentisches« und weit weniger von dem Dubiosen an sich, das ich mir vorgestellt hatte.

»Das ist sehr gut, dass Sie gekommen sind, Dr. Hendricks, ich war mir nicht sicher.«

»Ich auch nicht. Aber ich war neugierig.«

Für einen alten Mann war sein Händedruck kräftig. »Kann ich Ihnen vor dem Lunch etwas zu trinken anbieten? Nehmen Sie doch Platz.«

Ich setzte mich an den Kamin in einen Lehnstuhl, der kunstvoll verziert und nach französischer Manier recht hart war. Die alte Frau kam mit einem Tablett herein, auf dem zwei Gläser standen.

»Paulette kennen Sie schon, nehme ich an?«

Sie mochte immer noch nicht lächeln, als sie mir einen Drink mit Eiswürfeln und einer Orangenscheibe reichte; er schmeckte nach Wodka und Grapefruit, aber es war auch irgendetwas Süßes dabei.

Nachdem er sich nach meiner Reise erkundigt hatte, gingen wir in den Raum, in dem ich gefrühstückt hatte.

Pereira hielt das Gespräch in Gang, während Paulette gegrillte Meeräsche und Salat auftrug. Er sprach ohne erkennbaren Akzent – jedenfalls für meine Ohren. Seine Haut hatte einen dunklen Teint; ob von Geburt an oder durch die Sonne, war schwer zu sagen.

»Möchten Sie Wein? Er kommt vom Weinberg hier auf der Insel und muss sehr kalt getrunken werden.«

Auch der zweite Gang bestand aus heimischen Produkten – zwei Sorten Schafskäse, einer davon mit einer Aschenrinde. Kühe kann man sich auf dieser steinigen Insel auch schwer vorstellen, dachte ich, als ich meinen Teller abstellte und wartete.

»Ich habe Ihr Buch mit großem Interesse gelesen«, sagte Pereira. »Ich glaube, es war damals eine kleine Sensation.«

Bei diesen Sätzen wurde mir unbehaglich – wie bei allem, was mit dem Buch zu tun hatte.

»Es war sehr stark zeitgebunden«, sagte ich. »Die Sechziger. Eine Zeit des Wandels. Grenzen niederreißen, dieses ganze Zeugs. Damals schien das wichtig zu sein. Sie sind Neurologe, haben Sie gesagt.«

»Stimmt, ja. Mein Gebiet war die geriatrische Medizin. Demenz, Gedächtnisverlust und so weiter.«

»Wo haben Sie praktiziert?«

»Lange Zeit in England. In London und Manchester. Dann Paris. Zuletzt in Marseille.«

»Sind Sie Engländer?«

»Ich habe die doppelte Staatsbürgerschaft, britisch und französisch. Meine Mutter war Engländerin, mein Vater Spanier. Ich bin in Auteuil groß geworden, bei Paris. Paulette hat mir erzählt, dass Sie gut Französisch sprechen?«

»Überhaupt nicht. Schulfranzösisch.«

»Ich nehme an, Sie sind viel gereist.«

»Mein Bataillon ist im Krieg viel rumgekommen. Seitdem war ich nicht mehr viel unterwegs. Nur für Tagungen natürlich. Indien, Sri Lanka, Naher Osten. Für ein Jahr hatte ich eine Forschungsstelle in Poitiers, und ich war für einige Zeit in Paris.«

Ich hatte keine Lust, mehr preiszugeben. Alles, was er an biografischen Informationen über mich haben konnte, musste vom Schutzumschlag meines Buches stammen – das und ein paar dürre Daten und Anstellungen, die er in medizinischen Nachschlagewerken gefunden haben mochte.

Pereira rückte seinen Stuhl zurück und warf seine Serviette auf die glänzende Tischplatte. »Eines meiner Hauptinteressen war das Problem des Gedächtnisses und der Erinnerung. Ein ziemlich dringendes Problem in der Geriatrie, wie Sie sich denken können.«

»Sicher.«

»Bei alten Menschen«, fuhr er fort, »wird der Verlust an Lebenskraft durch größere Tiefe ausgeglichen – Tiefe in der Struktur der Erfahrung. Wenn ein kleiner Junge zum ersten Mal im Meer schwimmt, hat er Angst. Es ist übermächtig, es ist kalt. Vielleicht muss er sterben. Dann schluckt er Wasser. Er spuckt, er weint und schreit. Später, wenn er siebzehn ist, hat er keine Angst mehr. Wenn er in diesem Alter etwas Exotischeres zum ersten Mal erlebt – zum Beispiel Meeresleuchten oder wirklich große Wellen –, ist sein Hochgefühl ungebrochen. Als junger Mann kann er sich aussuchen, was ihm am besten gefällt – Wellen zum Surfen oder Korallenriffe zum Schnorcheln. Als Vater durchlebt er dann noch einmal sein früheres Leben und hilft seinen Kindern im Wasser. Aber sein eigenes Leben ist nun nicht mehr so wichtig, wenn er ihr Frösteln sieht und ihre Angst. Es kommt jetzt eine lange Zeit, in der er Zuschauer ist. Aber etwa mit sechzig kehrt ein Mann wieder zu sich selbst zurück. Bei jedem Hechter, mit dem er gegen die Wellen ankämpft, bei jedem Abtauchen unter die kalte Wasseroberfläche machen die Hunderte von Gelegenheiten, bei denen er das schon früher getan hat, diese Erfahrung tiefer und reicher. Das Brennen der Gischt ... der Sand zwischen den Zehen, wenn er unten ankommt ... Er ist wieder ein Kind. Seine Eltern sind wieder am Leben. Er ist nicht ›begeistert‹, aber erfüllt. Wenn er im Bruststchlag durch eine ägäische Bucht schwimmt, kehren alte Kämpfe im Atlantik zurück, Geplansche mit Freundinnen, Wettschwimmen mit anderen jungen Männern bis hinaus zur Boje, sogar, wie er sich als Baby an seinen Vater klammerte. All das sind Spielarten ein und derselben Erfahrung, der Erfahrung der eigenen Person.«

»Oder vielleicht Vorboten des Endes. Wenn es kein Schwimmen mehr gibt.«

Pereira lächelte. »Ich wusste, dass Sie es verstehen würden.«

Das war nicht schwer. Seine kleine Rede hatte die Aura des Auswendiggelernten und schien zugleich aus der Not eine Tugend machen zu wollen. Wenn man älter wird, verschwindet der Spaß aus dem Leben, aber wir wollen einfach mal so tun, als ob es nicht trister wird, sondern reicher – wie im Laufe der Jahre ein Festlandssockel durch die Anschwemmungen.

Ich sollte mich nicht zu sehr darüber mokieren. Von dem, was er beschrieben hatte, hatte ich an mir selbst so manches erfahren, und es fühlte sich nicht an wie Selbsttäuschung. Es fühlte sich an wie eine angemessene Entschädigung für den Verlust jenes trügerischen Gefühls namens »Begeisterung«. Die Ereignisse der Jugend werden mit kräftiger Tinte auf jungfräuliches Papier geschrieben; die Erfahrungen des mittleren Alters sind bestenfalls ein Palimpsest, auf dem die früheren Niederschriften noch lesbar und lebendig sind. Mein Problem war, dass ich meine früheren Erfahrungen nicht mehr für gültig hielt. Ich war, um Pereiras Analogie anzuwenden, nicht der Sechzigjährige, dessen Begegnung mit dem Meer durch alle früheren Erfahrungen bereichert wurde, sondern der Naivling, der überrascht feststellte, dass das Wasser nach Salz schmeckte.

»In den meisten Karrieren gibt es Umwege und überraschende Wendungen«, sagte Pereira. »In Ihrer auch, nehme ich an.«

»Bis zu einem gewissen Grad, ja.«

»Meine eigene Karriere nahm eine späte Abzweigung in die Psychiatrie. Wie Sie hatte ich den Ehrgeiz, eine entscheidende Entdeckung zu machen. Ich wollte meine Patienten nicht nur medikamentös behandeln oder ruhigstellen. Ich war hinter nichts weniger als dem Stein der Weisen her.«

Das war eine Formel, die ich in *The Chosen Few* benutzt hatte, und es gefiel mir nicht, daran erinnert zu werden.

»Könnte ich irgendwann mal die Fotos sehen?«, fragte ich. »Die, wo mein Vater drauf ist?«

Pereira stand auf. »Natürlich. Wissen Sie viel über die Soldatenzeit Ihres Vaters?«

»Sehr wenig. Meine Mutter hat nie darüber gesprochen. Dort, wo wir wohnten, war beinahe jede Familie auf die eine oder andere Art davon betroffen – Väter, Brüder, Söhne, Verlobte. Aber es schien eine stillschweigende Übereinkunft zu geben, nicht darüber zu sprechen. Vermutlich war das ein Fehler.«

»Und Sie selbst sind ja auch als Soldat in der Schlacht gewesen.

In Ihrem Buch gibt es eine ganze Reihe Verweise darauf, aber keine Einzelheiten. Vielleicht erzählen Sie mir davon.«

»Wenn es so weit ist.«

»Ich suche heute Abend mal die alten Papiere und Fotografien heraus«, sagte Pereira. »Aber jetzt wollen Sie sich vielleicht entspannen und die Insel genießen. Mein Wagen steht Ihnen zur Verfügung, wenn Sie zum Hafen fahren möchten. Der Autoverkehr ist außer für Rettungswagen von der Insel verbannt – und für die wenigen unter uns, die schon vor dem Verbot hier gewohnt haben. Wir sind davon ausgenommen. Sie können natürlich auch laufen, wenn Ihnen das besser gefällt. Sie brauchen keine Stunde dafür. Und heute Abend, sagen wir, gegen halb sieben in der Bibliothek?«

Schließlich entschied ich mich, zum Hafen zu laufen. Man kann nicht Arzt sein – egal welcher Fachrichtung –, ohne den Nutzen der Bewegung zu betonen. Es gab nur eine einzige halbwegs hergerichtete Straße, sodass ich keinen Zweifel daran hatte, auf dem richtigen Weg zu sein. Ich kam den Hang hinunter in den Ort und suchte einen jener kleinen französischen Supermärkte, die mir im Lauf der Jahre so gute Dienste geleistet haben und wo man Seife, Flaschenöffner, Erdnüsse und halbe Flaschen schwachen Whiskys mit Namen wie »Bonnie Dew« kaufen kann.

Der Hafen bestand aus einem lang gestreckten Anleger mit einem guten Dutzend Segelboote, aber keines schien irgendwohin auslaufen zu wollen. An der Stirnseite fanden sich ein geschlossenes Hotel und einige Bars, und ich setzte mich vor diejenige, die am wenigsten schmuddelig wirkte, und wartete. Einige Teenager rasten ohne Helm auf mickrigen Mofas mit Zweitaktmotor hin und her, als wollten sie den *ennui* des Nachmittags in Schach halten. Endlich tauchte aus dem Innern der Bar eine

Frau in Schlappen auf und stellte sich neben mich. Ich bestellte ein Bier, und während sie wieder reinging, zog ich ein Buch hervor und begann zu lesen. Es handelte sich um den kurzen Roman eines Autors, der in elegantem Stil schrieb, aber kein Gespür für die Form hatte; das Buch war gut aufgenommen worden, und ich fürchtete, er werde sein Leben mit der Illusion vergeuden, berufen zu sein. Wenn es darum ging, wie Menschen ihren Beruf wählten, war ich von der Furcht einflößenden Rolle des Zufalls überzeugt. Ich hegte keinen Zweifel daran, dass wenigstens die Hälfte aller hochtalentierten Autoren gar nicht erst zur Feder griffen, weil sie in anderen Berufen schon früh Erfolge erzielten. Als junger Mann – noch keineswegs entschieden, das zu werden, was die Viktorianer einen »Irrenarzt« nannten, noch immer schwankend, ob ich nicht Chirurg oder Allgemeinmediziner werden sollte – wurde ich in ein Irrenhaus in Lancashire versetzt. Selbst für einen Veteranen des Italienfeldzugs, der Schützengräben und Granatsplitterwunden kannte, war das ein abschreckender Ort. Die Klinik war 1848 voller Hoffnung gebaut worden, und in den hundert Jahren seitdem hatte sich wahrlich nichts verändert – nur die Hoffnung war gestorben. Wo einst idealistische Ärzte und viktorianische Krankenschwestern in gestärkten weißen Kitteln aufgebrochen waren, um die Irren aus den Slums und den entlegenen Dörfern einzusammeln und sie zu heilen, befand sich heute, in denselben Räumen, mehrfach übergestrichen, ein Verwahrort für diejenigen, deren Krankheit alle medizinischen Künste besiegt hatte.

In der ersten Woche schickte man mich in den Flügel, in dem die männlichen Unheilbaren hausten. Für ein Greenhorn wie mich war das die Feuertaufe; wer danach seinen Enthusiasmus nicht verloren hatte, hatte Aussichten, in eine Station zu kommen, wo es wenigstens für Einzelne Hoffnung auf Besserung gab. Der Facharzt, der mich einwies, hieß Paul Gardiner; er erzählte mir, er habe Soldat werden wollen, leide aber unter Plattfüßen – also war er in die Medizin abgedriftet.

Auf jedem Weg waren viele Türen auf- und zuzuschließen, Klinken zu drücken und dergleichen mehr; schließlich standen wir in einer Art Niemandsland und warteten, dass der Schließer auf der anderen Seite uns einließ. Dann schloss Gardiner am Ende des Flurs den »Aufenthaltsraum« auf. Mich überraschte, dass die Patienten teilweise nackt waren. Ein paar von ihnen gingen hin und her und redeten, allerdings nicht miteinander. Viele saßen reglos auf den Stühlen an den Wänden; sie unterhielten sich nicht miteinander, und es gab keine Bücher, kein Radio und auch sonst nichts, was für ein bisschen Unterhaltung hätte sorgen können. Zwei diensthabende Pfleger in kurzen weißen Kitteln überwachten das Ganze.

»Bedlam, oder?«, fragte Gardiner, ohne erkennbare Regung. »Sehen Sie sich die Größe des Genitals dieses Mannes da an. Wie ein Pferd. Stellen Sie sich die Hydraulik dazu vor. Viele von ihnen haben diese Übergrößen. Man sollte dazu eine Abhandlung schreiben. Beziehungen und so weiter. Erblichkeit.«

»Wie werden sie behandelt?«

»Komas durch Insulin. Manchmal raten wir auch zur Lobotomie, dann schaut der Gemeindechirurg auf seiner Runde hier herein. Das kommt aber aus der Mode. Wir machen Elektroschocktherapie. Sie wissen, was das ist?«

»Ja. Die Spasmen können eventuell heilsam sein.«

»Und Schweine können eventuell fliegen. In Wahrheit ist das hier vor allem eine Frage der Handhabung. Wir passen auf, dass sie sich nicht selbst verletzen oder andere. Wir müssen den Behörden vierteljährlich Zahlen vorlegen.«

Eines Nachts, nachdem ich schon einige Monate dort gearbeitet hatte, war ich diensthabender Arzt. Das bedeutete, ich musste für Notfälle erreichbar sein; ansonsten war es eine gute Gelegenheit, den ganzen Papierkram zu erledigen. Das Büro des Diensthabenden war eine Kabine mit Glasfront etwas abseits vom Hauptflur; im neonerleuchteten Innern gab es metallene Aktenschränke mit vertraulichen Patientenberichten und einen Dienstplan an einer Pinnwand. Unter dem schwachen Licht der Schreibtischlampe schrieb ich Patientenberichte. Die mussten so abgefasst sein, dass ein anderer Kollege, der sich den Bericht vornahm, etwas damit anfangen konnte, und nach einigen Wochen war ich dazu übergegangen, ein zusätzliches klinisches Tagebuch für mich selbst zu schreiben. Darin kam eher meine persönliche Sicht zum Ausdruck; es wäre für andere wertlos gewesen, mir aber half es bei dem Versuch, im Leben dieser Menschen bestimmte Gestalten oder Muster zu entdecken. Also konnte es etwa heißen: »Einige seiner Geschichten erinnern mich an Kafka. Sein vorherrschender Erzählton erinnert mich an einen Erzähler bei Conrad. Woher nimmt er das? Denn er scheint nicht viel gelesen zu haben ...«

In der fraglichen Nacht hatte ich die Unterlagen auf den neuesten Stand gebracht und dachte an eine Krankenschwester, die ich früher am Tag gesehen hatte. Sie war über den Parkplatz gegangen, auf dem Weg ins Cedar House, wo junge Patientinnen untergebracht waren. Dieses Mädchen mit seinen schwarz schimmernden Nylonwaden und dem leicht zerzausten rotbraunen Haar war durchaus verführerisch, dachte ich, als Bob, der diensthabende Pfleger, an die Tür klopfte.

»Es ist Reggie, Doktor, Station 1. Er ist durchgedreht. Wir haben ihn wegsperren müssen. Ich glaube, er braucht trotzdem noch eine Spritze.«

Wir gingen rasch den Korridor hinunter bis zu der Zelle, die jederzeit bereitgehalten wurde, hinter einer weiteren verschlossenen Tür. Reggie war seit etwa zwanzig Jahren in der Klinik und jetzt Ende vierzig. Er brüllte in tiefer Verzweiflung und zerrte an seiner Jacke. Das geschah, wenn ihn seine Wahnvorstellungen überkamen; er glaubte dann, dass seine Kleidung irgendwie vergiftet war, wie das Hemd, das Herkules tötete.

Ich hörte seinem wirren Gerede eine Weile zu, wobei Bob und ich seine Hände festhielten, um ihn daran zu hindern, weiter an sich herumzuzerren. Er erzählte mir, dass er Tiere an den Wänden der Zelle sehen könne. Ich fragte mich, was wohl geschehen würde, wenn ich, statt die Spritze hervorzuholen, damit wir alle eine ruhige Nacht hätten, versuchte, mich mit den Inhalten seines Wahns auseinanderzusetzen.

Dann fixierte ich Reggies weit aufgerissene Augen mit meinem Blick (Bob und ich hielten ihn immer noch an den Handgelenken fest) und fragte: »Wer ist Paddy, und wo hast du ihn kennengelernt? Wann warst du in Bolton?«, und so weiter.

Dieses Vorgehen war keine gängige Praxis – vielmehr war es völlig unbekannt und neu –, aber wenn alles andere fehlschlug, schien es mir einen Versuch wert zu sein. Nach etwa einer halben Stunde sagte ich Bob, er könne gehen, weil Reggie sich beruhigt hatte und keine Gefahr mehr darstellte, weder für sich selbst noch für mich.

Mit den Tatsachen, die hinter den Geschichten steckten, kam ich nicht sehr weit. Ich brachte Reggie zwar dazu, mir etwas von diesem Paddy zu erzählen, aber die Geschichte förderte dann Dutzende Seitenstränge und lose Enden zutage. Es frustrierte mich, dass ich gleichsam willkürliche Passagen aus einem sehr dicken Buch zu lesen bekam, ohne jede erkennbare Ordnung. Das Ganze mochte so sinnvoll sein wie ein Roman von Henry James; es mochte eine Welt geben, in der dies alles einen Zusammenhang ergab. Für ihn gab es sie ganz bestimmt. Das war es ja, was ihn so quälte: Für Reggie gab es hier nichts Beliebiges, gerade der Zusammenhang machte die Dinge unerträglich.

Mehrere Stunden lang bewegte ich mich mit ihm durch diese aufdringlich grellen Regionen. Ich spürte, dass ich selbst bis an die Grenzen der Psychose ging, ohne dabei jedoch meinen Verstand zu opfern. Sein Atem roch nach Medikamenten und nach Angst und hatte einen gewissen Essighauch, den ich schon an anderen Patienten mit seinem Krankheitsbild wahrgenommen hatte. Sein massiger Körper hatte etwas von einem Landstreicher. Er nannte mich nicht beim Namen und sprach mich nicht direkt an; er sprach nicht mit mir, sondern durch mich hindurch, als gäbe es hier noch jemanden, der für ihn wirklicher war.

Schließlich schien sein Aufruhr vorüber zu sein. Unter Umständen rief schlichte Müdigkeit in seinem Hirn chemische Veränderungen hervor, die ausreichten, einen Schaltkreis stillzulegen ... Aber der Gedanke war verlockend, dass ihn das Wissen beruhigt hatte, dass er nicht allein war – mit anderen Worten, dass meine Zuwendung ihm geholfen hatte.

Als wir die Zelle verließen, war es ein Uhr nachts, und die nicht eingesetzte Spritze steckte noch immer in meiner Tasche. Ich führte Reggie zu seinem Bett auf der Station, gab ihm eine Schlaftablette und sah zu, wie er ins Bett kletterte. Ich konnte dem Gedanken nur schwer widerstehen, dass ich ihm geholfen hatte. Ich versuchte, mir zu sagen, dass es nicht so war, aber die Eitelkeit flüsterte mir weiterhin leise ins Ohr.

Zurück in Pereiras Haus, zog ich zum Abendessen einen Leinenanzug an – das, so dachte ich, würde er zu schätzen wissen: das äußere Erscheinungsbild eines legeren Diplomaten. Ich trug ein weißes Hemd und eine purpurrote Krawatte, die ich schon lange einmal hatte anlegen wollen. Ich hatte schon immer eine Schwäche für Purpur. Als Kind hatte ich einen Malkasten gehabt und meiner Mutter eine Menge schlechter Bilder in mauvefarbenen Tönen geschenkt. Wenn ich mir an frühen Sommerabenden etwas Taschengeld damit verdiente, in einem der wohlhabenderen Häuser im Dorf das Unkraut in den Beeten zu jäten, spürte ich, wie die Farben der Rosen mich mit physischem Schmerz erfüllten. Rot, cremefarben, orange, gelb ... Ich hätte gern eine Lieblingsfarbe gehabt, aber mir graute vor dem Gedanken, irgendeine andere auszusondern.

Im Laden am Hafen hatte ich eine Flasche Gin und ein paar Zitronen gekauft und machte mir damit einen Drink in dem Glas, das auf dem Nachttisch stand. Mit Eis wäre er besser gewesen, aber er erfüllte auch so seinen Zweck, dachte ich, als ich das Fenster aufstieß und mich dann in die Kissen zurücksinken ließ.

Wie oft hatte ich das in meinem Leben getan? Wie viele fremde Zimmer hatte ich bewohnt? Wie viele Flaschen würde ich leer gemacht haben, bevor das Ende kam? Ich war der Überzeugung, dass eine statistische Aufschlüsselung meines Lebens mich erfreuen würde, wenn es ans Sterben ging. Menge des getrunkenen Weins. Getrunkene Flaschen nach Regionen: 20 000 Flaschen Rhône, 18 000 Flaschen Bordeaux ...

Vielleicht aus Gründen des Selbstschutzes hatte ich mein altes Tagebuch mit auf die Reise genommen und es nicht dem Gepäck anvertraut, sondern in meiner Aktentasche verstaut. Als ich jetzt langsam mein Glas leerte, schlug ich es auf der Seite auf, die meine erste Zeit in der Ausbildung zum Arzt in Erinnerung rief, als ich Medizin an der Universität belegte. Ich schob das Buch beiseite und schloss die Augen.

Mein College lag in einem Hof: In einem langen Wall gab es eine Tür, die ich nicht erwartet hatte, und plötzlich war ich da.

Im Pförtnerhaus zu meiner Rechten begann alles; ein Mann mit einer Melone hatte meinen Namen auf einem Klemmbrett gefunden und händigte mir einen Schlüssel aus. Ich hievte meinen Koffer über das Kopfsteinpflaster durch einen Bogengang und fragte mich, was um alles in der Welt ich hier tat. Ich war ein Junge vom Lande, der eigentlich auf einem Pferd reiten oder einen Straßengraben ausheben sollte; eine gewisse Begabung im Umgang mit Zahlen auf einer Dorfschule hatte mich mit unerbittlicher Logik bis in dieses klosterähnliche Gewölbe geführt. Ich hatte mich nicht bewusst entschlossen, hierherzukommen, ich hatte mich einfach nicht genug gegen die Ambitionen und Pläne anderer gewehrt.

In meinem Koffer waren alle meine Bücher, meine gesammelte Anmaßung, etwas zu lernen. Ich kam auf einen zweiten Innenhof mit leuchtenden Blumenbeeten und Glyzinien und dann auf ein gepflastertes Terrain, auf dem ich einen Treppenaufgang mit der Beschriftung »T« entdeckte. Meine Wohnung lag im obersten Stock – natürlich – und hatte Fenster zu beiden Seiten. Das Arbeitszimmer ging nach vorn raus, aber das Schlafzimmer bot einen Blick auf eine Weide und ein Flüsschen, auf dem zwei junge Männer nicht sehr fachgerecht ruderten. Ein paar Zeilen von Tennyson – »Unter Weiden, am Gestad ...« – gingen mir durch den Kopf.

Ich packte meine paar Sachen zum Anziehen aus und verstaute sie in einer Truhe; meine Bücher füllten nur einen Regalboden. Wuchtig stand der Schreibtisch da, mit seinem Blick auf den Innenhof voller Kletterpflanzen, und forderte mich zur Arbeit auf. Eine andere Sache war das Schlafzimmer. Ein kahles Kopfende und eine Frotteebettdecke boten nicht den geringsten Anflug von Komfort; als ich mich auf das Bett setzte, knarrten die Sprungfedern; die Möbel hätten aus der Pension meiner Großeltern stammen können. Doch wenn ich das Kissen aus dem Lehnstuhl im Arbeitszimmer nähme, könnte ich aufrecht im Bett sitzen und bei geöffnetem Fenster dem Rascheln der Weidenblätter lauschen, und wenn ich sehr genau hinhörte, ganz entfernt auch dem Rinnen des Flüsschens.

Ich fing an zu lesen. Nach etwa einer Seite klopfte jemand nachdrücklich an meine Tür, und ich ging durch den Arbeitsraum, um aufzumachen.

»Hallo, ich bin Norman Grout. Zweites Jahr Mathe. Ein schönes Zimmer hast du.«

Ich schüttelte einem ungepflegten Mann mit dunklen Locken und einem fleckigen Pullover die Hand.

»Kann ich mal reinkommen?«

»Wenn du möchtest. Robert Hendricks. Medizin.«

»Wollen wir uns einen Tee machen?«

»Ich glaube nicht, dass –«

»Doch, doch. Schau mal hier.«

Er öffnete, was ich für eine Schranktür gehalten hatte, was sich aber als Eingang in eine Spülküche mit Becken und einem Gaskocher entpuppte. In einem Schrank fanden sich ein paar alte Tassen mit dem Collegewappen und eine volle Teedose.

»Du stellst Wasser auf«, sagte er, »ich gehe nach unten und hole ein bisschen Milch.«

Bald danach wurde ich von Norman Grout in die wichtigsten Dinge des Collegelebens eingeweiht.

»Du musst dich vorsehen, etwas über die Schotten zu sagen. Die Gründung geht auf Robert I. oder William Wallace oder irgendeinen nationalistischen Irren zurück. Das hier sollte ihr Brückenkopf im Feindesland sein.«

»Aber ihr Bildungssystem ist doch angeblich viel besser als unseres.«

»Das mag ja sein. Doch sie hätten eben gern noch ein bisschen mehr. Es gibt das Essen zu Ehren von Burns. Dann ein Wochenende für Walter Scott. Das Fest zum Gedenken an die Schlacht von Bannockburn. Du musst dir vermutlich einen Kilt leihen. Bei Drummonds in der High Street kriegst du einen einigermaßen unaufdringlichen Schottenrock. Pass auf, was du im Speisesaal oder in den Pubs sagst.«

Ich teilte ihm mit, dass ich weder antischottische Gefühle hegte noch die Absicht hatte, mich in Pubs rumzutreiben. Ich muss ziemlich eingebildet geklungen haben.

Der Speisesaal erinnerte mich an eine Szene aus einem Breitwandepos, einem Tudorschinken aus Hollywood. Ich duckte mich so weit wie möglich unter den Hühnerbeinen weg, die durch die Gegend flogen – mitten zwischen die Wandleuchter und Kerzen, die Talare und Lesebrillen der eingeschüchterten Studienanfänger, und sah nur ein- oder zweimal zum High Table hinüber, an dem die Älteren tafelten.

Nach dem Essen sagte Grout, dass wir jetzt in einen Pub gehen würden, den Black Lion, berühmt für seine gravierten Fensterscheiben und als Brutstätte künftiger Premierminister. Außer einer Flasche Cider am Samstagmorgen und dem gelegentlichen »Früchtecocktail« auf Mädchenpartys an der Highschool hatte ich bisher kaum Alkohol getrunken. Am Tor schlossen sich uns noch zwei andere an, und im Pub angekommen, trafen wir weitere Leute von meinem College. Aus angehobenen Fässern schoss Bier in große Humpen, die so doll auf die Theke geknallt wurden, dass es spritzte. Geld wechselte nicht den Besitzer, weil der Wirt offensichtlich im Kopf behielt, wie viel ausgeschenkt worden war. Ich war mir nicht sicher, ob ich so viel Flüssigkeit aufnehmen konnte. Ich hatte zum Abendessen ein Glas Wasser getrunken und war überhaupt nicht durstig.

»Trink aus, Robert«, sagte ein bärtiger Mann zu mir. Er sah aus wie dreißig, war aber offensichtlich Medizinstudent im ersten Jahr wie ich. Ich kippte den Rest des Biers runter und bekam sofort einen neuen Humpen in die Hand gedrückt.

Stunden später stieg ich das Treppenhaus T bis zu meiner Unterkunft hinauf und fühlte mich ruhig und stark. Ich stolperte fast, als ich das Licht anmachte, und warf dann einen stolzen Blick auf meine neue Wohnung. Ich hatte das Gefühl, dass ich dort vorankommen würde, dass man mir bald ein Auszeichnungsstipendium anbieten und ich im Schutz der geschmückten Wappenschilde am High Table essen würde. Am folgenden Tag standen ab neun Uhr Vorlesungen und ein Besuch im Seziersaal auf dem Programm. Sei's drum. Ich war ein Bauernjunge und hatte keine Angst vor Blut; ich hatte ein gutes Auge und eine ruhige Hand. Ich hatte meine Bestimmung gefunden.

Dann fiel mir etwas Merkwürdiges auf: eine Damenhandtasche auf dem Lehnstuhl. Die war vorher nicht da gewesen. Sie konnte wohl kaum Norman Grout gehören. Ich klopfte an meine eigene Schlafzimmertür.

»Robert?« Es war eine Mädchenstimme.

»Ja.«

Jemand drückte die Klinke und machte die Tür auf. Es war Mary Miller.

»Mary.«

Sie lachte. »Überraschung, ich weiß. Der Pförtner hat mir einen Schlüssel gegeben. Ich habe gesagt, ich bin deine Schwester. Mein College nimmt die neuen Studentinnen nicht vor morgen auf, und ich wollte kein Geld für ein Hotel verplempern, also ...«

Oder so ähnlich. Es klang nicht besonders einleuchtend, aber in meiner neuen Gelassenheit machte mir das nichts aus.

»Das ist schon in Ordnung. Hast du was zu Abend gegessen?«

»Danke, ja. Meine Patentante wohnt hier in der Nähe und hat mich zum Essen ausgeführt. Wir haben ziemlich viel Wein getrunken. Das ist wirklich eine richtig schöne Wohnung, Robert. Hängt die mit dem Stipendium zusammen?«

»Weiß ich nicht. Irgendwie habe ich sie bekommen. Möchtest du Tee?«

»Ja, bitte. Zeig mir, was wo ist, dann koche ich ihn. Ich mag diesen Blick übers Wasser. Hier könnte ich glücklich sein.«

Sie lachte. Als der Tee fertig war, trug sie die Tassen ins Schlafzimmer. »Hier drin ist es viel schöner«, sagte sie. »Lass uns bloß diese Lampe hier anmachen. So ist es gut. Mach das Fenster ein bisschen weiter auf, dann hören wir den Fluss.«

Wir saßen aufrecht eng nebeneinander auf dem Bett und nippten an unserem Tee. Noch mehr zu trinken war eigentlich das Letzte, was ich brauchte, aber trotzdem schien es jetzt genau das Richtige zu sein.

»Eine Nachtschwalbe«, sagte ich.

»Was?«

»Hör mal. Da. Dieses Zirpen, das gleich danach so klingt, als ob jemand mit den Lippen schmatzt.«

»Oh ja. Jetzt höre ich es. Robert?«

»Ja?«

»Wäre es in Ordnung, wenn ich über Nacht hierbleibe? Ich habe eine Zahnbürste dabei.«

»Ja. Ich kann auf dem Boden schlafen. Macht mir nichts aus.«

Eine Weile saßen wir schweigend, aber daran war nichts Gezwungenes.

»Robert?«

»Ja.«

»Erinnerst du dich, als wir Nachbarn waren?«

»Natürlich. Ich erinnere mich an das erste Mal, als ich dich sah. Ich saß an meinem Fenster und las Catull, und du bist in Tenniskleidung aus dem Haus gekommen und hast dich auf euern Rasen gelegt.«

»Warum hast du nicht rübergerufen und Guten Tag gesagt?«

»Ich kannte dich nicht. Außerdem hat es mir sehr gefallen, einfach nur zu gucken.«

»Ich weiß.«

»Was?«

»Ich weiß, dass du mich beobachtet hast«, sagte Mary. »Das wollte ich dir immer sagen. Noch ein paarmal danach, bevor wir Freunde wurden.«

»Du wusstest es?«

»Ja. Was hat dir am Zusehen am besten gefallen?«

Ich überlegte. »Ich mochte es, dass du einen Vater hattest.«

Sie lachte. »Noch was?«

»Ich mochte euer Haus. Ich mochte die Art, wie dir dein Haar ins Gesicht fiel.«

»Weiter?«

»Ich mochte es, wie du dich am Schenkel gekratzt hast, als du auf dem Bauch lagst.«

Mary stellte ihre Tasse ab und legte sich mit dem Gesicht nach unten hin. »So?«

Mir wurde langsam klar, dass sie vielleicht genauso viel getrunken hatte wie ich.

Ich stand auf und fühlte mich mächtig. »Ja. Genau so. Jetzt kratz dich.«

Sie lachte und hob ihren Rock an. »Da gab es wirklich Insekten und so Zeugs. Damals hatte ich natürlich nackte Beine, ich hatte ja meinen Tennisrock an. Soll ich meine Strümpfe ausziehen?«

»Ja. Du kannst sie da auf den Stuhl legen.«

Sie nahm ihre Position auf dem Bett wieder ein. »Ich mochte es, dass du mich beobachtet hast. Ich kam mir irgendwie ... verdorben vor.«

»Verdorben?«

»Auf eine schöne Art.« Sie lachte. »Und hättest du ... hättest du mich gern angefasst?«

»Ja. Ich hätte dir gern geholfen und dich am Bein gekratzt. Soll ich's dir zeigen?«

»Ja.«

Als ich es ihr gezeigt hatte, fragte sie: »Was ist mit Paula? Bist du nicht verliebt in sie?«

Ich tat, als könnte ich mich kaum an Paula erinnern. »Nein, Mary«, sagte ich großartig. »Paula war ... eine vorübergehende Schwärmerei.«

Wieder ließ ich meine Hand über ihre Schenkel gleiten, in der weiten Unterwäsche. Mir schien, das hätte ich allemal verdient, als ich mich wieder aufs Bett legte, stolz wie ein junger Pascha, der seine Herrschaft antritt.

Mary setzte sich rittlings auf mich und sah auf mich herunter. Ihre Augen waren weit aufgerissen und ihre Lippen dick. Noch immer lächelte sie. Dann fühlte ich etwas, was ich bis dahin nicht gekannt hatte: Eine Welle von Dankbarkeit überflutete mich.

Sie knöpfte ihre Bluse auf und schleuderte sie beiseite. »Ich schätze, das ist jetzt mal fällig, Robert, oder?«

Sie senkte ihren Kopf und küsste mich.

Die Vorlesungen begannen unbarmherzig um halb neun, aber es fiel mir nicht schwer, ihnen zu folgen. In einer düsteren Hütte mit einem Blechdach sezierten wir gründlich Leichen (die Leichname wurden Fred und Martha genannt). Es gefiel mir, mit dem

Messer scheibchenweise das graue Hirn zu zerteilen, dessen Beschaffenheit mich an gekochten Blumenkohl erinnerte. Es war wunderbar, dieses geschrumpfte Organ in der Hand zu halten, während mir das Formaldehyd über die Handgelenke lief, und mir die milliardenfach feuernden Synapsen vorzustellen, die diesen Blumenkohl für viele Jahre in dem Glauben gewiegt hatten, er sei Fred.

Dann tauchte ich ihn zurück in den Eimer.

Selbst mit abgezogener Haut schien Martha nie peinlich berührt zu sein; ich wollte die Nerven sehen, die sich wie in Darwins erstaunlichem Baum des Lebens verzweigten. Ich vermute, es war die Dynamik dieses Teils der Anatomie – die Leitungen, durch die Lebenskraft geflossen war –, die mich zur Neurologie brachte.

Im Herzen noch immer ein Junge vom Land, schloss ich mich einer unternehmungslustigen Meute in einem anderen College an und bekam schließlich Zugang zu einem Mietstall, der mit dem Bus eine Stunde von der Stadt entfernt war und wo ich am Sonntag, als Gegenleistung fürs Ausmisten und Aushelfen auf dem Hof, einige Stunden reiten konnte. Ich trat auch einem Gesangverein bei, obwohl meine Stimme nicht gerade herausragend war, und einem Debattierklub.

Bald danach räumte ich den Lehnstuhl und die Stehlampe aus meinem Arbeitszimmer ins Schlafzimmer, damit ich beim Lesen auf den Fluss sehen konnte. Ich machte es mir zur Regel, nicht länger als bis neun zu arbeiten, sodass ich anschließend noch etwas zu meinem Vergnügen lesen konnte. Anfangs las ich Sherlock Holmes, aber die ernste Strenge meines calvinistischen Colleges beschämte mich, und ich arbeitete mich stattdessen durch das Werk von George Eliot. Das brachte mich zur deutschen Philosophie: Hegel, Feuerbach und dann die eher psychologisch orientierten Autoren wie Eduard von Hartmann und der Neurologe Moritz Benedikt. Ich entdeckte, dass sämtliche Bausteine des Frühwerks von Freud schon zwanzig oder dreißig Jahre vor seinen eigenen Werken veröffentlicht worden waren, wenn man nur an den richtigen Stellen suchte.

Mary Miller lebte praktisch bei mir, kam und ging dabei aber zu Zeiten, die den gestrengen Herren der Kirche keinen Anlass zu Missfallen gaben. Eine Extraschublade in meiner geräumigen Kommode war für ihre Unterröcke, Pullis und Strumpfhalter reserviert, ein Nachthemd wurde vor neugierigen Augen unter der Matratze versteckt; Unterwäsche brachte und nahm sie wieder mit, genau wie die Bierflaschen oder die Taschen mit dem Obst, das sie auf dem Markt gekauft hatte. Eines Tages, als ich auf der hölzernen Treppe draußen verdächtige Schritte hörte, die nach dem Pförtner klangen, suchte ich nach einem Fluchtweg. Eine Luke im Treppenhaus öffnete sich zum Dach hin, wo eine Falltür auf eine ebene, bleiverkleidete Fläche in der Dachtraufe führte. Im Frühling brachten wir ein paar Topfpflanzen dorthin; in einer sonnigen Ecke zog ich ein paar Tomaten in einem Sack Kompost. Sie waren zum Ende des Trimesters noch immer nicht reif, aber das Aroma ihrer Blätter hing über unseren abendlichen Picknicks dort oben. Als wir mutiger wurden, luden wir andere ein, Freundinnen aus ihrem College und Freunde aus meinem. Norman Grout war ein regelmäßiger Gast, saß mit übereinandergeschlagenen Beinen auf einer Matte und trumpfte mit vulgären Geschichten und mit Klatsch auf, den ihm niemand glaubte.

Es war eine Nische innerhalb einer klösterlichen Welt, und Mary Miller verlangte von mir nicht mehr als gute Laune. Ich habe schon erwähnt, wie sie mir das erste Mal, als ich damals ihr Haus betrat, als Frau erschienen war, als ein fertiges Ganzes. Sie hatte feste Hüften, aber ihre Brüste waren jung, die Haut an den Spitzen noch keineswegs spröde, das Gewebe nur etwas andersfarbig, sanft und durchscheinend. Sie hielt gern meinen Kopf, während ich an ihnen nuckelte. Wie war nur aus der einzigen Tochter eines Elektronikingenieurs und einer Krankenschwester aus dem Vorort einer öden Stadt ein so lebensfrohes Mädchen geworden? Da ich es nicht besser wusste, nahm ich an, dass alle Liebesaffären Sommerkleider trugen und nach Flaschenbier, unermüdlichem Sex und Essen auf dem Dach schmeckten, begleitet vom Rauschen eines vorbeiziehenden Flusses.

In meinem zweiten Jahr schloss ich Freundschaft mit einem kurzsichtigen Theologen, Donald Sidwell. Donald sprach mit einer solchen Ernsthaftigkeit über seine Leidenschaften – Barockmusik, Pferderennen, Cricket, Frankreich und alte Autos –, dass man davon unmöglich unberührt bleiben konnte. In einem nahe gelegenen Dorf hatte er eine alte Limousine stehen, und wir radelten samstags dorthin, um dann mittags in einem Pub zu lunchen. Den Nachmittag verbrachte er am liebsten mit dem Kopf unter der Motorhaube, »um die Kleine richtig in Fahrt zu bringen«, wie er sich ausdrückte, doch als Gegenleistung für meine Geduld ließ er sich überzeugen, in den Stallungen, wo ich sonntags arbeitete, das Reiten zu lernen. Von seinem Privatleben wusste ich wenig; was uns verband, war das Interesse für Ideen. Während wir bei mir einige Flaschen Bier leer machten, erklärte ich ihm, wie das Nervensystem funktionierte und warum es ein Fehler war zu glauben, der »Geist« existiere unabhängig von der Materie, aus der er bestand. Das führte von Donalds Seite zu einigem philosophischen Widerspruch, bei dem er mich mit Descartes, Hume und Locke bearbeitete. Ich brachte ihn schließlich damit zum Schweigen, dass ich die Schweißperlen auf seiner Hand erwähnte, wenn er Angst hatte –

so wie letzten Sonntag, als sein Pferd durchgegangen war. Der schweißnasse Handteller zeige, wie eine rein abstrakte Emotion – Angst – durch die Arbeit des Nervensystems und der exokrinen Drüsen zu Wasser werde. Wohlgemerkt: buchstäblich zu Wasser. Der Gedanke, dass wir mehr seien als Materie, war folglich absurd.

Studentische Diskussionen dieser Art fanden oft statt, wenn Leute vor irgendeiner wissenschaftlichen Gesellschaft aus ihren Arbeiten vortrugen, aber weder Donald noch ich konnten in einem solchen Zusammenhang auftreten. Ich zog es vor, dass er mir privatissime eine Vorlesung über die Natur der französischen Zivilisation hielt. Viele seiner Theorien gingen auf die Grundthese zurück, dass »Frankreich« kein natürliches Gebilde sei und es ihm besser ginge, wenn es mehr wäre als ein einziges Land. Er führte außergewöhnliche Statistiken darüber an, wie wenig Franzosen tatsächlich französisch sprächen. Um 1900 waren es nur 28 Prozent oder eine ähnlich niedrige Zahl: Der Rest sprach bretonisch, okzitanisch, den Dialekt des Languedoc oder hundert andere Dialekte und Patoisformen. Ich hatte keine Ahnung, ob es wirklich stimmte, was er sagte, aber ich mochte seine Detailbesessenheit.

Oft besuchten wir informelle Konzerte in anderen Colleges. Unsere eigenen fanden im getäfelten »Juniorensalon« statt und waren gut besucht. Donald gab hin und wieder eine Vorstellung und sang komische Lieder, die er selbst zu seiner eigenen Klavierbegleitung geschrieben hatte. Nach einiger Zeit war ich Donald Sidwell genauso stark zugeneigt wie Mary Miller – in gewisser Hinsicht noch stärker, denn unser Zusammensein war völlig unangestrengt, und nie musste einer von uns zurückstecken. Im Verhältnis zu Mary tauchten nach und nach lästige Fragen nach der Zukunft und etwaigen Ansprüchen an den anderen auf und verengten unseren Horizont. Sie kam nicht mehr so oft, und mir schien das nichts auszumachen.

Meine Schwelgereien in der Vergangenheit wurden durch ein Klopfen an der Tür unterbrochen. Es war Paulette. »Dr. Pereira wartet auf Sie«, sagte sie und drehte sich auf dem Absatz um. Es war zwanzig vor acht.

Ich fand meinen Gastgeber in der Bibliothek. Zu meiner Überraschung trug er ein offenes Hemd und Leinenschuhe; meine Krawatte und mein Anzug waren fehl am Platz.

## VIERTES KAPITEL

»Vorhin habe ich eine junge Frau getroffen«, sagte ich zu Pereira beim Essen. »Am Meer.«

»Das war wahrscheinlich Céline. Sie schwimmt oft in der *calanque*.«

»Wer ist sie?«

»Sie ist die Enkelin einer ehemaligen Patientin von mir. Ein ungewöhnliches Mädchen, finden Sie nicht?«

»Ja. Was macht sie?«

»Sie kümmert sich um ihre Großmutter. Macht manchmal irgendwelche obskuren Jobs am Hafen. Manchmal hilft sie auch hier aus, wenn ich Gäste habe.«

»Wie lange leben Sie schon hier?«

»Das erste Mal bin ich in den Zwanzigern auf die Insel gekommen. Sie war ziemlich unbekannt. Selbst Cannes wurde gerade erst entdeckt – ich glaube, von den Briten. Es war einfach traumhaft auf dieser Insel, nur ein paar mit Stuck verzierte Häuser am Hafen, wo sich einige wagemutige Siedler niedergelassen hatten. Bohemiens, Nudisten, Abenteurer. Und dann dieses wunderbare, sanfte Klima. Damals gab es hier einen Tennisplatz, ein gutes Fischrestaurant und ein paar Familienhotels. Das Ganze sah aus wie eine Fotografie von Lartigue.«

»Haben Sie hier praktiziert?«

»Ja. Ich hatte hier einmal eine Privatklinik. In diesem Haus.«

»Aber Sie arbeiten schon eine ganze Weile nicht mehr.«

»Nein, ich bin alt. Ich bin dreiundneunzig und habe seit Jahren eine bestimmte Form von Leukämie. Wie Sie wissen, haben die meisten alten Menschen Krebs. Aber es verschlechtert sich, und in den letzten Monaten habe ich versucht, meine Angelegenheiten zu regeln. Oben habe ich riesige Mengen an Unterlagen und Papieren liegen, bei deren Durchsicht Paulette mir hilft. Vor einiger Zeit stieß ich auf meine Tagebücher aus dem Ersten Weltkrieg. Ich hatte keine Zeit, sie zu lesen, aber ich habe mir die Fotos angesehen. Da gab es eins von einer Gruppe Männer, und auf die Rückseite hatte ich die Namen geschrieben, wie wir es alle gemacht haben. Als ich den Namen ›Hendricks‹ las, stutzte ich. Es hat einen Tag gedauert, bis ich die Verbindung zu *The Chosen Few* gefunden hatte. Und dann war es offensichtlich, wie ich Ihnen auch in meinem Brief geschrieben habe, dass Sie Vater und Sohn waren.«

»Sie selbst haben keine Kinder?«

»Leider nicht, obwohl ich dreißig Jahre verheiratet war. Meine Frau ist vor zehn Jahren gestorben. Mein nächster Angehöriger ist mein Neffe – der Sohn meiner verstorbenen Schwester –, der in Paris lebt. Er war Rechtsanwalt in einer Kanzlei und ist vor Kurzem in den Ruhestand gegangen. Er ist ein feiner Mensch, und ich mag ihn wirklich gern, aber er hat weder an der Medizin noch an der Literatur Interesse. Er ist mein Hauptnachlassverwalter, aber mir liegt daran, dass noch jemand anders prüft, ob mein Archiv etwas enthält, was immer noch von Interesse sein könnte – genau genommen, meine veröffentlichten Arbeiten. Als ich dann sozusagen meine doppelte Hendricks-Verbindung entdeckte, hatte ich eine Eingebung. Beim Wiederlesen Ihres

Buches erkannte ich einen verwandten Geist. Ich weiß, die Idee ist ziemlich wunderlich. Man mag mich auslachen, in meinem Alter schert einen das nicht mehr. Sie müssen jetzt gar nichts sagen. Wir wollen uns erst einmal ein bisschen besser kennenlernen, und dann teilen Sie mir mit, wie Sie darüber denken. Wenn Sie Nein sagen, bin ich Ihnen bestimmt nicht böse. Aber wir sollten uns eine Chance geben.«

Mein Gesicht verklärte sich zu einem Lächeln. Ein nacktes Mädchen mit Seeigeln, ein eitler alter Mann mit einem abenteuerlichen Angebot ... Solche Tage gab es im Leben nicht zu oft.

»Sie erinnern sich an die kleine Vorlesung, die Sie mir gestern gehalten haben?«, fragte ich. »Über die verschiedenen Schichten der Erinnerung?«

»Ja.«

»Es war doch eine Vorlesung, oder?«

Pereira lächelte. »Wie scharfsinnig Sie sind, Dr. Hendricks. Ja. Das waren die einleitenden Sätze eines Vortrags, den ich vor nicht allzu langer Zeit an einer Universität gehalten habe. Vor Studienanfängern.«

»Können Sie sich noch an den Rest erinnern?«

»Ich könnte meine Notizen heraussuchen. Wenn es Sie interessiert.«

»Ja, das tut es. Wenn es nicht zu viele Umstände macht.«

Nach dem Essen, während er nach oben ging, um die Notizen zu suchen, trat ich für eine letzte Zigarette in den Garten. Ich ging über das federnde Gras bis zur Baumreihe. Als die Zikaden für einen Moment mit ihrem Lärm aufhörten, konnte ich hören, wie weit unten in der *calanque* das Wasser ans Land klatschte. Ich entleerte meine Blase in die Piniennadeln.

Früher hatte ich mal in einem großen Haus im Londoner Norden gewohnt, als Mieter. Wenn die Eigentümer verreisten, baten sie mich, in ihrer Abwesenheit das ganze Haus zu nutzen, hier und da das Licht einzuschalten, um Einbrecher abzuschrecken, und Lärm zu machen. Die Terrasse war durch eine niedrige Buchsbaumhecke begrenzt, und es machte mir Freude, jeden Abend hineinzuurinieren, obwohl es mir nie gelang, ihren scharfen, winterlichen Geruch abzulöschen. In meinem Heimatdorf war ich einmal zu einem Jagdfest eingeladen – etwas Neues für einen Jungen, der sonst nur den Pferdestall ausmistete. Nach dem Essen führte der Gastgeber die Männer nach draußen auf den Kiesweg, wo er auf der Stelle den Hosenstall öffnete und den Strahl quer über seine Auffahrt schwenkte ...

Diese und andere Erinnerungen bereicherten den Augenblick, dann ging ich wieder hinein, wo Paulette den Tisch abräumte. Sie überreichte mir eine Mappe aus hellbraunem Leder.

»Dr. Pereira bat mich, Ihnen das hier zu geben und Ihnen zu sagen, dass er zu Bett gegangen ist. Nehmen Sie es ruhig mit in Ihr Zimmer, Sie werden sehen, dass ich Ihnen eine Lampe hingestellt habe.«

Oben befreite ich mich von meiner Anzugjacke, der Krawatte und den Schuhen und zog das Licht der neuen Stehlampe übers Bett, wo ich die Kissen im Rücken aufschichtete und es mir gemütlich machte. Die Notizen waren auf schweres Kanzleipapier getippt:

»Wir dürften bereits nachgewiesen haben, dass ein Großteil der menschlichen Persönlichkeit durch die Art und Weise geformt wird, wie sie sich erinnert. Wohlgemerkt, nicht an *was* sie sich erinnert, sondern *wie* sie sich erinnert.

Wenn man sich an ein bestimmtes Ereignis seines Lebens zum Beispiel einmal wöchentlich erinnert, und das über dreißig oder vierzig Jahre lang, geht man mit diesem Ereignis ein

Verhältnis ein. Je öfter man darüber nachdenkt, desto stärker verändert man es. Dann hat man schließlich den Punkt erreicht, von dem aus man eine Entwicklungsgeschichte der eigenen Vergangenheit erzählen kann. Meines Erachtens ist dies, um es für Laien verständlich auszudrücken, der zentrale Prozess in der Persönlichkeitsbildung.

In meiner Arbeit in den Sechzigerjahren habe ich gezeigt, dass Patienten und Versuchspersonen für unterschiedliche Arten von Erinnerung unterschiedliche Teile ihres Gehirns nutzen. Wenn ich sie fragte: ›Was haben Sie zu Mittag gegessen?‹, riefen sie die Antwort gewissermaßen an einer bestimmten Stelle ab. Der Name der Hauptstadt von Spanien war anderswo untergebracht. Wenn ich sie bat, Fahrrad zu fahren oder irgendetwas zu tun, was sie seit ihrer Kindheit nicht mehr getan hatten, mussten sie wieder an einer anderen Stelle suchen.

Das alles ist heute gesicherte Erkenntnis, und ohne Zweifel werden hübsch kolorierte Tafeln das eines Tages illustrieren, die uns die Kollegen mit diesen neuen Projektoren präsentieren. Wenn Menschen einen Priester oder einen Therapeuten aufsuchen, sprechen sie über die Ereignisse aus ihrer Vergangenheit, die sie für wichtig oder prägend halten. Oft spielt dabei eine Art Trauma eine Rolle – oder wenigstens ein ›davor‹ und ein ›danach‹. Und beim Erzählen entdecken sie – um es klar und deutlich zu sagen –, dass sie ihre Antworten variieren können. Ich glaube jedoch, dass sie die Dinge auch dadurch ›verarbeiten‹, dass sie die neurale Grundlage des Gedächtnisses selbst verändern.«

Pereira hatte sich offenkundig sehr bemüht, für seine Hörer den Fachjargon so weit wie möglich zu vermeiden. Ich blätterte vor bis zum Fazit.

»Meine Hoffnung sieht folgendermaßen aus: Zuerst werden wir herausfinden, wie das Gehirn sich erinnert – welche seiner Teile es benutzt, ob Erinnerungen eine natürlich begrenzte Lebensdauer haben, wenn sie nicht abgerufen werden, oder ob alles gespeichert wird und es sich nur um eine Frage des Zugriffs handelt. Als Nächstes werden wir herausfinden, warum manche Ereignisse haften bleiben und andere verloren zu gehen scheinen. Dann werden wir drittens herausfinden, wie unsere Nachfragen das Gedächtnis in den Nervenzellen tatsächlich modellieren. Auf diese Weise werden wir erfahren, wie man an die Erinnerungen herankommt, die scheinbar verloren sind. Und wenn wir verstehen, dass all dies bis zu einem gewissen Grad unserem eigenen Einfluss unterliegt, könnten wir unser Leben ohne große Mühe angenehmer gestalten. Wir werden lernen, unsere Erinnerungen nur so aufzusuchen, dass es uns nützlich ist, und die neurale Basis eines Ereignisses neu formen.

Einiges von dem, was ich hier sage, habe ich schon in meinem Buch *Alphonse Estève: The Man Who Forgot Himself* dargestellt. Es war als ›populärwissenschaftliches‹ Buch gedacht und wurde auf Englisch publiziert, weil ich meine akademischen Kollegen nicht in Verwirrung stürzen wollte ...«

Ich legte die Mappe beiseite und ging ans Fenster. Ein Stilist war er nicht, aber vermutlich waren dies auch nur leicht ausgearbeitete Notizen und einzig und allein für den Eigengebrauch vorgesehen.

Es war eine klare Nacht, und der Himmel im Süden stand voller Sterne. Ich putzte mir die Zähne, ging ins Schlafzimmer zurück, klappte die Fensterläden zu und legte mich schlafen.

In unserem Haus im Dorf, wo ich zusammen mit meiner Mutter aufwuchs, gab es nur wenige feste Regeln, aber eine, die streng beachtet wurde, besagte, dass man seine Träume nicht erzählen durfte. Meine Mutter meinte, dass es für andere langweilig sei, aber ich glaube, sie hatte Angst, sich zu entblößen. Was ihre Gefühle betraf, war sie verschlossen, in körperlichen Dingen auch prüde. Es war beinahe, als betrachte sie mich aufgrund der Tatsache, dass sie keinen Mann hatte, als ein uneheliches Kind, der Bastard irgendeines Wanderarbeiters. Sie zuckte zusammen, wenn Leute ihren Blick von mir zu ihr und wieder zurück wandern ließen. Ich glaube, mehr als seine Gegenwart vermisste sie die Respektabilität, die mein toter Vater ihr verliehen hätte.

Der Regel meiner verstorbenen Mutter treu, werde ich deshalb hier nicht den Traum wiedergeben, den ich in jener Nacht auf der Insel träumte, und nur sagen, dass er sich um Sex und Krieg, Tod und Frieden drehte ... Aber noch mehr: Darin schien die Chance auf, noch einmal zu leben, eine andere Geschichte der Welt zu schreiben, die gut zehn Jahre vor Sarajewo begann. Ich träumte von einem weniger irrsinnigen Jahrhundert.

Weil Pereira am nächsten Morgen nirgendwo zu entdecken war, ging ich die Stufen zur *calanque* hinunter, um in meinen Gedanken aufzuräumen. Ich mag die Metaphern, mit denen wir Dinge umschreiben. Wie »räumt« man in seinen Gedanken »auf«? Diese Arbeit können wiederum nur andere Gedanken erledigen, deshalb sind »Gedanken« zugleich der Schutt wie der Kehrbesen. Ich glaube, wir meinen vielmehr, dass wir aufhören sollten zu grübeln und stattdessen lieber »fühlen« sollten – was voraussetzt, dass das, was wir »fühlen«, wertvoller ist als alles, was wir denken ...

Als ich auf den Klippen saß und die weißen Schaumkronen auf den Wellen beobachtete, dachte ich an Newtons imaginären

Jungen, der am Strand spielt und sich damit vergnügt, ein noch glatteres Kieselsteinchen und eine noch schönere Muschel zu suchen, während der große Ozean der Wahrheit unentdeckt vor ihm liegt; ich dachte an Matthew Arnold am Strand von Dover, wie er seinerseits sich Sophokles an der ägäischen Küste ausgemalt und sich dabei vorgestellt hatte, dass für den antiken Dramatiker das Rauschen des Meeres auch die Ebbe und Flut des menschlichen Leids bedeutete.

Ich erinnerte mich an den Sand unter meinen Stiefeln 1944 in Anzio, als wir vom Landungsboot ans Ufer sprangen und damit rechneten, von deutschen Geschossen bei lebendigem Leib zerfetzt zu werden. Damals war der Ozean für mich keineswegs eine übermächtige Gewalt; er war eine eiskalte Flüssigkeit, in der ich mein Ziel verfolgte: an Land kommen, mich eingraben und zu töten beginnen. Ich bemühte mich, mein Gewehr hochzuhalten, damit es trocken blieb, als ich durch das brusttiefe Wasser watete, darüber hinaus aber zollte ich dem Meer in jener Nacht keinerlei Respekt.

Ein Problem ist nur für den unlösbar, dem es sich stellt; für Außenstehende mag es so einfach sein, dass sie es belustigt oder verärgert abtun. Mir wurde klar, dass ich an einem kritischen Punkt angekommen war, wie einer meiner bedauernswerten Patienten, und den Moment für eine einfache Lösung verpasst hatte. Ich konnte in meinem Leben nicht mehr vorankommen – wie viel auch immer mir davon verblieb –, bevor ich ein besseres Verständnis dessen hatte, was früher gewesen war. Das war genau die »harte Arbeit«, die ich als junger Therapeut meinen Patienten immer so leichthin nahegelegt hatte; während ich selbst aber lieber auf die alten Hilfsmittel zurückgegriffen hatte: Verleugnung, sinnliches Vergnügen oder Themenwechsel – zu Newton oder Matthew Arnold.

Ich stemmte mich vom Fels hoch und begann, die Stufen wieder hochzusteigen. Ganz unten hörte ich ein Platschen. Ich blieb stehen und ging dann über einen Hügelkamm weiter. Unten in der *calanque* tummelte sich eine Schwimmerin, und es war nicht schwer, den seidig glänzenden Kopf zu erkennen, der aus dem Wasser auftauchte. Ich kraxelte ein wenig hinunter, blieb aber außer Sichtweite. Zur gegebenen Zeit tauchte Céline auf, nackt wie beim letzten Mal, und kletterte auf den Fels. Sie hatte kein Werkzeug zum Aufbrechen von Seeigeln dabei, aber ein Handtuch, das sie über ihren abgelegten Kleidern ausbreitete. Dann legte sie sich auf den Rücken, um sich trocknen zu lassen. Sie ordnete ihr Haar im Sonnenlicht und streckte die Arme flach neben dem Körper aus. Auf ihrem Unterleib sah ich ein Muttermal, und sie war etwas knochiger, als ich in Erinnerung hatte. In ihrem Dösen lag eine leichte Befangenheit, als wüsste oder ahnte sie wenigstens, dass sie beobachtet wurde.

Nach kurzer Zeit kehrte ich über den Hügelkamm zurück zu den Stufen und stieg dann hoch in Pereiras Garten.

Zu Mittag aßen wir auf der Terrasse, die durch einen Pflaumenbaum beschattet wurde. Paulette servierte einen *salade niçoise*, angereichert mit Feldsalat und einem knoblauchreichen Dressing.

»Ich habe Ihre Vortragsnotizen gern gelesen«, sagte ich. »Wenn ich Sie recht verstehe, war es Ihr Ziel, vorzugehen, wie ein guter Psychoanalytiker vorgehen würde, dabei aber die Funktionen des Gehirns selbst zu nutzen, um die Veränderung zu verankern. Wie die Analyse, aber eben biologisch.«

»Ja«, sagte Pereira, während er mir sprudelndes Wasser in mein Glas schenkte. »Natürlich musste ich die Neurowissenschaften außen vor lassen, die Hörerschaft bestand aus Studienanfängern. Aber im Kern war das der Gedanke, mit dem ich zwanzig Jahre lang gearbeitet habe.«

Ich nickte. Es lag weit außerhalb meines Kompetenzbereichs, aber ich konnte verstehen, warum er diesen Ansatz so anziehend fand.

»Haben Sie im Rahmen Ihrer Ausbildung eine Analyse gemacht?«, fragte Pereira.

»Ja. Im England jener Jahre war Freud einfach alles. Die Psychoanalyse war nicht nur die Grundlage der Therapie, sondern in vielen Krankenhäusern auch die Leitlinie der Diagnose. Selbst bei Schizophrenie.«

»Wer hat Sie analysiert?«, fragte Pereira.

»Eine Frau in Belsize Park. In London.«

»Hat sie sich in Sie verliebt?«

»Natürlich.«

Er schmunzelte. »Und hat sie Sie gedrängt, Ihre Träume zu erzählen?«

»Aber ja. Das war leicht, denn ich träume sehr viel. Ich musste sie für sie höchstens mal etwas abmildern. Zum Beispiel der Traum, in dem ich meinen Vater kastriert habe …«

»Sie nehmen mich auf den Arm, Dr. Hendricks.«

Die meisten sehr alten Männer zeichnen sich durch eine versteckte Art von Wohlwollen aus. Man sagt, dass ihre Augen »funkeln« und dass ihre Stimme zittert – vor Erleichterung, so ist es mir oft erschienen: Erleichterung, dass sie den wahnwitzigen Ehrgeiz junger Leute nicht mehr teilen. Pereira war anders; in seiner fehlerhaften Selbsteinschätzung schien er zu glauben, dass er immer noch dazugehörte.

Paulette brachte eine Obstplatte und stellte sie zwischen uns.

»Dr. Hendricks«, sagte Pereira, »ich möchte Sie gern einladen, noch etwas zu bleiben. Widersprechen Sie mir, wenn ich irre, aber ich habe den Eindruck, als seien Sie gerade in einer schwierigen Phase Ihres Lebens, in der –«

»Gibt es auch andere Phasen?«

»Ich bin sehr alt. Ich tauge nur noch fürs Leichenschauhaus. Aber irgendetwas von dem jungen Therapeuten von damals hat in mir überlebt – etwas von dem idealistischen jungen Mann, der ich mal war. Und ich sehe vor mir eine aufgewühlte Seele. Sagen Sie mir, wenn's nicht stimmt.«

»Ich bin ein Mann. Natürlich bin ich aufgewühlt.«

»Sie könnten sich Ihr Schlafzimmer aussuchen. Ich könnte Céline einladen, mit uns zu essen, wenn Sie möchten. Ich kann Paulette anweisen, jedes Gericht zu kochen, das Sie sich wünschen.«

Die Laubfrösche in den Pinien machten inzwischen einen Lärm, der es mit dem der Zikaden aufnehmen konnte. Pereira goss mir noch ein Glas von dem Inselweißwein ein, und meine Gedanken schweiften ab zum Wohnzimmer in Kensal Green, mit seinen Videokassetten und tränenüberströmten Frauen.

Ich merkte, dass ich trotzdem lächelte. »Einverstanden«, sagte ich. »Vielen Dank. Ich bleibe bis Mittwoch. Kann ich mal Ihr Telefon benutzen? Ich muss prüfen, ob ich irgendwelche Nachrichten habe.«

»Selbstverständlich. Es steht in der Diele. Nutzen Sie es, wann immer Sie es brauchen.«

Das altmodische Wählscheibentelefon, komplett mit zweitem »Schwiegermutterhörer«, stand auf einem verzierten Eichenschränkchen. Das französische Telefonsystem hatte Fortschritte gemacht seit der Zeit, in der man praktisch nicht nach Übersee telefonieren konnte, aber selbst unter diesen Umständen war ich nicht sicher, ob die Fernbedienung das Band in meiner Wohnung starten würde.

Als ich das Ding in die Sprechmuschel steckte, sah ich Paulette im Türrahmen der Küche stehen. Ich runzelte die Stirn, und widerstrebend zog sie sich zurück.

Zu meiner Überraschung verkündete die schroffe und doch gezierte Stimme: »Dies ist der Anrufbeantworter von Robert Hendricks ...«

Es gab eine Nachricht, die mich neugierig machte.

»Hallo, Mr. Hendricks. Hier spricht Tim Shorter. Wir kennen uns nicht, aber mein Bruder ist mit einer alten Freundin von Ihnen verheiratet. Vielleicht kann ich Sie irgendwann in meinem Londoner Klub zum Lunch einladen? Ich dürfte demnächst für ein, zwei Wochen in der Stadt sein.«

Vor dem Abendessen kam Pereira mit einer anderen seiner hellbraunen Ledermappen in die Bibliothek.

»Hier ist so einiger Krempel, den ich zusammengesucht habe«, sagte er. »Fangen wir mal mit diesem Foto an.«

Da ich mich inzwischen an das gemächliche Tempo meines Gastgebers, an seine Umwege und Verzögerungen gewöhnt hatte, war ich durch diese plötzliche Entwicklung überrumpelt. Ich spürte, dass meine Schutzmechanismen nicht aktiv waren, dass wir uns diesem Punkt langsamer hätten nähern sollen –

Das Foto war steinalt, Sepia auf dickem Papier mit einem schmalen weißen Rand. Es zeigte ein Dutzend Männer auf einem Feld vor einem Rundzelt im Hintergrund. Mit einem Stift vorn draufgeschrieben war zu lesen »Bei Armentières, März 1916«. Ich drehte es um und las auf der Rückseite »Hendricks, Barnes, Beard, Wiseman, McGowan, Front, Holland, Hogg, Treloar, Preston, Campbell, Roe«.

Das war erst das dritte Foto, das ich bis dahin von meinem Vater gesehen hatte. Die breite Stirn und die großen Augen kannte ich von den anderen beiden Schnappschüssen zu Hause, die Gesellschaft anderer Männer umgab ihn jetzt aber mit der Aura einer gewissen Großtuerei. Vielleicht war es auch nur die Uniform, die all diese Männer auf den ersten Blick sehr entschlossen wirken ließ. Als ich genauer hinsah, entdeckte ich, dass mit wenigen Ausnahmen das Lächeln für die Kamera aufgesetzt worden war; dagegen spiegelten die Gesichter eher Ergebenheit oder Unmut.

Etwa eine Minute lang sah ich meinem Vater in die Augen. Beinahe war es, als hätte ich ihn überrascht, auf frischer Tat ertappt – ertappt beim Leben. Er sah so jung aus.

Ohne ein Wort reichte ich Pereira das Foto zurück.

»Das war ein guter Haufen«, sagte er.

»Haben Sie das Foto aufgenommen?«

»Nein, das war mein Stellvertreter, ein Mann namens Waites.«

»Sie sehen ziemlich zufrieden aus.«

»Sie waren auf eine anrührende Weise loyal untereinander. Das hier war keine Kumpeleinheit, wo man sich schon von früher kannte; es waren Freiwillige, die man in eine Einheit gesteckt hatte. Nach ein paar Tagen gab er« – sein Finger stieß im Sturzflug aufs Foto – »sein Leben« – zweiter Sturzflug – »für ihn.«

»Und schon am Tag drauf hatte er einen neuen besten Freund.«

»So etwas versuchten wir zu vermeiden. Nun, wie ich Ihnen schon gesagt habe, habe ich Ihren Vater nicht gut gekannt. Er war ein Einzelgänger. Verschlossen. Ich glaube, als der Krieg immer weiterging, machte er sich seine eigenen Gedanken dazu.«

Es gab noch andere unscharfe Fotos von Männern, die mein Vater hätten sein können oder auch nicht – beim Ausschachten eines Schützengrabens, auf einem grauen Pferd sitzend, beim Aufwärmen von Essensrationen auf dem Petroleumkocher. Diese Tätigkeiten legten nahe, dass keins der Bilder an vorderster

Front im Schützengraben aufgenommen worden war, vielmehr stammten sie alle aus Ruhephasen oder Reservezeiten, was ihnen eine unangemessene Fröhlichkeit verlieh.

»Das meiste, was ich habe, steht tatsächlich in meinen Tagebüchern«, sagte Pereira, als wir zum Abendessen gingen. »Sie können sie natürlich durchsehen. Wenn Sie wollen, sage ich Paulette, sie soll Ihnen eine Auswahl in Ihr Zimmer legen. Vielleicht stoßen Sie auf Stellen zu Ihrem Vater, die ich bisher noch gar nicht entdeckt habe.«

Obwohl ich mich freute, die Fotos gesehen zu haben, konnte ich nur wenig dazu sagen und hatte das Gefühl, dass Pereira von meiner Reaktion enttäuscht war. Meinen Vater als Soldat zu sehen, hatte mir keine Entlastung und auch keine Erkenntnis verschafft; paradoxerweise hatte es Fragen zu meinen eigenen Kriegserfahrungen aufgeworfen. Erinnerungen an Vorfälle, mit denen ich für immer abgeschlossen zu haben glaubte, stiegen wieder in mir auf, so wie sich jene Arten sachte winden, die zu tief im Ozean leben, als dass der Mensch sie bisher gesehen oder gar klassifiziert hätte.

Da ich Pereiras erwartungsvollen Blick auf mir spürte, wurde ich verlegen, als hätte ich ihn im Stich gelassen. Ich kann mit der gesellschaftlichen Konvention wenig anfangen, die beifällige Äußerungen zu jedem Gericht und jedem Wein verlangt, die ein Gastgeber auftischt, und wo jedes der Bilder in seinem Haus als Meisterwerk gefeiert werden muss, aber es gab natürlich ein Minimum an Höflichkeit. Der alte Knabe hatte mir immerhin sein Haus und seine Küche geöffnet.

»Es ist seltsam, meinen Vater als Soldaten zu sehen«, sagte ich. »Es lässt mich an meinen eigenen Krieg denken.«

»Das überrascht mich nicht«, sagte Pereira. »In Ihrem Buch gibt es einige interessante Bezüge auf jene Jahre.«

»Tatsächlich? Die meisten Leute haben das Buch als Beispiel für die neue ›Antipsychiatrie‹ gesehen, die damals in Mode kam. Sie lasen es als Polemik, nicht als Memoiren.«

»Das ist es ja auch, aber man kann doch zwischen den Zeilen lesen.«

Es gab einen Druck auf meine Augen und einen merkwürdigen Aufruhr in meinem Magen.

»Warum erzählen Sie mir nicht, was Sie erlebt haben?«, fragte Pereira. »Im Krieg?«

»Weil –«

»Ich kann in Ihrem Buch nichts entdecken, was Sie bereuen müssten, aber wenn es doch etwas gibt, dann könnten Sie die Gelegenheit jetzt nutzen und die Dinge zurechtrücken. Ganz vertraulich. Im Gegenzug werde ich nichts vor Ihnen verheimlichen, wie beschämend es auch sein mag. Vor seinem literarischen Nachlassverwalter ist niemand ein Held. Sie könnten mir mein Vertrauen zurückzahlen.«

Im verdunkelten Garten draußen blies der sanfte Wind über das Gras und wiegte die Zweige der Pinien.

»In Ordnung«, sagte ich. »Ich erzähle es Ihnen.«

Und das tat ich. Die letzte Person, der ich die Geschichte erzählt hatte, war L. gewesen, im Krieg selbst, 1944. Seitdem hatte ich das alles unter Verschluss gehalten. Weder die Freunde und Kollegen meiner späteren Karriere, weder Judith Wills und Simon Nash, mit denen ich arbeitete, noch die Geliebten und Freundinnen wie Annalisa hatten sich je dafür interessiert. Dabei handelte es sich – um es vorab zu sagen – doch um eine Geschichte, die meines Erachtens überwiegend für mich sprach.

Als ich Pereira die Geschichte erzählte, mag ich hier und da übertrieben oder etwas ausgelassen haben; seitdem habe ich Zeit genug gehabt, die Einzelheiten richtigzustellen ...

An einem Lehrkrankenhaus in London war eine Stelle zu besetzen gewesen, als ich im Juni meinen Abschluss an der Universität machte, aber es war schon klar, dass die Ereignisse auf dem Kontinent dringlicher waren. Mein akademischer Abschluss brachte es automatisch mit sich, dass ich Offizier werden würde. Die Unteroffiziere genossen es, die Kadetten zu demütigen, die sich auf dem Exerzierplatz der Offiziersausbildungseinheit bei Doncaster ängstlich in Reih und Glied auszurichten versuchten. Ihrem höheren Alter und ihrer größeren Erfahrung hatte man nichts entgegenzusetzen; ich konzentrierte mich darauf, mich so unsichtbar wie möglich zu machen und alle Beleidigungen und Übergriffe, die kommen würden, zu erdulden. Einmal, als ein Sergeant sich beim Drill über meine Schlaffheit mokierte – »Sie sind 'ne Marionette, aber kein verdammter Soldat!« –, hörte ich etwas weiter in der Reihe jemanden kichern. Ich dachte, als Kadett wie ich müsste er eigentlich auf meiner Seite stehen, nicht auf der des Feldwebels. Schließlich kam der große Tag, an dem die Schikanierer vom Exerzierplatz uns mit »Sir« anreden mussten. Sie taten das mit Anstand; sie wussten, in Kürze kämen neue junge Männer, die sie herumschubsen konnten.

Man sagte uns, wir würden nach Frankreich geschickt, und rüstete uns mit der kompletten Uniform aus. Dazu gehörte ein erstklassiger Mantel, ein Gascape und ein Rucksack; am Koppel hingen Stahlhelm, Pistole, Feldstecher, Kompass, Brotbeutel für Feldrationen und eine Wasserflasche. Auf der anderen Seite des Kanals angekommen, schickte man uns in ein Dorf bei Lille, wo wir uns dem Zweiten Bataillon anschließen sollten.

In unserem Quartier stieß ich zuerst auf den Offizier, der die Kompanie B befehligte, einen Berufssoldaten namens Richard Varian. Sein Schnurrbart hatte militärischen Schnitt, aber er ließ mich auch an einen französischen Romancier aus der Belle Époque denken; er führte etliche Bücher nicht militärischen Inhalts bei sich – Gedichte, Biografien –, die er auf einem transportablen Regal in seiner Offiziersstube aufstellte. Ich besaß keine Vorstellung davon, wie ein befehlshabender Offizier auszusehen hatte. Richard Varians Augen waren von einem so dunklen Braun, dass sie schon fast schwarz wirkten, und er schien fast nie zu blinzeln. Ich meinte, darin Güte ebenso wie Intelligenz zu sehen, aber es war noch zu früh, als dass ich mir dessen sicher sein konnte.

»Sie übernehmen von Bill Shenton den Zug vier«, sagte er. »Er war zwei Jahre lang Zugführer. Wir haben gemeinsam in Indien gedient.«

Varian erklärte mir, dass es zu Friedenszeiten einen Mangel an Offizieren gegeben hatte und nicht jeder Zug von einem Offizier geführt werden musste; Männer wie Shenton, Unteroffiziere, waren auf Zeit befördert worden, um die Züge anzuführen. Ich fühlte mich nicht wohl dabei, einen Berufssoldaten abzulösen, wo ich noch nie etwas vom Krieg gesehen hatte.

»Das ist Ihre erste Herausforderung als Offizier«, sagte Varian und steckte eine Zigarette in seine Spitze. »Ich gehe davon aus, dass andere folgen werden.«

Ich traf Bill Shenton beim Kartenspiel in einer schmalen Spülküche an, die als Unteroffiziersmesse diente. Ich sagte ihm, ich würde gern ein paar Worte mit ihm reden.

»Jawohl, Sir.«

Wir standen uns draußen in dem engen Gang gegenüber, Shenton in Habachtstellung. Er war etwa zehn Jahre älter und zehn Zentimeter größer als ich; sein Gesicht war nach Jahren, in denen es brennender Sonne ausgesetzt gewesen war, von tiefen Furchen durchzogen. Diesen physischen Typus kannte ich von den Bauernhöfen meiner Kindheit, aber ich hatte noch nie einen Mann getroffen, der seine Gefühle so unter Kontrolle hatte.

»Stehen Sie bequem«, sagte ich.

Ich spürte, wie er meine jugendliche Stubenhockererscheinung abschätzte. Ich errötete und verlor den Faden meiner Rede, so sehr war ich bemüht, den Augenkontakt aufrechtzuerhalten. Ich erklärte, dass die neue Regelung nicht von mir und nicht nach meinem Geschmack sei, dass ich ihn aber von Zeit zu Zeit um Rat fragen würde und diesen zu schätzen wüsste.

Als ich mit meinem Gestammel zu Ende war, erwartete ich beinahe, dass Shenton in dröhnendes Gelächter ausbrechen oder mir einen Kinnhaken versetzen würde.

»Verstehe, Sir.« Sein Gesicht zeigte nicht das geringste Anzeichen von Belustigung oder Ärger. Er war dem Regiment gegenüber zu loyal.

»Danke, Sergeant Major. Sie können jetzt weiter Karten spielen.«

Als er grüßte und dann kehrtmachte und verschwand, kam mir der Gedanke, dass Varian ihn auf das, was bevorstand, vermutlich vorbereitet hatte oder dass er aus der massenhaften Ankunft junger Offiziere seine eigenen Schlüsse gezogen hatte. Ich spürte, dass diese beiden Berufssoldaten mit meiner Unerfahrenheit gespielt hatten: Sie hatten sehen wollen, wie ich mich schlagen würde. Für einen befehlshabenden Offizier beziehungsweise einen Unteroffizier waren die beiden sicherlich nicht die schlechtesten.

Mein Zug bestand ausschließlich aus Berufssoldaten und Reservisten. Unsere Aufgabe in Frankreich war es, abzuwarten, was die Deutschen machten; wir durften nicht nach Belgien einmarschieren, weil zu befürchten stand, dass das Hitler Anlass zu einer Invasion geben würde. Als Junioroffizier trug ich Verantwortung für die Verpflegung und plante das Essen mit dem Koch, dem Gefreiten Dobson, einem weiteren Berufssoldaten, der in Indien beim Pferdetransport gedient hatte. Er erzählte mir, dass er einmal beim Zubereiten eines Pferdefleisch-Currys geholfen habe und ansonsten keinerlei Erfahrung in der Küche besitze.

Als die Deutschen dann ohne jede Provokation von unserer Seite im Mai in Belgien und den Niederlanden einfielen, durften wir schließlich vorrücken. Richard Varian gab Befehle aus, und ich war froh, loslegen und mich vor den Männern beweisen zu können. Varian erhielt seine Befehle vom Bataillonskommandeur, der seinerseits vom Brigadegeneral gesagt bekam, was zu tun sei. Manche meinten, die Hierarchie sei aufgebaut wie die berühmte russische Matrjoschka-Puppe; mich erinnerte sie eher an eine Internatsschule: Der Zug war die Klasse, die Kompanie der Jahrgang, und die Schule selbst war das Bataillon. Drei Bataillone, im Regelfall aus unterschiedlichen Regimentern und Grafschaften (zum Beispiel Yorkshire, Nottinghamshire, Kent), bildeten eine Brigade, die seltsamerweise aber nicht dasselbe Zugehörigkeitsgefühl hervorrief wie die nächstgrößere Einheit, die Division.

Mein kleiner Zug, so stellte sich heraus, war recht guter Stimmung, vorausgesetzt, die Männer bekamen genug zu essen; und als wir vorrückten, versorgten uns die Belgier mit Käse, Brot und Wein sowie Zigaretten und Wasser, um unsere Rationen aufzustocken. Die jungen Frauen zeigten sich hinreißend dankbar, und langsam hatte ich das Gefühl, dass mir das Soldatsein im Blut läge – besonders, als ich eines Nachts die Posten kontrollieren ging und von einem Mädchen angesprochen wurde, das nicht älter als neunzehn sein konnte. Irgendetwas an der Invasion ihres Landes und am Anblick schwitzender Infanterie hatte in ihr ein brennendes Verlangen geweckt; kaum hatten wir die einleitenden Höflichkeiten auf Französisch ausgetauscht, gab sie mir schon einen Kuss auf die Lippen. Morgen würden ihre Eltern nicht da sein, erzählte sie, wenn ich also Lust hätte, zu ihr zu kommen, das letzte Haus da vorn auf der linken Seite ... Ich sagte, ich könne womöglich nicht einfach so wegkommen, würde es aber versuchen. Was will das Weib?, fragte ich mich, als ich in meine Unterkunft zurückkehrte. Im Dunkeln von einem Soldaten geküsst werden. Könnte das die Antwort sein?

Wir waren noch nicht sehr weit nach Belgien vorgerückt, als zu unserem Erstaunen der Befehl zum Rückzug kam. Sechs Tage später marschierten wir durch dasselbe Dorf zurück, und als wir am Friedhof vorbeikamen, drehte ich meinen Kopf weg, für den Fall, dass mein Mädchen dort höhnisch johlend an der Straße stand. Obwohl die deutsche Luftwaffe unsere Kolonne angriff, schaffte es die deutsche Infanterie nicht, uns zurückzudrängen, und ich spürte, dass Varian die Befehle zum Rückzug nur widerwillig befolgte. Die Rede war von einer offenen Flanke – wie katastrophal das war, wusste ich aus dem Infanterieunterricht in Doncaster. Es war dann noch schlimmer, wie ich in einer Nacht feststellen musste, als ich eine Patrouille anführte, die mit den Truppen auf unserer Rechten Kontakt aufnehmen sollte. Nach einigen orientierungslosen Stunden im Wald mit ständiger Konsultation des Kompasses und etlichen Meilen Marsch kehrte ich ins Hauptquartier der Kompanie zurück und teilte Major Varian mit, dass es auf unserer Rechten keine Truppen gebe. Später hörten wir, dass die Franzosen von deutschen Panzereinheiten im Süden überrollt worden waren, während im Norden Holland kapituliert hatte und die Belgier in vollem Rückzug waren. Demnach waren unsere Flanken auf beiden Seiten offen, und wir konnten ohne Weiteres abgeschnitten und getötet werden, wie die Römer in Cannae, woran ich mich jetzt aus meiner Schulzeit erinnerte.

Als wir zum zweiten Mal durch Brüssel kamen, erwartete ich, man werde uns mit verfaultem Gemüse bewerfen, aber die Menschen waren uns wohlgesinnt und versicherten uns, dass wir bestimmt bald wieder hier sein würden. Beim dritten Mal würde es vielleicht klappen. Von Lille aus marschierten wir auf einem Gleisbett nach Armentières, was Mühe bereitete, weil die Schwellen unregelmäßig verlegt waren und die Schiefersteine schlüpfrig. Zum Glück stand der Himmel auf allen Seiten in Flammen, als wir uns auf Poperinge zubewegten.

Vertraute Namen: Dies war das flache flandrische Land, wo vor gerade erst fünfundzwanzig Jahren unsere Väter Bekanntschaft mit dem zwanzigsten Jahrhundert gemacht hatten. Und da waren wir nun, unter demselben leicht bescheuerten Namen »Britisches Expeditionskorps«.

Nach dem Marschieren kam das Eingraben. Auf das Eingraben folgte manchmal der Schlaf, auf jeden Fall aber wieder das Marschieren. Die Tage hatten die Anmutung eines Traums. Manchmal, wenn ich aufwachte, erwartete ich, dass das alles hier nicht wirklich passiert war, dass ich wieder in einer normaleren Lebensform angekommen war, wie ein Zug, der von einem Abstellgleis zurück aufs Hauptgleis verschoben wurde. Eines Nachts lag ich im Freien, das Gesicht dem Mond zugewandt, und hoffte, dass ein deutscher Bomber das blasse Oval meines Gesichts sehen und Erbarmen haben würde.

Die Deutschen machten mit Sicherheit keine Unterschiede. Ihre Flugzeuge strichen über die durcheinandergeratenen

Trecks aus Soldaten und Flüchtlingen, und die Maschinengewehre ratterten. Verwundete Infanteristen lagen auf der Straße neben blutenden Kindern. Wir hatten inzwischen den Kontakt zu B Echelon verloren – das war der alberne Name der Einheit, die Versorgung, Wasser, Decken und das Gepäck der Offiziere transportieren sollte; ich habe meinen Dienstanzug und meinen neuen Mantel nie wiedergesehen. Da wir außer dem kleinen Proviantsack und den Klamotten, die wir trugen, nichts mehr hatten, brachen wir in einem Wald zusammen. Aus vereinzelten Regentropfen wurde bald ein erbarmungsloser Platzregen. Die Männer murrten, aber ich sagte ihnen – einfach ins Blaue hinein –, dass der Schlamm die deutsche Infanterie auf ihrem Vormarsch aufhalten und daran hindern würde, uns einzukreisen.

Das Bataillon erhielt Befehl, sich zum Strand von Dünkirchen durchzuschlagen. Bei so vielen Flüchtlingen auf der Straße war es unmöglich, den exakten Marschbefehl einzuhalten, und bevor wir den Hafen erreichten, hatten sich die Männer in kleinere Einheiten aufgespalten. Richard Varian hatte ich seit zwei Tagen nicht mehr gesehen, und die Kompanie war geteilt worden; als wir am Strand ankamen, sagte man uns, dass an diesem Abend keine Schiffe mehr kämen, also gruben die Männer Löcher in den Sand, um Schutz gegen deutschen Beschuss und deutsche Bomben zu schaffen. Es dauerte den ganzen folgenden Tag, bis wir in ein wartendes Boot drängelten, das uns nach draußen aufs Meer zu einem Schiff brachte. Ich überschlug, dass die Kompanie B in drei Tagen 160 Kilometer marschiert war. Ich legte mich auf das metallene Deck und erwachte in England.

## FÜNFTES KAPITEL

Nach Dünkirchen hatten wir den Auftrag, die britische Küstenlinie vor der Invasion zu schützen. Mein Bataillon wurde zwischen Exeter und Lyme Regis stationiert, und ich verbrachte viele Abende in den Pubs von Seaton, Whimple und Ottery St. Mary. Inzwischen dienten auch Freiwillige bei uns, sodass ich zum ersten Mal Männer befehligte, die jünger waren als ich selbst, und das gab meinem Selbstvertrauen etwas Auftrieb; ich merkte, dass selbst das heillose Chaos von Dünkirchen inzwischen irgendwie als »Gefechtserfahrung« galt. Weitere untere Offiziersränge waren hinzugekommen, und einer davon war zu meiner Freude Donald Sidwell, der sich meinem Regiment angeschlossen hatte, obwohl seine Mutter ihn angebettelt hatte, zur Marine zu gehen.

Noch mit zwei anderen schloss ich auf der Stelle Freundschaft. John Passmore war ein gebürtiger Neuseeländer, in London aufgewachsen und dann Lehrer geworden. Er hatte schmale Augen, dunkles Haar und war ein extremer Linkshänder. Er war klug und kompetent, ziemlich reserviert (ich glaube, er mochte die Förmlichkeit und das Regelwerk der Schule), aber ein guter Sportler, wie wir herausfanden. Der andere war ein Riese namens Roland Swann, genannt »Vesta«; er war Ende zwanzig und arbeitete zu Hause in London in der Firma seiner Familie, die Jute importierte. Er hatte eine Zeit lang bei der Territorialarmee gedient und war sehr scharf darauf, sein erstes Gefecht zu erleben. Ständig sprach er davon, wie viel Spaß wir haben würden, »wenn's richtig losgeht«. Während Passmore beherrscht und stets korrekt gekleidet war, fehlte bei Swann immer irgendwo ein Knopf. Obwohl er selbst Junggeselle war, versorgte er die Männer mit guten Ratschlägen für ihre Ehe und diktierte Briefe an lästige Ehefrauen.

Ein anderer bemerkenswerter Neuzugang war Brian Pears, bekannt unter dem Namen »Fruity«, der im Zivilleben Tierarzt war und durch seine Arbeit mit Pferden eine Leidenschaft für Pferderennen und Wetten entwickelt hatte. Er zahlte seine Rechnung in der Offiziersmesse unweigerlich zu spät, aber aufgrund seiner gelegentlichen Gewinne sehr großzügig. Er war einer der wenigen, die Deutsch sprachen.

In unserer Zeit in Devon stellte Bill Shenton ein Cricketteam zusammen, das gegen die Dörfer im Umkreis spielen sollte. John Passmore war der beste Spieler – ein linkshändiger Bowler mit enormem Spin und aggressiver Batsman auf Position 5. Roland Swann, ein ungeschickter Wicket-Keeper, war Mannschaftskapitän, weil Passmore zu bescheiden war; Brian Pears war ein guter Batsman, aber als Runner zwischen den Toren unzuverlässig: »Ja ... Nein ... Scheiße!« Passmore gab zu bedenken: »›Scheiße‹ bildet keine sinnvolle Ansage, Brian!«

Bill Shenton war der erste Bowler, und der beinahe zahnlose Gefreite »Knirscher« Lewis, der später in Tunesien »fiel«, eröffnete von der anderen Seite. Connor und McNab, zwei harte Burschen von den Feldjägern, standen in der mittleren Reihe; komplettiert wurde das Team durch den Gefreiten Easton, einen Bowler mit einem gewissen Spin, den Unteroffizier »Lulatsch«

Storey, einen Batsman, und den Gefreiten Hall, einen Bowler, der später in Anzio an seinen Verwundungen starb.

Kilmington, ein Dorf mit einem wunderbar ebenen Spielfeld, an dessen Rand eine hohe Zeder stand, legte 240 Runs hin, und wir gewannen trotzdem. Wir spielten gegen eine örtliche Schule, dann gegen eine Klubmannschaft in Sidmouth, wo Shenton einen Ball über die Mauer und die Straße bis ins Meer schlug. An einem Sonntag, als die Lage ruhig war, fuhren wir landeinwärts nach Chardstock, wo sich das Spielfeld auf einem steilen Abhang befindet. Noch Wochen danach sprachen die Männer von dem Imbiss, mit dem der Gegner uns bewirtete, Schinken, Käse und Obst von den eigenen Höfen. Ich kann mich nicht erinnern, dass wir ein einziges Spiel verloren hätten, und das lag vor allem an John Passmore, dessen schlingernder Wurf mit dem linken Arm uns jedes Mal fünf Wickets einbrachte.

Das klingt alles unbeschwerter, als es in Wirklichkeit gewesen sein kann. Schließlich war dies nicht mehr 1914; wir wussten, was zum modernen Krieg gehörte, und ich war nicht der Einzige, der im letzten Krieg seinen Vater verloren hatte. Uns trug kein leichtfertiger Nationalstolz, und wir hofften auch nicht auf ein schnelles Ende des Krieges; wir waren wütend auf die Politiker und Diplomaten, die uns ein weiteres Mal betrogen hatten, und besorgt, dass Europa nun in einen endlosen Krieg taumeln werde – ein Kontinent, der aufgrund ungeklärter historischer Feindschaften dem Untergang geweiht war, aufgrund der Schwäche unserer Führer oder vielleicht einfach aufgrund der Gattung, der wir alle angehörten.

Und doch ... Wenn ich jetzt zurückblicke, gab es so etwas wie Unschuld. Wir waren jung und hatten die Lektionen unserer Väter nicht gelernt: Wir kannten die Wahrheit, aber wir fühlten sie nicht. Jeder brachte seine eigene Persönlichkeit in die gemeinsame Aufgabe ein: »Knirscher« Lewis, der aus einer kleinen Gasse in Leicester kam und stolz war, für die Mannschaft ausgewählt worden zu sein, der seiner Mutter vielleicht seine eigene Version eines Spielberichts nach Hause schrieb ... John Passmore, fest entschlossen, seine Frau wiederzusehen und sein Leben im Klassenzimmer wiederaufzunehmen ... der Gefreite Hall, dessen Vater Klempner war und der an jede seiner drei Schwestern eine extra Postkarte schrieb.

Von heute aus gesehen liegt es auf der Hand, wer von ihnen einen Marktstand hätte und wer Teilhaber in einer Anwaltssozietät wäre – als sei Charakter in jedem Fall Schicksal. Aber 1941, als wir noch unfertig waren und unsere Eigenarten nicht ausgeprägt, galt das noch nicht. Unsere Unterschiede kümmerten uns wenig, und zu den Dingen, die uns aneinanderbanden, gehörte das Wissen, dass Maschinengewehre sich um solche Feinheiten nicht kümmern.

Die Gefühle, die ich für all diese Männer hegte, waren rein und unterschiedslos. Ich liebte sie nicht dafür, wer sie waren, sondern dafür, dass sie hier waren.

Schon in den ersten Tagen nach unserer Landung in Nordafrika bekamen wir mehr Gefechtserfahrung, als uns lieb sein konnte. Wir schrieben jetzt April 1943, und es hatte eine Menge Veränderungen gegeben. Das Bataillon wurde von einem Mann namens Taylor-West befehligt, den die Männer Sailor-Vest oder Geizhals nannten. Seiner Ansicht nach waren wir nicht hart genug, und in einer Halle nahe unserem Quartier im algerischen Hafen Bône führte er uns vor, wie ein kämpfender Soldat zu schlafen habe. Er legte sich auf einem Holztisch auf die rechte Seite, das Gewehr fest in der linken Hand, wobei das Bajonett auf seine Nase zeigte.

»Mehr als ein trockenes Brett braucht man nicht«, sagte er. »Decken und Stroh machen Sie nur träge. Die Stiefel behalten Sie an. Für einen Offizier reichen zwei Stunden Schlaf, für die anderen Ränge drei. Entleeren Sie Ihren Darm jeden Tag vor dem Frühstück.«

Seine kleine Ansprache begann er mit den Sätzen: »Als meine Kompanie die Hunnen an der Westfront bei Vimy überrannt hat, entdeckten wir, dass die Maschinengewehrschützen an ihre Waffen angekettet waren. Auch unsere Männer waren aneinandergekettet, aber durch ein noch stärkeres Band.« Er machte eine Pause und sah in die ungläubigen Gesichter. »Loyalität.«

Taylor-West gehörte zu einem anderen Regiment und war uns vom Divisionskommandeur vorgesetzt worden. Man konnte auf den ersten Blick sehen, warum. Er war Berufssoldat und 1916 an der Somme mit dem Military Cross und später in Dünkirchen mit dem Distinguished Service Order ausgezeichnet worden – genau die Sorte Mann, die man sich als Bataillonskommandeur wünscht. Seine Sicht des Krieges war einfach: Töte so viele Deutsche, wie du kannst. Manch einer hatte erwartet, dass seine große Erfahrung ihm zu einem subtileren taktischen Verständnis verholfen hätte, aber seine Gier nach deutschem Blut stand an erster Stelle. Bisweilen hatte das einen leichten Anflug von Wahnsinn.

Richard Varian, der zu Taylor-Wests Adjutanten ernannt worden war, konnte seine Abneigung nur schwer verbergen. Vermutlich störte sich Varian, der eine Zigarre und einen Drink im Kasino sehr wohl zu schätzen wusste, schon daran, dass Taylor-West Nichtraucher und Abstinenzler war; ich glaube, Varian fand etwas Abstoßendes an einem Mann, der im nüchternen Zustand den Wunsch haben konnte, so viele Feinde wie möglich zu töten. Um nicht illoyal zu erscheinen, nahm Varian sich sehr zurück und verwandte viele Stunden auf »Zusammenarbeit« und »Kontaktpflege«. In unseren Augen wurden hier die Fähigkeiten unseres besten Offiziers vergeudet.

Und wir waren nun auch an der Reihe. Das Kommando über die Kompanie B war von Varian an Vesta Swann übergegangen, der jetzt Hauptmann war und ich sein Stellvertreter als Kommandant. Donald Sidwell und Fruity Pears kommandierten die Kompanien A beziehungsweise C; John Passmore übernahm Kompanie D. Ich vermutete, die Tatsache, dass ich als Letzter befördert wurde, erklärte sich daraus, dass ich nicht von einer Privatschule kam, aber mir war es nur recht, dass Swann dem Beschuss von Taylor-West ausgesetzt war, während ich mich um die Moral der einzelnen Zugführer kümmerte, die darauf brannten, in den Kampf zu ziehen.

Die 8. Armee hatte die Deutschen quer durch Nordafrika nach Osten vor sich hergetrieben. Im flachen Wüstensand hatte man Panzer einsetzen können, aber das Gelände um Tunis war gebirgig. Panzer nützten nichts mehr, und wir brauchten die Artillerie als Unterstützung für den entscheidenden Angriff der Infanterie, der die Achsenmächte für immer aus Afrika verjagen sollte.

Unsere Artillerieaufklärer hatten einen Gebirgszug ausfindig gemacht, hinter dem sich die schweren Waffen verbergen konnten. Das Bataillon wurde in diese erhöhte Stellung kommandiert, die nur einen knappen Kilometer vor der deutschen Linie lag. Wir lagen ein paar Hundert Meter vor der eigenen Artillerie und hatten zwei Fünfundzwanzigpfünder-Feldhaubitzen in unserem Kompaniehauptquartier. Vesta Swann war von einem Hund gebissen und ins Lazarett geschickt worden, damit er eine Tollwutspritze bekam, also war ich plötzlich Kommandeur der Kompanie B, als der Abend kam. Wir sollten die äußerste rechte Seite des Gebirgszugs besetzen; die Kompanie A besetzte die Mitte, D stand links, und die Kompanie C hielt sich in Reserve.

Ich hatte Bill Shenton bei mir, wofür ich sehr dankbar war, und außerdem viele Männer, die ich aus meinem alten Zug kannte. Der Boden war voller kleiner Felsbrocken und Steine, und wir durften uns nicht wie üblich eingraben, weil man fürchtete, dass das zu viel Lärm verursachte. Und so sah mich mein erster Infanterienahkampf unter dem Sternenhimmel liegen, ohne schützende Erdwälle zu beiden Seiten und allem ausgeliefert, was die Fallschirm-Panzer-Division Hermann Göring auf uns herabfallen lassen würde. Das war nicht das, was wir im Regelbuch der Infanterie gelernt hatten.

Es war der seltsamste Augenblick meines Lebens, obwohl ein schwacher Antrieb in mir sich bemühte, ihn ganz normal erscheinen zu lassen. Ich dachte über das alte Karthago nach, das genau dort gewesen war, wo heute Tunis lag. Der größte Sohn der Stadt, Hannibal, hatte die Römer dreimal besiegt, einmal in Norditalien, als er seine Truppen mit Elefanten ausrüstete, die die Alpen überquerten. Die Römer waren von Hannibal so beeindruckt, dass sie Scipio Africanus gegen ihn in den Kampf schickten, der Hannibals eigene Taktik vor Karthago anwandte – nur ein paar Kilometer östlich von dem Punkt, an dem ich jetzt mit Sergeant Major Bill Shenton aus Accrington lag, unter denselben Sternen wie damals.

Ich erzählte Shenton von Hannibal, und er fragte mich, woher ich das wüsste.

»Livy. Der Historiker.«

»Wer?«

»Livy. Titus Livius. Er hat eine Geschichte Roms geschrieben.«

»Aber dieser Hannibal ist hier geschlagen worden. In Tunis?«

»Ja, stimmt. Genau da vorn. Da, wo die Lichter sind. Ein gutes Omen, finden Sie nicht?«

»Kann sein. Ich würde jetzt einiges dafür geben, wenn wir rauchen dürften.«

»Ich auch.«

»Glauben Sie wirklich, die Hunnen beobachten uns? Und sehen so ein winziges Lichtpünktchen?«

»Anzunehmen. Wir könnten vielleicht eine Runde schlafen«, sagte ich.

»Auf den Steinen, Stiefel an«, sagte Shenton. »Geizhals würde applaudieren.«

»Passen Sie auf, dass Sie sich das Bajonett nicht in die Nase bohren.«

Ich legte mich auf den stoppligen Boden und bettete meinen Kopf auf den Proviantsack. Mr. Liddell war mir in den Sinn gekommen, wie er an dem Seil im Treppenhaus zog und die Glocke vor meinem Schlafzimmer läutete. Es hatte wohl mit dem Gedanken an Latein zu tun. Dann fing ich an, sehr langsam und sorgfältig das Cricketmatch in Kilmington 1941 nachzuspielen, um zu sehen, ob ich mich an den genauen Spielverlauf erinnern konnte. Ich sah ein, dass meine Gedankenfolge seltsam war, aber das lag wohl daran, dass ich einfach nicht im gegenwärtigen Moment sein wollte. Ich schaffte es, meinen Geist lange Zeit wandern zu lassen, ohne dass er auf dem harten Boden meiner realen Situation aufschlug. Krieg, Tunesien, der steinige Wüstenboden, die Möglichkeit des unmittelbar bevorstehenden Todes: Von alldem spaltete ich mich ab und fragte mich dann, wie es sein würde, wenn man immer so denken würde – also gar nicht mehr zurückkehrte zu der Frage, wer und wo man ist. Eine Person mit solchen Fähigkeiten, wäre sie ein Genie oder ein Halbgott – oder einfach nur der Dorftrottel?

Bill Shenton hatte zu schnarchen begonnen, und ich fragte mich, ob das wohl bis zu den Deutschen durchdrang. Ich hörte den viel gepriesenen Gesang der Nachtigall, danach ein lautes Schnappgeräusch, von anderen gefolgt. Es dauerte einen Moment, bis ich den Klang von Gewehrfeuer erkannte. Ich war erbost, dass der dritte Zug ganz rechts von uns das Feuer ohne meinen Befehl eröffnet zu haben schien, und schickte einen aufgeweckten Neunzehnjährigen namens Watts hinüber, damit er ihnen sagte, sie sollten aufhören.

Er kam nicht zurück, also machte ich mich zehn Minuten später mit Shenton und zwei anderen auf den Weg, um herauszufinden, was da los war; der Lärm wurde unterdessen immer schlimmer. Als wir einen Felsen oben auf dem Gebirgszug umgangen hatten, sahen wir unter uns im Mondlicht eine Gruppe deutscher Soldaten. Sie drangen vor, gebückt und zusammengekrümmt, und kletterten in Richtung des dritten Zuges. Ich kniete mich hin und versuchte nachzudenken.

Unser Angriff sollte nicht früher als in achtundvierzig Stunden stattfinden und von schwerem Artilleriefeuer unterstützt werden, um den Feind mürbezumachen. Ich würde ordentlich Ärger mit Taylor-West bekommen, wenn umfangreiche Gefechte jetzt schon begönnen. Mir kamen einzelne Infanterieweisheiten in den Sinn: Stärke den Erfolg, geh im Zweifel vorwärts ... Nichts davon erschien hier passend. Ich spürte meine Gedärme rumoren. Was um alles in der Welt soll ich tun? Den letzten Satz musste ich laut gesprochen haben, denn Bill Shenton sagte: »Legen Sie sie um, Sir.«

Mir gefiel, dass er nicht vergaß, mich »Sir« zu nennen. Leider führte ich nur eine Pistole bei mir, also sagte ich Shenton, er solle eine Handgranate werfen. Nachdem diese detoniert war, sahen wir, wie sie in die eigenen Linien zurückhuschten, ausgenommen einer, der verwundet, vielleicht auch tot liegen blieb. Diese Deutschen mussten auf Patrouille gewesen sein, oder aber eine Abteilung, die von den anderen getrennt worden war, denn wir entdeckten, dass es eine gut organisierte Infanterieeinheit war, die den Dritten Zug angriff, als wir dort ankamen. Ich lief zurück und schickte einen weiteren Zug zur Verstärkung des Dritten, was mir immer noch genügend Männer übrig ließ, um mit der Kompanie A in der Mitte Kontakt zu halten.

Jetzt wurde überall auf unserer Linie das Gewehr- und Maschinengewehrfeuer eröffnet. Mit Geheimhaltung war es nun vorbei, und ich spürte meine Erleichterung; wenn die Hunnen kommen wollten, dann sollten sie kommen. Ich ging mit Shenton auf unsere ursprüngliche Stellung zurück und organisierte unsere Verteidigung, so gut ich konnte. Der Feind war nachts schwer zu sehen, und wir mussten blind in die Richtung eines Lichtblitzes oder eines Geräuschs feuern. Ich gab einigen Männern Anweisung, Löcher für die leichten Bren-Maschinengewehre zu graben, und befahl dem Leutnant, einem Neuankömmling namens Bell, nach mehr Munition zu schicken. Nach etwa zwei Stunden wurde klar, dass das Schlimmste passiert und der Feind hinter unsere Linie gelangt war. Meine Kompanie stand jetzt von drei Seiten unter Beschuss, und unsere Artillerie hinter uns konnte nichts tun; unsere einzige Hoffnung war die, dass man eventuell die Kompanie C aus der Reserve abrief. Der Funk war zusammengebrochen, also schickte ich einen Meldegänger ins Bataillonshauptquartier, der unsere Notlage schildern sollte.

»Sie haben da oben hinter dem Felsen einen Maschinengewehrposten«, brüllte Shenton mir zu. »Den müssen wir loswerden.«

»Wie zum Teufel sind sie dahin gekommen?«

»Unsere Kette hat zu viele Lücken. Wenn Sie wollen, mache ich das, Sir.«

»Ich komme mit. Nehmen Sie noch drei andere mit, denen Sie vertrauen. Wir setzen Handgranaten ein. Alles klar?«

»Ja. Und wenn wir nah dran sind, Gewehre und Bajonette.«

Ich konnte nicht erkennen, welche drei Männer er ausgewählt hatte. Ihre Gesichter waren geschwärzt, und ich wollte es auch nicht wissen. Wir setzten uns in Bewegung, Shenton vorneweg, über das Gestrüpp und die Steine. Es gab eine Art Hütte, vermutlich ein Unterstand für einen Schäfer, von wo aus die Maschinengewehre des Feindes auf die Kompanie A zu unserer Linken feuerten.

Wir pirschten uns so nah heran, wie wir konnten, verborgen hinter ein paar dornigen Büschen. Die drei Männer knieten sich neben uns, keuchend im blassen Licht des Mondes.

»Auf das Kommando ›Los!‹ greifen wir an«, sagte ich. »Verstanden, Sergeant Major?«

»Jawohl, Sir.«

Mein Mund war so trocken, dass ich mir über die Lippen lecken musste, bevor ich weitersprechen konnte.

»Keine besonderen Tricks«, sagte ich. »Macht einfach, so schnell ihr könnt. Werft eure Handgranaten und rennt.«

Das Maschinengewehr legte wieder los. Unter dem Schutz seines Höllenlärms sagte ich das entscheidende Wort, und es ging los. Nach drei Jahren ständiger körperlicher Ertüchtigung waren wir sehr schnell, selbst auf diesem heimtückischen, dunklen Boden. Als wir nach meiner Schätzung bis auf gut zwanzig Meter heran waren, die weiteste Entfernung, aus der ich exakt zielen konnte, warf ich meine Handgranate, und die anderen taten es mir nach. Wir rannten weiter und schafften es bis an die Seite der Hütte, als die Sprengsätze hochgingen. Wir drangen von hinten in die Hütte ein und begannen, auf die zu schießen, die noch nicht außer Gefecht waren. Da drinnen waren etwa ein Dutzend Männer, von denen nur drei oder vier durch die Granatenexplosion verletzt worden waren. Die anderen töteten wir. Ich weiß nicht, wer genau was tat, ich kann mich nicht erinnern. In solchen Momenten ist man nicht man selbst. Wir verloren bei diesem Angriff einen Mann, und ich gab den Befehl, sofort zu unserer Linie zurückzukehren. Wir würden ihn am nächsten Tag finden und beerdigen.

Der Weg zurück ging schnell, und das feindliche Feuer kam nur einmal gefährlich in unsere Nähe. Ich legte mich neben meinen Proviantsack und schnappte nach Luft. Auf meinem Bajonett war Blut, und ich wischte es an einem Busch ab. Ein Meldegänger kam und überbrachte die Botschaft, die Deutschen hätten Panzer hinter die rechte Seite des Höhenzugs gebracht. Ich entsandte noch mehr Männer zur Verteidigung unserer rechten Flanke, wo einige jetzt notgedrungen in Richtung unserer eigenen Linie feuern mussten.

Wir konnten nur weiterkämpfen. Etwas anderes gab es nicht. Dass sie immer noch auf uns zukamen, zeigte, dass der Höhenzug wichtig für sie war und der Krieg nicht an uns vorübergezogen war. Ich ging durch die Reihen, um den Männern Mut zuzusprechen, auch wenn ich die Erschöpfung in ihren Augen sah.

Die Zeit schien zu kriechen und im Lärm der Geschütze festzuhängen. Ich spürte, wenn ich jetzt die Augen schlösse, würde ich vielleicht für immer schlafen. Aber wir waren in der Schlacht, und wenigstens hatte ich mich nicht blamiert, dachte ich, als ich meinen Feldstecher auf das Gelände in unserem Rücken richtete. Es begann zu dämmern, und ich sah, was ich für die Kompanie C unter Brian Pears hielt, auf den Höhenzug zukommen.

Unsere Meldung musste durchgedrungen sein. Ihr Vormarsch wurde aber durch die deutschen Panzer und die deutsche Infanterie behindert, die uns überflügelt hatte. Hinter ihnen sah ich britische Panzer manövrieren, und zwanzig Minuten später begann der Gegenangriff. Es war ein wunderbarer Anblick. Die Panzer erinnerten mich an Hannibals Elefanten, unförmig, dickhäutig und aus ihren langen Rüsseln feuerspeiend. Ich beobachtete, wie ein greller Blitz aus einem der Panzer schlug, und sah einen deutschen Panzer explodieren, bevor mich auch nur das Geräusch der Detonation erreicht hatte.

Eine Stunde danach kam Brian Pears mit dem Wasserkarren des Bataillons an. Wir hatten einen ganzen Tag lang nichts zu trinken gehabt.

»Ich hatte sechzig zu vierzig gegen dich gewettet, dass ihr die Stellung hier nicht haltet«, sagte Pears. »Ich schätze mal, jetzt muss ich bezahlen. Der Gegenangriff läuft gut. Die Hunnen haben das Handtuch geworfen.«

»Nett von dir, dass du gekommen bist«, sagte ich.

Im Morgenlicht einen knappen Kilometer westlich des Gebirgszugs konnte ich eine alte Moschee sehen. Sie war von den Deutschen besetzt worden, und ich schlug dem Artillerieoffizier vor, sie mit einem Fünfundzwanzigpfünder zu beschießen. Für ihn war es ein Erlebnis, sein Ziel zu sehen, war er doch normalerweise so weit hinter den Linien, dass er gemäß den drahtlos oder per Telefon übermittelten Anweisungen eines Artilleriebeobachters feuerte, der näher an der Front saß.

Zuerst sträubte er sich dagegen, er schien seine Zielgenauigkeit so offensichtlich nicht testen lassen zu wollen, aber schließlich feuerte er ein Geschütz ab. Man hörte ein Heulen und spürte das Zittern der Luft, dann fiel die Moschee dröhnend in sich zusammen und spuckte ein Dutzend Deutsche mit erhobenen

Händen aus und, ganz am Ende dieser Staubwolke, einen erleichterten »Knirscher« Lewis, den sie gefangen genommen hatten.

Mittags befanden sich die Deutschen voll auf dem Rückzug und ließen unzählige Tote und Verwundete in der Ebene und im Gebirge zurück. Die Schlacht verlagerte sich nach Osten, aber wir hatten unsere Aufgabe erfüllt. Das Bataillon blieb am Ort, gebeutelt und staubbedeckt. Ich ging zu meinen Zügen, um die Verluste zu zählen.

Zu meinem Entzücken sah ich auf der anderen Seite des Abhangs Mohnfelder; dann fand ich neben einem Olivenbaum die Leiche des neunzehnjährigen Gefreiten Watts, den ich in den Tod geschickt hatte. Das war der Preis, den man dafür zahlte, »aufgeweckt« zu erscheinen. Wir begruben ihn unter dem Baum und steckten sein Gewehr und Bajonett in den Boden, den Helm auf dem Kolben. Ich rief ein paar Männer zusammen und hielt die Trauerrede, die ich als Kopie in meinem Notizbuch hatte.

Die Verluste waren geringer, als ich nach der Intensität des Angriffs befürchtet hatte. Wir hatten so viele Deutsche getötet, dass selbst Taylor-West zufrieden sein würde, und doppelt so viele Gefangene gemacht. Es handelte sich ohne Zweifel um einen Sieg, noch dazu um einen hart erkämpften, aber ich empfand keinerlei Hochgefühl. Als die Männer unter Führung von Leutnant Bell sicher auf ihrem Weg zurück ins Bataillonshauptquartier waren, kniete ich hinter einem Felsen nieder und weinte.

Ein paar Monate nach der Schlacht in Medjez Plain stand ich zusammen mit Hunderten anderer Männer dicht an dicht in der Sammelstelle eines Truppentransporters. Während der Fahrt aus Salerno hierher hatte ich viel Zeit an Deck verbringen können; zwar herrschte dort oben ein kalter Winterwind, aber wenigstens war die Luft frisch, und durch meinen Feldstecher konnte ich vieles sehen: die Docks von Neapel, voller alliierter Transporter, den Gipfel des Vesuvs, wie er den nächsten Ausbruch ausbrütete. In den zurückliegenden paar Stunden jedoch, seitdem wir in Reichweite deutscher Artillerie und Bomber geraten waren, hatten wir uns strikt nur in einen begrenzten Raum zwischen den Decks aufhalten dürfen, wo man sich nirgends als auf den Metallboden hinsetzen konnte.

In unserer letzten Woche in Tunesien war Taylor-West verwundet worden, als er eine Patrouille anführte (was nicht zu seinen Aufgaben gehörte); nach seiner Rückkehr aus einem Lazarett in Algier wurde er einer Anstalt für die Kommandeursausbildung in Schottland zugewiesen, und Richard Varian wurde zum Oberst befördert und neuer Bataillonskommandeur. Die Moral der Männer schien auf der Stelle zu steigen; es war, als habe wieder ein rechtmäßiger König den Thron bestiegen.

Der Geruch von Erbrochenem vermengte sich mit dem ungewaschener Männer, als das Schiff auf die winterliche Dünung traf. Ich stand nah an einem stählernen Schott und starrte im Schein der Lichtleiste auf dessen Lackschicht. Auf Kriegsschiffen gibt es außer dem Lack keine Art von Zwischenschicht, die das menschliche Fleisch vom nackten Metall trennt. Als ich auf die Nieten und Flansche starrte, die irgendwelche fähigen Seeleute wieder und wieder überstrichen hatten, fragte ich mich, ob Donald Sidwells Mutter wirklich gewollt hätte, dass ihr Sohn fünf Jahre lang in einer Welt wie dieser zubrachte. Die Verluste auf See mochten geringer sein als bei der Infanterie, aber wenigstens hatten wir Dörfer und Wälder, Sand und Sterne gesehen.

Wenn wir nicht an Deck sein konnten, bestand mein Heilmittel gegen Seekrankheit darin, tief einzuatmen und die Luft in den Lungen zu behalten. Jetzt konnte ich den kalten Schweiß auf meiner Haut und das Kribbeln in Füßen und Händen spüren, die anzeigen, dass der Augenblick gekommen ist. Ich hatte es immer seltsam gefunden, dass ein so banales Leiden sich so todesnah anfühlt.

Am Tag zuvor, als wir nördlich von Neapel schipperten, hatte Richard Varian eine kleine Ansprache an die Männer unseres Bataillons gehalten. Man ließ uns um neun Uhr morgens auf Deck B antreten und befahl dann, bequem zu stehen.

Varian wirkte selbstbewusst und klarsichtig. Er trug einen gut gebügelten Kampfanzug und dazu ein cremefarbenes Halstuch.

»Ihr wollt vermutlich wissen, was los ist«, sagte er. »Natürlich habt ihr alle irgendwelche Gerüchte gehört. Die Wahrheit ist schon dramatisch genug. Wir machen eine Überraschungslandung eine Autostunde südlich von Rom, in einem Küstenort namens Anzio. Siebenundzwanzig Bataillone landen dort. Das sind ungefähr fünfzigtausend Mann. Unser Ziel ist es, in weniger als zwei Wochen Rom zu erreichen.«

Gemurmel erhob sich unter den Männern. Sie waren gewiss stolz, einen solchen Auftrag bekommen zu haben, aber zugleich waren sie auch erschrocken. Sie hatten die Deutschen inzwischen kennnengelernt. Varian wartete, bis das Stimmengewirr sich gelegt hatte.

»In Ordnung«, sagte er. »Ein bisschen Hintergrundinformation. Tut mir leid, wenn ich manchen jetzt olle Kamellen erzähle ... Aber einige von euch wissen es vermutlich nicht. Seit letztem September haben die Amerikaner und ein paar unserer Kameraden sich ihren Weg durch den italienischen Stiefel nach Norden freigekämpft – über Berge, über Flüsse, durch Küstenebenen, beständig mit einem Feind in überlegener Position konfrontiert. Und das vor allem in Cassino, das rund hundertdreißig Kilometer südöstlich von Anzio liegt, wo die Deutschen ein Kloster auf einer Bergkuppe halten und der alliierte Vormarsch gestoppt worden ist.«

Er sah in die Runde, um festzustellen, ob man ihm noch immer folgte. »Unsere Landung in Anzio wird uns die Hintertür nach Rom öffnen. Der Feind muss zur Verstärkung Männer aus Cassino abziehen, und so werden wir schließlich den Durchbruch dort schaffen. Wir stoßen vom Brückenkopf aus vor und schließen uns den Amerikanern an, die von Süden kommen. Dann können wir die Deutschen auf dem Flügel umgehen, eine Menge Gefangene machen und ohne allzu großen Widerstand nach Rom marschieren.«

Varian hüstelte und sah einen Augenblick in seine Notizen. »Natürlich«, sagte er, »ist das eine riskante Operation, aber es ist mehr als eine Finte. Unsere Führung ist sich sicher, dass der Verlust Roms den Deutschen und ihrer Zuversicht einen schweren Schlag versetzen würde. Das bedeutet, wenn die zweite Front eröffnet wird – ja, ich weiß, ihr könnt das alle nicht mehr hören, aber eines Tages wird es passieren ... Wenn die Alliierten schließlich in Nordeuropa landen, wo auch immer, dann wird der Feind demoralisiert sein. Der italienische Feldzug – unser Feldzug – ist nicht bloß ein Nebenschauplatz, eine Taktik, um die Deutschen aus Frankreich wegzulocken. Er ist für sich genommen lebenswichtig. Ihr seid die erste kämpfende Truppe, die darangeht, Europa den Nazis wieder zu entreißen. Darauf solltet ihr stolz sein.«

Hier machte er eine Pause, um den Männern Zeit zu geben, sich selbst zu feiern. Das Merkwürdige an Richard Varian war, dass er mit seinen Zigarren und Gedichtbänden und seiner lässigen, mokanten Art mit dem Kriegshandwerk nicht das Geringste im Sinn zu haben schien. Aber Soldatsein war sein Beruf. Die

Auszeichnung mit dem Distinguished Service Order in Tunesien war ihm peinlich, und er hatte sie nur als Anerkennung für die Leistungen des Bataillons angenommen, sagte er uns, doch wir hatten ihn hinreichend im Kampf erlebt, um zu wissen, dass er sie verdiente.

»Wir rechnen mit sehr zähem Widerstand«, sagte er, »aber seht es mal so: Ist es nicht besser, hier zu kämpfen, zusammen mit den Männern, die ihr seit Jahren kennt, als einen Guerillakrieg in Burma anzufangen, wie das arme alte Dritte Bataillon? Ich kann euch versichern, dass ihr auch bessere Rationen haben werdet. Wir kämpfen Seite an Seite mit den Amerikanern, und ihr wisst, was das heißt. Essen. Das Gelände, wo wir heute Nacht unseren Brückenkopf etablieren, ist zurückerobertes Sumpfland, landeinwärts zwischen der Küste und den Bergen gelegen. Es mag feucht sein, aber es ist flach, B Echelon wird nie weit hinter uns zurück sein.«

Unser Regiment war als verfressen bekannt, und Ankündigungen dieser Art heiterten die Männer immer auf. Schließlich rief Richard Varian, wie es die Tradition verlangte, die Geschichte des Regiments auf, inklusive der Kämpfe gegen Napoleon auf der Iberischen Halbinsel, und schloss mit dem Appell an den Mut, die Disziplin und die Kameradschaft unter den Männern.

Roland Swann fasste mich am Ärmel, als wir uns zerstreuten. »Mach dich auf was gefasst«, sagte er. »Richard appelliert nur dann an die Tradition des Regiments, wenn schwere Verluste zu erwarten sind.«

Anschließend gab es eine detailliertere Einweisung für die Fünf Gerechten (das war Varians Bezeichnung für Sidwell, Pears, Swann, Passmore und mich) und für die stellvertretenden Kommandeure jeder Kompanie. Sie fand in seiner Kajüte statt und hatte informellen Charakter, mit Whisky und Zigaretten.

»Also gut. Das italienische Abenteuer.« Varian goss sich noch einen ein. »Ganz unter uns und kein Wort außerhalb dieser Kajüte, aber ich habe Wind davon gekriegt, dass der Stab erweitert werden soll. Von Gallipoli aus. Diese gemeinsamen Operationen ... ich weiß nicht. Ich habe nichts gegen die Amerikaner, aber sie haben ihre eigenen Pläne. Und ihr General Clark scheint leicht Muffensausen zu bekommen. Meiner Ansicht nach gibt es hier zu viele Chefs. Das kommt alles von den Politikern, vom gemeinsamen Oberkommando. Man merkt das gleich, wenn von einem ›schweren Schlag für die Deutschen und ihre Zuversicht‹ die Rede ist. So denken Politiker über eine Schlacht, nicht Soldaten. Unsere Ziele sind komplizierter als in Tunesien, und alles hängt von der Kommunikation und vom Timing ab. Und natürlich vom wichtigsten Faktor überhaupt. Welcher wäre?«

Wir wussten es alle. Glück.

»Genug der Jeremiade«, fuhr Varian fort, »lassen Sie mich sagen, dass es gut für uns aussieht, wenn wir vom Brückenkopf aus schnell vorstoßen können. Wenn nicht ... ich hoffe, Sie haben alle gute Leute dabei, die graben können. Wir erwarten einen schnellen Gegenschlag, also müssen Sie schnell graben. Und so wie das Gelände aussieht, müssen wir mit Nahkampf rechnen.«

»Und wenn wir dort lange Zeit festsitzen, Sir?«, fragte Brian Pears.

»Dann sammeln wir alle unsere Kräfte und überdenken die Lage neu. Aber Kommunikation ist der Schlüssel zu allem. Denken Sie voraus. Stellen Sie sicher, dass der Funk immer funktioniert.«

»Der Teufel ist ein Eichhörnchen«, sagte Passmore.

»Okay«, sagte Varian. »Verstanden. Versuchen Sie, eine Reserveausrüstung zu beschaffen.«

»Wenn wir uns eingegraben haben«, sagte Donald Sidwell,

»soll ich dann mit einer Patrouille erkunden, wie weit die feindliche Linie entfernt ist?«

Richard Varian zündete sich eine Zigarette an und sank in seinen Stuhl zurück. »Mein lieber Donald«, sagte er, »sind Sie verrückt geworden?«

Als wir im Aufbruch waren, sagte Varian: »Auf ein Wort, Hendricks.«

Ich wartete, bis die anderen gegangen waren.

»Noch ein Drink?«

»Ja, danke. Einen kleinen.« Ich hatte Whisky nie besonders gemocht, aber ich wusste, das hier war ein Privileg.

»Wenn wir unsere Stellung im Brückenkopf bezogen haben«, sagte Varian, »werde ich die Basiskompanie Nichols unterstellen. Das heißt, ich brauche einen neuen Adjutanten. Hätten Sie was dagegen, es zu versuchen? Dabei spränge wohl eine Beförderung zum Major raus.«

»Ich würde Major Swann beim Landemanöver nicht allein lassen wollen, Sir.«

»Das müssen Sie auch nicht. Helfen Sie ihm bei der Landung von Kompanie B und beim Eingraben. Dann kann er Bell als stellvertretenden Kompaniechef haben. Bell ist ein guter Mann, oder?«

»Mit Sicherheit.«

»Schauen Sie nicht so argwöhnisch, Robert. Es ist völlig normal, dass man in Kriegszeiten Leute verschiebt. Aber ich will bei den Kompaniechefs nichts ändern. Und haben Sie keine Sorgen, dass Sie etwas verpassen. Hier wird genug los sein.«

Ich dachte über Varians Angebot nach, als ich zwischen den bleichen und würgenden Männern unter Deck stand. Für mich war es Ehrensache geworden, mich nicht selbst übergeben zu müssen, aber der Schweiß und das Kribbeln sagten mir, dass ich kurz davorstand. Mit Sicherheit mussten sie uns bald nach oben lassen, sonst hätten wir nicht genug Zeit, um auf das Landungsboot zu kommen. Vielleicht war der Tod durch ein Geschoss sogar weniger langwierig und weniger erbarmungslos als dieses furchtbare ...

Eine Trillerpfeife ertönte, jemand rief etwas. Dann hörte man nur noch das donnernde Trampeln der Schuhnägel.

Oben an Deck erschien die Nacht finster nach dem Neonlicht unten. Nachdem ich etwa eine Minute lang tief ein- und ausgeatmet hatte, sah ich mich um und entdeckte direkt hinter uns die Umrisse massiger Kriegsschiffe, die Geschütze gefechtsbereit und auf den Feuerbefehl wartend. Solche Anblicke kennt man von Marinewerften oder Fotografien; ich hätte nie erwartet, dass ich sie einmal in Aktion sehen würde – ganz und gar wirklich. Ich dachte an die ganze Planung und Navigation, die nötig gewesen waren, damit wir diese Leviathane exakt nach dem Willen eines Politikers, der jetzt vermutlich in weiter Ferne in seinem Bett lag, hier aufgereiht sahen.

Zum ersten Mal gewann ich eine Ahnung davon, wie viele Schiffe unsere stille Armada umfasste. Minensuchboote waren vorausgeschickt worden, um den Weg für die Fregatten und Zerstörer freizuräumen, die ich gerade entdeckt hatte; dichter bei unseren Truppentransportern lagen kleinere Schiffe, die den Konvoi schützten, dazu Hunderte von Landungsbooten. Die Größe unserer Streitkraft, der solide Stahl unserer Schiffe ermutigten mich; wenn allerdings dies das wahre Gewicht unseres Vorschlaghammers war, mit fünfzigtausend Mann, die darauf warteten, an Land zu gehen, dann musste die Nuss, die wir zu knacken hatten, schon ziemlich ...

Ich atmete wieder tief ein und beschloss, nicht über den Feind nachzudenken. Stattdessen stellte ich mir die italienischen Bewohner des Städtchens und des Umlands vor, deren Leben nur noch ein paar Momente relativer Ruhe vor sich hatten: schlafende Kinder, zu zweit oder dritt in einem hölzernen Bett, Großmütter in ihrem Witwenschwarz, kleine Grundbesitzer, die ihre kärgliche Ernte schon dem Feind angeboten hatten, Schiffsbauer und Kleinbauern ... Wen gab es da noch, der seinen Lebensunterhalt den Rändern des Sumpflands abzupressen versuchte? Jetzt aber stand Jupiter der Allmächtige kurz davor, seine Donnerschläge über der Ebene von Latium zu entfesseln.

Über Netze kletterten wir ins Landungsboot. Die Luft war von Stimmen erfüllt, von knackenden Funkgeräten, von Rufen wie »Kompanie B hierher!« oder »Vierzehn nach achtern!«, während die Männer versuchten, das richtige Boot und ihren eigenen Zug zu finden.

Bisher hatte ich in diesem Krieg in solchen Augenblicken immer zuerst an meine eigene Sicherheit gedacht. Ich fragte mich, wie ich die Kampfhandlungen überstehen konnte, ohne mich der Gefahr auszusetzen – vorzurücken hinter dem Kreuz von Bill Shenton oder einem anderen kräftigen Kameraden, absichtlich mit dem Fuß umzuknicken, sich als Erster zu ducken und als Letzter den Schutz eines Splittergrabens oder einer bombardierten Villa zu verlassen ... Als Veteran von Dünkirchen und Nordafrika konnte ich mit Richard Varian und seinen Kompaniechefs Erinnerungen austauschen und mich mit den Männern über die miserable Funkverbindung lustig machen – und dann abtauchen. Bei einem amphibischen Angriff wie diesem würde ein solches Chaos herrschen, dass es nicht auffiel, wenn jemand einfach nur den Kopf einzog und rannte. Das war es, was meine Mutter mir empfohlen hätte. Und dann tauchte ein Bild meiner Mutter vor mir auf, wie sie schlafend in ihrem Zimmer in der

Old Tannery lag, das Haar für die Nacht in ein Netz eingepackt, oder mit Lockenwicklern, das Gesicht aufs Kissen gedrückt, verkrampft in einem oberflächlichen, nicht erholsamen Schlaf. Ich konnte den winterlichen Dunst aus dem Garten beinahe riechen und die tropfende Zeder an der Mauer hören. Der Ort schien mir nicht so weit entfernt zu sein, aber er war unwirklich. Der kalte Wind, der mir gegen die Wangen blies, und das Metalldeck unter meinen Füßen konnten doch nicht demselben Universum angehören wie ihr Schlafzimmer.

Einige der Männer beteten still. Ich sah auf ihre geneigten Köpfe und wie ihre Lippen sich bewegten. Nicht einer von ihnen war durch sein Temperament für das bestimmt, was vor uns lag. Kein Kind wird als Soldat geboren: kein Storey, Hall, McNab, Jones, Rutherford oder irgendein anderer von denen, deren geschwärzte Gesichter ich mich zuzuordnen anstrengte. In diesem Moment erkannte ich, dass meine eigene Angst nicht größer als die ihre war, und befahl mir, zu tun, was getan werden musste. Das Schlimmste, was auf mich wartete, war eine Kugel oder eine Granate, danach der Tod in den seichten Untiefen des Januars. Wenn ich bereit war, diese Möglichkeit zu akzeptieren, und jetzt weitermachte, dann würde der Gott des Krieges, oder welcher Wahnsinnige auch immer hier verantwortlich war, es als Gegenleistung sicher sehr schnell gehen lassen. Und ich nehme an, das war meine Version von »Führung«.

Die Küstenlinie leuchtete auf. Sand spritzte vom Boden hoch, Bäume und Häuser wurden angehoben. Wir hörten die Raketen, die vom nächsten Landungsboot abgefeuert wurden, die Luft mit ihrem Lärm erfüllen, und wir hörten das Geheul größerer Geschütze weit draußen auf See. Erde, Himmel und Wasser verschmolzen im orangen Licht; wie aufs Stichwort kam das Grollen des entfernten Bombardements über den Albaner Bergen zu uns. Ich verspürte ein pulsierendes Hochgefühl bei dem Gedanken an die Bomberpiloten in ihren eiskalten Cockpits, an den Bugschützen, den Bombenschützen, den Heckschützen, die am Ende ihres von welcher Basis auch immer gestarteten Einsatzes ihre behandschuhten Daumen in die Höhe reckten. Ich liebte diese Männer da oben in der eisigen Luft. Mein Gott, vielleicht würden wir es wirklich schaffen, der Schinderei ein Ende bereiten und im Sturzflug den endgültigen Sieg erzwingen. Dann hatte ich Mitleid mit dem Feind unter unserem Bombenhagel – mit den zerschmetterten Schädeln und den umherfliegenden Gebeinen. Einen Augenblick lang herrschte Stille, als wäre die Zeit stehen geblieben. Doch in diesem Krieg gab es scheinbar immer jemanden, meistens einen Ingenieur, der irgendetwas tat, von dem man keine Ahnung hatte, und es gab kein Entrinnen, nur den Drang nach vorn durch die Dünung. Also bewegten sich die Boote doch.

Es war schwer zu erkennen, wohin es ging, außer wenn die Küste von unseren Raketen und Granaten erhellt wurde, aber die Steuermänner schienen Bescheid zu wissen, und die Boote pflügten sich durch die Wellen. Als wir etwa zweihundert Meter vorwärtsgekommen waren, kam schließlich die Antwort der feindlichen Geschützbatterien. Die Männer in meiner Nähe krümmten sich auf dem Metallboden zusammen und hielten mit beiden Händen ihre Helme umklammert, als könne das helfen. Die eisernen Seiten des Landungsboots hallten wider vom Einschlag der deutschen Geschosse im Wasser. Als der Rumpf des Boots auf Sand traf, stürzten wir übereinander, fielen, taumelten und standen wieder. Die Front des Schiffes wurde laut platschend heruntergelassen. Ich wusste, dass einige der Männer nicht schwimmen konnten, und stellte erleichtert fest, dass das Wasser hier nur hüfthoch war. Ein unglückseliges Boot war in tieferem Wasser auf eine Sandbank aufgelaufen, und ich nahm an, nur die Schwimmer hatten das überlebt. Als ich ins Wasser sprang, dachte ich daran zu rufen: »Haltet eure Gewehre trocken!« So kalte See hatte ich noch nie erlebt, und durch das Gewicht meines Rucksacks und den nachgiebigen Sand stand mir das Wasser bis zu den Achselhöhlen. Eine absurde Erinnerung an Bexhill-on-Sea stieg in mir hoch, an den Geschmack von Salz ... Dann, mit einem Protestgeheul gegen das eisige Nass, arbeitete ich mich vorwärts in flacheres Gewässer, wo die Leichname zweier junger Männer trieben und wie in einem Spiel hin und her taumelten.

An Land folgten wir einer weißen Markierung durch ein Minenfeld und versammelten uns wieder bei einem halb zerstörten Gebäude an der Straße. Die Männer zitterten und waren durchnässt, aber aufgekratzt, weil sie immerhin lebend bis hier gekommen waren. Einige machten Scherze übers Wasserschlucken und übers Brustschwimmen. »Das ist hier noch kälter als im verdammten Bridlington«, sagte Hall.

Bisher hatte es die deutschen Bomber über unseren Köpfen und das Artilleriefeuer aus Richtung Rom gegeben, aber es waren noch keine Bodentruppen aufgetaucht. Da wir den Feind gut kannten, rechneten wir damit, dass sie einen günstigeren Augenblick für den Angriff abwarteten. Wir befürchteten eine Falle. Zu viele unserer eigenen Truppen waren auf der einzigen gepflasterten Straße unterwegs, und die Männer hatten Schwierigkeiten, ihre Einheiten zu finden. Schließlich hatte ich die eingesammelt, die ich führen sollte, und nach einiger Arbeit mit Taschenlampe und Kompass machten wir uns auf den Weg durch die Felder zum Fluss Moletta. Ich hatte den Dritten Zug bei mir und wurde von Vesta Swann angewiesen, den Weg zu unserem ersten Ziel anzuführen, einem unglaublich weit entfernten Bauernhof. Scheinbar verhielten sich alle Kompaniechefs so: sofort delegieren, nicht selbst vorangehen, aber seine Verantwortung und Entschlossenheit klar demonstrieren, indem man seinen Stellvertreter mit dessen besten Männern vorausschickt. Der Gefreite Hall war unser Meister im Kartenlesen, also schickte ich ihn zusammen mit Sergeant Warren und einem Dutzend weiterer Männer voraus, auf deren Umsicht und Ausdauer ich vertraute.

Einzelne Gebäude in den Stoppelfeldern standen in Flammen, und unter unseren Füßen zerbarsten gefrorene Pfützen. Hinter jeder Scheune und jedem Heuhaufen vermuteten wir einen Hinterhalt, also marschierten wir in gleichmäßigem Tempo, die Gewehre im Anschlag. Zu den Männern sagte ich nichts, aber inzwischen war ich sicher, dass wir den Feind überrascht hatten. Als ich nach links zum Meer hinübersah, um die Lage zu peilen, sah ich eines unserer Schiffe – eine Fregatte, schätzte ich – in der Bucht lichterloh brennen, und das erfüllte mich mit fürchterlicher Trauer, schlimmer als der Anblick brennenden Fleisches.

Unser Tempo ließ nach, als wir in die dichten Kiefernwälder gelangten; als wir wieder herauskamen, wurde es schon hell: ein schmieriger Streifen Dämmerung über graubraunem Sumpfland. In meine Stiefel war Wasser eingedrungen, aber im Lauf der Nacht war das meiste wieder ausgetreten. Über den schweren Boden unter tropfenden Bäumen vorwärtszutrotten, hatten wir in der Ausbildung gelernt, und obwohl mein Nacken und meine Schultern schmerzten, waren meine Beine noch immer willig.

Ich beriet mich mit Hall und Warren. Durch meinen Feldstecher konnte ich unser Ziel sehen: ein zweistöckiges, blau gestrichenes Bauernhaus, eines von Hunderten, die im Zuge von Mussolinis Projekt der Rückgewinnung von Sumpfland für die

Landwirtschaft gebaut worden waren. Wir zogen eine andere Karte hinzu, um sicherzugehen. Ich wollte unbedingt dorthin kommen, bevor der Tag ganz angebrochen war, also bewegten wir uns nach fünf Minuten Pause im doppelten Tempo vorwärts.

Hundert Meter vor dem Haus warfen wir zur Ablenkung einige Granaten, während ich eine sechsköpfige Patrouille, geführt von Bill Shenton, losschickte, um von hinten ins Haus zu kommen. Fünf Minuten später zeigte uns ein Leuchtsignal an, dass alles glattgegangen war. Im Haus wartete eine zehnköpfige italienische Dreigenerationenfamilie aufgereiht im Wohnzimmer, dazu vier Deutsche, die wir gefangen genommen hatten.

Ich ging mit dem Gefreiten Hall ins obere Stockwerk, und in einer Art Heuboden fanden wir noch zwei weitere Deutsche, die schliefen. Hall stupste sie mit seinem Gewehr wach, und wir zogen sie aus ihrem Lager. Als wir sie durch den von Kerzen erleuchteten Flur stießen, sah ich das Entsetzen auf ihren Gesichtern, doch als wir unten waren, zeigten sie eine verstohlene Erleichterung. Ich befahl Corporal Parfitt, einem Mann aus Wearside, dem ich vertraute, und zwei anderen aus dem Zug, die Deutschen zu unserer Basis zurückzubringen. Es war in der Tat ein scheußlicher Auftrag, über dasselbe Gelände zurückzustapfen, aber wenigstens ersparte es ihnen das Eingraben, das uns anderen bevorstand. Ich sah mit einem gewissen wütenden Neid zu, wie diese schlaftrunkenen deutschen Männer direkt aus dem Krieg heraustrotteten.

Bill Shenton schlug die Scheiben aus den Fenstern und organisierte Männer, die Sandsäcke füllten, während die italienischen Frauen weinten, weil ihr Haus entweiht wurde. Ich forderte sie in meinem unbeholfenen Italienisch auf, sich zu beruhigen und etwas zu essen zu machen. »*Piano, piano, per favore … Inglesi molto gentili … Tutto bene, no lacrima … Mangiare … Pasta, for-*

*maggio, zuppa ... presto, presto.* Los, los! *Domani, voi ...«* Ich lächelte und deutete auf den Hafen zurück, um anzudeuten, dass wir sie evakuieren und in Sicherheit bringen würden. *»Tutto bene per voi.«*

Eine Frau um die vierzig, vermutlich die Mamma des Hauses, schien mich verstanden zu haben und ging widerstrebend in die Küche. Inzwischen kam eine Fernmeldeeinheit mit einem Funkgerät, um oben in dem Raum, in dem Hall und ich die Schläfer aufgespürt hatten, einen Beobachtungsposten zu installieren.

Ungefähr um zehn schloss sich mir Vesta Swann an, der aus einigen Bauernhöfen und Scheunen entlang der Straße Versprengte ausgeräumt hatte, wie er es nannte. Er sah müde aus, die Haut straff über sein großes, nacktes Gesicht gespannt, aber ich war zufrieden, ihm das Kommando über das übergeben zu können, was intern wegen seiner früheren Besetzer später »das Dormitorium« genannt wurde.

Am Abend des ersten Tages hatten wir Kontakt zu Richard Varian hergestellt, der noch immer am Hafen war. Von ihm erfuhr Swann, dass die Landungen einen beinahe vollständigen Überraschungseffekt erzielt hatten. Unsere vier Kompanien waren alle an den ihnen zugewiesenen Plätzen, und abgesehen von einigen Männern, von denen man fürchten musste, dass sie ertrunken waren, hatte es nur leichte Verluste gegeben. B Echelon war in unmittelbarer Nähe positioniert, und wir konnten damit rechnen, in einigen Stunden unsere Rationen geliefert zu bekommen.

»Ich gehe davon aus, dass wir dann den Befehl bekommen, schnell vorzustoßen«, sagte Varian. »Versucht, so viel Schlaf zu bekommen wie möglich.«

»Wir liegen hier am Ende von Granatwerfer- und Raketenbeschuss«, sagte Swann, »also scheint der Feind Verstärkung zu bekommen.«

»Sicher«, sagte Varian. »Deshalb müssen wir ja auch schnell vorstoßen. Und wenn die Yankees herumtrödeln, machen wir es allein.«

Ich hörte auf zu erzählen.

Es war beinahe zwei Uhr morgens, und Paulette hatte schon längst ihren Kopf zur Tür hereingesteckt, um Gute Nacht zu sagen. Bei meinen Erzählungen hatte ich immer wieder zu Pereira hinübergesehen, weil ich angesichts seines Alters halb damit rechnete, dass er irgendwann einnicken würde. Aber die hellen Augen waren geöffnet geblieben, und seine Miene freundlichen Interesses hatte sich die ganze Zeit über kaum verändert.

Obwohl ich mich mit Wasser, Brandy und Zigaretten angeregt hatte, waren meine Energien jetzt erschöpft. Ich hatte die eben erzählten Ereignisse weniger erinnert als sie noch einmal durchlebt. Manches hatte mich beim Erzählen selbst überrascht: das Maß an körperlicher Fitness, das wir damals besaßen; die Stärke meiner Zuneigung zu diesen Männern; unsere außergewöhnliche Fähigkeit, im Kampf zu improvisieren und uns auf neue Situationen einzustellen.

»Sie sollten jetzt ins Bett gehen«, sagte Pereira.

## SECHSTES KAPITEL

Am nächsten Morgen stellte sich heraus, dass sich Pereira vom Gärtner zum Hafen hatte fahren lassen und nicht vor dem Lunch zurückerwartet wurde.
Ich wanderte zur *calanque* hinunter, wo es leider keinerlei Anzeichen von Céline gab. Wieder war es ein herrlicher Septembertag, zu heiß, um in der Sonne zu sitzen; zurück in Pereiras Garten, zog ich einen Liegestuhl unter einen Baum und ließ mich mit einem Essayband nieder, den ich in der Bibliothek gefunden hatte. Nach ein paar Seiten legte ich ihn zu Boden.

Die Insel mit ihren sanften Winden, köstlichen Speisen und den seufzenden Tönen des Meeres war wahrlich bezaubernd, aber etwas daran störte mich auch. Ich hatte Angst, ein Gefangener dieser Trägheit zu werden, das Opfer eines Zaubers wie Caliban; ich fürchtete, dass ich vielleicht nie mehr nach Hause käme.

Als ich aufschaute, sah ich Paulette sich ihren Weg über den Rasen bahnen, mit einem kleinen Tischchen in der einen und einem Glas in der anderen Hand. Mit einem Anflug müder Verachtung stellte sie beides neben mir ab, brachte aber auf meinen Dank hin immerhin ein Nicken zustande. Das Glas enthielt einen blassrosa Sirup, kalt, mit Eis und perlendem Wasser.

Als ich das meiste davon getrunken hatte, schloss ich die

Augen. Mein Londoner Leben schien weit weg zu sein. Ich war sicher, dass mir Pereira noch mehr zu erzählen und zu zeigen hatte – Fotos oder Briefe, Koppelschlösser, Patronenhülsen, Souvenirs. Meine anfängliche Ungeduld hatte sich etwas gelegt; inzwischen war mir klar geworden, dass ich ihm sein eigenes Tempo lassen sollte.

Er kam kurz vor eins zurück, und nach dem Lunch setzten wir uns in den Schatten einer Weinpflanze auf die Veranda.

»Könnten Sie da fortfahren, wo Sie gestern aufgehört haben?«, fragte er. »Wenn es Ihnen nicht zu viel ist.«

»Ganz im Gegenteil«, sagte ich, »ich glaube, es tut mir gut.«

Das war eine Übertreibung, aber mit Sicherheit passierte etwas mit mir: Ich meinte zu spüren, dass aus meiner Vergangenheit eine gewisse Starre verschwand, dass die Ereignisse ins Fließen gerieten.

»Ich glaube, wir waren immer noch in Anzio«, sagte Pereira. »Ist da noch mehr passiert?«

»Oh ja. Ziemlich viel.«

Ich hatte gelernt, dem Gedanken, dass man siegt oder dass der »Sieg« kurz bevorsteht, zu misstrauen. Für rund vierundzwanzig Stunden im Dormitorium jedoch, als wir Sandsäcke füllten, Verteidigungsstellungen gruben, eine Verpflegungsration in Empfang nahmen, konnte man denken, dass der Plan bisher zumindest nicht schiefgegangen war. Ich vermochte sogar eine Abteilung zur Verfügung zu stellen, die beim Aufbau eines unserer mobilen Artilleriegeschütze half, und eine andere, die den Pionieren half, auf den morastigen Wegen Schwellen für Ochsenkarren zu verlegen. Ich erfreute mich an diesen organisatorischen Manövern, weil ich wusste, dass sie nicht für immer fortdauern würden.

In dieser Nacht gerieten wir unter Mörser- und Gewehrgranatenbeschuss. Wir waren gut genug positioniert, um ihm standzuhalten, gleichwohl aber war er beängstigend nahe. Donald Sidwells Idee, mit einer Patrouille auszurücken, um herauszubekommen, wie nah die Deutschen waren, erschien mir jetzt gar nicht mehr so abwegig. Im Morgengrauen des folgenden Tages fuhr Richard Varian im Jeep vor und teilte uns mit, das Dormitorium werde zum Bataillonshauptquartier gemacht.

»Und wo soll das Hauptquartier der Kompanie B hin?«, fragte Vesta Swann.

»Das ist Ihre Sache. Suchen Sie sich in Aprilia was Passendes. Da lang.« Er zeigte in Richtung der feindlichen Linie. »Die Division bereitet sich darauf vor, anzugreifen. Wir können nicht länger auf die Amerikaner warten, während der Feind seine Verstärkung heranzieht. Meiner Ansicht nach hätten wir jetzt schon fast in Rom sein können.«

Varian schien hocherfreut darüber, dass die Briten es allein machten, und er wollte, dass unser Bataillon bei dem Angriff eine tragende Rolle spielte. Er sprach mit Sidwell, Pears und Passmore über Funk und teilte dann Vesta Swann mit, dass er mich zu seinem Adjutanten bestimmt hatte und ich Nichols ersetzen würde. Ich fühlte mich nicht wohl, als ich Bill Shenton zusah, wie er in dieser Nacht die Männer des Dritten Zuges organisierte; ich hätte mir auch das Gesicht schwärzen und mit ihnen gehen sollen. Als ich ihnen alles Gute wünschte, murmelte Shenton mir zu: »Vielleicht weiß er nicht, was für ein Kämpfer Sie sind.« »Keine Sorge, Bill«, sagte ich, »das ist keine Stabstätigkeit. Wir kommen alle früh genug ins Gefecht.« Aber seine Worte berührten mich; es schien sehr lange her zu sein, dass ich ihn an unserem ersten Tag in Frankreich von seinem Kommando hatte ablösen müssen.

Da ich noch Zeit hatte, sorgte ich dafür, dass die italienische Familie auf einen leeren Lkw verfrachtet wurde, einen Bedford OY, der zum Hafen zurückfuhr. Gott allein wusste, wie sie von dort weiterkommen sollte, wenn die Luftwaffe alles bombardierte, was sich irgendwie bewegte, aber das war nicht mein Problem. Vielleicht konnten sie im Keller von Freunden abwarten, bis alles vorbei war. Der Gefreite Jones, dem ich befohlen hatte, das kleine Zimmer zu reinigen, in dem sie zusammengepfercht gewesen waren, brachte mir zwei Bücher, die sie zurückgelassen hatten. Eins davon war ein bekannter Roman, das andere schien ein Tagebuch zu sein; aus der Handschrift schloss ich, dass es der Tochter gehörte. Ich konnte fast nichts davon verstehen, tat es aber in mein Gepäck in der vagen Hoffnung, es ihr eines Tages zurückgeben zu können. Ich ertappte mich oft dabei, wie ich Pläne für ein Wiedersehen oder einen späteren Besuch machte – selbst im Chaos von Belgien und Tunis hatte ich Leute getroffen, die ich gern wiedergesehen hätte.

Einer der Vorteile, Adjutant des Kommandeurs zu sein, bestand darin, dass man an Essen und Trinken herankam. Manche Offiziere bauten sich einen Whiskyvorrat auf, andere feierten, was das Zeug hielt, sobald sie ihre Ration erhielten; noch andere, da war ich mir ziemlich sicher, sparten sie sich für den Augenblick vor dem Angriff auf. Richard Varian zog es vor, seinen Pegel regelmäßig aufzufüllen, wartete aber stets bis zum Sonnenuntergang – im italienischen Januar hieß das nicht später als fünf Uhr nachmittags.

»Bekommen Sie irgendwelche Briefe, Robert?«, fragte er und goss Whisky in einen Emaillekrug.

»Meine Mutter schickt mir Ausschnitte aus den *Illustrated News*.«

»Haben Sie Geschwister?«

»Nein.«

»Mädchen?«

»Nein. Also gut, das stimmt nicht ganz. Es gibt zwei Mädchen, die dann und wann schreiben, Mary und Paula. Aber das ist rein freundschaftlich.«

Varian zog die Brauen hoch. Er sah gepflegt aus, wie immer, gut rasiert, das Haar und der Schnurrbart penibel gestutzt.

»Sprechen Sie Fremdsprachen?«, fragte ich. Das war eine merkwürdige Frage, aber die Unterhaltung machte mich unsicher. Und außerdem konnte ich mich nie überwinden, ihn außer Dienst »Richard« zu nennen, wie es eigentlich die Regel war.

»Ich spreche ganz gut Italienisch. Schulfranzösisch und Schuldeutsch. Ich kann ein bisschen Hindu und ein bisschen Urdu verstehen, von meiner Zeit da unten. Und Sie?«

»Nichts, was von Nutzen ist. Nur tote Sprachen. Latein und Griechisch. Bevor ich zur Armee ging, habe ich Medizin studiert.«

»Also werden Sie Arzt?«

»Das dachte ich. Aber die Ausbildung dauert sehr lange. Und nach alldem hier ...«

Wir schauten uns in dem kleinen Hinterstübchen um, das Varian zu seinem Hauptquartier gemacht hatte. Er zündete eine Kerze an und goss Whisky nach.

»Ja«, sagte Varian. »Nach alldem hier ... Da klingt das ein bisschen bieder, oder?«

»Ich weiß einfach nicht, wie ich das, was ich in den letzten vier Jahren gesehen habe, mit dem unter einen Hut bringen soll, was ich vorher wusste.«

Varian lächelte. »Ich rechne damit, eines Tages wieder in meinem Elternhaus in Northumberland zu sein und festzustellen, dass alles nur ein Missverständnis war. Wenn ich morgens aufwache, sehe ich mich im Quartier um und frage mich, wo zum Teufel ich bin ... Horche auf Gewehrfeuer ... Bomben ... Ich warte, dass sich alles einpendelt und wieder normal wird ... Aber wenn nach einer Minute immer noch Krieg ist, gebe ich auf und rufe meinen Burschen. Sehe dem Tag ins Gesicht.«

Tatsächlich war das alles sehr merkwürdig. Ich nehme an, die Felder, auf denen unsere Väter die Schlacht an der Somme ausgefochten hatten, waren über Tausende von Jahren einfaches Ackerland gewesen, auf dem Kleinbauern Zuckerrüben anbauten, oder was der Boden hergab. Kein Ackermann des neunzehnten Jahrhunderts, der das Land seines Urgroßvaters umpflügte, hätte daran gedacht, dass sein unter dem niedrigen Himmel brütendes Feld eines Tages ein zweites Golgatha werden würde.

Das Land um das Dormitorium herum war reichlich unscheinbar, doch ich ging davon aus, dass dieser nichtssagende Ort bald eine barbarische Berühmtheit erlangen würde. Am Schnittpunkt dreier Wege zur Front gelegen, konnten wir die Männer sehen, die von der vordersten Linie zurückkamen. Einige gingen zu Fuß, einige würden nicht mehr weiterkämpfen, und einige, von Granaten getroffen, waren nur noch menschliches Stückwerk, dessen Teile auf einem ausgespannten Gurt oder einem Brett aneinanderhingen. Einer von ihnen war leider der Gefreite Hall.

Richard Varian war aufgewühlt. Eines Abends breitete er eine Karte auf dem Tisch aus und markierte darauf, so exakt es ihm möglich war, die aktuellen Stellungen unserer Kompanien. »Wissen Sie, was wir hier haben, Robert?«, fragte er und malte mit seinem Stift eine Ausbuchtung auf die Karte. »Wir haben einen beschissenen Frontzipfel.«

Ich hatte ihn noch nie fluchen hören.

»Wirklich?«

»Ja. Wie in Ypern. Sie erinnern sich?«

»Nicht persönlich«, sagte ich.

»Aber Sie wissen, was ein Frontzipfel ist?«

»Ja. Wenn man um einen Ort oder einen Wald eine Umrisslinie zieht, dann ist es ein Stück, das herausragt und ins Auge fällt wie ein ... wie ein ...«

»Ausgestreckter Daumen. Und man kann ihn abschneiden wie einen ausgestreckten Daumen, einfach mit einer Schere an der Wurzel.«

»Schmerzhaft.«

»Sehr schmerzhaft.«

»Und da steht Kompanie B?«

»So sehe ich das«, sagte Varian. »Die Foresters sind auch da. Gute Leute. Und auch die Duke of Wellingtons. Prima Kerle. Der Funk ist ein bisschen ...«

»Mal da, mal weg?«

»Ja. Außerdem ist es verdammt laut. Ziemlich durchgängig. Wie Sie hören können.«

»Wo sind diese ganzen deutschen Truppen hergekommen?«, fragte ich.

»Weiß der Geier. Aber Sie können sicher sein, dass Kesselring einen Plan B hatte. Sie haben jetzt wahrlich Zeit genug gehabt, um Männer aus Frankreich hierher zu verschieben. Brian Pears sagt, seine Leute haben in sechs Tagen Gefangene aus acht verschiedenen Divisionen gemacht.«

»Das ist ein ganz schönes Durcheinander.«

»Ja. Wenn wir schneller vorangekommen wären, hätten sie die Zeit nicht gehabt.«

Varian setzte sich. Es war das erste Mal, dass ich ihn in Verlegenheit sah. »Welcher von den Kompaniechefs hat die längste Zeit ohne Pause?«

»Donald Sidwell«, sagte ich. »Passmore wurde verwundet, Pears hatte zwei Wochen Urlaub, bevor wir aufs Schiff gingen, und Swann war nicht bei allen Aktionen in Tunesien dabei.«

»Hm. Armer Sidwell. Was denken Sie, wie es ihm geht? Er ist ein alter Kumpel von Ihnen, nicht wahr?«

Ich lächelte. Ich dachte daran, wie Donald auf einem kurzatmigen Gaul, den wir für ihn entdeckt hatten, einen leichten Galopp hinlegte und dabei rief: »Mein Gott, macht das Spaß!«, oder wie er mich durch seine dicken Brillengläser anschaute und mir eine Vorlesung über Bach hielt.

»Ihm geht's gut«, sagte ich. »Er ist ein Mann mit vielen Talenten. Wussten Sie, dass er neben anderen Sachen auch ganz verrückt nach Pferderennen ist? Vermutlich hat er mit Fruity Pears irgendeine schräge Wette darüber abgeschlossen, wessen Kompanie am weitesten kommt.«

Varian zog an seiner Zigarre. »Ich hätte gern einen vollen Überblick über die Lage dort. Ich bin halb entschlossen, selbst nachzuschauen.«

»Warum lassen wir nicht John Passmore ein paar Männer aus der Kompanie D dorthin schicken?«

»Weil ich entschieden habe«, sagte Varian, »die gesamte Kompanie D ohnehin als Verstärkung dorthin zu schicken. Ich möchte, dass Sie mitgehen und dann Sidwell ausrichten, dass er für eine zweiwöchige Ruhezeit hier zu erscheinen hat.«

»Kann ihm das nicht einer von Passmores Männern sagen?«

»Nein. Sie sind der Adjutant. Sie vertreten mich. Wenn ich einen Meldegänger schicke, wird Donald ihm sagen, er soll abhauen, fürchte ich.«

»Und wer übernimmt sein Kommando?«

»Townsend, sein Stellvertreter. Ich brauche einen umfassenden Lagebericht. Verstanden?«

Es war ein schrecklicher Gang. Nach viereinhalb Jahren Krieg kannten wir unseren Job verdammt gut, aber so aufzubrechen und eine Nachricht zu überbringen, das ... Es war ein Gang wie jeder andere – ein Gang zum Bahnhof, ins Geschäft, auf den Hof, wohin auch immer ich wollte. Es war ich und niemand sonst, der über den Boden stapfte und hoffte, dass er den richtigen Weg eingeschlagen hatte.

Ich wusste, was Richard Varian meinte, wenn er sein Warten darauf beschrieb, dass sich alles einpendelte und wieder normal würde – und dass er es, wenn das nicht passieren sollte, widerwillig akzeptierte ... Wieder ein Schritt vorwärts. Wäre ich allein gewesen, ich hätte mich unter einen Baum gelegt, bereit zu sterben, zu schlafen ... Aber es gab ja noch andere. Und ihretwegen war ich genötigt, gegen meinen Willen durch diese Strapaze zu gehen, über den Rand der Erschöpfung hinaus, wie andere es taten und schon früher getan hatten, die Hopliten bei Marathon oder Cäsars Legionäre auf demselben, von allen guten Geistern verlassenen Marsch.

Das Hauptquartier von Kompanie A befand sich in einer Schäferhütte, die sie ausgegraben und erweitert hatten. Davor ein mir fast vertrautes Bild: Grabenkrieg. Es gab Sandsäcke und Stacheldrahtrollen, zerborstene Bäume und ausgebrannte Fahrzeuge; es gab Granatenlöcher, totes Vieh und lebende Ratten. Der Unterschied zwischen Anzio und Armentières war der, dass der Grundwasserspiegel hier so hoch war, dass die Gräben höchstens einen Meter tief waren. Ich platschte durch den Schlamm und die Exkremente des lächerlicherweise »Laufgraben« genannten Wegs, um zum vordersten Zug zu gelangen, wo

Donald sich aufhielt, wie man mir gesagt hatte. Ich sah ihn halb sitzend und halb liegend in einer Wasserlache, die Brillengläser dreckverschmiert.

Ich kniete mich neben ihn.

»Schau mal an, wen haben wir denn da!« Er konnte ein kleines Lächeln nicht unterdrücken. »Ich versuche, ein paar Schafe aufzutreiben, um sie da drüben in den Wald zu schicken. Ich glaube, da liegt ein Minenfeld, also gehen die Schafe voraus. Wenn wir dann im Wald sind, haben wir ein bisschen Deckung.«

»Sind die Deutschen nicht in dem Wald?«

»Der verdammte Hunne ist überall. Wir müssen ihn rausschmeißen. Deshalb die Operation Schafe Können S. W.«

»S. W.?«

»Sicher Weiden. Eine Bach-Kantate, du ignoranter Mediziner.«

»In Wahrheit wohl nicht so sicher.«

»Wir hoffen aufs Beste. Ich habe einen Mann namens Sheppard – ausgerechnet –, der hat auf einer Farm gearbeitet und sagt, er kann sie rübertreiben. Verdammt gefährlich, weil er aufrecht gehen muss.«

Aus irgendeinem Grund fing ich an zu lachen. Ich legte mich in den Schlamm und schüttelte mich vor Gelächter. Ich war müde. »Oh, Donald, du bist wirklich …«

Die Granaten schlugen weiter ein, und die Mörsergeschosse platzten und plumpsten hinter uns in den Boden.

Als ich mich wieder berappelt hatte, sagte ich: »Ich habe gute Neuigkeiten für dich.«

»Ach, wirklich? Ich habe mich schon gefragt, was mir die Ehre eines Besuchs des Adjutanten einbringt.«

»Du hast zurück ins Dormitorium zu gehen und danach zur Kompanie B Echelon. Ruhephase. Befehl von Varian.«

»Großer Gott! Wer übernimmt? Du?«

»Nein. Townsend.«

»Herrgott! Nicht dieser Komiker!«

»So lautet der Befehl. Du hast dich sofort auf den Weg zu machen.«

»Glaubt Varian, ich wär im Bombenrausch, oder was?«

»Nein, aber er weiß, dass du keine Rast gehabt hast.«

»Das ist alles etwas merkwürdig, Robert. Warum denn ich?«

»Weil du seit zehn Tagen in diesem Dreckloch bist und seit der Landung in Nordafrika nicht einen einzigen Tag Pause gehabt hast. Weil Richard möchte, dass du für das, was uns bevorsteht, in guter Verfassung bist.«

»Also, ich möchte diese Männer hier nicht im Stich lassen, weißt du. Die Kompanie A ist ein rauer Haufen, aber –«

»Ist sie immer gewesen.«

»Aber sie sind gut. Ich habe die richtigen Männer in den richtigen Zügen. Das hat Jahre gedauert. Jetzt würde jeder für den anderen sterben. Guck mal.«

Ich sah hin: erschöpfte Soldaten im wässrigen Schlamm, ungeschützt, während der Feind sich für einen neuen Angriff formierte.

»Besser weg von hier«, sagte ich.

»Und wenn ich mich weigere?«

»Dann schickt Richard mich mit der Militärpolizei wieder hierher. Und den Weg möchte ich nicht noch mal machen.«

»Ich gehe mit Townsend reden. Aber ich möchte festgehalten haben, dass ich gegen meinen Willen handele. Unter Protest.«

Als Donald und ich schließlich wieder am Dormitorium waren, fanden wir Sergeant Warren von meiner eigenen Kompanie B draußen vor der Tür strammstehen.

»Was zum Teufel machen Sie hier, Warren? Warum sind Sie nicht bei der Kompanie?«

»Major Swann hat mich zurückgeschickt, Sir.«

»Herrgott noch mal. Weshalb?«

»Habe die Waffen niedergelegt, Sir.«

»Wovon reden Sie, verdammte Hacke?«

»Ich kämpfe nicht mehr weiter, Sir. Das habe ich Major Swann gesagt, und er hat mich unter Bewachung hierhergeschickt.«

Warren war einer unserer besseren Männer, und ich hätte freundlich sein oder ihm gut zureden sollen, aber aus irgendeinem Grunde – vielleicht pure Erschöpfung – ertappte ich mich, wie ich ihn anschrie.

»Wissen Sie, was das bedeutet, Warren? Sie werden vor ein Kriegsgericht gestellt.«

»Ja, Sir, das ist mir bekannt.«

»Desertion? Wollen Sie, dass Ihre Familie ausgerechnet das zu hören bekommt? Was ist mit Ihren Freunden? Wollen Sie sie einfach fallen lassen, im Stich lassen?«

»Ich habe alles getan, was ich konnte, Sir.«

»Da drüben liegen Männer in ihren eigenen Exkrementen und hausen in einem Schützengraben, der gerade mal sechzig Zentimeter tief ist.«

»Ich war einer von ihnen, Sir. Und ich war in Tunesien. Und davor in den Niederlanden. Ich bin zweimal verwundet worden. Ich war kein Drückeberger. Aber ich weiß, was ich ertragen kann, und der Punkt ist erreicht. Mehr kann ich nicht. Stecken Sie mich ins Gefängnis. Das macht mir nichts. Ich nehme die Schande auf mich. Kein Mensch sollte –«

»Seien Sie still, Warren. Andere Männer haben mehr durchgemacht. Was ist mit Watts, dem jungen Kerl, den ich in den Tod geschickt habe? Er ist in seinem Leben nie auch nur ein einziges Mal mit seinen Kumpels ausgegangen und hat einen draufgemacht. Oder Travis, der wegen einer Mine beide Beine verloren hat und auf seinen Stümpfen Hunderte von Metern zurückgerobbt ist.«

»Travis interessiert mich nicht, Sir. Ich bin fertig.«

»Im letzten Krieg hätte man Sie erschossen. Im Morgengrauen vor ein Erschießungskommando mit den eigenen Männern gestellt, an einen Baum gebunden und erschossen.«

»Ich weiß. Aber heute gibt es Gefängnis.«

»Das ist nicht besser. Sie kommen in Einzelhaft. Die Wachen werden Sie bespucken. In Ihr Essen spucken. Sie werden keine Freunde haben, kein Lachen teilen, keine Gesellschaft.«

»Die will ich auch nicht. Ich habe meinen Teil getan. Vier Jahre lang. Ich habe alles getan, was ich konnte.«

»Sie bleiben hier und rühren sich nicht.«

Ich fand Richard Varian oben auf Beobachtungsposten. Er sah durch seinen Feldstecher auf das Waldstück in der Ferne – den Schutzraum, den Donald hatte erreichen wollen. Selbst mit bloßem Auge konnte ich sehen, dass dort Rauch aufstieg. Ich fragte mich, ob Sheppard seine Herde überhaupt über das Minenfeld bekommen hatte.

Ich erzählte von dem Problem mit Warren, aber Varian schien nicht bei der Sache zu sein.

»Wenigstens hat er sich nicht in den Fuß geschossen.«

Der Funker sagte: »Bitte um Genehmigung von Kompanie A, zurückgehen und sich weiter hinten eingraben zu können, Sir.«

»Inzwischen ist das halbe verdammte Deutschland hier«, sagte Varian. »Demnächst kommt die preußische Kavallerie.«

»Soll ich Warren zur Brigade schicken, Sir?«

Varian legte den Feldstecher beiseite. »Ich wage alles, was dem Menschen ziemt; wer mehr wagt, der ist keiner.«

»Was soll das bedeuten?«

»Macbeth. Ein Mensch kann Grenzen haben. Ich will keine Einsatzkräfte vergeuden, indem ich ihn zur Brigade bringen lasse. Stecken Sie ihn für den Rest der Zeit in Arbeitsuniform. Gräben auspumpen, Sandsäcke füllen, was Sie wollen.«

Der Funker sagte: »Wir haben keinen Kontakt zu Kompanie A mehr, Sir.«

Es wurde eine lange Nacht. Der Lärm der deutschen Artillerie und der Bomber über unseren Köpfen ließ uns kaum Schlaf finden. Kurz nach Anbruch der Morgendämmerung wurde ich durch meinen Burschen geweckt, den Gefreiten Winter. »Ein Meldegänger, Sir. Von der Kompanie D. Vielleicht sollten Sie auch den Colonel wecken.«

»Warum?«

»Er hat eine Nachricht. Sagt, es ist dringend. Sieht nicht gut aus.«

Ich fand Richard Varian schon unten in dem großen Raum, einen Zettel in der Hand.

»Der ist von John Passmore«, erzählte er. »Sie wissen, dass er direkt hinter dem Frontzipfel feststeckt.«

»Ja.«

Er reichte mir den Zettel. *»Bedaure mitzuteilen Kompanie A überrannt. Alle tot oder gefangen genommen. Habe für Kompanie D Notfallrückzug auf vereinbarte Stellung befohlen.«*

Varian starrte auf das entfernte Waldstück.

»Der ganze Haufen«, sagte er schließlich. »Jeder einzelne Mann verloren.«

Ich wusste nicht, was ich sagen sollte. Dies überstieg alles, was ich bisher erlebt hatte.

Wir standen alle drei lange Zeit schweigend im Wohnzimmer dieses italienischen Bauernhofs.

Schließlich sagte Varian etwas, mit leiser, heiserer Stimme. »Man kann sie nicht neu formieren. Wenn so etwas passiert, nicht. Wir sind nun ein Bataillon ohne Kompanie A.«

Der Meldegänger wischte sich mit dem Ärmel seines Kampfanzugs über die Nase.

Was hatte Donald gesagt? »Ich habe die richtigen Männer in den richtigen Zügen. Jetzt würde jeder für den anderen sterben.«

Ich fragte mich, wie ich es ihm sagen sollte.

Richard Varian entband mich von meinen Pflichten als Adjutant. Es hieß jetzt, standzuhalten und um jeden Preis zu verhindern, dass wir durch das pausenlose Bombardement und das Geschützfeuer ins Meer zurückgetrieben würden; so etwas wie »Taktik«, wofür Varian andere Leute zur Meinungsbildung gebraucht hätte, spielte jetzt keine Rolle mehr; beim Sammeln der Truppen unter dem Blick des Feindes könne ich von größerem Nutzen sein, sagte er mir. »Vielen Dank, Sir«, sagte ich, als ich davonstapfte.

Wir waren so etwas wie wasseraffine Säugetiere geworden, eine Art große, bösartige Wasserratte, die in und über den Drainagegräben des Sumpflands lebte, welche bei den Männern »Wadis« hießen. Die Züge der Kompanie B gruben sich in Granatenschutzgräben in erhöhtem, aber zerklüftetem Gelände auf beiden Seiten eines solchen Wadis ein. In diesen Gräben konnte man zurück zum Kompaniehauptquartier oder sogar zu B Echelon gelangen, aber um sie zu erreichen, musste man sich zehn Meter an einem Netz herablassen. Die vorderen Gräben dienten der Beobachtung, dem Schießen aus dem Hinterhalt, dem Abfeuern von Granaten und so weiter, in der Nacht, die der aktive Teil des Tages war; wir hatten versucht, Schlafzonen auszuheben, in denen die Männer sich ausruhen konnten, aber diese füllten sich mit Wasser.

Die robusten Mauern und das solide Dach des Dormitoriums waren Erinnerungsstücke aus einer anderen Zeit; das Bataillonshauptquartier lag jetzt hinter einem aus Schlamm und Flechtwerk hochgezogenen Palisadenzaun, um den sich rundum die weißen Kreuze provisorischer Gräber reihten. Die Granatenschutzgräben waren so flach, dass sie einen nur schützten, wenn man hockte oder lag; die vorderen Stellungen waren durch Kriechgräben miteinander verbunden, die jedoch zu eng waren, als dass zwei Männer, die in entgegengesetzte Richtungen unterwegs waren, aneinander vorbeikrabbeln konnten. Derjenige auf dem Weg nach unten, der erst kürzlich noch unter Beschuss gelegen hatte, durfte am Boden bleiben und das Risiko dem anderen überlassen, der aufrecht stand. Die Verluste waren zwangsläufig hoch. Unter den Verwundeten waren Brian Pears und John Passmore, die zur Erholung nach Sizilien geschickt wurden; ihre Kompanien wurden in beiden Fällen von den stellvertretenden Kompaniechefs geführt.

Sicher konnte man hin und wieder einen Abstecher zu B Echelon machen. Der Gefreite Winter hatte mein Feldbett in einem Unterstand hinter dem Palisadenzaun aufgeschlagen, und immer erwarteten mich dort eine luftdicht verschlossene Dose Player's Navy Cut und eine Flasche Whisky. Obwohl man hier immer noch in Reichweite der deutschen Artillerie war, fühlte man sich sicher, bekam saubere Kleidung und konnte ein Buch lesen. Die meisten Männer sehnten sich danach, aber mich störte der Lärm der Nachtigallen, wenn ich zu schlafen versuchte, und es war mir unmöglich, mit diesen beiden so unterschiedlichen Wirklichkeiten zurechtzukommen. Ich war froh, wenn ich zurück in den Wadis war.

Nach mehreren Wochen dieses Stillstands beobachtete ich, wie einige der besten Männer langsam den Mut verloren. Die Aussichtslosigkeit unserer Lage war schwer erträglich. Selbst wenn es uns gelungen war, einen Angriff zu starten, und wir erfolgreich zum Beispiel um einen Kilometer vorgerückt waren, hieß das Resultat bloß noch mehr Wadis und wieder Eingraben, aber mit noch längeren Verbindungswegen. Beinahe jeder dachte stumm bei sich an die Leute in London, die uns in diese pulsierende, eiskalte Hölle geschickt hatten.

Es schien so, als hätten unsere Befehlshaber uns dazu bestimmt, so lange auf dem Brückenkopf zu bleiben, bis die Amerikaner bei Cassino den Durchbruch geschafft und zu uns aufgeschlossen hätten. Bis zu diesem sehnsüchtig erwarteten Tag bestand unsere Aufgabe darin, die Deutschen so weit zu belästigen, dass sie ihre eigenen Truppen nicht zurück nach Cassino schicken konnten. Die, die uns eingeschlossen hatten, mussten wir beschäftigt halten. Das nahm jedenfalls Richard Varian an; aktuelle Information über die Strategie der Alliierten erhielten wir nicht.

Nachts hielt einen das Graben in den vordersten Gräben zumindest warm. Tagsüber empfahl es sich, in der eigenen Kleidung ständig in Bewegung zu bleiben, um ein bisschen Reibung zu erzeugen; wenn man sich erhob oder mit den Armen schlenkerte, würde man von einem Scharfschützen erwischt. Jede Nacht kamen aus dem Kompaniehauptquartier bündelweise warme Socken, dazu Rum. Wer den Alkohol verteilte, hatte allerdings einen gefährlichen Job, bei dem wir deshalb strenge Rotation anwenden mussten; eines Abends verloren wir dabei den Gefreiten Hall und die Rumration auch.

Eines Tages war ich mit Bill Shenton und zwei anderen in einem der vorderen Schützengräben und suchte nach einem sicheren Grund für eine Kochplatte, auf der wir uns in hygienisch angemessener Entfernung vom Scheißeimer Tee machen konnten, als Richard Varian zu uns gekrochen kam.

»Sidwell ist verwundet«, sagte er. »Ich war gerade bei der Befehlsausgabe für ihn, als ihn ein Granatsplitter in die Leiste getroffen hat. Der arme Kerl hat geblutet wie ein Schwein, aber man glaubt, dass er durchkommt. Wie sieht es bei Ihnen aus?«

»Bestens«, sagte ich. »Armer Donald. Was passiert mit ihm?«

»Kommt nach Neapel in ein Krankenhaus. Er braucht einen guten Chirurgen. Das Problem ist, dass der Hafen inzwischen gefährlicher ist als der Brückenkopf. Sie bombardieren die Lazarettschiffe.«

»Möchten Sie Tee, Sir?«, fragte Shenton.

»Ja, gern, ich hab das hier mitgebracht.« Varian zog einen Flachmann hervor. »Bedienen Sie sich.«

Wir warteten, bis das Wasser kochte. Wenigstens hatten die Briten und die Amerikaner vor, im Luftraum über uns zu kämpfen; das gab uns das Gefühl, dass wir doch mehr waren als ein Ablenkungsmanöver von der geplanten »zweiten Front«. Shenton machte einen ordentlichen Tee, und als der serviert wurde, gossen wir kräftig Whisky in die kochende braune Flüssigkeit. Etwas Heißes in den Händen zu halten, fühlte sich wie ein Sieg über diese eiskalte Zwischenwelt an.

»Also«, sagte Varian, »die Kompanie A existiert nicht mehr. Sidwell, Pears und Passmore sind verwundet. Wir sind wieder bei null angekommen.«

»So kann man aber nicht über Major Swann sprechen«, sagte ich.

Shenton kicherte pflichtbewusst.

»Lachen Sie nur rundheraus, Bill«, sagte Varian. »Dies sind die Zeiten, die den Menschen auf die Probe stellen.«

Ich studierte Varians Gesicht im feinen Regen – die fast schwarzen, unerschrockenen Augen, das Haar und der schwarze Schnurrbart noch immer adrett, trotz all der Dreckspritzer auf seinen Wangen und des Wassers, das vom Rand seines Helms lief. Wie viele solche Männer gab es in der britischen Armee? Leute, die auf ihr Wissen zurückgreifen konnten, auf das, was sie gesehen hatten – was sie gelesen hatten –, um der Situation gewachsen zu sein ... Das war wichtiger als die Offiziersausbildung, der Überseedienst und die regelmäßige Beförderung. Es war etwas Besonderes an der Art, wie er die Umstände unserer rattenhaften Existenz hier in den Sümpfen annahm. Er wetterte nicht dagegen; er ergab sich in die Absurdität dieses Schicksals, das uns unsere Befehlshaber – oder schlicht die Abfolge der Ereignisse – zugedacht hatten. Er sorgte dafür, dass sein Bursche seinen Kampfanzug bügelte und dass er immer etwas zum Lesen hatte, dann kroch er zur Front, um die Männer zu ermutigen. Nie würde er aufhören, an sein Elternhaus in Northumberland und an die Möglichkeit einer ganz alltäglichen Welt zu glauben.

Eines Morgens beschloss ich, zusammen mit Bill Shenton auf Erkundung zu gehen und herauszufinden, wie nah die Gräben des Feindes an den unseren lagen. Meine Schätzung lag bei etwa sechzig Metern.

Das klingt selbstmörderisch, und vielleicht war es das auch. Ganz bestimmt war es falsch von einem Offizier, einen so erfahrenen und wichtigen Unteroffizier wie Shenton mitzunehmen, aber wir hatten die Regeln satt. Es gab keine Vorschrift, die es mir verbot, eine Patrouille anzuordnen. Taylor-West für seinen Teil hätte den Gedanken gut gefunden, sich dem Feind an die Fersen zu heften, und ich selbst hatte ein Stadium erreicht, wo alles besser war, als so weiterzumachen wie bisher.

Es war zu jener Tageszeit, zu der sich gemäß einer stillschweigenden Übereinkunft alles beruhigte, wenn die vorderen Truppen ersetzt wurden und hinter die Linie zurückkehrten, um zu schlafen. Der Gedanke war der, exakt herauszufinden, wo die nächsten Deutschen lagen, sodass wir beide das an unsere Artillerie weitergeben konnten; uns war jedoch bewusst, dass uns eventuell kleine Gefechte bevorstanden, wenn wir vorrückten – ein bisschen Sport, wie Bill Shenton das nannte.

Von dem, was dann geschah, habe ich bis heute nur ein verworrenes Bild. Viele Jahre lang habe ich versucht, eine Abfolge von Ereignissen zu verstehen, bei der die Zeit zusammenbrach, und bin daran gescheitert.

Ich erinnere mich an das Folgende.

Wir ließen uns in das Wadi hinab und gingen los. Die Seitenwände des Grabens waren durch die senkrechten Wurzeln zerborstener Bäume über uns auf natürliche Weise gesichert und befestigt, der Gang wirkte sicher und gleichmäßig. Wir trugen beide einen Rucksack voller Granaten. Ich hatte eine zusätzliche Offizierspistole ergattert und sie Bill gegeben.

Der späte Winterregen trieb über unseren Köpfen hinweg, als wir vorankamen. Nach einigen Minuten konnten wir die typischen Aufräumgeräusche hören. Ein Spritzer Exkremente, aus einem Eimer in einem Schützengraben herausgeschleudert, klatschte direkt vor uns nieder. Dann hörte man die Töne eines Liedes, mit sanfter Stimme auf Deutsch gesungen.

Mir kam der Gedanke, dass wir uns einen der Hunnen beim Waschen grapschen und ihn zu unserer Linie bringen konnten. Dann konnten wir herausfinden, welcher Einheit er angehörte und welche anderen Regimenter dort lagen. Wenn wir noch zehn Minuten in dem Wadi vorangingen, würden wir vermutlich im Hauptquartier einer feindlichen Kompanie ankommen.

Und wenn wir mit einer weißen Fahne wedelten, konnten wir aus dem Krieg herausspazieren wie die deutschen Schläfer im Dormitorium. Es würde Erbsensuppe, Wurst und Pumpernickel geben, einen Lkw-Transport in ein entferntes Stammlager im Reich, Socken vom Roten Kreuz und Konzerte für die Gefangenen.

Ein junger Deutscher mit nacktem Oberkörper versuchte, sich zu waschen, pflückte Blätter von dem verknäulten Rankengewächs an den Wänden des Wadis, um sich den Schlamm und Dreck vom Brustkasten zu wischen.

»Mach das nicht, Junge«, sagte Mr. Armitage und ließ ein Lineal, das er in seiner gesunden Hand hielt, auf die Kante seines Schreibtischs herabsausen.

Das schmatzende Dröhnen der feindlichen Bomber war zu hören, die über unsere Linien hinweg in Richtung Hafen zogen.

»Sich dem Feind ergeben?«, rief Sailor-Vest. »Sie werden im Morgengrauen erschossen, und wenn das der letzte Befehl ist, den ich gebe!«

Ich umschloss mit meiner Hand ganz fest den Gewehrkolben. Der Abzugbügel fühlte sich an meiner Haut eiskalt an. Gewehre taten den Fingern immer weh, aber wenn man Handschuhe trug, spürte man das Gegengewicht des Abzugs nicht mehr genau genug beim Abdrücken.

»Xenophons Anabasis«, tönte Mr. Liddell, »mündet in den Jubelschrei ›das Meer, das Meer‹, als Zehntausende nach ihrem langen Marsch das Schwarze Meer erblicken und anfangen, von ihrer griechischen Heimat zu träumen.«

Hauchdünne, wehende Regenvorhänge zogen über das Wadi. Es war schwer, die Richtung zu erkennen. Der Regen schien auch von hinten zu kommen. Wir wurden von herabwehenden Wasserschwaden bestrichen.

Mary Miller sagte: »Ich schätze, das ist jetzt mal fällig, Robert, oder?«

Man hörte deutlich den vereinzelten Schuss eines Scharfschützen.

»Mach das nicht, Junge«, sagte Mr. Armitage.

Ein aus Wurzeln und abgefallenen Zweigen gebildeter Vorsprung bot uns einen Aussichtspunkt, von dem aus wir sechs Deutsche sehen konnten, die in einem Schützengraben hockten. Ich langte aus meinem Rucksack eine Granate heraus. Bill Shenton hatte den Offizier genau im Visier seines Gewehrs. Ich zog den Stift der Granate, wartete kurz ab, warf sie, sprang auf den Boden des Wadis und erreichte eine Nische unterhalb des Grabens. Ein Mann steckte seinen Kopf über die Kante, und Shenton schoss ihm in den Kopf.

Wir waren in Wäldern, auf Feldern, ich rannte und stolperte über den durchnässten Boden, Dornengestrüpp zerrte an meinen Beinen. Regen kreiste uns ein, ein schützender Nebel lag über uns. Ich kam an die Kuppe von Pococks Acker. Noch immer konnte ich Shentons lang aufgeschossene Gestalt sehen, die sich in gleichmäßigem Tempo vor mir bewegte. Ich konnte Maschinengewehrfeuer hören. Es klang nach Vickers, also einer britischen Waffe. Aber wir waren hinter den deutschen Linien, das konnte ich an der architektonischen Gestalt der Kirche erkennen. Ich stieg auf die Spitze des Hügels und sah jetzt die Berge über dem Königssee.

»Donald ist tot!«, hörte ich Varian rufen. »Sidwell ist tot, er ist tot!«

Ich schrieb an Donalds Mutter und äußerte, er hätte wohl doch besser zur Marine gehen sollen.

Was ist ein Leben? Was ist es wert? Wenn ein Mensch stirbt, wird man plötzlich einsichtig. Man verbirgt seine beschämende Ohnmacht, als habe man verstanden. Man zollt ihm Respekt und lässt ihm Gerechtigkeit widerfahren, dann macht man weiter. Aber mit den Lebenden und mit sich selbst geht man anders um – als gehörten die Toten und man selbst nicht derselben Gattung an. Ihr Tod hat uns kurz innehalten lassen; ihr Leben war nur ein leichter Atemzug gewesen. Aber euer Leben, ihr lebenden Seelen, eures ist bedeutungsschwer. Als hättet ihr schon im Voraus gewusst, welches Leben federleicht und welches beschwerlich sei. Doch wenn man dem Leben eines Toten ebensolches Gewicht zumessen würde, dann könnte man nicht weitermachen, dann wäre man selbst am Ende ...

Wir feuerten mit unseren Gewehren in Richtung der deutschen Linie. Wir lagen flach im Dreck zwischen den Leichen unserer eigenen Männer. Maschinengewehrkugeln klirrten an meinen Helm, und ich vergrub mein Gesicht im Schlamm, feuerte aber weiter. Ich sehnte mich nach dem Augenblick fürs Bajonett, das Fleisch ganz nah bei mir – direkt vor dem Hirschfänger, Stahl auf Knochen.

Ich lag auf meinem Bett, unter dem Fenster der Fluss, und wartete darauf, dass Mary Miller kam und sich neben mich legte. Das Fleisch ganz nah bei mir – Membran, Haut.

Wenn wir lange genug durchhalten, werden die Amerikaner kommen. Wenn ich noch mehr Munition um meine Schulter, meinen Brustkasten schlinge, wenn wir noch einen Tag länger standhalten, wird das Kloster fallen. Wenn ich noch zehn Runden mehr abfeuern kann, ein Magazin, können sich die Männer in Whitehall versichern, dass ein Plan, entweder durch Glück oder durch vergossenes Blut, nicht aber durch ihr Urteilsvermögen, aufgegangen ist und sie heute Nacht gut schlafen können.

Meine Leiste war tief in den italienischen Schlamm gepresst, das Gewebe meines Gürtels und meiner Gamaschen schlammverkrustet. Der Abzug war inzwischen heiß gelaufen. Wir hatten den verrückten Augenblick erreicht, wo man dreißig Runden hintereinander abfeuert. Man feuert so schnell, dass der Feind glaubt, man hat ein Maschinengewehr. Ich machte meinen Rucksack leer und zog die Stifte aus den Handgranaten, die noch übrig waren, einen nach dem anderen, zählte dabei die Intervalle mit einem gleichmäßigen Ton wie bei den Glocken der Dresdner Frauenkirche, und schleuderte sie in den wirbelnden Regen.

Ich wusste nicht mehr weiter. Jetzt lief ich wieder in dem Wadi, auf unsere Linie zu, auf den Feind zu, ich wusste es nicht. Ich besaß die Kraft der Jugend und von vier Jahren Übung. Ich hatte meine Lektionen aus dem Drill gelernt. »Sie sind wie eine Marionette, kein verdammter Soldat.« Jetzt nicht mehr. Ich war der Läufer, der nie mehr anhalten würde. Ich konnte durch den Kugelhagel hindurchrennen, nicht einmal eine Granate konnte mich aufhalten.

»Lauf hinter mir her, ich werde dir helfen«, sagte mein Vater.

Ich streckte meine Arme nach ihm aus, aber er entschlüpfte mir, rutschte zwischen meinen Armen durch.

Jetzt renne ich, der Regen besteht aus Kugeln, einem treibenden, wehenden Vorhang aus Kugeln, die in das klitschnasse Wadi hinabwirbeln, und ich bin frei, ein Mensch zu sein, frei, tot zu sein, frei, zu rennen und immer weiter zu rennen.

»Heute hat Mama Würstchen und Fenchel mit Makkaroni gemacht. Wir haben gehört, dass die Deutschen von den Amerikanern angegriffen werden, aber das ist weit weg von uns. Morgen sehe ich auf einer Hochzeitsfeier im Hafen Federico. Ich glaube, er hätte gern, dass ich feierlich angezogen bin. Aber ich habe nur zwei Kleider. Das weiße, das Mama für die Taufe von Cinzia gekauft hat. Ich könnte dazu vielleicht eine Schärpe tragen. Das andere ist das geblümte Baumwollkleid, das ich auf dem Markt bekommen habe ...«

Die Worte in italienischer Sprache schienen die eines weiblichen Teenagers zu sein, gesprochen aber wurden sie von einem Mann. Mit seinem englischen Akzent war er einfach zu verstehen. Ich rührte mich und spürte einen scharfen Schmerz in der Schulter. Besser, ich blieb still liegen. Außerdem gab es an der Geschichte des Mädchens etwas, was mich interessierte.

»... Manchmal bin ich so schüchtern, dass ich überhaupt nicht will, dass mich jemand anschaut, aber natürlich will ich, dass Federico es tut. Ich hoffe, er hält mich nicht für ein dummes Bauernmädchen, wenn wir uns unterhalten.

Gestern haben Lerchen gesungen, weit oben am Himmel, aber man konnte sie hören. Am Abend habe ich Emilia getroffen, und wir sind am Kanal langgegangen. Wir haben uns unterhalten, bis es dunkel wurde. Emilia sagte, sie wolle nach Neapel gehen und einen reichen Mann heiraten, aber ich sagte ihr, kein Mensch in Neapel hätte Geld. Sie sagte: ›Gut, dann gehe ich nach Rom‹, und wenn ich mich gut benähme, könnte ich ihr Dienstmädchen werden.«

Langsam erkannte ich die Stimme, die vorlas. Sie gehörte zu Richard Varian. Ich richtete mich auf meinen Ellbogen auf. »Richard«, sagte ich. Mein fiebriger Zustand half mir über das Tabu hinweg, seinen Vornamen zu gebrauchen, aber leider kam kein Ton heraus. Ich versuchte es noch einmal, und er hielt mit Lesen inne.

»Ah, Robert. Wie geht es Ihnen? Sie waren eine Weile weg. Der Sanitätsarzt hat eine Menge Narkotika aufgefahren.«

»Wo bin ich?«

»Im Kompaniehauptquartier. Oder was wir so nennen. Es

hat Sie übel an der Schulter erwischt. War wohl eine Pistole. Sie müssen einem deutschen Offizier auf den Wecker gegangen sein. Können Sie sich erinnern, was passiert ist?«

»Nicht so richtig. Es hat sehr stark geregnet.«

Varian nickte, sagte aber nichts.

»Kann ich aufstehen?«

»Nein. Sie müssen eine Weile im Bett bleiben. Der Sanitätsarzt hat Sie zusammengeflickt. Glatter Durchschuss, ein hübsches, sauberes Austrittsloch. Er hat es mir gezeigt. Sie müssen nah dran gewesen sein. Es ist hier sicherer, als Sie in ein Lazarett zu schicken. Aber er sagt, Sie brauchen ein paar Tage. Wenn wir raus sind aus dieser verdammten Stellung hier, schicke ich Sie zur Erholung.«

»Wann wird das sein?«

Varian stieß einen langen Seufzer aus. »Nageln Sie mich um Gottes willen nicht drauf fest, aber ich glaube, sie kapieren allmählich, dass sie uns nicht vertreiben können. Wir haben die Linie gehalten. Der Blitzkrieg ebbt langsam ab.«

»Gott sei Dank.«

»Zigarette?«

»Danke.«

»Ihnen gebe ich besser keinen Drink. Aber Sie haben nichts dagegen, wenn ich mir einen genehmige?«

»Natürlich nicht.«

»Robert, es tut mir leid, Ihnen das erzählen zu müssen. Aber Ihre Jungs von der Kompanie B haben gestern eine schwere Niederlage erlitten. Auch Roland Swann. Sie haben ihn gestern Abend hierhergebracht. Er ist heute Morgen an seinen Verwundungen gestorben.«

»Mein Gott. Das tut mir leid.«

»Ja, er war ein guter Mann. Ungeschickt, wie er war, ist es ein

Wunder, dass er sich nicht versehentlich selbst erschossen hat, aber er war ein großes Kämpferherz.«

»Die Männer mochten ihn.«

»Ich weiß. Wir sitzen jetzt auf dem Trockenen«, sagte er. »Übrig sind nur noch die Vier Gerechten.«

»Wie geht es Passmore und Pears?«

»Erholen sich langsam. Aber das wird noch eine Weile brauchen.«

»Wollen Sie, dass ich das Kommando von Swann übernehme?«

»Nein. Ich habe Dinger Bell als Kompaniechef eingesetzt. Sie brauchen eine Pause. Wenn Sie so weit sind, finden wir schon eine anständige Aufgabe für Sie.«

Ich hatte nichts dagegen, dass ich übergangen wurde. »Ich könnte wieder Ihr Adjutant werden.«

»Warten wir ab, wie sich die Dinge entwickeln«, sagte Varian. »Ich gehe um sechs in unsere vorderen Gräben und lasse Ihnen den Gefreiten Winter hier. Er hat sich Sorgen gemacht.«

»Könnten Sie mir nicht noch ein bisschen mehr aus diesem Tagebuch vorlesen?«

Varian lachte. »Das habe ich nur getan, um mein Italienisch zu trainieren. Um mich abzulenken. Es war in Ihrem Rucksack, als Sie hier eingeliefert wurden.«

»Ja, wir haben es im Dormitorium gefunden.«

Ich merkte, wie ich langsam wieder schläfrig wurde. Ich wollte in die Welt des italienischen Mädchens zurückkehren, in ein Leben, das besser war als meins. »Bitte, lesen Sie noch ein bisschen vor«, sagte ich. »Es ... inspiriert mich.«

Ich hörte ein Räuspern, dann: »Heute muss ich kochen, und ich mache eine Sauce mit wildem Knoblauch, den ich in den Sümpfen gefunden habe. Ich bin wegen der Hochzeit so aufgeregt, ich glaube nicht, dass ich schlafen kann. Vielleicht erlaubt mir Papa ein bisschen Wein ...«

Auf Pereiras Insel war es früher Abend geworden, als ich mit dieser Erzählung fertig war. Ich war erschöpft, die nie nachlassende Aufmerksamkeit meines Gastgebers, aber auch die physische Anstrengung, so lange zu sprechen, verlangten mir einiges ab.

»Und das war das Ende Ihres Italienfeldzugs?«, fragte er.

»Nein. Es stand mir noch einiges bevor.«

Wir lehnten uns zurück und lauschten den Geräuschen der Insel.

»Eine Wunde von einer Pistole«, sagte Pereira. »Das ist ungewöhnlich, nicht wahr?«

»Ja.«

»Ich habe meine selten abgefeuert. Für mich war sie mehr ein Rangabzeichen, ein Offiziersprivileg.«

»Aus kurzer Distanz konnte man damit eine Menge Schaden anrichten.«

»Und das war –«

»Sehr nah. Jahrelang habe ich meinen rechten Arm nicht über die Waagerechte hinaus heben können.«

»Ich nehme an, Sie brauchen jetzt eine Ruhepause«, sagte Pereira. »Soll Paulette Ihnen Tee auf Ihr Zimmer bringen?«

»Danke. Würde es Ihnen was ausmachen, ihr zu sagen, dass das Wasser richtig kochen muss? Und könnte ich etwas Milch bekommen?«

Nach dem Tee schlief ich auf meinem Bett, bei einer leichten Brise, die durchs offene Fenster hereinwehte. Als ich aufwachte, nahm ich ein Bad, zog mich um, und ein Blick auf die Uhr verriet mir, dass es nach sieben war, also ging ich auf einen Drink in die Bibliothek. Ich bediente mich selbst an der Anrichte, auf der mich eine reiche Auswahl an Flaschen freundlich begrüßte. Der Eiskübel war gut gefüllt. Ich fühlte mich überraschend belebt.

Beim Essen sagte Pereira: »Ich nehme an, es fällt Ihnen nicht leicht. Über sich selbst zu sprechen, meine ich.«

»Ich bin's sicher nicht gewohnt.«

Er lächelte. »Wissen Sie eigentlich, Dr. Hendricks, dass mir in vierzig Jahren ärztlicher Tätigkeit nie ein Patient auch nur eine einzige persönliche Frage gestellt hat? Als Sie mich nach meiner Arbeit und meiner Familie gefragt haben, fand ich das ein bisschen ...«

»Heikel?«

»Ja. Grenzüberschreitend.«

»Ich auch. Aber ich habe es weiterverfolgt.«

»Ich danke Ihnen. Es gibt noch eine Menge mehr, was ich Sie gern fragen würde. Aber vielleicht sollten wir über ein nicht ganz so persönliches Thema sprechen.«

»Über welches?«

»Warten wir damit bis nach dem Essen.«

Eine Stunde später saßen wir in der Bibliothek einander gegenüber, zwischen uns ein kleiner Tisch mit Brandy und Wasser. Zum ersten Mal nahm ich auf der Fensterbank das Schachbrett wahr und fürchtete einen Moment lang, der alte Mann wolle mich in einem symbolischen Verstandeskampf gründlich testen. Ich bin im Schach nie besonders gut gewesen. Ich konnte zwanzig Züge vorausplanen, kein Problem, übersah dabei aber immer, was sich direkt unter meiner Nase abspielte; das ungläubige Staunen im Gesicht meines Gegners, wenn sein Bauer meine Dame schlug, war demütigend.

»Aus Ihrem Buch habe ich den starken Eindruck«, sagte Pereira, während er mir Brandy einschenkte, »Sie sind der Ansicht, das zwanzigste Jahrhundert sei eine Katastrophe gewesen.«

»Ganz ohne Zweifel«, sagte ich. »Oder genauer vielleicht: ein großer Wahn. Womöglich erwachen wir eines Tages und stellen fest, dass es sich um eine psychotische Episode handelte, die wir abschließen sollten. Aber von dort aus, wo wir heute stehen, scheint das Ganze kein Ende zu nehmen.«

Die Türen zur Veranda standen offen, und wir konnten das Zirpen der Grillen und eine beharrliche Eule hören.

»Was glauben Sie, liegt das Problem beim Einzelnen oder bei der Gesellschaft, die er aufbaut?«, fragte der alte Mann, aufrecht in seinem Sessel und den Kopf zu einer Seite geneigt.

»Sowohl als auch. Die Strukturen, die wir schaffen, sind ein Ergebnis unserer missratenen Natur. Aber soweit ich sehe, beginnen diese Regierungen und Armeen ab einem bestimmten Punkt ein Eigenleben zu führen, das man nicht mehr auf menschliche Fehler zurückführen kann. Die Apartheid in Südafrika zum Beispiel scheint so zu funktionieren, dass sie sich selbst erhält. Ich glaube nicht, dass der Burenschläger mit seiner Lederpeitsche wirklich meint, es sei rechtens, einen schwarzen Mann zu schlagen. Ich denke nicht, dass er der Ansicht ist, er sei berechtigt, ein ›minderwertiges‹ menschliches Wesen zu verprügeln. Er ist nur eine Zelle in einem kranken Körper.«

»Nein, nein«, widersprach Pereira überraschend heftig. »Es gibt ganz bestimmt einen bewussten Entschluss, das Falsche zu tun. In der Sowjetunion zum Beispiel ist die Irreführung der Bevölkerung Programm. Die Lüge vom Wohlstand des Landes, vom Reichtum der Ernten und der Gestalt des Lebens im Westen ist Politik. Für das Politbüro ist es einfacher, ein Land zu regieren, das im Zustand der Angst verharrt, also lügen sie, um den Status quo aufrechtzuerhalten – auch wenn sie ohne ihn viel besser dran sein könnten.«

»Da ist Folgendes passiert«, sagte ich. »Der Staatsapparat hat die Fähigkeit des Einzelnen, für sich selbst zu denken, vernichtet. Dasselbe geschieht in den Religionen. Ein gläubiger Christ oder Muslim wird seinen Glauben nicht aufgeben, wenn die Zeiten hart sind. Er wird sich umso fester daran klammern. Genauso klammern sich die sowjetischen Führer an die Idee des Kommunismus. Das ist die einzige Antwort, die sie haben.«

»Das bezweifle ich«, sagte Pereira. »Es gibt Männer im Kreml oder in der Lubjanka, die sich ganz konkret täglich dafür entscheiden, zu lügen, zu verfolgen und einzukerkern. Bewusst.«

»Ich nehme an, sie sagen sich, dass eine kleine Ungerechtigkeit um des großen Ganzen willen gerechtfertigt ist«, sagte ich. »Ein einzelnes Leben zählt für sie nicht. Dass jemand hingerichtet oder in einen Gulag geschickt wird, bedeutet nichts für sie, weil die Logik der Zahlen ihnen sagt, dass das Leben des Einzelnen nicht wichtig ist.«

Ein leichter Groll hatte sich zwischen uns eingeschlichen, was seltsam war, denn Pereira war mir gegenüber bis jetzt wie ein Mann aufgetreten, der mich um etwas bat.

»Da widerspreche ich«, sagte er. »Hoch oben in einem Haus in Moskau ringt ein Mann mit seinem Gewissen, mit den Ideen von Menschenfreundlichkeit und Demokratie. Das Erbe von Puschkin und Tschechow ist nicht verschwunden. Wer anders denkt, hält die Russen allesamt für minderwertig. Und das wäre Rassismus – nicht besser als Ihr südafrikanischer Polizist und sein Opfer in einer Township.«

»Ich wüsste gern«, sagte ich, »wie das Jahrhundert gebildete Europäer – Menschen, die die Renaissance und die Aufklärung hervorgebracht haben – auf den Gedanken bringen konnte, das Leben des Einzelnen habe keinen eigenen Wert. Kein Mensch hätte 1887 so gedacht.«

»Das Jahr meiner Geburt.«

»Ich weiß. Ich habe es nachgeschlagen.«

Endlich trat Schweigen ein. Pereira betrachtete mich mit skeptischem Blick. »Und wann, denken Sie, hat diese Kehrtwendung stattgefunden?«

Ich schenkte mir noch etwas Brandy ein.

»Sie wissen sehr gut, wann das war«, sagte ich. »Zwischen 1914 und 1918. Die Überlebenden, die nach Hause zogen, waren nicht mehr die Menschen des neunzehnten Jahrhunderts, als die sie ausgezogen waren. Vermutlich gab es einen genauen Tag, eine bestimmte Stunde, einen Moment – sagen wir 1915, während der Zweiten Flandernschlacht, als zum ersten Mal Gas eingesetzt wurde. Vielleicht auch während der Somme-Offensive im Juli darauf. Oder es war bei Verdun – ja, vermutlich bei Verdun, in den Stollen von Fort Douaumont. Ein Franzose – meinetwegen auch ein Deutscher – torkelte bei Sonnenuntergang aus dem Stollenbau, von oben bis unten blutüberströmt ... In seinem Herzen hatte sich eine neue und schreckliche Erkenntnis festgesetzt. Dass wir nicht das waren, für das wir uns hielten – allen anderen Lebewesen überlegen. Nein. Wir waren das Niedrigste überhaupt auf dieser Erde.«

»Denken Sie wirklich so?«

»Es war die Erbschaft dieser vier Jahre, dass das Leben des Einzelnen der Verachtung preisgegeben wurde. Die Folgen sehen Sie an den Säuberungen, Pogromen, am Holocaust – an den zig Millionen europäischen Leichen, die das Jahrhundert seinen zehn Millionen Toten aus dem Ersten Weltkrieg hinzugefügt hat.«

Ich trank den Brandy aus und stellte das Glas auf den Tisch zurück.

Pereira war immer noch nicht bereit, die Richtigkeit meiner Sätze einzugestehen, auch wenn er sehr wohl darum wissen musste. Er fragte: »Ist das Teil Ihrer Theorie von der ›missratenen Natur‹?«

»Ja. Der Homo sapiens ist eine Missgeburt. Das Ergebnis einer Katastrophe bei der natürlichen Auslese. Um die anderen am Flusslauf zu besiegen, hätten wir nicht den Fluch des Selbstbewusstseins auf uns nehmen müssen. Oder die Werke von Beethoven erschaffen.«

»Für mich klingt das so, als stünden Sie unter dem Bann des Religiösen. Als glaubten Sie, wir seien ›gefallene‹ Kreaturen oder ein Unsinn ähnlicher Art.«

»Aber die Bibel und die Wissenschaft sagen ein und dasselbe. Die eine variiert das andere nur. Denken Sie an die Genesis. Die Erkenntnis von Gut und Böse und die Vertreibung aus dem Paradies ist eine bloße Parabel auf die furchtbare Mutation, die unsere Vorfahren durchmachen mussten. Die Erlangung des Bewusstseins. Der Bewusstseinssprung, der alle menschlichen Wesen mit einem Fluch belegte, indem er uns unsere eigene Vergänglichkeit bewusst machte und uns mit Fähigkeiten ausstattete, die die wenigsten von uns richtig nutzen können und die niemand braucht. ›Genesis‹, ›Genetik‹ – suchen Sie sich was aus. Dasselbe Wort. Und es drückt dasselbe aus.«

»Das war sicherlich ein Sprung«, sagte Pereira.

»Ein Sprung in eine neue Dimension, aber beileibe kein Fortschritt. Ein überflüssiger Sprung. Und darüber hinaus stellt sich dieses einzigartige, den Menschen definierende Bewusstsein seiner selbst ohnehin als Einbildung heraus.«

»Mag sein.«

»Was uns so einzigartig macht, ist nur ein nervlicher Tic. Eine sonderbare Fähigkeit, diesen Moment physischer Selbstwahrnehmung mit dem episodischen Gedächtnis zu verknüpfen. Eine Mutation, die einer Illusion Vorschub geleistet hat.«

»Aber sie hat uns Vorteile gegenüber unseren nicht bewussten Ahnen verschafft. Und dank unserer besonderen Fähigkeiten vermochten wir diese Vorteile weiter zu überliefern.«

»Natürlich«, sagte ich. »So funktioniert die rohe natürliche Auslese nun einmal. Die Selbsttäuschung war nützlich, sonst wäre sie nicht weitergegeben worden. Die Gottesanbeterin tut gut daran, ihre Begatter zu fressen. Das bedeutet nicht, dass es wirklich ›gut‹ ist. Ich würde jeden Leonardo für die glückliche Ignoranz hergeben, in der meine präsapienten Ahnen gelebt haben. So wäre ich weiter ein Teil der natürlichen Welt. Kein Eindringling mit dem Kainsmal.«

Einen Moment lang lauschten wir beide durch die offenen Verandatüren den nächtlichen Lauten. Mein Herzschlag war unruhig.

»Es muss schwer sein, mit einem solchen Pessimismus zu leben«, sagte Pereira.

»Es ist kein Pessimismus«, sagte ich. »Ich habe aus der Vergangenheit logische Schlüsse gezogen – aus dem, was nach unserem Wissen bisher geschehen ist. Ich habe keine Erwartungen an das Morgen, weder hoffnungsvolle noch das Gegenteil.«

»Aber Sie glauben nach wie vor, dass das, was den Menschen als Menschen ausmacht, ein Stück Nervengewebe ist?«

»Natürlich. Vielleicht keine einzelne Zelle oder Gruppe von Neuronen, es kann auch eine dynamische Funktion sein – eine elektrische oder chemische Aktivität.«

»Aber es hat auf jeden Fall physische Gestalt.«

»Ja. Die Illusionen, die Täuschungen, die Abstraktionen der Kunst und des Wahnsinns – so körperlos und traumähnlich, wie man es sich nur wünschen kann – entspringen allesamt ein paar falsch angeordneten Zellen. Die bleiben aber physische Zellen und haben Masse.«

»Das räume ich ein. Das Paradox der Psychiatrie«, sagte Pereira, jetzt etwas freundlicher gestimmt. »Etwas mag wie ein Gedanke aussehen oder sich wie eine Erfahrung anfühlen, ist aber möglicherweise nur die Funktion der Materie ... Worüber Sie in Ihrem Buch Bedenkenswertes geschrieben haben, wenn ich so sagen darf.«

Ich antwortete nicht. Ich hatte nicht den Wunsch, in irgendeiner Weise an *The Chosen Few* anzuknüpfen.

Pereira wirkte müde, schien aber, weil er vielleicht einen Vorteil witterte, noch nicht aufgeben zu wollen. »Finden Sie es nicht anstrengend, mit einer solchen Haltung zu leben?«, fragte er. »Macht Sie das nicht ichbezogen?«

»Ja«, sagte ich. »Ich lebe heute für mich selbst. Ich habe mich bemüht, meine Artgenossen zu erreichen. Ich habe mein Bestes getan, altruistisch zu sein. Ich habe Jahre damit verbracht.«

»Ich erinnere mich an die bewegenden Passagen in Ihrem Buch, wo –«

»Das war alles ein furchtbarer Fehler. Es war unwissenschaftlich.«

»Sind Sie deshalb so verbittert?«

»Nein. Ich bin verbittert, weil ich einer misslungenen Spezies angehöre. Einer desaströsen Mutation. Ich gehe jetzt zu Bett. Gute Nacht.«

Ich stand auf und ging schwankend zur Tür.

## SIEBTES KAPITEL

Bei meiner Erzählung aus dem Krieg war ich am kritischen Punkt angelangt. Ich war mir nicht sicher, wie viel davon ich mit Pereira teilen wollte; und auf jeden Fall, so dachte ich, würde er nach dem schroffen Ton unseres Gesprächs am gestrigen Abend weniger Gefallen am Zuhören haben.

Zu meiner Überraschung war er die Freundlichkeit in Person, als er aus dem Garten hereinkam, während ich mein Frühstück beendete.

»Guten Morgen, Dr. Hendricks. Zu Ihrer Information, ich habe ein Boot für morgen früh um acht bestellt, sodass Sie auf jeden Fall rechtzeitig am Flughafen sind. Aber ich hoffe, dies war nicht Ihr letzter Besuch auf der Insel. Ich habe das Gefühl, dass wir noch mehr zu besprechen haben, bevor wir zu einer Entscheidung bezüglich der anstehenden Aufgabe kommen.«

»Ohne Zweifel. Ich habe zu viel über mich geredet und dabei über Ihre Arbeit oder die Umstände, die die Stellung des Nachlassverwalters mit sich brächte, längst nicht genug erfahren.«

»Verzeihen Sie«, sagte Pereira. »Mir ist klar, dass ich mit meiner Neugier sehr egoistisch war. Ich werde mich gern revanchieren – und alle Fragen beantworten, die Sie stellen mögen. Aber ich denke, dazu ist ein zweiter Besuch erforderlich.«

»Ich habe meinen Aufenthalt genossen. Vielen Dank.«

»Bevor Sie uns verlassen, würde ich gern etwas über Ihre restliche Zeit in Italien erfahren. Wenn das nicht zu viel verlangt ist?«

Also gingen wir den Rasen hinunter bis ans Ende und setzten uns auf eine Bank unter den Pinien, mit Blick aufs Meer.

Donald Sidwell, der sich von seiner Verwundung erholte, schloss sich mir im Sommer 1944 im Genesungsurlaub an. In der zweiten Woche fuhren wir in einem geliehenen Auto die Küste entlang bis zu einem Fischerdorf am Tyrrhenischen Meer. Wir hatten beide unseren Offiziersburschen bei uns, unseren Diener, wenn man so will. Der von Donald war der Gefreite Onions, meiner noch immer der Gefreite Winter – ein lang aufgeschossener, schwermütiger Mann, der auf mich aufpasste wie ein Kindermädchen. Weder er noch Onions konnte schwimmen, also ließen wir sie bei ihrem Bier unter der Markise eines Cafés sitzen und gingen hinunter zum Wasser. Außer uns war niemand am Strand.

Ein paar Ruderboote waren an einem hölzernen Steg vertäut, der aus dem Seichtgewässer herausragte. Das Wasser am Ende des Stegs war gerade tief genug für einen Kopfsprung. Wir waren eben erst ein paar Minuten dort und wetteiferten darum, wer schneller zurückschwimmen und wer tiefer eintauchen könnte, als wir drei Frauen bemerkten, die gemeinsam zum Strand hinuntergingen. Eine von ihnen war etwa vierzig, trug ein gestreiftes Kleid und einen Strohhut und legte beides am Strand nun ab; die anderen beiden waren eher in meinem Alter und trugen nur Badeanzüge. Sie winkten uns zu, als sie alle drei in das warme, klare Wasser wateten und in die Wellen eintauchten. Anders als englische Mädchen versteckten sie ihr Haar nicht unter Badekappen, sondern ließen es nass über ihren Rücken fließen. Ungefähr fünfzig Meter vom Ufer gab es eine schwimmende Plattform, an der sie sich hochzogen und auf der sie sich in der Sonne zum Trocknen ausstreckten. Ihretwegen machten Donald und ich noch ein paar Kopfsprünge mehr, obwohl meine Schulter zu schmerzen anfing.

»Sollten wir uns nicht den Damen anschließen?«, fragte Donald.

»Ich wusste gar nicht, dass das andere Geschlecht zu deinen Vorlieben gehört.«

»Aber ja. Steht ziemlich weit oben auf der Liste. Zwischen J. S. Bach und dem Hillman Wizard.«

»Dem was?«

»Einem Sechszylinder-Rolls-Royce Drophead, den ich mal hatte.«

»Kannst du Italienisch?«

»Ein bisschen«, sagte Donald und zwinkerte. »Man hat mich nach der Schule für drei Monate zu Studienzwecken nach Rom geschickt. Und du?«

»Ich verstehe etwas, wenn sie langsam sprechen. Vorzugsweise mit englischem Akzent. Aber ich könnte es mit Latein versuchen. Vielleicht Horaz.«

»Ist der nicht zu unanständig?«

Wir sprangen ins Wasser und kraulten zu der schwimmenden Plattform hinaus, wo wir uns am Rand festhielten und uns vorstellten. Die ältere Frau war Amerikanerin. Sie hieß Lily Greenslade und kam aus Connecticut. Sie hatte sich beim Roten Kreuz freiwillig für den Kriegseinsatz gemeldet und war zunächst in Neapel gewesen, bevor man sie in unsere Stadt an der Küste versetzt hatte. Die beiden anderen waren Schwestern: Magda und Luisa. Ich war so hingerissen von ihrem Aussehen, dass ich nicht genau verstand, was sie hier im Süden zu tun hatten, aber ich bekam immerhin mit, dass sie aus Genua stammten. In jeder anderen Gesellschaft wäre Magda der Hingucker gewesen, doch ihre Schenkel waren dicker als die ihrer Schwester, und das Haar unter ihren Achseln war buschig, während Luisas so fein wie der erste Bartansatz bei einem Jungen war. Beide waren schwarzhaarig, mit der Schönheit der ligurischen Küste gesegnet und wirkten in ihrer Beinahe-Nacktheit ganz ungezwungen. Alle italienischen Frauen, denen wir im Genesungsurlaub begegneten, waren eher unbefangen; anfangs wusste ich nicht zu sagen, ob dies mit dem Nationalcharakter zu tun hatte oder ob Zurückhaltung durch den Krieg einfach obsolet geworden war. Später erzählte man mir, dass zwei Drittel der weiblichen Bevölkerung im Süden dieses zerriebenen Landes käuflich seien. Es war kaum vorstellbar, dass eine der beiden Schwestern sich darauf verlegen musste, aber im Augenblick kümmerte mich das auch nicht.

»Ich habe ihnen gesagt, dass du ein Held bist«, sagte Donald, der sich auf Italienisch unterhalten hatte. »Zeig ihnen deine Wunde.«

Er deutete auf die Narbe an meiner Schulter, die im hellen Sonnenlicht ziemlich unbedeutend aussah. Donald war wesentlich schlimmer verwundet worden als ich, aber jede Erwähnung dieser Tatsache war strikt untersagt.

»*Niente*«, sagte ich. »Es ist nichts.«

Magda fragte, wie wir es geschafft hätten, Kesselring zu besiegen, den Herrscher Süditaliens. Ich antwortete auf Englisch, dass Donald den Generalfeldmarschall im Alleingang vor sich her nach Florenz getrieben und ihn dabei wiederholt in den Hintern getreten habe. Lily übersetzte, und Magda lachte, aber ich konnte sehen, dass Luisa schon verstanden hatte, auch wenn sie aus irgendeinem Grund das Gegenteil vorgab. Sie lächelte und sah zur Seite.

Ich schlug vor, sie alle zum Essen im Offiziersklub in der Stadt einzuladen.

»Die Mädchen und ich wollten eigentlich bei ihrem Onkel essen«, sagte Lily. »Er hat eine Villa auf Capri.«

Eine Beratung untereinander folgte, die aber nicht lang dauerte. Die Villa des Onkels konnte warten. Wir verabredeten, dass wir sie um sieben Uhr aus ihrer *pensione* abholen würden, und machten uns auf den Weg zurück zu Winter und Onions im Café.

Donald hatte seine Brille dort zurückgelassen, als wir schwimmen gegangen waren, und ich hoffte, eindeutig klarzustellen, bevor er sie wieder aufsetzen konnte, dass Luisa »meine« und Magda »seine« war.

»Was machen wir mit Miss Prisma?«, fragte ich, als wir durch den Sand trotteten.

»Mit wem?«

»Die Gouvernante. Die amerikanische Anstandsdame.«

»Ach, ich mag sie«, sagte Donald. »Sie ist meine Favoritin.«

Einen Augenblick lang überlegte ich, ob ich irgendeine List nicht verstand. War Lily vielleicht die beste Wahl, weil sie schon älter und Amerikanerin und vermutlich keine Katholikin war? Zu spät. Ich dachte schon über den Abend hinaus.

Als Donald und ich an der *pensione* ankamen – geduscht, rasiert und in gebügelter Tropenuniform, Kakishorts und Kniestrümpfe –, warteten die drei Frauen draußen. Sie trugen Baumwollkleider, hatten Lippenstift aufgetragen und hielten die geföhnten Haare mit Spangen und Kämmen in Form. Donalds Expertentum für Autos machte ihn selbstverständlich zum Fahrer. Wir ließen Lily vorn neben ihm sitzen, während ich mit den Schwestern hinten saß, wo der Wind über die Windschutzscheibe hinweg uns durchs Haar blies. Sie kreischten, als wir dank Donalds Fahrweise auf dem glänzenden Leder hin und her rutschten. Magda saß neben mir, und die Berührung unserer Schenkel schien ihr zu gefallen, wenn Donald den Wagen in die langen Kurven über der Bucht jagte; Luisa lachte, hielt sich aber an einem Haltegriff an der Seite fest. Ihr Baumwollkleid war mit roten Hibiskusblüten bedruckt.

Der Offiziersklub war nah am Zentrum in einem abbröckelnden rosafarbenen Palazzo mit Palmen davor untergebracht. Wir betraten einen höhlenartigen Raum mit Tischen und Lehnsesseln unter einem Deckenventilator, der sehr alt war. Man hatte das Haus von einer reichen Familie beschlagnahmt; die Bar und die Regale, beides aus Holz, waren in Windeseile von zwei Sergeants des Ingenieurskorps 48 aufgebaut worden. Was es gerade gab, war nicht vorherzusehen, aber die Küche, unter der Leitung italienischer Köche, war normalerweise von hoher Qualität. Wir kauften amerikanische Zigaretten und bestellten Wermut.

Es mochten ungefähr fünfzig Leute da sein, weniger als die Hälfte davon waren britische Offiziere. Zu den Gästen zählten Amerikaner, Kanadier, Franzosen und Italiener, die alle entschlossen schienen, so viel wie möglich zu trinken.

In Lily Greenslades Stimme klangen leicht die Südstaaten durch; sie hob und senkte sich in einer Art spöttischer Melancholie. Lily trug Schuhe, die am großen Zeh eine Öffnung hatten, und man konnte einen scharlachrot lackierten Nagel sehen.

»Haben Ihre Familien irgendwelche Verbindungen in die Vereinigten Staaten?«, fragte sie.

»Mein Vater hat Geschäftsbeziehungen dorthin gehabt, glaube ich«, sagte Donald.

»Und was für Geschäfte?«

»Tabak.«

»Ach, tatsächlich. Vielleicht kennt er die Carnforths.«

»Wen?«

»Edgar und Mae. Alte Familie aus Virginia. Sie sind mit meinen Eltern befreundet.«

»Das weiß ich nicht. Mag sein. Ist dies Ihr erster Aufenthalt in Europa?«

»Oh nein. Ich war schon zur Collegezeit hier. Wie die meisten von uns. Paris und Rom. Florenz und Pisa.«

»Sind Sie so weit nach Süden gekommen wie jetzt?«

»Das wäre ich gern, aber die Zeit reichte nicht. Und unsere Reiseführer haben es auch nicht empfohlen. Edgar Carnforth war im letzten Krieg in Caporetto. Bei der Mobilen Sanitätseinheit an der Front. Er hatte von den Italienern keine hohe Meinung.«

»Aber Sie?«

»Oh ja, ich mochte die Kultur und die Leute. Ich habe die Gelegenheit beim Schopf ergriffen, mit dem Roten Kreuz hierherzukommen.«

»Und Ihr Mann?«

»Ich bin unverheiratet.« Als sie dazu ihren ringlosen Finger in die Höhe hielt, klang das wie eine bewusste Entscheidung, nicht wie ein Missgeschick. »Man könnte höchstens sagen, ich sei mit meiner Arbeit verheiratet.«

»Also wirklich«, sagte Donald. »Ich bin schon überrascht, dass eine Frau wie Sie …«

Ich hielt die Zeit für gekommen, diese hilflosen Galanterien zu beenden. »Und wie haben Sie drei sich kennengelernt?«, fragte ich.

Ich sah die Schwestern an, und mein Blick hielt bei Luisa inne, damit sie die Antwort gab. Widerstrebend setzte sie an: »Wir arbeiten alle fürs Rote Kreuz. Magda ist Schwester in einem Krankenhaus, ich arbeite im Büro mit Lily. Und mit vielen anderen Frauen …«

Sie sprach Englisch mit Akzent, aber recht fließend. Als sie geendet hatte, sah sie auf ihre Hände nieder, bevor sie es wagte, ihren Blick wieder zu heben und uns andere mit einem Lächeln zu bedenken. Etwas in dieser dreistufigen Prozedur ließ mich wünschen, sie würde sie wiederholen.

Es gibt eine bestimmte Art, in der manche Männer Frauen taxieren – und soviel ich weiß, gilt das auch umgekehrt –, bei der man, während man miteinander spricht und lacht, zugleich blitzschnelle Überlegungen anstellt. Wie alt ist sie; mit wie vielen Männern hat sie geschlafen; welche Art Männer bewundert sie; wenn sie sich auszieht, ist ihr Bauch straff oder rundlich; ist das Fleisch ihrer Schenkel ganz oben fest oder runzlig; ist sie es wert, und wenn ja, wie viel Zeit muss ich investieren?

Als ich mit Luisa sprach, fand dieses stillschweigende Taxieren überhaupt nicht statt. Ich wollte nur ihre Augen betrachten, ihre Stimme hören, die eine ungewöhnliche Spannweite hatte, vom glockenhellen Klang bis zum absinkenden Alt, als sie den Blick senkte: »... und mit vielen anderen Frauen ...« Vielleicht war ich schon in einem Moment auf der schwimmenden Plattform im Meer dem Klang ihrer Stimme verfallen. Wenn ja, dann war ich mir dessen nicht bewusst gewesen. Ich wusste nur, dass ich sie weitersprechen hören wollte.

Magda nahm bald ebenfalls an der Unterhaltung teil, und als ein Kellner kam und uns in den Speisesaal bat, hatten wir die Formalitäten abgehandelt: Wir waren Freunde. Die anderen Esser machten einen Höllenlärm unter den alten Kronleuchtern. Die Männer trugen Rangabzeichen und Merkmale ihrer Würde und Identität, aber das Geplapper und Gelächter deuteten auf eine Welt, in der solche Distinktionsmerkmale nicht zählten.

Wein schien immer knapp zu sein, aber die Vorräte an Wermut, Bier und Offizierswhisky waren ausreichend. Das Essen war ein *fritto misto* mit ein bisschen Risotto, dazu ein Eichblattsalat mit Chicorée. Es war das erste Mal, seitdem ich England verlassen hatte, dass ich wieder Fisch aß, und es schmeckte exotisch; ich konnte kaum glauben, dass ich früher so etwas jederzeit hatte essen können.

Die Getränke lösten uns allen die Zunge. Lily Greenslade erzählte uns mehr über ihre Familie, ihre nützlichen Beziehungen und ihren frühen Wunsch, Schauspielerin zu werden. Sie hatte offensichtlich in New York eine Schauspielschule besucht.

»Am schwierigsten war es, sich zu bewegen. Nein, nicht mal, sich zu bewegen, sondern eher still zu stehen. Aber wir hatten ein Mädchen dabei, Ella Somerley. Wenn sie die Bühne betrat, bekam sie sofort die Rolle. Sie bewegte sich kaum, sie schien überhaupt nicht Theater zu spielen. Und doch war sie um ein Vielfaches besser als wir. Das war irgendwie entmutigend.«

Donald machte ihr weiter Komplimente und ging so weit, ihr einzureden, es sei noch nicht zu spät für sie, eine Karriere als Schauspielerin zu beginnen. Ich war mir sicher, dass seine eigene Kenntnis des Theaters sich auf Shakespeare auf Schulniveau und einen Schwank von Feydeau beschränkte, für den wir einst in Exeter zurückgegebene Karten bekommen hatten.

Magda erlöste ihn, indem sie ein Spiel vorschlug, bei dem eine unter dem Kinn eingeklemmte Orange rund um den Tisch weitergegeben wurde, wobei man die Hände nicht gebrauchen durfte. Der Erste, der sie fallen ließ, musste eine Wette einlösen. Solche Art Unsinn war im Offiziersklub zu dieser Uhrzeit weit verbreitet. Ich glaubte, in Luisas Augen eine gewisse Beunruhigung zu erkennen, doch nachdem sie ihren Blick kurz auf ihren Schoß gesenkt hatte, rang sie sich zu einem Lächeln durch. Wir waren vom Wermut zum Bier übergewechselt und tranken jetzt zum Dessert Strega.

Es war nur höflich, Magda die Organisation des Spiels zu überlassen, die sie auch mit Gusto übernahm, indem sie Donald den Anfang zuwies und ihn aufforderte, die Orange an Luisa zu seiner Linken weiterzugeben. Das gelang ohne allzu großes Tamtam, indem Donald die Zigarette weit weg vom Tisch hielt und sich an Luisas Schulter anschmiegte. Als Nächster war ich an der Reihe.

Als ich mich zu Luisa hinüberbeugte, fühlte ich, wie falsch das war: Die Regeln eines Kinderspiels hätten mir nicht erlauben dürfen, in ihre Intimsphäre einzudringen. Gleichzeitig, als meine Hand ihre Schulter berührte und ich den Duft ihres Halses und ihres Haars einsog, wusste ich, dass ich einem unausweichlichen Schicksal begegnet war. Ich schluckte schwer, und mein Adamsapfel ließ die Frucht beinahe fallen. Ich fühlte, wie ich angesichts des Unschicklichen der Situation errötete; es schien so, als sei es nicht Luisas Würde, die bloßgelegt worden war, sondern mein eigenes Verlangen. Irgendwie schaffte ich es, die jämmerliche Orange freizubekommen, und mit auf der Brust gesenktem Kinn neigte ich mich zu der erwartungsvollen Magda hinüber. Zum Glück brachte es die Neigung meines Kopfes mit sich, dass ich zu niemandem Blickkontakt herstellen konnte.

Nachdem ich die Orange losgeworden war, hob ich meine Serviette wieder auf, die ich absichtlich auf den Boden geworfen hatte, und dann fummelte ich eine Weile mit einer Zigarette herum, klopfte sie auf meinem Etui fest, kramte in meinen Taschen nach Feuer, sodass eine gute Minute vergangen war, bis ich wieder jemanden ansehen musste. Die Schwestern sahen in eine andere Richtung – nämlich auf die ungelenke Übergabe von Lily zu Donald. Die Orange fiel mit einem Plumps auf den Tisch, und Donald wurde zum Verlierer erklärt.

Die Frauen berieten darüber, welches Pfand dafür geleistet

werden sollte. Lily wollte, dass er die Orange aß, mit Schale und allem; Luisa schlug vor, er solle ein neapolitanisches Lied singen; Magda wollte, dass er eine kanadische Krankenschwester küsste, die an einem Tisch in der Ecke saß. Ich schlug vor, er solle dem ganzen Saal auf Italienisch die Wonnen des Hillman Wizard erklären. Schließlich durfte er selbst wählen, und er entschied sich für das Lied.

Ich hatte erwartet, dass er sich wie ein ungezogener Schuljunge auf seinen Stuhl stellen würde, aber bevor wir ihn aufhalten konnten, war er schon auf dem Weg zum anderen Ende des Raums und setzte sich an ein Klavier. Er schlug die Eröffnungsakkorde von Tschaikowskys Klavierkonzert in b-Moll an, um die Aufmerksamkeit aller Anwesenden zu gewinnen, und sang danach drei Strophen von »Santa Lucia«. Ich hatte dieses Lied noch nie gehört, aber ich war hingerissen von seiner Schönheit, selbst in Donalds näselndem Tenor. Es war eine volkstümliche Melodie, die einem auf der Stelle vertraut vorkam, wie ein Wiegenlied, an das man sich undeutlich erinnern konnte.

Donald stand auf und zwinkerte, als der Saal applaudierte. Der Zeitpunkt war glücklich gewählt: Die Leute waren offen für Unterhaltung, aber noch nicht betrunken genug, um ausfällig zu werden. Er spielte »Shenandoah« und »My Old Man«, Lieblingsstücke aus den inoffiziellen Konzerten damals im Juniorensalon, dann kam er an unseren Tisch zurück.

Andere machten sich am Piano zu schaffen, als wir den Klub verließen und, erneut mit Donald am Steuer, weiter an der Küste entlangfuhren. Da das Singen nun mal angefangen hatte, gewann es eine eigene Dynamik; wir kamen von einem Lied zum nächsten. Es gab das Herzstück einer Arie aus *La Bohème*, von Luisa recht *sotto voce*, aber melodisch gesungen, gegen den Lärm des Motors, eine episkopalische Hymne von Lily und von Magda ein Lied über Genueser Fischer, das eventuell ein wenig unanständig war.

Zurück in der *pensione*, schlug ich vor, noch einmal schwimmen zu gehen, aber Lily sagte, es sei zu kalt. Weil Luisa den leisesten Schritt hatte, wurde sie nach oben geschickt, um eine Flasche mit alkoholischem Inhalt aus einem Sideboard zu holen. Wir Übrigen warteten in dem kleinen, ummauerten Garten, der sich zum Meer hin erstreckte.

Etwa eine Stunde später saß ich mit Luisa im Sand, unsere Rücken gegen einen Baumstamm gelehnt. Wir hatten die anderen abgehängt.

Der Krieg befand sich in sicherer Entfernung.

Nach dem Ausbruch aus Anzio im Mai war mein Bataillon in Rom einmarschiert und wurde von dem eitlen und panischen General Clark begrüßt, der in solcher Eile gewesen war, selbst als Erster die Hauptstadt einzunehmen, dass er eine ganze deutsche Division hatte entkommen lassen. Die Westküste Italiens, von Salerno bis Rom, befand sich da schon in einem erbärmlichen Zustand, nachdem sie zuerst von den Alliierten und dann von den sich zurückziehenden Deutschen bombardiert worden war. Es hieß, die Deutschen hätten in vielen der küstennahen Häuser in Neapel Minen verlegt, bevor sie vertrieben wurden. Der Radius der Fischereiflotte war seit längerer Zeit auf den Hafen beschränkt worden, und die mageren Lebensmittelvorräte wurden durch das aufgebessert, was man von den Besatzungsarmeen erbettelte oder stahl. Die Stadt wimmelte von Spitzeln, Zuhältern und ausländischen Soldaten, die nicht genug zu tun hatten; abgesehen von den gesungenen Gebeten in den verbliebenen Ordenshäusern schien es hier überhaupt kein Alltagsleben mehr zu geben.

Mit der Landung der Alliierten in der Normandie war die

zweite Front eröffnet worden, und es sah so aus, als sollten wir schließlich doch die Oberhand in Europa gewinnen. Trotzdem lagen noch Monate, vielleicht auch Jahre des Kampfes vor uns. Nach unserer Einschätzung waren die Deutschen nicht wie die Italiener: Sie würden keine Schadensbegrenzung betreiben und auch nicht wankelmütig werden; eher ließen sie sich zu Staub zermahlen und kämpften auf dem Apennin bis zum letzten bajuwarischen Blutstropfen. Und dann – was für eine Welt fänden wir dann vor?

Es gab diese Fragen, von denen wir wussten, dass nur die Zeit sie beantworten würde, und zugleich war uns beinahe schwindelig davon, dass wir der Schlacht entkommen und plötzlich in einen herrlichen Urlaub versetzt worden waren. Aus dem Zusammenspiel dieser beiden Stimmungen entstand das Gefühl von Freiheit, als wir dort im Sand saßen, ganz ohne Geschützdonner im Hintergrund.

»Wie lange dauert dein Genesungsurlaub?«, fragte Luisa.

»Zwei Wochen. Dann muss ich zu einer ärztlichen Untersuchung. Um gesundgeschrieben zu werden.«

»Und deine Wunde? Ist sie schlimm?«

»Ich denke, es geht. Aber darüber wollen wir nicht sprechen. Hast du Freunde oder jemanden aus der Familie verloren?«

»Nein. Wir haben Glück gehabt. Mein Cousin ist verwundet worden. Das war alles.«

»Da habt ihr wirklich Glück gehabt.«

»Erzähl mir mal«, sagte Luisa, »was macht ihr, wenn sie auf euch schießen?«

»Was meinst du?«

»Wenn du weißt, ihr müsst wieder kämpfen, euer Leben riskieren?«

Ich lachte. »Wir beten.«

»Alle?«

»Ja. Protestanten, Katholiken, Juden, Hindus, wirklich alle.«

»Und die Atheisten?«

»In einem Schützengraben gibt es keine Atheisten.«

Die Art und Weise, wie wir uns von den anderen davongeschlichen hatten, stiftete so etwas wie eine Verschwörung zwischen uns, und wir sprachen miteinander, als bestünde zwischen uns schon eine Übereinkunft. Ich kann mich nicht mehr erinnern, worüber wir noch gesprochen haben; wir waren beide nicht besonders konzentriert, glaube ich. Ich erinnere mich nur an Banalitäten: »Ja, ich mag Feigen auch sehr gern!«; »Natürlich! Puccinis Arien sind die besten!«; »Gelb ist keine gute Farbe für ein Kleid« – und so weiter, als hätte keiner von uns vorher jemals einen Gedanken an solche Dinge verschwendet. Je alltäglicher die Ansicht, desto bemerkenswerter fanden wir die Entdeckung, dass wir sie teilten. Ich glaube, wir waren beide betreten darüber, wie wenig das mit dem Eigentlichen zu tun hatte; also wollten wir dieses ganze Zeugs schnell abhandeln, damit unsere Unterhaltung zu dem vordringen konnte, was uns viel tiefer verband.

Gut ... Ich spreche von »Bindung« und »Beziehung«, als sei unser Bedürfnis eine Art von Verschmelzung gewesen. Aber ich empfand genau das Gegenteil. Was ich an Luisa liebte, war die Tatsache, dass nicht eine Pore ihrer Haut mit mir zu tun hatte. Ihre ligurischen Augen, der Klang ihrer ansteigenden und abfallenden Stimme, ihre kleinen Hände, die in der fast nachtschwarzen Dunkelheit gestikulierten – all die Ereignisse ihrer Kindheit und ihres Lebens, Vater, Mutter, Schwester, alles, was sie zu dem gemacht hatte, was sie jetzt war, neben mir hier im Sand ... Nicht einen Augenblick lang war ich dabei gewesen oder hatte die geringste Einzelheit dieses Werdens beeinflusst.

Das Wunder lag nicht in der Vereinigung; mein Hochgefühl

rührte vielmehr daher, dass ich mich, mit pochendem Herzen und hellwachem Geist, lebendig fühlte in der Gestalt von jemand anderem – in der Gestalt dieses zarten, mit den Händen redenden Mädchens, das ganz entschieden nicht ich selbst war.

Das Hauptquartier des Roten Kreuzes war in einem alten Gebäude mit Blick auf die Docks untergebracht. Ein hufeisenförmiger, marmorner Treppenaufgang führte zu einem Flur, von dem verschiedene große Räume abgingen, die jetzt voller Schreibtische und Aktenschränke standen. Mit all den Schreibmaschinen, dem grobkörnigen Papier und dem leisen Gesumme weiblicher Stimmen kam es mir vor wie ein heruntergekommenes Mädchenpensionat.

Hier kam ich nun täglich vorbei und war ein gern gesehener Gast, weil ich aus Neapel, wo ich mich am ersten Abend meines Genesungsurlaubs mit einem Sergeant Major namens Stark angefreundet hatte, Rationen aus Vorräten der US-Armee mitbrachte. Kaugummi, Schokolade und Obstkonserven verschafften mir eine Stunde in Luisas Gesellschaft, manchmal zusammen mit anderen Mädchen; was sie am meisten begehrten, waren Seidenstrümpfe, und selbst in dieser Beziehung konnte mein Freund mir helfen.

In der Regel wartete ich draußen auf einer Bank vor dem großen Büro, wo Luisa arbeitete; durch ein Fenster auf dem Flur konnte ich sehen, wann sie ihre Sachen zusammenpackte, um zum Lunch rauszukommen. Dann setzten wir uns auf eine Mauer, von der aus man den Hafen überblickte. Ich hatte etwas Weißbrot dabei, und sie durfte aus den Rotkreuzpäckchen pro Woche eine Dose Schinken mitnehmen. Diese bescheidene Nahrung teilten wir mehrere Tage lang und spülten sie mit Bier oder Tafelwasser aus einem Café herunter. Je mehr wir uns kennenlernten, desto inhaltsreicher wurden unsere Gespräche, aber wann immer ich näher an sie heranrückte oder mit meinen Händen die ihren ergriff, schien sich Luisa unbehaglich zu fühlen oder fand einen Grund, aufzustehen.

Eines Tages war ich früh dran. Ich fand einen Platz zum Sitzen in einem abgelegenen Säulengang im ersten Stock, der auf einen Innenhof sah. Auf einer Treppenstufe schlief eine Art Jagdhund, eine Pointermischung mit zitronengelber und hellbrauner Zeichnung und den übergroßen Pfoten eines noch nicht voll ausgewachsenen Welpen. Ein paar Frauen kamen aus einer Seitentür und hielten an, um mit ihm zu spielen, eine davon war Luisa. Sie kniete sich neben dem Hund nieder, der mit seinem Schwanz auf den Boden klopfte. Das genügte Luisa nicht, die ihn sich aufrichten ließ und seine langen Ohren kraulte und ihr Gesicht ganz nah an seinen Kopf rückte, während sie einen genuesischen Redeschwall über ihn ergoss. Der Hund begann, an ihren Ohren zu knabbern, wobei seine Nase sich vor Freude in Falten legte.

Mit einem Abschiedsklaps auf sein Hinterteil erhob sich Luisa und eilte hinter ihren Kolleginnen her auf den Innenhof, wobei ihre Schuhe mit den flachen Sohlen über den staubigen Boden beinahe flogen. Von dieser kleinen Szene fasziniert, ging ich die Treppe hinunter und folgte ihnen in sicherer Entfernung. Sie waren in einen Raum gegangen, der mich an ein Klassenzimmer denken ließ, allerdings wusste ich nicht, ob das Haus schon früher eine Schule gewesen war oder ob sie nun einfach Bänke und Pulte hineingestellt hatten. Durchs Fenster konnte ich sehen, wie Luisa aufstand und zu rund einem Dutzend Freiwilliger sprach. Mit Kreide malte sie auf der Tafel ein Diagramm auf: eine Versorgungskette oder ein Auswahlsystem vielleicht.

Als sie die Probleme erklärte, gestikulierte sie aus dem linken Handgelenk, mit angespannter Miene, das schwarze Haar mit einem roten Band straff zurückgehalten. Das Seminar dauerte nur eine Viertelstunde, und als die Frauen rauskamen, versteckte ich mich hinter einer Säule. Ich sah auf meine Armbanduhr und stellte fest, dass es noch immer ein paar Minuten bis ein Uhr waren.

Ich schämte mich zwar ein bisschen, folgte ihnen aber weiter in einiger Entfernung. Oben vor dem Schreibsaal trennten sich die Frauen, und ich sah Luisa an ihren Schreibtisch zurückgehen, während ich auf der Bank draußen meine übliche Warteposition einnahm. Luisa rief jemanden an, und ich sah ihr dabei zu, wie sie mit welchem militärischen Bürokraten auch immer stritt, der ihr offenbar das Leben schwer machte. Es gab aber auch Armwedeln und etwas Gelächter, bevor sie den Hörer wieder auflegte. Eine junge Kollegin, eine Frau, die ich bisher noch nie gesehen hatte, kam an ihren Schreibtisch, und Luisa lieferte ihr einen sehr angeregten Bericht über das eben beendete Telefongespräch. In ihrer Aufgeregtheit und ihrem Enthusiasmus ergriff sie das Handgelenk der anderen Frau. Dann sah sie zur Wanduhr auf und hielt sich erschrocken die Hand vor den Mund. Aus ihrer Handtasche holte sie eine Puderdose und machte sich zurecht, bevor sie noch einmal ihre Kollegin am Handgelenk drückte und sie flüchtig auf die Wange küsste, um dann zu mir zu kommen. Ich fragte mich, was ich tun musste, damit sie mir diese Unbefangenheit und ihr Vertrauen entgegenbrachte.

Als ich auf Pereiras Insel diesen Punkt meiner Erzählung erreicht hatte, war es schon nach neun, und mir lag nicht daran, sie noch fortzusetzen.

»Wie galant von Ihnen«, sagte er, »den Mantel des Schweigens über das andere auszubreiten.«

»Es gibt nichts, worüber ich ihn ausbreiten müsste.«

»Wie wäre es mit einem Aperitif?«

In der Bibliothek stand ein Krug mit einem eisgekühlten Cocktail, aus dem Pereira zwei kleine antike Weingläser vollschenkte.

»Würden Sie es mir übel nehmen, Dr. Hendricks, wenn ich Ihnen einen Vorschlag machte?«

Pereira trug ein beiges Leinenjackett, unter dem der offene Hemdkragen seinen hageren Hals zeigte und sein eingefallener Adamsapfel zwischen zwei Sehnen hervorstand.

Ich ließ ihm seinen Willen. »Bitte.«

»Wenn Sie wieder in England sind, sollten Sie Ihren alten Kommandeur besuchen. Colonel Varian.«

Es brauchte einen Moment, bis ich diesen in meinen Augen unverschämten Vorschlag geschluckt hatte. »Wenn ich das gewollt hätte, hätte ich es schon vor langer Zeit getan.«

»Hat man Sie zu den Regimentstreffen eingeladen?«

»Selbstverständlich. Ich bin nur nie hingefahren. Nach dem Krieg wollte ich das alles vergessen. Weil ich es nicht verstand. Ich wollte so tun, als sei es nie geschehen. Ich habe mich der Aufgabe gewidmet, Kranke gesund zu machen. Mich für ein neues Leben entschieden. An das andere wollte ich nicht mehr erinnert werden.«

Ein Schweigen trat ein, als hätte ich meinen Standpunkt zu entschieden geäußert.

»Ich denke mal, man hat Sie vermisst«, sagte Pereira. »Einen der ›Fünf Gerechten‹.«

»Ich ging davon aus, dass die Leute, die ich wirklich sehen wollte, nicht da sein würden. Ich wollte keine feinen Essen mit

Offizieren. Ich wollte Männer wie Bill Shenton und Tall Storey treffen und all die anderen aus dem Dritten Zug.«

»Bedauern Sie es heute?«, fragte Pereira.

Ich nahm den allerletzten Schluck von meinem Cocktail. »Furchtbar«, sagte ich. »Ich hatte geglaubt, ich könnte meine Kriegserfahrung hinter mir lassen. Ich dachte, im Frieden würde ich schnell genug neue und andere Freunde finden – Menschen, die nicht durch das verseucht waren, was wir durchgemacht und was wir gesehen hatten. Ich begriff nicht, dass ich nie wieder Freunde haben würde wie damals. Nie wieder. Und dann war es zu spät.«

Pereira nickte. »Er könnte Ihnen vielleicht helfen. Colonel Varian.«

»Helfen wobei?«

»Die Dinge zu klären. Sie in Ihrem Kopf zu ordnen.«

»Sie klingen wie ein Therapeut.«

»Ich meine: Er könnte Ihnen vielleicht erklären, was wirklich passiert ist. Ich nehme an, Sie wissen, wovon ich spreche. Würden Sie es machen, einfach, um einem alten Mann einen Gefallen zu tun?«

»Ich denke darüber nach.«

Am Abend kamen der Bürgermeister und seine Gattin zum Essen. Man sprach über die Zukunft der Insel und die Macken der Regionalregierung; aber über mein Leben, das meines Vaters oder von Alexander Pereira fiel kein Wort mehr. Am nächsten Morgen bedankte ich mich, deutete unbestimmt einen Wiederholungsbesuch an und ging zur *calanque* hinunter, wo das Wassertaxi wartete, dessen Motor heiser tuckerte. Als wir schon ein Stück vorangekommen waren, schaute ich zurück und machte Pereiras Garten auf dem Kliff aus, wo ich halb erwartet hatte, ihn und Paulette winken zu sehen. Aber ich erkannte nur die

Reihe der Bäume, ein Stückchen Dachziegel und, näher am Boot, die weiß schäumende Heckwelle.

Zurück in London, fiel es mir nicht schwer, die Fäden meines Lebens wiederaufzunehmen. Ich durchblätterte den Stapel Post, den Mrs. Gomez auf dem Tisch in der Diele aufgetürmt hatte; voller Unruhe sah ich nach, ob hoffentlich kein an mich adressierter Umschlag in Annalisas verschnörkelter Handschrift dabei war, und spürte doch einen leichten Taumel der Enttäuschung, als meine Hoffnung erfüllt wurde.

Der Rhythmus der Stadt hatte sich nicht verändert. Noch immer hörte man das schwache Knarren der Lastwagen auf der Harrow Road, wenn sie auf Höhe des Friedhofs einen anderen Gang einlegten; die Nachbarschaftsläden mit ihrem merkwürdig aussehenden Gemüse, den Zigaretten und Pornomagazinen blieben die ganze Nacht geöffnet, und noch immer gab es nirgendwo einen freien Parkplatz. Der Anrufbeantworter hielt diesmal keine Beschimpfung und keine Überraschung für mich bereit, und als ich Max aus Cricklewood abgeholt hatte, begann ich, einige Verabredungen für die kommenden Wochen zu treffen. Nach achtundvierzig Stunden schien es so, als habe das Zwischenspiel auf der Insel nie stattgefunden.

In den nächsten Tagen waren meine Gedanken jedoch noch bei etwas anderem. Es ist eigenartig, ein Foto seines Vaters zu sehen, auf dem dieser so viel jünger ist als man selbst; der erste Reflex – ihn beschützen zu wollen – scheint einfach unpassend. Ich wünschte, ich wäre mit ihm zusammen in jenem Krieg gewesen, aber wer von uns beiden hätte dann die Rolle des Mentors übernommen? Ich war Offizier gewesen, er Unteroffizier, aber in allen anderen Belangen stand er über mir. Hätten wir uns darauf geeinigt, Freunde zu sein? Ich hätte Angst davor gehabt, ihn mit meinen modernen, weltgewandten Gepflogenheiten zu schockieren. Aber wie und warum sollte ich den Versuch machen, einen Mann zu beschützen, der mich ins Leben geworfen hatte? Richtigerweise hätte es umgekehrt sein müssen.

Obwohl ich den Gedanken verworfen hatte, dachte ich doch ziemlich viel über Pereiras Vorschlag nach. Das Mindeste, was ich tun konnte, sagte ich mir selbst, war, herauszufinden, ob Richard Varian noch lebte. Ich schrieb ihm über die Adresse des Regimentshauptquartiers und bekam eine Antwort von solcher Wärme, dass ich betroffen war. Sein Herz mache nicht mehr alles mit, ansonsten sei er aber bei guter Gesundheit, schrieb er; ob ich mir vielleicht vorstellen könne, da unmittelbar kein Wiedersehenstreffen geplant war, ihn und seine Frau in Northumberland zu besuchen (wenngleich wir in Sheilas Beisein die alten Soldatengeschichten auf ein Minimum beschränken müssten)?

Ende Oktober stieg ich am Bahnhof King's Cross in einen Zug der British Rail. Nachdem ich Pereira so viel von mir preisgegeben hatte, hatte ich nach und nach einen Punkt erreicht, wo ich weniger vorsichtig war als jemals seit Ende des Krieges, und meine Neugier hatte alle Vorbehalte besiegt. Ich hatte extra einen frühen Abfahrtstermin gewählt, um im Speisewagen frühstücken zu können, denn der Ersteklassesitz dort blieb mir dann bis zum Ende der Fahrt erhalten. Das warme Frühstück wurde von Kellnern in weißen Jacken serviert, die, während sie die Teller ihrer Stammgäste übereinander trugen, Freude an ihrer Arbeit zu haben schienen. Ich stieg in Newcastle um und nahm dann am Zielbahnhof ein Taxi, das mich durch die prunkende Landschaft fuhr, in der hier und da Schäfereien zwischen den Bruchmauern auftauchten.

Der Fahrer sprach über den Niedergang des Kohlebergbaus, in dem sein Vater und sein Großvater noch gearbeitet hatten, für einen privaten Minenbesitzer. Mein Blick folgte dem Verlauf der fahlen Hügel, und ich spürte eine leise Beklemmung, als wir uns Varians entlegenem Dorf näherten. Wie er es beschrieben hatte, fuhren wir an einem Pub ein Sträßchen hoch und bogen an einer Gabelung auf einen steinigen Pfad ab, der uns schließlich vor ein Haus aus grauem Stein mit einem Säuleneingang führte. Auf der linken Seite standen Scheunen und Wirtschaftsgebäude, rechts lagen Weiden und Felder; von der Veranda kam ein arthritischer Schäferhund langsam näher und wedelte mit dem Schwanz.

Nachdem ich den Fahrer bezahlt und wegfahren gesehen hatte, öffnete ich die Eingangstür und betrat die gepflasterte Diele. Ich machte mich durch Rufen bemerkbar, und kurz darauf hörte ich Schritte.

Um die Ecke kam ein weißhaariger Mann mit gepflegtem Schnurrbart, in gut gebügelten Hosen und einem marineblauen Pullover mit einem Halstuch. Ich erkannte die beinahe schwarzen Untiefen seiner Augen.

»Wie schön, Sie noch einmal zu sehen, Robert.«

Er streckte mir die Hand entgegen. Ich ergriff sie. Plötzlich merkte ich, dass ich ihn umarmt hatte. Er legte seine Arme um mich, und so standen wir für einen sehr langen Augenblick beieinander. Ich vermag nicht zu sagen, welche Anblicke und Erinnerungen an uns vorüberzogen, als strömten sie durch unsere Hände in unsere Schultern und träfen dort auf die Lebenserfahrungen des anderen.

Wir lösten uns voneinander, ohne Tränen, etwas verlegen, und in meinem Fall um einiges ruhiger.

»Ich sollte Sie jetzt Sheila vorstellen. Stellen Sie Ihre Tasche da ab, das ist in Ordnung. Hau ab, Sherpa. Mach schon, verzieh dich. Hier entlang, Robert. Wie war die Reise?«

Wir aßen in einem zugigen Esszimmer mit einem schönen Blick über die Hügel. Sheila Varian sah irgendwie älter als ihr Ehemann aus; ihn konnte man sich noch immer als berufstätig vorstellen – als Berater, als Vorsitzender –, sie hatte die fahrigen Bewegungen eines alten Tantchens.

»Wie lange sind Sie noch in der Armee geblieben?«, fragte ich.

»Noch mal zwanzig Jahre«, sagte Varian. »Wir waren in Deutschland, danach in Aden. Es lebte sich gut, aber ich habe die Männer vermisst, die ich im Krieg gekannt hatte. Zwischenzeitlich glaubte ich, ich hätte John Passmore überzeugt, zu bleiben, aber schließlich war die Verlockung des Klassenzimmers zu groß. Er ist später Schulleiter geworden.«

»Das überrascht mich nicht. Und wann sind Sie in den Ruhestand gegangen?«

»Vor knapp fünfzehn Jahren. Aber Sie haben sich wirklich einen Namen auf Ihrem Gebiet gemacht, Robert. Ich habe Ihr Buch gelesen.«

»Mein Gott. Diese Sache.«

»Ich fand es sehr interessant. Soweit ich mich erinnere, waren Sie damals – ich meine, im Krieg – nicht mal sicher, ob Sie überhaupt zur Medizin zurückkehren würden.«

»Ich war mir damals über gar nichts sicher. Und ich musste einen langen Weg bis zum Abschluss zurücklegen. Ich bin bis in meine Dreißiger Student gewesen.«

Varian lächelte. »Ich kann mir nicht vorstellen, dass viele Ihrer Kommilitonen das Military Cross hatten.«

Sheila Varian merkte höflich auf. »Sie haben einen Orden bekommen?«

»Ich habe ihn nicht verdient.«

»Wo war das?«

»Medjez Plain. In Tunesien. Die eigentliche Arbeit hat der Zugführer gemacht. Shenton. Er hätte den Orden verdient gehabt.«

»Er hat später die Military Medal bekommen«, sagte Varian.

Sheila sagte: »Es wundert mich, dass ihr beide euch seit Kriegsende nicht gesehen habt. Was ist mit den Wiedersehenstreffen?«

»Wir haben es nie geschafft, Robert dorthin zu locken.«

»Jetzt Schluss mit dem Armeekram«, sagte ich und sah zu der gerahmten Fotografie, die auf dem Klavier stand. »Wie viele Enkel haben Sie?«

Nach dem Lunch nahm mich Richard auf einen Spaziergang mit. Ich stellte ihm Fragen über das Land und die Landwirtschaft, über seine Kinder und so weiter, aber es dauerte nicht lange, bis wir zu unserem gemeinsamen Thema zurückkehrten.

»Erinnern Sie sich noch an das Tagebuch von diesem jungen Mädchen?«, fragte Richard. »Aus dem ich Ihnen vorgelesen habe, als Sie verwundet waren?«

»Ja, sicher. Es hat mich berührt. Es hat mir eine andere Sicht auf die Dinge eröffnet.«

»Einige Jahre nach Kriegsende bin ich nach Anzio zurückgekehrt und habe sie gefunden.«

»Was?«

»Ich konnte herausfinden, wo das Dormitorium gewesen war, ziemlich sicher.«

»War davon denn noch irgendetwas übrig?«

»Nein. Aber nahebei war ein Dorf gebaut worden, und ich habe mich in der Bar am Ort erkundigt. Sie hatte ihren Namen in das Tagebuch geschrieben. Antonia Carrapichano.«

»Ein hübscher Name. Klingt nicht sehr nach dort.«

»Der Vater hat mir erzählt, dass er phönizischen Ursprungs ist.«

»Ich muss zugeben, ich weiß nicht, wo Phönizien war.«

»Libanesische Küste, würde ich sagen. Tyrus und Sidon und so. Wie auch immer, sie sind jedenfalls in die Gegend zurückgekommen und waren außer sich vor Freude, als ich das Tagebuch zurückbrachte. Vor allem Antonia, die inzwischen erwachsen war. Sheila war bei mir, und sie luden uns zum Essen ein.«

»Ich bin nie wieder dort gewesen. Nicht in Anzio und auch nicht in Tunesien. Ich habe es sogar geschafft, Belgien zu umgehen.«

Als Richard sich mir zuwandte und mich anblickte, sah ich sein schwer gezeichnetes, altes Gesicht, die tief eingegrabenen Falten, den schneeweißen Schnurrbart, den Blick noch immer unverwandt. »Für Sheila war es interessant. Und für mich. Einen Ort zu besuchen, meine ich, der in unserem Leben eine so große Rolle gespielt hat. Und manchmal auch in meinen Träumen, wie ich zugeben muss. Und dann zu entdecken, dass es einfach nur ein ganz normales Fleckchen kiefernbewachsenes Marschland war.«

»Ich glaube, ich würde das nicht aushalten.«

»Ich fand es ... hilfreich. Wir haben uns mit der Familie angefreundet. Sie haben uns zu Antonias Hochzeit eingeladen. Wir sind nach Rom geflogen und dann runtergefahren.«

»Einfach so?«

Richard lachte. »Ja, heutzutage muss man sich nicht mehr aus einem Schützengraben voller Scheiße und eiskaltem Wasser freikämpfen. Man zeigt seinen Pass und schlendert durch den Zoll.«

»Man muss keinen mehr umlegen?«

»Es gab keine Verluste. Obwohl der Autoverleih ein chaotischer Saftladen war. Sie haben in der Kirche am Hafen geheiratet – die komplett wiederaufgebaut worden ist.«

»Und wie sieht's dort aus?«

»Einfach. Häuser wie Würfel, ein bisschen wie eine Musterstadt. Vor allen Häusern Palmen. Antonia sah wunderschön aus. Sie sollten selbst hinfahren und sie besuchen. Es könnte Ihnen helfen. Könnte Ihnen zeigen, dass das Leben immer noch was zu bieten hat.«

Ich lachte. »Ist das tatsächlich der nüchtern analysierende Kommandeur aus dem Bataillonshauptquartier, der hier spricht, umgeben von verfaulenden Leichen?«

»Ich glaube, wenn man ein bestimmtes Alter erreicht, trifft man eine Wahl, Robert. Meine Wahl war, mich nach Kräften um eine positive Haltung zu bemühen und meine Mitmenschen in den wenigen Jahren, die mir noch bleiben, zu lieben. Wenn man gesehen hat, was wir sehen mussten, kann man nicht immer noch ...«

Er verstummte langsam, als wir auf einem Hügelkamm anhielten, um Atem zu holen.

»Und Sie?«, fragte Richard.

»Ich war so jung.«

Er legte mir die Hand auf den Unterarm. In seiner Geste lag tiefe Güte – jene Eigenschaft, die ich gleich erahnt hatte, als ich ihn in Frankreich kennenlernte.

Ich sagte: »Darum bin ich nie wieder dorthin gefahren und auch nie zu den Wiedersehenstreffen gekommen. Das war meine Art, auszudrücken, dass ich durch diese Erfahrung nicht definiert werden möchte. Ich wollte mir nicht einmal den Wunsch gestatten, den Satz zu beenden, den Sie eben begonnen haben.«

»Wenn man gesehen hat, was wir sehen mussten, kann man nicht immer noch ...«

»Ja. Genau den.«

Wir gingen schweigend weiter. Ich dachte darüber nach, ob meine Weigerung, die Wirklichkeit dessen anzuerkennen, was ich gesehen hatte, nicht die Triebfeder meiner beruflichen Arbeit gewesen war. Mein Ehrgeiz, Patienten nicht bloß zu helfen, sondern zu einem Punkt zu kommen, der die Art und Weise, wie wir unsere Krankheiten und uns selbst sahen, veränderte ... Als wir so durch den englischen Spätnachmittag trotteten, kam es mir vor, als sei mein Leben nach dem Krieg ein einziger Versuch der Widerlegung gewesen. Wir sind krank, aber ich kann uns heilen, damit wir uns nicht länger gegenseitig massakrieren müssen. Und vielleicht sogar: Irgendwie werde ich euch zeigen, dass die Gräueltaten, deren Zeuge ich war, gar nicht stattgefunden haben. Sie waren ein Irrtum. Eine Wahnvorstellung – ein weiteres Kapitel in unserem Jahrhundert der Psychosen.

Vielleicht war meine Arbeit als Arzt in gewisser Hinsicht auch nur eine Art von Verleugnung gewesen. Wenn ich jedoch eins in der Medizin gelernt hatte, dann dies, dass Verleugnung oft eine gute Strategie ist; man gewinnt damit Zeit für die Selbstheilung der Wunden.

Beim Abendessen waren wir nur zu dritt, aber Richard hatte ein Jackett angezogen und eine Krawatte umgebunden, wie ich es beinahe erwartet hatte. Auch Sheila hatte sich ein wenig zurechtgemacht und trug ein Collier und Ohrringe. Ohne Krawatte fühlte ich mich etwas schäbig, aber wenigstens waren meine Sachen alle frisch aus der Wäscherei und von Mrs. Gomez gebügelt worden.

Obwohl ich mich bemühte, die Unterhaltung vom Krieg wegzusteuern und auf Felder zu lenken, die auch Sheila interessieren könnten, schien sie einer Eigengesetzlichkeit zu folgen, und als wir beim Käse angelangt waren, waren wir wieder in Italien gelandet.

»Übrigens«, sagte ich, »ich hatte immer gedacht, Mussolini hätte diese elenden Sümpfe trockengelegt.«

»Hat er«, sagte Richard. »Aber als die Italiener sich den Alliierten ergaben, stellten die Deutschen die Pumpen ab und fluteten die Marsch von Neuem. Dann führten sie den Moskito als Malariaüberträger wieder ein und konfiszierten alle Chininvorräte. Um die Italiener zu bestrafen.«

»Wie scheußlich«, sagte Sheila. »Und haben Sie irgendetwas von Italien gesehen, Robert? Als Sie im Genesungsurlaub waren?«

»Ja. Ich wurde in Anzio verwundet und hatte danach einen langen Sommer Zeit, um wieder gesund zu werden. In der Gegend von Neapel. Das war ... interessant.«

»Brauchte Richard Sie nicht wieder?«

Ich sah ihren Mann an.

»Robert hatte schon sehr lange im Gefecht gestanden. Es gab keine Eile. Nachdem wir Rom eingenommen hatten, gerieten die Kämpfe ins Stocken. Wir brauchten alle einen Moment des Durchatmens. Zu der Zeit, als Robert verwundet wurde, steckten wir wirklich in der Klemme. Ich erinnere mich, dass er auf einer Bahre von zwei Trägern ins Bataillonshauptquartier gebracht wurde. Ich wollte ihn nicht wieder zum Hafen zurückschicken, weil die Deutschen alles bombardierten, was sich bewegte, sogar die Lazarettschiffe.«

»Meine Verletzung war nicht schwer«, sagte ich, »verglichen mit den anderen.«

»Ja. Den armen Sidwell hatte es an der Leiste erwischt, er blutete wie ein Schwein. Bei Passmore war's der Oberschenkel, bei Pears die Rippen. Und dann natürlich Swann ...«

»Bei mir war's nicht schlimm.«

Richard sah mich über seine Brillengläser hinweg an. »Ich hatte zuerst gedacht, es könnte ... ein Unfall gewesen sein. Einer von Ihren Leuten. Ich konnte mir nicht vorstellen, wie irgendein anderer so nah rangekommen sein sollte.«

Sheila sah bestürzt aus. »Einer von den eigenen Männern.«

»Ja«, sagte Richard. »Das war gar nicht so selten. In diesem Stadium des Krieges nicht ganz so oft, aber immer noch öfter, als uns lieb sein konnte.«

»Mein Gott.«

»Aber dann habe ich noch mal nachgedacht. Und nur Offiziere hatten Pistolen.«

Ich sah durch die dunklen Fensterscheiben nach draußen und stellte fest, dass es begonnen hatte zu regnen. »Bill Shenton«, sagte ich.

Richard Varian starrte auf die Überreste des Rhabarbernachtischs auf seinem Teller.

»Ja«, sagte ich. »Ich habe ihm an jenem Morgen eine gegeben.«

Sheila schob entschlossen ihren Stuhl zurück und sagte: »Trinken wir den Kaffee im Wohnzimmer?«

In dieser Nacht schlief ich kaum. Ich wusste, ich würde nie in der Lage sein, mich zu erinnern, was genau an jenem Tag in den Wadis passiert war. Das Geschehen lag außerhalb des gesunden Spektrums menschlicher Erfahrung, und es war zwecklos, zu erwarten, dass meine Erinnerung es zurückrufen könne: Was abnorm ist, kann durch normale Vorgänge nicht wiedergewonnen werden.

Am nächsten Morgen jedoch stellte ich fest, dass ich jetzt wenigstens eine Geschichte hatte, die ich mir selbst erzählen konnte – eine plausible und haltbare Version der Ereignisse. Und gemäß den Theorien von Alexander Pereira stellte das vermutlich einen Erfolg dar: Indem ich mich dem damaligen Tag wieder geöffnet hatte, hatte ich eine neue Beziehung zu ihm hergestellt. Ob ich diese aber leichter ertragen würde, ließ sich in dem Augenblick nicht sagen.

Frühstück in Gesellschaft ist im günstigsten Fall ein Experiment, bei dem man ungläubig die jeweiligen Rituale hinsichtlich Cornflakes, Eiern, Unterhaltung oder Radioprogramm verfolgt. Für mich ist das Frühstück keine Mahlzeit, und noch weniger hat es eine soziale Funktion; es ist der Übergang vom Schlaf zur Arbeit, bei dem Kaffee und/oder etwas zu essen eine Rolle spielen. Ich fand aber dennoch freundliche Worte über das Schlafzimmer und wie gut ich darin geschlafen hatte und fragte, was für den Tag geplant war. Geplant war ein Ausflug in die Stadt und Lunch im Pub; zum Abendessen, verstand ich, wurde ein befreundetes Paar erwartet.

Deshalb gab es eine gewisse Dringlichkeit für das, was ich herausfinden wollte, und ich war ziemlich erleichtert, als ich Richard Varian am fortgeschrittenen Vormittag allein in seinem Herrenzimmer antraf.

»Ich würde gern etwas mit Ihnen besprechen.«

»Worum geht es, Robert?«

»Ich nehme an, das wissen Sie. Anzio. Glauben Sie, dass Shenton auf mich geschossen hat?«

Richard regte sich in seinem Lehnstuhl. »Ich glaube, dass das alles sehr lange her ist. Sie waren ein guter Soldat, und was in diesen gottverdammten Sümpfen passiert ist, sollte dort auch bleiben.«

»Schon gut, Richard. Ich möchte es wissen. Wie Sie gesagt haben, es ist lange her. Ein Menschenalter, wenn man's bedenkt. Beinahe jede Zelle meines Körpers – und des Ihren – ist seitdem erneuert worden. Wir sind kaum noch dieselben Menschen wie damals.«

Varian setzte seine Brille ab und rieb sich die Augen. »Zwei Bahrenträger haben Sie ins Bataillonshauptquartier gebracht. Ihr Fußgelenk war ziemlich verdreht, deshalb konnten sie Sie auf die Art leichter transportieren. Der Sanitätsoffizier war in der Nähe und sagte, er könne Sie zusammenflicken, ohne dass man Sie zum Hafen bringen müsste – was mich gefreut hat, weil es in diesem Bombenkorridor so verdammt gefährlich war. Ich habe wegen der Verletzung nicht weiter nachgefragt, bis der Sanitätsoffizier später meinte, sie stamme vermutlich von einer Pistole. Zwei Tage danach, als Shenton auf seinem Weg zu B Echelon war, bat er mich um ein Gespräch. Er erzählte, dass Sie und er auf Patrouille gegangen waren. Er sagte, Sie hätten gern einen Wachposten einkassiert, konnten aber keinen lebendig erwischen. Ein paar mögliche Kandidaten hätten Sie getötet, Sie beide. Nach einiger Zeit aber habe er den Eindruck gewonnen, Sie hätten Ihr Urteilsvermögen verloren. Er fürchtete, Sie seien tötungswütig. Sie befanden sich beide um einiges hinter den feindlichen Linien. Dann wurden Sie überrascht und mussten wie die Verrückten rennen, um zur eigenen Linie zurückzukommen, wo Sie sich einer anderen Einheit anschlossen, nicht unserer, sondern vielleicht den Foresters. Es gab heftiges Gewehr- und MG-Feuer, und Sie wollten unbedingt in den Schützengraben des Feindes eindringen. Offenbar gab es zwischen Shenton und Ihnen einen Kampf. Er sagte, Sie hätten getobt wie ein Wilder. Als Sie anfingen, aus dem Schützengraben zu klettern, hat er Sie mit der Pistole, die Sie ihm am Morgen gegeben hatten, in die Schulter geschossen. Er sagte, es sei die einzige Möglichkeit gewesen, Ihnen das Leben zu retten.«

Schweigen breitete sich im Herrenzimmer aus. Meine Gedanken wanderten zu jener von Geschossen zerfetzten Winterlandschaft zurück. Ich konnte mich nicht erinnern, dass man von hinten auf mich geschossen hatte, aber ich konnte auch nicht ausschließen, dass es so war ... Es gab nichts, was die Geschichte entkräften konnte. Shenton war hartgesotten und kurz entschlossen; so zu handeln passte durchaus zu ihm.

»Natürlich gab es viele Arten, durchzudrehen«, sagte Varian. »In der Regel weigerten sich die Leute einfach, weiterzumachen, wie Warren, oder sie plapperten dummes Zeug und wussten nicht mehr, wo sie waren. Aber ich habe auch exzessive Angriffslust erlebt. Auf der Malaiischen Halbinsel hieß das ›Amok laufen‹. Aber Sie sollen wissen, Robert, dass es meine Achtung vor Ihnen in keiner Weise geschmälert hat.«

»Sie haben mir danach keine Kompanie mehr gegeben.«

»Das stimmt, ja. Ich wollte erst sichergehen, dass Sie sich vollständig erholt haben.«

»Sie hätten mich den Sanitätsleuten übergeben können.«

»Ich weiß. Aber ich hatte Mangel an guten Offizieren. Sie waren von Anfang an bei uns, und ich fühlte mich den Fünf Gerechten verbunden. Vermutlich war das Aberglauben. Ich fürchtete, eine Sanitätskommission würde Sie bei voller Kenntnis der Fakten nach Hause schicken. Ich war mir auch nicht sicher, wie Bill bei der Sache wegkommen würde. Ich dachte, wir könnten das intern regeln. In der Familie, sozusagen.« Er sah einen Moment zu Boden. »Und ich glaube, Sie waren froh, beim Bataillon bleiben zu können.«

»Natürlich war ich das. Es wäre unerträglich gewesen, nach Hause zu müssen.«

»Ist es schlimm, dass ich es Ihnen erzählt habe? Nach all den Jahren?«

»Nein.«

»Und inzwischen ist es doch wohl lange genug her.«

Ich ließ meinen Blick durchs Zimmer und über all die Bücher auf ihren Regalen schweifen. Einige davon – ein paar Lyrikanthologien, einige Erzählungen von Maupassant – hatte ich zum ersten Mal schon auf Varians transportablem Regal in Lille gesehen.

Durch die Gäste am Abend verbot sich jede weitere persönliche Erinnerung; ich verabschiedete mich nach dem Frühstück am nächsten Tag und versprach weitere Besuche und überhaupt, dass wir in Kontakt bleiben würden. Ich war überzeugt, dass Richard in den zwei Wochen zwischen seiner Einladung und meiner Ankunft in Northumberland ziemlich intensiv darüber nachgedacht haben musste, was er mir erzählen wollte. Er hätte es nicht zu tun brauchen, aber als er mich dann sah, spürte er vielleicht instinktiv, dass ich ein Anliegen hatte – oder, um es in Pereiras Worten auszudrücken, die Dinge in meinem Kopf ordnen musste. Ich nahm ihm seine Entscheidung nicht übel; sie schien mir zu einem Mann zu passen, dessen Menschlichkeit und dessen Disziplin gleich stark ausgeprägt waren.

Auf der Zugfahrt zurück nach London trank ich eine halbe Flasche von dem überraschend guten Weißwein der British Rail, und die Augenlider wurden mir schwer. Die schwache Herbstsonne wirkte einschläfernd, und das Nickerchen im gepolsterten Sitz sowie der schwache Duft nach Diesel trugen mich weit weg – ob ich nun zurückwollte oder nicht … zurück in den Sommer 1944, zur Küste, zu meinem Genesungsurlaub mit Donald …

## ACHTES KAPITEL

Was Donald betraf, so war Lily Greenslade eine Enttäuschung. Ich schätze, die Tatsache, dass sie auf der Heimfahrt ausgerechnet eine Hymne der Episkopalkirche gesungen hatte, ließ nichts Gutes ahnen. Donald erzählte mir, er habe einen gelinden Annäherungsversuch gestartet, als sie am Strand entlanggingen, sie habe ihn aber abblitzen lassen. Er durfte sie am Arm einhaken, das war auch schon alles.

Ich fragte mich, was eine ansehnliche Frau von knapp vierzig, bei allem Snobismus voller Lebensfreude und Esprit, daran hinderte, sich mal gehen zu lassen. So leicht wie damals an der Bucht von Neapel würden die meisten von uns niemals wieder unsere Schranken lockern. Wer angesichts der überall herrschenden Zerstörung übers Händchenhalten nicht hinausging, der verleugnete das Leben selbst, erst recht, wenn der fragliche Mann so liebenswürdig und diskret war wie Donald. Woher rührte Lilys Zurückhaltung: Religion? Eine Liebesenttäuschung? Angst vor Nähe? ... Vielleicht hatte sie aber auch beschlossen, dass der Weg zum Himmel und zum irdischen Glück nicht übers Glücksspiel einer Romanze führte, sondern indem man den Tag mit nutzbringender und selbstloser Tätigkeit verbrachte. Sie schien mir weise genug, um so zu denken.

Als Leiterin des Roten Kreuzes hielt sich Lily nicht nur selbst an Anstandsregeln, sie hatte auch die Rolle der Moralwächterin für ihre Mitarbeiter übernommen. Sie ließ Luisa nur widerstrebend abends ausgehen, ich wusste nicht, woher sie das Recht nahm, sie zu kontrollieren, wenn der Arbeitstag vorbei war. Luisa mochte in ihrer Art mädchenhaft erscheinen, aber sie war sechsundzwanzig Jahre alt – nur zwei Jahre jünger als ich, der immerhin eine Kompanie der Infanterie befehligt hatte.

Bei einem unserer mittäglichen Imbisse auf der Mauer erzählte ich auf Drängen Luisas plötzlich von meiner Kindheit. Der Gedanke, dass ein Junge ohne Vater aufwächst, schien sie zu faszinieren, aber ich sagte ihr, es gebe da nicht viel zu erzählen: Eine Abwesenheit macht keine Geschichte. Als ich ihr mein Leben in Mr. Liddells Dachkammer schilderte, mochte sie es kaum glauben, und sie lachte, als ich ihr mein schottisches College beschrieb, die verwinkelten Zimmer und die bierseligen Abende – mit deren Schilderung ich es zu ihrem Amüsement vermutlich etwas übertrieb. Als sie weiter drängte, erzählte ich auch ein bisschen von Mädchen, Freundinnen, Fehlschlägen und Enttäuschungen, und an einem bestimmten Punkt meiner Erzählung sah ich, wie sich bei ihr etwas veränderte. Ein gequälter, hungriger Ausdruck trat in ihre Augen, als gäbe es da etwas, was sie besitzen wollte, als wäre das, was mich ausmachte, auf einmal lebenswichtig für sie geworden.

Und ich glaube, dieser Tag war es, an dem ich sie zum ersten Mal küsste. Als ich es tat, war ich zugleich besorgt, dass es das Gleichgewicht zwischen uns verändern könnte, dass sie in mir von jetzt an nicht mehr einen Mann sehen würde, in dem sie wie durch ein Wunder etwas von sich selbst in feinster Form konzentriert sah, sondern einfach einen verdorbenen Soldaten wie die anderen.

Ihre Lippen waren angeschwollen vor Verlangen. Das Blut war in sie geschossen. Ihre Zunge schmeckte nach ihr, und sie schmeckte nach mir. Es war das Leben, und es war traumhaft. Ich war verloren, ich war gerettet.

»Robert«, sagte Lily eines Mittags zu mir, »ich brauche deine Hilfe. Wir kommen nicht an Penicillin ran. Wir haben hier Leute mit Infektionen. Mit schlimmen Wunden. Männer, die man von Cassino hierhergeschickt hat. Einige von ihnen werden sterben, obwohl man sie retten könnte.«

»Gibt es keine Lieferungen nach Neapel?«

»Doch, soweit ich weiß, schon, aber uns scheinen keine zu erreichen.«

»Dann solltest du dich an die Alliierte Militärregierung wenden.«

»Das hat mein Chef schon gemacht. Er wurde an eine andere Behörde verwiesen. Und so weiter. Sie waren nicht hilfsbereit, vielmehr sind sie ihm ausgewichen.«

»Wie kann ich dir helfen?«

»Nimm du es in die Hand. Jetzt im Augenblick, bis die normalen Lieferungen wieder anlaufen, brauchen wir nur eine kleine Menge. Genug, um zwanzig Mann zwei Wochen lang behandeln zu können.«

Ich lachte. »Lily, hältst du mich für die Sorte Mann, die in den Gassen von Neapel einen Kasten Penicillin organisiert? Mein Italienisch ist nicht gut. Ich könnte mit einem Messer im Rücken enden.«

»Du könntest einen Übersetzer mitnehmen.«

»In Ordnung. Ich nehme Luisa. Und einen Wagen brauche ich auch. Donald hat unseren nach Bari mitgenommen.«

»Ich kann einen Wagen besorgen. Aber Luisa hat –«

»Ohne sie läuft nichts. Ich passe schon auf sie auf.«

Lily sah mich sehr seltsam an, als müsste sie eine qualvolle Entscheidung treffen. Sie setzte zu sprechen an, hielt dann inne.

»Luisa …«, sagte sie und brach wieder ab.

»Was ist los?«

Sie hielt meinem Blick stand. Ich stellte mir vor, dass sie überlegte, ob das Leben einiger verwundeter Soldaten es wert war, die Tugend einer jungen Frau aufs Spiel zu setzen. Man hörte grauenhafte Geschichten über die französisch-marokkanischen Truppen, die die Einwohner ganzer Dörfer in Kampanien vergewaltigt und sodomisiert hatten – Frauen, Mädchen, sogar alte Männer. Die Kanadier und Amerikaner machten jedes weibliche Wesen an, das ihnen über den Weg lief. Würden die Alliierten sich einen Deut besser benehmen, wenn sie erst einmal wieder gesund wären? Waren sie den ganzen Aufwand wert? Ich dachte, Lily habe bereits entschieden, dass ich böse war und Luisa mir nicht widerstehen würde. Ihr Dilemma lag in der Frage, ob sie die Verwundeten besser dem Tod überließ – zumal Luisas gerettete Jungfräulichkeit vielleicht ihre Seelen retten könnte.

»Lily?«, fragte ich. »Kommen wir ins Geschäft?«

»In Ordnung«, sagte sie. »Samstag ist ihr freier Tag. Ich sorge dafür, dass ihr den Wagen bekommt.«

Ich holte Luisa frühmorgens aus ihrer Unterkunft ab. Das Auto des Roten Kreuzes war ein beschlagnahmter Sportwagen mit einer schludrigen Lenkung, aber der Motor brummte angenehm. Ich drückte aufs Gas, als wir die Außenbezirke der Stadt verließen und ins offene Gelände kamen. Sie saß neben mir auf der durchgehenden Sitzbank, mit angespannter Miene, hoffentlich vor Vergnügen. Sie legte schüchtern ihre Hand auf mein Knie, und ich wandte mich ihr zu. In einem Augenwinkel entdeckte ich eine Träne.

Viele der Felder, an denen wir vorbeifuhren, waren von Reihen dicht stehender Obstbäume verdunkelt, deren Äste so ineinanderverschlungen waren, dass sie einen Lichtschutz bildeten. Die offeneren Felder waren voller Erntearbeiter – oder voller Ährenleser, Plünderer, Leute, die kleine grüne Pflanzen und Sprösslinge aus der Erde zogen und vorsichtig probierten.

»Sie kommen im Morgengrauen aus der Stadt«, sagte Luisa. »In der Hoffnung, dass irgendetwas über Nacht gewachsen ist. Vielleicht Löwenzahn.«

Vieles auf dem Land schien dennoch intakt zu sein: Auch zwei Bombenangriffe konnten nicht alles zerstören. Anders sah es aus, als wir die Vororte von Neapel erreichten. Hier lagen viele Wohnhäuser in Schutt und Asche, und Menschen lebten in Gebäuden, die im nächsten Moment einzustürzen drohten. Zwischen fensterlosen Türstürzen und angelehnten Türen war Wäsche aufgehängt. In manchen Seitenstraßen türmten sich die Trümmer und das verbliebene Mauerwerk meterhoch. Auf den Hauptstraßen klafften Lücken, wo ganze Häuser vollständig zerstört worden waren; der karminrote Verputz auf den Palazzi war durchlöchert oder fehlte ganz, sodass zwischen Ziegeln und Gebälk gähnende Leere den Betrachter anstarrte. Kraftfahrzeuge waren kaum unterwegs; doch Pferde zogen nicht nur die Karren von Händlern, sondern auch allerlei Kutschen, die aus irgendwelchen verborgenen Garagen oder gar aus Museen herausgeholt worden sein mussten – Jagdwagen, Landauer und ähnliche Gefährte. Zwischen den Trümmern gingen die Menschen ihren Geschäften nach in Kleidern, die aus Vorhang- oder Deckenstoffen bestanden. Ich sah eine alte Frau in einem Kleid, das aus Sitzbezügen geschneidert worden war, einen Mann in einer Jacke aus Fahnenstoff. Es verlieh ihnen die Aura einer verzweifelten Grandezza, als seien sie Besucher eines Balls in einer Anstalt.

Wir schlugen uns ins Stadtzentrum durch, bis zur Piazza Vittoria am Ende der Uferstraße, und ließen den Wagen vor dem Hauptquartier des britischen militärischen Nachrichtendienstes stehen, wo mir der Wachmann versicherte, gegen eine gewisse Gebühr dafür zu sorgen, dass er dort noch stand, wenn wir zurückkämen. Dann gingen wir zu einer Bar in der Galerie, die ich als Treffpunkt mit meinem Freund verabredet hatte, Master Sergeant Stark. Die Galerie war ein glasgedeckter Säulengang, gebaut mit großen Ambitionen, die nicht eingelöst worden waren; heute war dies die letzte Zuflucht für Trinker und Glücksritter. Ihre Schäbigkeit zog mich an, obwohl ich spürte, wie Luisa sich fester an meinen Arm klammerte, als wir zwischen den trüben Bars entlanggingen, die alle gleich aussahen; Luisa hatte generell einen sehr entschiedenen Schritt, und ich kämpfte, um mitzukommen. Die Bar, die Stark ausgesucht hatte, wurde von Soldaten offenbar nicht sehr geschätzt; ihre Kundschaft bestand aus Neapolitanern, die harte Zeiten durchlebten. Ihre abgetragene Kleidung ließ noch ahnen, dass sie einst in gehobenen Berufen gearbeitet hatten, doch ihre Gesichter waren ausgemergelt, und sie hielten sich sehr lange an einem einzigen Drink fest.

Stark wartete an einem Ecktisch. Ich stellte Luisa vor und sah, wie ein verblüffter Ausdruck in sein schlichtes Gesicht aus dem Mittleren Westen trat: Eine solche Frau konnte wohl kaum gekauft sein.

»Worum handelt es sich diesmal? Schokolade für deine Freundin? Kriegt ihr Burschen eigentlich keine eigenen Rationen?«

»Du weißt, was da los ist.«

»Klar.« Stark setzte ein argloses Grinsen auf, das eine gleichmäßige Zahnreihe enthüllte. »Man sagt, dass sich die Spaghettifresser jede dritte Kiste von den alliierten Lieferungen unter den Nagel reißen.«

»Ich verstehe nicht, warum wir das nicht besser überwachen können.«

Stark zuckte mit den Schultern. »Hab alles versucht. Sie starten die Luftschutzsirenen, wenn sie einen großen Beutezug machen wollen. Also, was kann ich für dich tun?«

Ich stellte eine Flasche Offizierswhisky auf den Tisch. Das war das Einzige, an das ich rankam und die Amerikaner nicht. »Penicillin«, sagte ich. »Nicht für mich selbst. Fürs Rote Kreuz. Ich brauche eine ganze Kiste.«

»Kriegen sie überhaupt keins?«

»Seit Wochen nicht. Es könnten Männer deswegen sterben.«

Stark fing an zu lachen. »Es ist wegen der Syphilis. Entschuldigung, Madam. Die Mädchen gehen anschaffen, die Männer stecken sich an. Soldaten, Einheimische. Es ist eine Epidemie. Die Apotheker können gar nicht genug davon bekommen. Da stehen die Leute Schlange.«

»Weißt du, wie wir was auftreiben könnten?«, fragte ich.

Stark griff zu seinem Glas Wermut. »Offiziell?«

»Egal«, sagte ich.

»Nun, du könntest dich an Gennaro wenden.«

»An wen?«

»Er hängt im Café Savoia auf der Piazza Dante herum, da lang. Er weiß über fast alles Bescheid. Eventuell könnte er herausfinden, woher der örtliche Apotheker seine Lieferungen bekommt. Könnte dir einen Namen sagen. Aber ich würde abraten.«

»Warum?«

Stark zog die Brauen hoch. »Mit mir Tauschhandel zu treiben, ist eine Sache. Aber wenn man erst mal mit der Versorgungskette auf dem Schwarzmarkt in Berührung kommt, dann hat man's mit der Mafia zu tun.«

»Du meinst, die Alliierte Militärregierung ist –«

»Psst. Nicht so laut. Ob sie von Mafiosi geführt wird? Ja. Zu Hause dachte man, es wäre eine gute Idee, Leute hierherzuschicken, die Italienisch sprechen. Das macht alles leichter. Aber man hat nicht daran gedacht, dass man bei einer ehrenwerten Familie wie in New York landen könnte.«

Ich nahm einen Schluck von meinem Drink und versuchte, mir meinen Schrecken nicht anmerken zu lassen. Jetzt war klar, warum Lily Greenslades Chef kein Penicillin auftreiben konnte.

»Es geht nicht allein um Medikamente«, sagte Stark. »Sie klauen Gewehre, Bajonette, Granaten. Angeblich kann man auf der Via Roma sogar einen gottverdammten Panzer kaufen.«

Luisa wedelte verzweifelt mit den Armen. »In Genua würde das nicht passieren. Das hier ist der Mezzogiorno.«

»Da wäre ich mir nicht so sicher, Lady. Wenn die Menschen am Verhungern sind, sind sie zu allem bereit. Unserem Kommandeur hat man eines Nachts seinen Wagen geklaut. Sie sind aufs Gelände geklettert und haben ihn Stück für Stück über die Mauer gebracht. Also, was möchten Sie für den Whisky haben?«

Ich sah Luisa an. »Nun?«

»Da wäre was. Haben Sie Strümpfe? Für mich. Und ein Paar für meine Schwester.«

Stark lachte. »Ich hatte gedacht, Sie würden richtig was fordern. Ich habe hier direkt welche bei mir. Wenn Sie noch andere Sachen brauchen, empfehle ich, in die Via Forcella zu gehen. Das ist zwar ein ganz schöner Weg von hier, aber schließlich ist es auch ein schöner Tag für einen Spaziergang.«

Wir verabschiedeten uns, und Luisa nahm meinen Arm, als wir die Galerie verließen. Ihr offenes Benehmen wirkte ungekünstelt, aber auch unschuldig; ich vermochte nicht zu sagen, ob es noch mehr bedeutete. Wir gingen durch die pulsierenden

Straßen, und sie bestimmte das Tempo. Der Saum ihres Baumwollkleides umspielte ihre Knie. Zuerst hatte mich ihre Verletzlichkeit angezogen, jetzt aber war ich mir nicht mehr so sicher. In ihrem beschwingten Schritt und dem Druck ihrer Hand auf meinem Arm war auch Vertrauen spürbar. Ich hätte gern von ihr erfahren, woher es nun kam, scheute mich aber, zu genau nachzufragen.

Offensichtlich hatte ihre Familie einiges Geld, wie schon der Onkel mit seiner Villa auf Capri bewies. Später erzählte sie mir, dass sie eine Druckerei bei La Spezia besaßen. Außer Magda gab es auch noch zwei Brüder, die jetzt bei Montepulciano als Partisanen kämpften. Luisas Auftreten war das eines Mädchens, das sehr wohl genug Kleider bekommen und nette Partys mitgemacht hatte, aber nichts für selbstverständlich nahm. Und ihre Haltung mir gegenüber – wie könnte ich das leugnen – war schmeichelhaft. Sie war nicht in den Süden gegangen, um einen Mann oder einen Liebhaber zu finden; sie war zum Arbeiten gekommen: Ihre Familie hatte mit Sicherheit Pläne für sie, und nach dem Krieg würde sich ein Ehemann finden. Aber dann plötzlich, eines Nachmittags auf einer schwimmenden Plattform auf dem Meer ... Ich hatte den Eindruck, dass ihr das, was zwischen uns vorging, genauso viel bedeutete wie mir, und das berührte mich; sie würde es später, wenn das wirkliche Leben sich wieder meldete, nicht als Kriegstorheit abtun.

Das war es, was der sanfte Druck ihrer Hand mir mitteilte, als wir die Via Forcella hinuntergingen, wo die Verkaufsstände alle Kostbarkeiten des Schwarzmarktes darboten – allerdings wusste ich nicht, ob man das hier Schwarzmarkt nennen konnte, wenn es so offen gehandelt wurde. Es gab sogar Garantien, die das Herkunftsland benannten: Australien, Kanada, die Vereinigten Staaten.

Luisa war entzückt und bestand darauf, mir einen Vorrat Lucky Strikes zu kaufen.

»Ich weiß, dass du die magst, Robert. Ich auch.« Sie feilschte mit der schwarzäugigen Witwe, aber ich glaube nicht, dass sie viel herausschlug.

Es war Zeit fürs Mittagessen, und keineswegs zufällig gab es in der Nähe ein sehr bekanntes Schwarzmarktrestaurant. Ich hatte eine erhebliche Soldnachzahlung bekommen und wollte, dass Luisa hier etwas bekam, das ihr besser im Gedächtnis blieb als unsere üblichen Imbisse zu Mittag. Pasquale, der Eigentümer, führte uns zu unserem Tisch und rieb sich vor lauter Vorfreude buchstäblich die Hände. Ohne dass wir es bestellt hatten, brachte er uns zwei Gläser Wermut, ungewöhnlicherweise mit Eis und einer Zitronenscheibe. Er zählte auf, was im Angebot war, und kritzelte die Preise mit einem Stift aufs Tischtuch. Es gab sogar Hummer, aber Luisa protestierte wegen des Preises. Sie und Pasquale nahmen heftige Verhandlungen auf, von denen ich nur so viel verstand, dass er sie als eine exotische Prinzessin aus dem Norden betrachtete und sie in ihm nicht mehr sah als einen diensteifrigen Betrüger.

»Was möchtest du essen, Robert? *Spaghetti vongole?* Es gibt auch Fisch, ich weiß nicht, was auf Englisch *spigola* heißt, und *vitello* in Marsalasauce und alle möglichen Antipasti.«

Nach weiteren intensiven Verhandlungen entfernte sich Pasquale mit immer noch hocherfreutem Gesichtsausdruck und brüllte seine Bestellungen in die Küche. Sein Restaurant füllte sich schnell, und schon bald mussten wir unsere Stimmen erheben, um einander zu hören. Einige der Gäste waren alliierte Soldaten, aber die Mehrheit bestand aus Neapolitanern, die irgendwie immer noch Geld hatten, Kaufleute, Zwischenhändler mit ihren Freundinnen, Zuhälter und Krämer.

»Nach dem Essen muss ich dir unbedingt den Avernussee zeigen«, sagte ich. »In der antiken Mythologie ist das eines der wichtigsten Gewässer in der Unterwelt.«

»Natürlich. Aber vorher muss ich einen *reggicalze* kaufen. Ich kenne das englische Wort dafür nicht. Es ist für die Strümpfe, damit sie nicht rutschen.«

Plötzlich ging die Tür auf, und etwa ein Dutzend Frauen in einer grauen Uniform, die aus Segeltuch gemacht zu sein schien, wurden von einem kleinen glatzköpfigen Mann mit Schnurrbart und Fliege ins Lokal getrieben. Die Frauen machten den Eindruck, als konzentrierten sie sich ganz enorm, wenn auch nicht unbedingt auf dieselben Dinge wie alle anderen hier. Der Mann mit dem Schnurrbart hielt eine kurze Ansprache.

»Er sagt, sie sind aus dem ... *manicomio*«, erzählte mir Luisa.

»Dem Irrenhaus?«

»Ja. Dort geht's wohl ziemlich hart zu.«

Die Essensgäste unterhielten sich weiter, während der Mann seinen Appell vorbrachte, doch als die Frauen dann zwischen den Tischen herumgingen, gab man ihnen Stücke Brot, Schinken und Oliven. Diese wurden schweigend angenommen. Ein Mann schaufelte die Hälfte seiner Spaghetti auf einen Beilagenteller und reichte ihn zusammen mit einer Gabel weiter; eine alte Dame opferte eine Schere ihres Hummers. Als die Frauen versorgt waren, schob Pasquale sie schnell nach draußen, und ich verfolgte, wie sie in die Via Forcella verschwanden und der kahlköpfige Arzt hinter ihnen hertrottete.

Die Spaghetti glänzten im Muschelsaft; das Kalbfleisch, das darauf folgte, war mit Marsalasauce getränkt und dazu gab es etwas, was ich lange nicht gesehen hatte: Kartoffelbrei. Weil Luisa darauf bestanden hatte, brachten sie uns sogar einen bernsteinfarben funkelnden Falernerwein. Ich erzählte ihr, dass schon die lateinischen Dichter ihn gepriesen hatten. Ich erinnerte mich sogar dunkel an die Speisekarte an der Wand einer erhaltenen pompejischen Taverne, die bewies, wie teuer er war, aber das behielt ich für mich; ich hatte jetzt genug angegeben.

Nach dem Essen waren wir schon einige Minuten unterwegs, als Luisa plötzlich ihre Hand auf meinen Arm legte. »Warte. Ich muss kurz da rein.«

Sie verschwand in einem Geschäft mit goldener Beschriftung auf dem mahagonigerahmten Schaufenster; es war ein Laden von der Art, wie man ihn im letzten Jahrhundert in einem europäischen Kurort hätte finden können. Man sah mit Korsetts und Miedern ausstaffierte Schaufensterpuppen neben Morgenmänteln aus Wolle und Nachthemden. Die Glocke über der Tür läutete, als Luisa mit einem Päckchen wieder herauskam, das in Seidenpapier eingeschlagen war.

Sie lachte. »Ich hab was gekauft, was eigentlich eher zu meiner *nonna* passt. Komm. *Andiamo*.«

Der Wagen stand dort, wo wir ihn zurückgelassen hatten, bewacht von einem missmutigen Jugendlichen, der ein Unterhemd der amerikanischen Infanterie trug. Er verlangte mehr Geld, als ich mit dem Wachmann ausgemacht hatte, aber ich wollte keine Zeit mit Feilschen vergeuden. Bald waren wir unterwegs; der Motor brummte, und Luisa stellte mir eindringlichere Fragen als je zuvor.

Sie wollte, dass ich ihr mehr über mein Leben erzählte, obwohl wir meiner Ansicht nach das meiste davon in den vergangenen zehn Tagen schon abgehandelt hatten. War ich einsam gewesen? Warum hatte ich so eifrig studiert? Wer waren meine anderen Freunde in der Armee? Waren viele von ihnen getötet worden?

Nach einer halben Stunde waren wir in Pozzuoli, einer kleinen Stadt, die sich sehr von Neapel unterschied. Sie war den Bombenangriffen und den Plagen der Besatzung entkommen und schien autark und gar nicht italienisch zu sein. An diesem Abschnitt der Küste, so erzählte ich Luisa, hatten die grausamsten römischen Herrscher ihre Villen gehabt, abseits der neugierigen Blicke der Stadt.

»Ich glaube, es war in Pozzuoli, wo Nero seine Mutter ermordet und die Leichenteile unter seinen Freunden verteilt hat. Direkt da drüben wurde Tiberius vom Anführer seiner Leibwache umgebracht.«

»Ich dachte, er lebte auf Capri.«

»Nach Capri ist er wegen der Jungen und Mädchen gegangen. Schreckliche Sachen, zu denen er sie gezwungen hat. Und was ist mit dir, meine kleine Luisa?«

»Was?«

»Bist du einsam gewesen? Hattest du Freunde?«

»Nein ... ich ... nein.«

»Sei nicht so schüchtern.«

Ich neckte sie, aber als ich genauer hinsah, sah ich, dass ihr Gesicht voller Trauer war.

»Es tut mir so leid«, sagte ich und streckte meine Hand aus. »Ich wollte nicht –«

»Hör zu, Lieber«, sagte sie. »Es ist gut, wenn du mir dieselben Fragen stellst wie ich dir. Ich freue mich, dass es dich interessiert. Ich liebe dich so sehr.«

Schlingernd brachte ich den Wagen am staubigen Straßenrand zum Stehen. Vor uns war ein kleiner Vulkan zu sehen und dahinter der Avernussee.

»Ist das wahr?«, fragte ich.

»Das ist wahr.«

Sie sah nach unten auf ihre Hände, bevor sie den Blick wieder zu heben wagte und mich anlächelte. Ich küsste sie. Und es war, als wolle sie mich verschlingen, als wolle sie allen Raum zwischen uns tilgen.

Wir fuhren bis an den See und ließen den Wagen in einem Olivenhain stehen; ich war mir sicher, dass es hier weit und breit keine Diebe und Kriegsgewinnler gab, sodass er dort sicher stand. Hand in Hand gingen wir ans Ufer des Avernus – ein großer, beinahe runder See mit Schilf an den Ufern und dicht über der Oberfläche schwebenden Insektenschwärmen.

Wegen meiner Kindheit bedeutete mir dieser Ort sehr viel: Styx, Acheron, Lethe, Phlegethon, Kokytos, Avernus – die Flüsse der Unterwelt ... Wenn ein Ort oder ein Held aus der persönlichen Mythologie im wirklichen Leben Gestalt annimmt, entsteht eine plötzliche Spannung, das Gefühl, dass zwei unterschiedliche Wirklichkeiten darum kämpfen, die Kontrolle über das Bewusstsein zu gewinnen. Ich wollte gern in Vergils Unterwelt befördert werden, in den Mythos, aber ich fürchtete mich vor der Gewalt eines anderen, unbekannten Lebens.

Langsam begann ich, unsere Trödelei am Nachmittag zu bedauern. In der Stadt hatten wir Zeit vergeudet, und jetzt rüstete sich die Sonne zum Untergang.

»Kennst du die Geschichte, die in der *Aeneis* erzählt wird?«, fragte ich.

Wir saßen auf einem trockenen, erhöhten Grasbüschel.

»Ja«, sagte Luisa. »Ich erinnere mich an den Fall Trojas. Aeneas entkommt mit seinem Vater –«

»Anchises.«

»Ja. Er trägt ihn auf seinem Rücken. Und seinen Sohn. Sie durchleben viele Abenteuer und erleiden dann einen Schiffbruch. Der Vater stirbt.«

»Ja«, sagte ich, »der Vater stirbt.«

»Und sie landen in … dem Ort, wo diese Königin lebt.«
»Dido. In Karthago.«
»Du kennst dich gut aus, Robert.«
»Ich war im letzten Jahr selbst da. Heute heißt es Tunis.«
»Und was passiert dann?«
»Man sagt Aeneas, dass er Dido verlassen muss.«
»Obwohl er sie liebt.«
»Ja, er liebt sie, aber seine Bestimmung ist es, eine große Stadt zu gründen. Rom. Aeneas und seine Männer verlassen die afrikanische Küste mit dem Schiff und landen schließlich in Italien, direkt an der Küste da drüben. Er begegnet der Sibylle von Cumae, einer heiligen Frau. Sie sagt, dass er in die Unterwelt gehen muss. Sie bringt ihn hierher zum Avernus, wo sie hinabsteigen. Als man ihn mit der Fähre über den Fluss gesetzt hat, kommt er zu den Feldern der Trauer, wo die Seelen der aus Liebe Gestorbenen wohnen. Er sieht Dido und versucht, seinen Frieden mit ihr zu machen, aber sie … Sie wendet sich ab.«
Luisa legte ihre Hand auf meine. »Erzähl weiter. Hör nicht auf.«
»Es ist so …« Ich konnte kein passendes Wort finden. Traurig, wollte ich sagen, aber das schien mir nicht auszureichen. Unerträglich, transzendental traurig. »Er geht auf die Elysischen Felder, herrliche Wiesen, wo jene wohnen, die einfach nur ihr Leben auf Erden gelebt haben, und da findet er … Er findet seinen toten Vater, Anchises, der ihn begrüßt und ihm erzählt, wie sehr er sich um ihn gesorgt hat. Er hatte gefürchtet, Aeneas sei durch seine Liebe zu Dido und seinen langen Aufenthalt in Karthago von seiner Bestimmung abgelenkt worden. Aeneas bringt vor lauter Freude, seinen Vater wiederzusehen, kein Wort heraus. Er will ihn umarmen, aber der Schatten seines Vaters schlüpft zwischen seinen Armen hindurch. Drei Mal öffnet er die Arme, um ihn zu fassen, und drei Mal …«

Ich konnte nicht weiterreden.

»Es ist gut, *carissimo*. Es ist nur eine Geschichte.«

Als ich mich wieder gefangen hatte, erzählte ich ihr vom Fluss Lethe, über dem die Seelen wie ein Schwarm Bienen kreisen – und darüber, dass sie vom Wasser des Vergessens trinken müssen, bevor sie wiedergeboren werden können. Als ich geendet hatte, war es beinahe dunkel geworden. »Und ab diesem Zeitpunkt«, sagte ich, »hört Aeneas auf, nach dem Glück zu streben. Stattdessen ergibt er sich seinem Schicksal, das in der Hand der Götter liegt und nicht im eigenen Ermessen.«

Luisa stand auf. »Es ist schon dunkel. Ich möchte heute Abend nicht mehr zurück. Können wir hierbleiben?«

»Werden sie sich nicht wundern, wo du geblieben bist? Magda und Lily? Werden sie sich keine Sorgen machen?«

»Ich glaube, Magda wird es schon verstehen. Sie ist meine Schwester. Ich erzähle ihr ... einiges. Und Lily ist über Nacht nicht da. Aber sie kommt früh am Morgen, um nach uns zu sehen.«

»Um wie viel Uhr?«

»Morgen ... Sonntag. Nicht ganz so früh. Vielleicht so um neun.«

»Wenn wir hier um sieben aufbrechen, bist du um acht zurück.«

Die Straßen von Pozzuoli glühten noch immer von der gespeicherten Hitze des Tages. Als wir langsam weiterfuhren und nach einem Ort für die Nacht suchten, hatte ich das Gefühl, irgendwie aus Italien herausgerutscht und am Bosporus gelandet zu sein; links von uns stand eine Kirche mit Zwiebelturm, rechts lagen Häuser mit zugespitzten Fensterläden. Als wir anhielten und um Rat fragten, sagte Luisa mir, dass hier ein Dialekt gesprochen wurde, den sie nur mit Mühe verstand.

Schließlich landeten wir in einem Hotel mit Meerblick. Luisa zog einen Ring von ihrer rechten Hand ab und steckte ihn auf den linken Ringfinger, obwohl wir uns nirgendwo eintragen mussten und es die Geschäftsführerin gar nicht zu interessieren schien. Unser einziges Gepäck war die Beute, die Luisa bei Master Sergeant Stark gemacht hatte, und das in Seidenpapier eingeschlagene Päckchen aus dem Geschäft.

»Frag sie, ob wir Zahnpasta und eine Zahnbürste bekommen können«, sagte ich.

Man sagte uns, wir könnten in einem Restaurant am Ende der Straße essen, aber nicht später als um acht.

Unser Zimmer hatte nackte Holzdielen und zwei hohe Fenster mit grünen Läden, außerdem einen kleinen schmiedeeisernen Balkon mit Blick auf das Hafenbecken. Zwischen den Fenstern hing ein hölzernes Kruzifix und über dem Bett die schlechte Reproduktion eines Gemäldes des Avernussees.

Es ist merkwürdig, dass ich mich an diese unwichtigen Details erinnere. Denn als wir die Fensterläden geschlossen und das Deckenlicht ausgemacht hatten, sodass nur die Nachttischlampe ein schwaches Licht warf, zog Luisa alle ihre Sachen aus und legte sie auf einen Stuhl.

»Und nun du, mein Liebster«, sagte sie und stand direkt vor mir mit angelegten Armen.

Ich tat wie geheißen und zog sie eng an mich.

Die Matratze war hart. Ich schämte mich meiner Erregung und fürchtete, dass dieses zarte Mädchen Angst bekommen würde. Es verwirrte mich, dass sie so ruhig zu bleiben schien; ich versuchte, mich ihr zu entwinden, spürte aber, wie ihre Hand mich fasste, und hörte ihr beruhigendes Flüstern.

Was später an diesem Abend geschah, ist mir nur sehr blass in Erinnerung. Ich nehme an, wir haben uns angezogen und sind zum Essen in das Restaurant gegangen. Ich glaube, wir hatten es eilig, ins Hotel zurückzukommen.

Am nächsten Morgen erwachte ich vor Luisa und nahm Zahnpasta und Zahnbürste – irgendjemand musste beides tatsächlich aufs Zimmer gebracht haben – und ging über den Flur ins Bad. Am Abend zuvor hatte ich keine anderen Gäste gehört. Es war etwa sechs Uhr und wurde gerade hell. Rasieren konnte ich mich nicht, und ich erinnere mich meiner Hoffnung, dass ich auf dem Rückweg niemanden treffen würde, den ich kannte. Ich wusch mich mit kaltem Wasser.

Zurück im Zimmer legte ich mich neben Luisa. Sie schien immer noch zu schlafen, und im Sonnenlicht, das zwischen den Fensterläden hindurchdrang, sah ich zum ersten Mal den Archipel dunkler Sommersprossen zwischen ihren Schulterblättern. Ich hätte ihre Spur am liebsten mit meinen Fingerspitzen die Wirbelsäule hinab verfolgt. Luisas Haut war hell und spannte sich fest über ihr Fleisch; da sie auf der Seite lag, ruhte eine ihrer Brüste entblößt auf dem weißen Laken. Sie hatte ein Knie angezogen, und so sah ich auch den Schatten zwischen ihren Beinen, wo sich die beiden Hälften ihres Leibes trafen. Ich wünschte mir sehnlich, sie zu küssen. Es war, als spürte sie die Hitze meiner Blicke, denn sie regte sich und rollte auf den Rücken. Sie öffnete ihre großen schwarzen Augen, sah direkt in meine und lächelte.

Am Sonntag darauf fuhren wir wieder nach Pozzuoli. Der Strand bestand aus großen flachen Steinen, auf die die Fischer schon seit Generationen ihre Boote hievten und auf denen sie ihre Netze auslegten. Man erzählte uns, auch die Amerikaner hätten die Steine nützlich gefunden – als Trockendock für ihre Landungsboote, um sie mit Fahrzeugen und Männern für die Reise nach Norden zu bestücken, nach Anzio.

Das war im Januar gewesen. Die Amerikaner waren weitergezogen und hatten keine Spuren ihrer Besatzung zurückgelassen, sodass der Ort sich im Hochsommer wieder in sein verborgenes Selbst zurückgezogen hatte, mit seinem eigentümlichen Dialekt und seinem architektonischen Mischmasch. Wir gingen an der Küste entlang und fanden ein Café, wo wir spezielle Meeresfrüchte aßen, die ich noch nie gesehen hatte, kleinen Muscheln ähnlich, in Mehl gewälzt und dann gebraten. Luisa amüsierte sich anfangs über diese Speise aus dem Mezzogiorno, wo man sie vom Boden eines Fischerboots kratzte, wie sie sich ausmalte, aber dann, als sie probiert hatte, bestellte sie gleich nach.

Ich wusste nicht, wann ich mich wieder dem Bataillon anschließen würde, und in welcher Verfassung. Luisa hatte schon eine Anfrage des Roten Kreuzes in Rom abgelehnt und glaubte, dass sie eine zweite nicht zurückweisen könnte. Ich sagte, ich könne womöglich mit ihr gehen, wenn es nötig sei. Ich mochte die Vorstellung, mit ihr in einem kleinen Apartment mit Dachgarten und Blick auf irgendeine versteckte Piazza zu leben.

Das Bewusstsein, dass wir nur auf Abruf zusammen waren, machte uns meiner Erinnerung nach nicht ängstlich und verzagt, aber es machte mich aufmerksamer für jeden Moment und jeden Blick auf Luisas Haut, ihr schwarzes Haar, die Art, wie sie den Kopf zurückwarf, wenn sie nachdenklich oder unsicher war, und mich durch ihre dunklen, halb geschlossenen Augen ansah. So konnte ich die Bogenlinie ihres Schenkels genau erforschen, eine Figur, die ich liebte, weil sie als sanfte Kurve von der Hüfte bis zum Knie verlief. Ich wurde gewahr, dass jede Zelle meines Körpers voller Leben steckte, für sich genommen, aber auch im Einklang, weil sie auf die Gegenwart dieser jungen Frau auf eine Art und Weise reagierte, die ich eigentlich nur als frenetischen Jubel empfinden konnte.

Als ich mich bei solchen Überlegungen ertappte, lächelte ich und dachte an die Millionen synaptischer Vorfälle, die aus der Erinnerung an meine neurologischen Studien nun skizzenhaft vor mir auftauchten und sich mir als ein zusammenhangloses, aber gewaltiges »Ja« präsentierten. Nun fiel mir auch auf, welche ihrer unterschiedlichen Arten zu sprechen, zu denken oder sich zu bewegen sich oft genug wiederholten, um »charakteristisch« zu sein. Manche, die mich bezaubert hatten, kehrten nie wieder; andere, die ich anfangs kaum wahrnahm, gewannen ihren Zauber durch die Wiederholung. Eine aufregende Zeit war das, als sähe ich zu, wie ein Foto im Entwicklungsbad immer deutlichere Gestalt annimmt. Sie hatte feststehende Ansichten, war aber bereit – wie im Fall der Meeresfrüchte –, sie ohne Weiteres zu korrigieren. Sie war in keiner Weise hochmütig. Andererseits aber konnte sie auf der Stelle explodieren – wie ein Sprengkörper oder eine Granate –, wenn sie sich angegriffen fühlte. Aber damit war es dann auch vorbei, es gab kein Nachspiel.

In der Art und Weise, wie frisch Verliebte ihre gegenseitige Hingabe zur Schau stellen, als hätte noch nie vor ihnen jemand etwas Ähnliches empfunden, hatte ich bis dahin immer etwas Scheinheiliges gesehen. Also versuchte ich, möglichst nicht selbstgefällig zu werden. Ich konnte mir aber nicht verhehlen, dass es mich zum Lachen brachte, wie unwahrscheinlich das alles war. Dieses Genueser Mädchen, Tochter eines Unternehmers, Schwester in einer gut situierten katholischen Familie, furchtsam, aber auch hitzig, Puccini-Liebhaberin, eine Frau, die guten Wein und Caravaggios Bilder schätzte, hatte einen englischen Bauernjungen, eine Halbwaise, schmutzig und blutverkrustet vom Krieg, in ihr Bett und in ihr tiefstes Vertrauen gelassen. Ich fühlte mich wie ein Bauer, der von einer Gräfin verwöhnt wird; es war absurd. Und doch verstand sie mich besser als irgendjemand sonst. Sie kannte jede Pore meiner Haut, jedes Haar an meinem jungen, verwundeten Leib. Als ich ihr in die Augen sah, ganz nah an meinen, wurde mir zum ersten Mal bewusst, wer ich eigentlich war.

Warum hatte sie mir diese unverdiente und unermessliche Gunst zukommen lassen? Auch wenn ich es kaum zu fassen vermochte, kam ich doch zu der Überzeugung, dass sie bei mir und in mir auch Beglückung fand. Bei mir konnte sie das sein, was zu sein sie sich am sehnlichsten wünschte, ohne Scham und ohne Kompromisse. Jedenfalls sagte sie mir das. Ich glaube, sie war ebenso überrascht wie ich, dass solche Selbsterkenntnis ihr in Gestalt eines ausländischen Soldaten begegnet war, der einfach nur zu einer Plattform im Meer hinausgeschwommen war und sein Glück versucht hatte.

In jener Nacht lagen wir im Hotel nackt zusammen im Bett unter dem fleckigen Gemälde des Avernus. Luisa hatte auf demselben Zimmer im selben Hotel bestanden. Sie war stolz auf die Seidenstrümpfe, die Master Sergeant Stark besorgt hatte; der *reggicalze*, den sie in dem alten Strumpfwarengeschäft gekauft hatte, war ein Gurt mit zahllosen Strapsen und Streifen, der, wie sie sagte, ihrer Großmutter hätte gehören können. Alles musste vorsichtig gelöst und oben auf ihrem abgelegten Kleid deponiert werden – damit es ja nicht das Holz des Stuhls berührte, in dem eventuell Splitter das kostbare Gewebe hätten zerreißen können. Sie liebte Kleidung mit einer Leidenschaft, die mir fremd war.

Nachdem endlich alles so lag, wie sie es sich vorstellte, war sie in ihrer Nacktheit wie ein Kind. Ich konnte ihr Verlangen, mehr über mich zu wissen, nie befriedigen. Ich dachte an sie immer als an das Mädchen, das ich am ersten Abend zum Essen im Klub ausgeführt hatte. Ich schloss die Augen und sah sie – wie sie nach unten sah, nachdem sie aufgehört hatte zu sprechen, bevor sie es wagte, wieder aufzuschauen und uns anzusehen, die wir um den Tisch saßen, die Hände im Schoß gefaltet und das Baumwollkleid übers Knie gezogen. Dann machte ich die Augen wieder auf und war zurück in der Jetztzeit im Bett.

Sie erzählte freudig von ihrem eigenen Leben, obwohl es in ihrer Version erst begonnen zu haben schien, als sie Donald und mich vom Anleger aus hatte tauchen sehen. Davor schien es nur aus einer Bilderserie zu bestehen, jedes einzelne Bild mehr oder weniger solide, aber Szenen darstellend, in denen sie selbst gar nicht richtig vorkam. Diese Unvollständigkeit verwirrte mich.

In den frühen Morgenstunden, als wir uns erneut geliebt hatten und zärtlich miteinander sprachen, schliefen wir langsam ein. Wir zogen die Fensterläden zu, damit die Hafenlichter nicht hereinfielen, ließen das Fenster aber offen, um ein bisschen frische Luft zu bekommen. Es war zu heiß, um in einer Umarmung zu liegen oder sich auch nur zu berühren, aber ich ließ eine Hand zwischen ihren Beinen liegen. Ich konnte den Gedanken nicht ertragen, meine Hand dort wegzunehmen, selbst als mein Handgelenk zu schmerzen begann.

Zum ersten Mal glaubte ich wirklich, dass Luisa mich liebte, und das beunruhigte mich. Angenommen, sie konnte ohne mich nie ganz sie selbst sein, und angenommen, irgendetwas würde auftauchen – fast wie ein Kind oder wie ein Dritter –, das außerhalb unseres Einflusses lag.

Den Spätsommer über meldete ich mich in regelmäßigen Abständen beim Brigadehauptquartier, doch es machte den Anschein, als sei ich entbehrlich geworden. Ein gelangweilter Stabsoffizier schickte mich ein ums andere Mal vor eine ärztliche Kommission, aber niemand schien mich zurückhaben zu wollen. Ich schob die Verzögerung auf unseren stockenden Vormarsch nach dem Fall von Florenz, während die Kommandeure der alliierten Truppen die Chancen und Risiken abwogen, vor denen wir standen.

Jedes Mal, wenn ich eine weitere Woche Aufschub bekommen hatte, brach Luisa vor Freude in Tränen aus, und wir feierten mit einem Essen bei Kerzenlicht im ummauerten Garten ihrer Unterkunft, während die Abendsonne langsam im Meer versank.

Diese paradiesischen Zustände endeten eines Morgens ganz abrupt, als ich den schriftlichen Befehl erhielt, für eine letzte Untersuchung nach Rom zu fahren. Früh am nächsten Morgen schlich ich mich aus Luisas Wohnung und nahm den ersten Bus zum Bahnhof von Neapel.

Die Männer im Waggon waren unrasiert, und die Frauen trugen zusammengeflickte Kleider. Einige hatten Hühner in geschlossenen Körben bei sich und zerlumpte Kinder, die in der Mitte des Waggons standen und mit großen Augen auf den englischen Soldaten starrten, der jetzt seine beste Majorsuniform trug, deren Knöpfe seine tränenüberströmte genuesische Geliebte am Abend zuvor noch auf Hochglanz poliert hatte.

Ein paar Reisende lasen Zeitung, andere spielten Karten, aber die meisten beteiligten sich an einer Unterhaltung, die den ganzen Waggon mit einbezog; sie nahm ab und flackerte wieder auf wie ein Lagerfeuer im Wind. Dank Luisa konnte ich inzwischen genug Italienisch, um in groben Zügen zu verstehen, worum es ging, obwohl mein aktiver Sprachgebrauch sehr einfach und unbeholfen blieb (ich hatte Vesta Swann dummerweise geglaubt, als er sagte, es sei eine leichte Sprache – das war es nicht). Nach etwa einer Stunde bot mir eine alte Frau ein dickes Stück Salami aus einer Zeitung an. Sie bestand darauf in einer Mischung aus Scherz und Drohung und hielt mir die Zeitung entgegen. Es schmeckte besser, als es aussah.

Im Verlauf der nächsten Stunde schlugen etliche Leute in meiner Nähe ihre mitgeführten schmuddeligen Tücher auf und holten Brötchen, Pfirsiche, Käsestücke und in einem Fall auch eine Ziegenlederflasche Wein heraus. Brot schien am begehrtesten zu sein, aber alles wurde geteilt und herumgereicht. Man sprach darüber, wie die Alliierten in Florenz einmarschiert waren und entdeckt hatten, dass die Deutschen jede Brücke in die Luft gejagt hatten, ausgenommen den Ponte Vecchio, weil der Führer persönlich ihn als »zu schön« erachtete. Manche waren auf eine patriotische Weise stolz darauf, andere machten sich lustig über einen Mann, der den Tod von Millionen Menschen angeordnet hatte, aber vor einer Brücke haltmachte.

Ich starrte durchs Fenster auf Felder, über die ich siegreich neben Roland Swann, Bill Shenton und anderen hätte marschieren sollen. Ich hatte meinen Trost gefunden.

Auf dem Bahnhof in Rom deutete nicht viel auf die Besatzung hin. Wie die Italiener vor ihnen hatten auch die Deutschen Rom zur »offenen Stadt« erklärt, was hieß, dass unserem Vormarsch nur wenig Widerstand entgegengesetzt werden würde. Umso skurriler war vor diesem Hintergrund General Clarks Gier nach Ruhm, dachte ich, als ich ein ziviles Taxi dazu überredete, mich zu der Adresse in der nah am Tiber gelegenen Via Zafferano zu fahren, die man mir gegeben hatte.

Es handelte sich um ein großes Mietswohnhaus, das vorübergehend konfisziert worden war. Ich ging, den Instruktionen gemäß, ins erste Stockwerk, wo mich ein italienischer Angestellter in einen Warteraum führte. Niemand kam. Bisweilen hörte ich das Echo von Schritten in den großen Räumen des *piano nobile*, dann verschwanden die Geräusche wieder, und ein Hauch von Erstarrung breitete sich im ganzen Haus aus. Endlich wurde ich von einer Krankenschwester des Englischen Roten Kreuzes in ein provisorisches Untersuchungszimmer geführt, wo ein Arzt des Royal Army Medical Corps die Schusswunde in meiner Schulter untersuchte. Obwohl meine Beweglichkeit leicht eingeschränkt war, war alles sauber verheilt, und die Narbe sah nicht besonders schlimm aus. Er schien zufrieden zu sein.

Er nahm mich aus dem Untersuchungszimmer über den Flur bis zu einer Doppeltür mit, klopfte und führte mich hinein. Hinter einem Tisch saßen vier Offiziere, zwei vom Medizinischen Korps, einer von der Infanterie und einer vom Geheimdienst. Abgesehen von dem Tisch und den Stühlen, die vor einem riesigen Marmorkamin ordentlich aufgestellt standen, war der große Raum leer. Irgendwie machte das Ganze den Eindruck eines Tribunals.

Der Vorsitzende räusperte sich und lächelte. »Setzen Sie sich, Major Hendricks. Mein Name ist Price. Ich habe Ihnen nur ein paar Fragen zu stellen, dann lassen wir Sie wieder auf den Feind los. Ich sehe, dass ein anderer Ausschuss in Neapel eine Gehirnerschütterung festgestellt hat. Ist das irgendwann weiter untersucht worden?«

»Ja, ich musste noch ein zweites Mal hin, und es wurden einige Tests durchgeführt.«

»Tests?«

»Ja. Gedächtnistests. Sehtests.«

»Und die haben Sie alle gemeistert?«

»Soweit ich weiß, ja. Aber sie empfahlen, dass ich einen Genesungsurlaub bekomme. Sicherheitshalber. Damit es wirklich ausheilen kann.«

»Ich verstehe. Und Sie haben keine Kopfschmerzen, Schwindelanfälle oder dergleichen?«

Ich dachte an mein Leben mit Luisa und ihren Freundinnen vom Roten Kreuz. »Überhaupt nichts«, sagte ich.

»Sehr gut«, sagte Major Price. »Das hier ist der Bericht von Dr. Wilcox über Ihre Untersuchung von vorhin, und wenn keiner meiner Kollegen …« Er sah nach rechts und links, und die anderen schüttelten die Köpfe. »Ich schreibe heute noch eine Empfehlung für Ihren Kommandeur. Vielen Dank für Ihr Erscheinen. Kommen Sie morgen noch einmal her, dann erfahren Sie, ob wir schon Instruktionen von Ihrem Kommandeur haben. Der Offiziersklub liegt zehn Minuten Fußweg von hier entfernt, am Campo dei Fiori, wenn Sie nirgends anders unterkommen können. Das ist alles.«

Ich beschloss, zum Forum zu gehen. Ich war noch nie in Rom gewesen, aber immerhin war es die Kulisse meiner Kindheit. Bei so viel Zeit, die wir miteinander verbracht hatten, waren Kaiser Augustus und Quintus Fabius Maximus für mich in meinem kleinen englischen Städtchen wirklicher als irgendjemand aus der eigenen Geschichte gewesen. Jetzt fand ich mich zwischen den Ruinen der Tempel und auf dem Marktplatz wieder und spürte den außerordentlichen Einfluss einer anderen Wirklichkeit. Ich hörte Cicero, wie er auf diesen zerstörten Treppen die Verschwörung des Catilina anklagte. Ich beobachtete nubische Sklaven mit glänzender schwarzer Haut, die darauf warteten, verkauft zu werden. Unter den Zypressen und auf den kleineren Seitenwegen gab es Weinverkäufer, Zuhälter und Schneider.

Jeder konnte einen Tempel haben; man brauchte nur Durchsetzungsvermögen und Selbstbehauptung, Roms Geschenk an die Welt. Ob man ein Gott, ein Mythos, ein Held oder einfach nur ein Mensch war: Wer über die Arbeitskräfte verfügte, ihn zu bauen, bekam seinen eigenen Tempel. In meinem Kopf hörte ich den Klang von Vergils berühmter Zeile: *Sunt lacrimae rerum et mentem mortalia tangunt.* Wir alle hatten uns mit der Übersetzung abgemüht, auch wenn Mr. Liddell dann keine einzige davon mit

Lorbeer bekränzen wollte. Meine eigene hatte so gelautet: »Tränen wohnen in allen Dingen, und der Gedanke an unsere Vergänglichkeit berührt unsere Seele.«

Ich logierte im Offiziersklub, wie man mir empfohlen hatte. Die Atmosphäre in der Stadt war denkbar anders als die in Neapel. Der Vatikan hatte sehr deutlich gemacht, dass er nur ungern Soldaten auf den Straßen sah, und die alliierte Garnison war gehorsam abgezogen, unsere Dienststellen hielten nur noch eine Handvoll Gebäude besetzt. Ich verbrachte den Vormittag damit, nach Caravaggios zu suchen, die ich Luisa hätte beschreiben können, aber in den Kirchen, in denen sie hingen, schienen sie wenig geschätzt zu werden. Ein Gemälde war ganz ohne Beleuchtung, bei einem anderen musste man eine Münze einwerfen, damit eine einzelne Glühbirne aufleuchtete; »Die Bekehrung des Paulus« in Santa Maria del Popolo war so nachgedunkelt, dass das Bild auf den ersten Blick keinen um Gnade winselnden Saulus, sondern nur den Hintern eines Pferdes zu zeigen schien.

Als ich am Nachmittag in die Via Zafferano zurückkehrte, zeigte mir Price ein Telegramm von Richard Varian in Florenz, das mich aufforderte, mich so schnell wie möglich zum Dienst zu melden. Mit solcher Dringlichkeit hatte ich nicht gerechnet. Ich wusste nicht, ob ich zum Golf von Neapel zurückkehren sollte, um meine Ausrüstung zu holen und mich zu verabschieden, oder ob ich erst in Erfahrung bringen sollte, wie meine Zukunft aussah.

Ich ging nach draußen und lief in einem schockähnlichen Zustand durch die Straßen. Mit einem gewissen Hang zur Selbsttäuschung hatte ich mir vorgemacht, dass der Krieg für mich vorbei war – dass Luisa und ich irgendwie weiter in einem Universum leben konnten, das mit der bizarren Wirklichkeit der anderen nichts gemein hatte. Ich ging in eine Telefonzelle, um sie um Rat zu fragen, aber mit den Ferngesprächen war es sehr schwierig; ich hatte keine Münzen, und mein Italienisch reichte nicht aus, um die Telefonistin von der Dringlichkeit des Gesprächs zu überzeugen. Ohnehin bezweifelte ich, dass die Verbindung funktioniert hätte.

Auf den Kopfsteinpflasterstraßen schritt ich weit aus und versuchte, Klarheit zu gewinnen, aber die Bewegung schien mich nur zu verwirren. Ich setzte mich an den Brunnen auf dem kleinen Platz, der im Schatten des Pantheons liegt.

In dem Bewusstsein, Luisa zu verlieren, ja von ihr getrennt zu werden, konnte ich nicht klar denken. Ich konnte zu ihr zurückkehren und sie überreden, mit mir abzuhauen. Aber das wäre Desertion. Und wenn man mich fassen würde, würde ich mich Warren anschließen in irgendeinem düsteren Gefängnis, wo die Wachen in mein Essen spuckten. Luisa würde dann von jemandem umworben werden, der besser zu ihr passte, an den Comer See entführt und dort in einem Palast mit Seeblick versteckt, wo ich sie nie mehr sehen würde.

Die Inschrift auf dem Giebel des Pantheons beschämte mich. »M. AGRIPPA … FECIT«. Das hat Marcus Agrippa gebaut. Er hatte es nicht öffentlich ausgeschrieben oder sich mit anderen beraten. Er hatte es einfach gebaut.

Ich sollte zu Varian fahren und mir anhören, was er vorhatte, allerdings war ich mir ziemlich sicher, worum es sich handeln würde: ein Fußmarsch in die Berge, um den Feind aus der starken Stellung der Gotenlinie zu vertreiben, die auf dem Apennin von Pisa an der einen Küste bis hinüber nach Rimini an der anderen verlief. Aber es war besser, das aus dem Mund eines Mannes zu hören, dem ich vertraute.

Mit schleppendem Schritt machte ich mich auf den Weg zum

Bahnhof. Am späten Abend desselben Tages suchte ich Richard Varian in einer Villa nördlich von Florenz auf, einem schönen Gebäude, wenn auch etwas heruntergekommen, mit bröckelndem Putz und Hühnern, die im Garten herumpickten. Er war in Karten und Pläne vertieft, schien aber erfreut, mich zu sehen.

»Ich hätte eine Aufgabe für Sie, Robert«, sagte er, nachdem er mir den üblichen Drink eingeschenkt hatte. »Wie Sie sicher schon allein herausgefunden haben, gehen wir hoch in die Hügel. Eine interessante neue Herausforderung. Nach dem Wüstenkrieg, nach Brückenköpfen und Schützengräben wollen unsere Befehlshaber sehen, wie wir uns in den Bergen schlagen.«

»Sie möchten uns auf Trab halten«, sagte ich.

»Es ist eine Ehre für die Division, dass sie uns zutrauen, weiterzumachen und den Job zu Ende zu führen. Ich hatte eigentlich damit gerechnet, dass sie uns nach Anzio aus Italien herausziehen würden. Wie dem auch sei. Jetzt, wo Sie wieder einsatzbereit sind, möchte ich Ihnen eine Aufgabe im Brigadestab geben. Das ist ganz neu. Ich wurde darum gebeten, jemanden zu empfehlen, und ich denke, das ist was für Sie.«

»Worum handelt es sich?«

»Überwiegend Transport. Versorgungsketten. Kennen Sie sich ein bisschen mit Maultieren aus?«

»Maultiere?«

»Da oben ist es ziemlich wild und zerklüftet. Da können wir nichts auf Rädern an die Front bringen. Lachen Sie nicht, Robert.«

»Entschuldigung. Vielleicht einfach aus Erleichterung. Ich hatte gedacht, ich sollte die Kompanie B übernehmen.«

»Nein, die lasse ich unter der Führung von Dinger Bell.«

»Werde ich mich dem Bataillon irgendwann wieder anschließen?«

»Aber natürlich. Es wird ein sehr langer Winter, und ich gehe davon aus, dass Sie im Frühjahr wieder bei uns sein werden.«

»Wann geht es los?«

»Melden Sie sich hier am Montag zurück, dann setzen wir Sie in Marsch.«

Es war Mittwoch. Auf meiner Rückreise verbrachte ich eine weitere Nacht in Rom, und als ich am nächsten Abend wieder in meiner Unterkunft war, wartete dort ein Brief von Donald Sidwell.

*Lieber Robert,*
*es tut mir leid, dass ich Dich bei Deinem Blitzbesuch verpasst habe. Wir waren im Manöver, wobei ich Dir natürlich nicht sagen darf, wo … Jemand hat mir ins Ohr geflüstert, dass Du Dich uns wahrscheinlich bald wieder anschließen wirst, wenn auch nur kurz.*

*In X zu sein, war für die meisten von uns nach diesem gottverdammten Marsch ein angenehmes Zwischenspiel. Als ich neulich unterwegs war, hörte ich hinter einer Kirchentür Musik. Ich ging hinein und setzte mich. Es war Monteverdi, ein Madrigal. Und zwar das, in dem es heißt, »Wo zwei Seelen in einem Gedanken vereint sind, singen andere von Liebe, doch ich singe von Krieg, grimmig und erbarmungslos«, etwa in dieser Art. Äußerst unheimlich. Als die Stimmen in die Kuppel aufstiegen, hatte man das Gefühl, dass sich seit 1620 nichts verändert hat.*

*Am Samstag meiner letzten Woche, bevor ich wieder zu den gemeinen Fußsoldaten zurückkehrte, habe ich eine Fahrt in einem Bugatti Typ 50 mitgemacht. Ein wunderbares Auto ist das, wobei ich nicht selber fahren durfte, weil mein Gastgeber, vor Ort ein hohes Tier, es nicht wagte, irgendjemanden außer sich selbst ans Steuer zu lassen.*

*Brian und John sind auch wieder da, sodass jetzt drei der Fünf Gerechten wieder an ihrem Platz sind. Hieß das Buch von Edgar Wallace nicht eigentlich Die Vier Gerechten?*

*Wie schade, dass ich Dich nicht treffen konnte, als ich aus Bari zurückkam. Du schienst immer irgendwo unterwegs zu sein, oder jedenfalls nicht loszueisen von la bella signorina. Ich hoffe, Du weißt, was Du tust, alter Knabe.*

*Was mich angeht, so habe ich mich von der Respekt einflößenden Mrs. Greenslade verabschiedet. Sie hat mir gestattet, sie auf die Lippen zu küssen! Ich habe ihr versprochen, ihr zu schreiben, und das werde ich wohl auch tun. Ich bewundere die Art und Weise, wie sie ihre episkopalischen Grundsätze in die katholische Anarchie einbringt. Trotzdem wäre ich ihr gern an die Wäsche gegangen. Sie hätte vor sämtlichen Damen in ihrem ländlichen Klub in Connecticut damit prahlen können, dass sie einen Major mit nur einem Hoden als Liebhaber gehabt hat.*

*Dein Donald*

Nach meiner Reise fühlte ich mich etwas desorientiert, ging früh zu Bett und hatte einen merkwürdigen Traum von Lily Greenslade. Am Morgen nahm ich einen Bus in die Stadt und lief langsam zu den Büros des Roten Kreuzes. Ich hatte beschlossen, Luisa zu bitten, mit mir nach Florenz zu kommen. Ich hatte keine Ahnung, was für ein Quartier ich bekommen sollte, dachte mir aber, wir könnten uns ein Zimmer in der Stadt leisten, in das ich dann so oft wie möglich zurückkehren würde. Wie die meisten Frontoffiziere hatte ich nur eine unklare Vorstellung davon, was ein Stabsoffizier machte, aber ich nahm schon an, dass es mehr sein würde, als in sicherer Entfernung Zigarren zu rauchen – dass Besuche an der Front durchaus vorgesehen waren.

Ich ging die Hufeisentreppe hoch und in das Hauptbüro. Das Schreibmaschinengeklapper und das Rascheln von Kohlepapier klangen geschäftiger denn je. Junge Frauen gingen wichtigtuerisch umher, während Botenjungen mit Briefen und Telegrammen von der Front hereinkamen. Luisa saß nicht an ihrem angestammten Schreibtisch am Fenster, sodass ich nur ein paar Worte mit ihren Kolleginnen wechselte und dann zu Lilys Büro am entgegengesetzten Ende des Raums ging und an die Tür klopfte.

Sie lächelte mich über den Telefonhörer hinweg an und winkte mich herein. Ich wartete, bis sie das Gespräch beendet hatte.

»Hallo, Robert«, sagte sie. »Wir haben heute viel zu tun. Suchst du Luisa?«

»Wie gut du mich kennst, Lily.«

»Sie ist heute Vormittag nicht hier. Sie hat einige Familienangelegenheiten zu erledigen.«

»Hat sie etwas für mich hinterlassen?«

»Nein.«

Das erschien mir merkwürdig. Lily wirkte verlegen.

»Ist sie in ihrer Wohnung?«

»Nein. Ich glaube, sie musste nach Neapel rein.«

»Verstehe.«

»Hör mal, Robert, im Augenblick ist alles ein bisschen hektisch, wie du selbst siehst. Aber wenn du um … sagen wir mal, halb zwei Zeit hast, könnten wir irgendwo was zu Mittag essen.«

»Bis dann also.«

Lily griff zum Telefonhörer, und ich ging hinaus auf die Straße. In der Stadt gab es nicht viel zu tun, also ging ich zurück in meine Unterkunft und las. Mein Zimmer lag nach hinten heraus in einer ruhigen Seitenstraße, nicht weit vom Meer. Ich las Alessandro Manzonis *Die Verlobten*, um mein Italienisch zu verbessern.

Vom Fenster konnte ich die Bucht sehen, wo die Fischer nach dem nächtlichen Fang ihre Netze flickten. Ich fing an, die Melodie von »Santa Lucia« zu summen, die ich nach Donalds Gesang noch im Kopf hatte. Die Melodie war einfach, aber ich konnte mich nicht recht an den Text erinnern, also nahm ich beliebige Sätze aus den *Verlobten* und sang sie an ihrer Stelle. Ich versuchte mich wohl einfach abzulenken.

Gegen Mittag ging ich nach unten ins Wohnzimmer. Meine Vermieterin hatte mir immer wieder gesagt, ich könnte mir alles nehmen, was ich brauchte. Weder sie noch ihr Mann trank Alkohol, und ich hatte mein Auge schon lange auf eine drei viertel volle Flasche Strega auf der Anrichte geworfen. Ich schenkte mir ein kleines Glas ein und stürzte es hinunter.

Dann brach ich auf und ging langsam Richtung Rotes Kreuz. Jetzt summte ich: »Ich heiße Lucia, doch man nennt mich Mimi«, wie Luisa es getan hatte. Lily Greenslade stand schon draußen, als ich ankam. Sie nahm mich am Arm, was mich überraschte.

»Lass uns zum Hafen runtergehen«, sagte sie.

Irgendwie besorgte sie Pizza in einem Haus, das ich bis dahin für unbewohnt gehalten hatte, und reichte mir ein Stück. Wir saßen auf derselben niedrigen Kaimauer, auf der ich Luisa zum ersten Mal geküsst hatte.

»Erzähl mir was über deine Versetzung«, sagte Lily.

»Das geht nicht. Erstens weiß ich nichts Genaues darüber, und zweitens darf ich nichts sagen. Irgendetwas mit Transport.«

»Hast du was von Rom gesehen, als du dort warst?«

»Ein bisschen. Ich bin zum Forum gegangen, und ich habe mich nach Caravaggios umgeschaut, damit ich Luisa davon erzählen kann.«

Lily starrte aufs Meer. »Ich erinnere mich, wie ich in Rom bei

Freunden von Edgar und Mae Carnforth gewohnt habe. Sie hatten ein Apartment in der Gegend der Villa Borghese. Es war damals so schön.«

»Waren damals viele Amerikaner da?«

»Oh ja.« Sie lächelte. »Die besten Amerikaner fahren immer nach Europa. Wir sind ein guter Exportartikel. Und wir verstehen nicht, warum ihr Briten nicht mehr in Europa herumreist.«

»Wir sind immer gern nach Deutschland gefahren.«

»Das war bei uns nie so beliebt. Gehörte nicht zur Grand Tour. Heute frage ich mich, ob Amerikaner jemals wieder dorthin fahren werden.«

»Nur als Soldaten, schätze ich.«

»Ja.« Lily seufzte und sah über ihre Schulter.

»Weißt du, wann Luisa zurückkommt?«, fragte ich.

Lily wandte sich mir zu, und ich sah den Kummer, der sich auf ihrem ebenmäßigen Gesicht abzeichnete.

»Wie geht's dir, Robert? Sei ehrlich. Hast du dich von deiner Verwundung und allem anderen erholt?«

»Ja. Mir geht's gut. Ich bin völlig geheilt.«

Das war die Wahrheit, auch wenn ich das Gefühl hatte, dass ich gleich umkippen würde.

»Keine Kopfschmerzen mehr?«

»Überhaupt nicht. Mir geht's gut. Nun sag's schon.«

Sie holte tief Luft. »Luisa ist nach Genua zurückgegangen.«

»Nach Genua? Warum?«

Lily sah nach unten auf das Kopfsteinpflaster des Hafens. »Um sich um ihren Mann zu kümmern. Er ist im Kampf als Partisan verwundet worden.«

»Ihren ...«

»Ja. Es tut mir leid, Robert. Es tut mir so leid. Ich habe mich so lange damit gequält.«

»Du meinst ihren Bruder? Sie hat zwei Brüder, die als Partisanen kämpfen.«

»Nein. Sie hat nur einen Bruder. Und einen …« Ihre Stimme verebbte, und sie begann zu weinen.

Ich sah aufs Tyrrhenische Meer hinaus, das schwarz-grün vor mir lag, erhaben und teilnahmslos.

## NEUNTES KAPITEL

Nach dem Krieg dauerte es eine Weile, bis ich in die medizinische Ausbildung zurückfand, und ich war schon über dreißig, als ich schließlich die Stelle an einem Londoner Lehrkrankenhaus annahm. Nach meiner Zeit als Assistenzarzt bewarb ich mich am Neurologischen Institut, bekam aber nur mitgeteilt, dass keine Stellen frei seien. Der Professor erbarmte sich jedoch eines ehemaligen Soldaten und sagte, er gehe davon aus, dass ich das Zeug zu einem respektablen Psychiater hätte; er werde bei seinen Kollegen ein Wort für mich einlegen. Ich mutmaßte, dass es sich hier um eine Fachrichtung handelte, deren niedrige Heilungsquote viele Bewerber abschreckte, aber ich hatte nun einmal eine heruntergekommene Wohnung in Shoreditch und außerdem kein Geld, also war ich für die geringste Unterstützung dankbar.

So stolperte ich eher zufällig in meine Lebensaufgabe hinein. Ich hatte noch einige Zeit in London zu studieren, bevor ich für den letzten Abschnitt meiner Ausbildung nach Bristol geschickt wurde. Bristol gefiel mir als Stadt sofort, auch wenn sie vermutlich für Besucher und Durchreisende mehr zu bieten hatte als für die Bristoler, die in Vororten und Stadtteilen wie Southmead oder Knowle lebten. Ich nahm mir ein Zimmer in Redland, nicht weit von der Universität, im Obergeschoss eines Reihenhauses; es gab noch vier weitere Mieter und eine gutmütige Vermieterin mit Namen Mrs. Devaney, bei der ich kommen und gehen konnte, wann ich wollte, und die mir unter einer Serviette Käsesandwiches oder Schweinepastete hinstellte. Jeden Freitag gab es außerdem eine Flasche Stout.

Das Krankenhaus, zu dem ich jeden Morgen mit dem Bus fuhr, war eine 300-Betten-Klinik namens Silverglades und lag in einem westlichen Vorort. Früher war es ein Privatsanatorium gewesen, dann hatte der Nationale Gesundheitsdienst es als Entlastung für Glenside übernommen, die städtische Anstalt aus viktorianischer Zeit. Es gab mehrere Stationen für chronische Fälle, die für immer dablieben, es gab jedoch auch kleinere, zweistöckige Gebäude, in denen eine Vielzahl unterschiedlicher Fälle behandelt wurden, darunter auch ambulante Patienten, die zweimal wöchentlich zu einem Gespräch erschienen.

Die Klinik war nicht so groß, dass sich die Mitarbeiter von verschiedenen Stationen nicht treffen und über ihre Arbeit austauschen konnten. Die Assistenzärzte wechselten in regelmäßigen Abständen zwischen den Stationen, sodass die Verzweiflung, das ständig drohende Übel in diesem Beruf, nicht Fuß fassen konnte. Als Student durfte ich Beratungsgesprächen beiwohnen, deren Bandbreite vom Mädchen mit gebrochenem Herzen reichte, dem man helfen musste, den Glauben an sich selbst wiederzugewinnen, bis zum alten Mann, der überzeugt davon war, dass seine Gedanken vom elektrischen Strom auf der Clifton Suspension Bridge gesteuert und kontrolliert wurden. Man kann wirklich sagen, dass es eine interessante Arbeit war, und eine lehrreiche außerdem.

Ich durfte einige Fälle in der Psychotherapie selbst übernehmen, einzeln und in Gruppen. Mein Supervisor, ein genialer

Mann namens Mark Burgess, der auch in Nordafrika gedient hatte, gewährte mir die nötigen Freiheiten. »Hören Sie ihnen zu, Robert«, sagte er. »Erzählen Sie ihnen nichts. Hören Sie zu und benennen Sie weitere Fragen, die sie sich selbst stellen können. Die machen die Arbeit. Sie selbst helfen ihnen nur, den Weg zu finden.« Manchmal hatte ich den Verdacht, dass er diese Technik nur propagierte, um sicherzugehen, dass ich keinen Schaden anrichtete, sodass er mittags unbesorgt die Anstalt verlassen und Golf spielen konnte. Wie dem auch sei, es war ein guter Ratschlag; der Ansatz schien zu funktionieren, und ich wurde belohnt, indem sich der Zustand einiger Patienten besserte, bis zu dem Punkt, dass sie nicht länger zur Beratung erscheinen mussten. Ein junger Mann namens Stephen, der unter wiederkehrenden Panikattacken zu leiden gehabt hatte, sagte, seine Seele sei wie ein zugefrorener Fluss gewesen und jetzt sei endlich der Frühling da und bringe dicke Eisbrocken zum Schmelzen. Als er mir das sagte, leuchtete sein Gesicht, er glaubte fest daran, dass die Schneeschmelze unaufhaltsam sei.

Eine Zeit lang überlegte ich, meine Laufbahn in diese Richtung zu lenken. Die Gesprächstherapie schien jedoch ein erbittertes ideologisches Schlachtfeld zu sein, und ich hätte mich entscheiden müssen, welchem kleinen Gott ich folgen wollte: Perls, Freud, Adler, Jung … Jede dieser Schulen war von den eigenen Lehren überzeugt und verachtete die anderen; das war schlimmer als der Bürgerkrieg zwischen verschiedenen Arten von Marxisten. Und ich war der Meinung, die Patienten brauchten keinen Dogmatiker, sondern jemanden, der zuhören konnte.

Für einen immer noch ehrgeizigen jungen Mann stellte sich ein weiteres Problem: Natürlich waren die Patienten, denen schon Gespräche halfen, nicht die schwierigen Fälle. Die eigentliche Herausforderung waren die, die in früheren Generationen die Irren genannt worden waren: Leute, die tobten und brüllten. Im Lauf der Jahrhunderte hatte man ihnen freundlichere Namen gegeben, aber eine Therapie hatte man nicht gefunden.

Ich hielt mich selbst für furchtlos; ich hatte einen Krieg überlebt und gelernt, Granaten und Kugeln nicht zu fürchten – oder wenigstens, mit der Furcht zu leben. Es kam mir feige vor, sich für einen Nebenzweig zu entscheiden, wenn der einsame Gipfel menschlicher Krankheit seinen Schatten über diesen Beruf warf. Bisher hatte nicht ein Einziger diesen Gipfel erklommen, nur wenige hatten das Vorland betreten, aber junge Männer lassen sich vom Versagen ihrer Väter nicht abschrecken. Deshalb wechselte ich guten Mutes in eine der Stationen mit chronisch Kranken. Diese Stationen sehen alle mehr oder weniger gleich aus, und obwohl Epsom Wing in einem helleren Gebäude untergebracht war, ähnelte es durchaus der ersten solchen Station, in die ich damals in der Anstalt im Norden geschickt worden war und wo ich meinen sogenannten Erfolg mit dem dementen Reggie hatte.

Hatte Reggie mir den Schlüssel zu einem frühen Verständnis des Wahnsinns gegeben, so half ein Mann namens Diego mir, ihn im Schloss herumzudrehen. Diego war etwa vierzig, hatte dichtes, dunkles Lockenhaar und einen dunklen Teint. Er trug eine blaue Windjacke, deren Speckschichten den Kragen unter den Lampen im Tagesraum glänzen ließen. Er saß auf dem Boden, hatte als Ausdruck seiner Resignation die Arme um die Knie geschlungen und den Kopf gesenkt; er wirkte Schutz suchend und abwehrbereit, hatte aber die Hoffnung noch nicht aufgegeben. Seine Akte besagte, dass er in Vigo in Spanien geboren war, gab aber keine Auskunft darüber, wie er nach Bristol gekommen war; es hieß, dass er gutes Englisch sprach – wenn er sprach.

Diego war seit drei Jahren in der Klinik, die Diagnose hieß »Schizophrenie mit akuten auditiven Halluzinationen«. Bemerkenswert bei ihm war, dass es Abschnitte vollständiger Rückbildung gab. Die meisten Patienten mit seinem Krankheitsbild hatten akute und weniger akute Phasen, aber bei Diego gab es Zeiten, in denen er offensichtlich geheilt war: Er las nicht nur die Zeitung und sprach zusammenhängend, sondern bewies auch einiges Verständnis seiner eigenen Verfassung.

In den drei Monaten, die ich auf der Station war, ging es Diego sehr schlecht, er war in seine Trance verbissen, aber als ich dort aufhörte, bat ich meine Nachfolgerin, eine sehr hart arbeitende Frau namens Judith Wills, mich zu benachrichtigen, wenn er wieder einmal Anzeichen angeblicher Heilung zeigen sollte. Etwa sechs Wochen danach rief sie an und bat mich, herüberzukommen.

Sie führte mich in einen Nebenraum, wo Diego in einem Lehnstuhl saß. Ich hatte ihn bis dahin immer nur auf dem Boden sitzen sehen.

Ich reichte ihm meine Hand. »Dr. Hendricks«, sagte ich.

»Ich weiß«, sagte Diego. »Sie sind früher hier gewesen.«

»Ja. Ich war mir nicht sicher, ob Sie mich wahrgenommen haben.«

Ich bot ihm eine Zigarette an. Wir unterhielten uns etwa eine Stunde darüber, wie es ihm ging und wie er sich fühlte. Es gab Augenblicke, wo er deutliche Probleme hatte, sich zu konzentrieren, und ich nahm an, dass ihn die Stimmen ablenkten, die er hörte. Die meiste Zeit konnte er sich jedoch klar mitteilen: Er erzählte uns, dass er bald nach dem Krieg aus Spanien nach England gekommen war, weil beide Eltern in London im Gaststättengewerbe arbeiteten und ihm gesagt hatten, in diesem Bereich finde man leicht Arbeit. Er hatte dann selbst hier und dort als Kellner gearbeitet, konnte aber den Stimmen nicht widerstehen, die ihm sagten, was er zu tun hatte. Vieles von dem, was sie ihm einsagten, war harmlos, selten nur hatte es mit der Bedienung an den Tischen oder mit dem Abräumen zu tun.

Eines Tages, als ich anderswo Dienst tat, baute Diego mit Judiths Hilfe eine Versuchsanordnung auf, und am nächsten Morgen lud man mich ein, in einem Nebenzimmer an dem Experiment teilzunehmen. Zwei Stühle standen sich in der Mitte des Raums gegenüber. Hinter dem einen Stuhl standen zwei Tische mit jeweils drei Radios darauf. Die Skala reichte von einem kleinen Transistor bis zu einem wuchtigen Apparat, den sie nach langer Suche in der Klinik aufgetrieben hatten.

»Wir machen ein Rollenspiel«, sagte Judith. »Du bist jemand, der sich um eine Stelle als Kellner in einem Restaurant bewirbt. Diego ist der Chef und fragt dich aus.«

Obwohl das Konzept des »Psychodramas« in den Vereinigten Staaten schon lange gängig war, praktizierten wir es in Bristol nicht, und ich fühlte mich unbehaglich, weil es Diego so schlecht ging. Es stellte sich aber heraus, dass man mir den Part des Hauptdarstellers zugedacht hatte.

»Also gut«, sagte Judith. »Geh vor die Tür, warte einen Augenblick und dann klopf an. Wir wollen das hier ganz realistisch machen.«

Ich tat, was man mir gesagt hatte.

»Herein.«

Diego gab mir die Hand und deutete auf den Stuhl, auf den ich mich setzen sollte. Judith stand hinter mir. Ich hörte, wie sie zwei der sechs Radios einschaltete. Eins war auf das Hausprogramm eingestellt, und das zweite hörte sich nach einem Vortrag im Dritten Programm an.

»Von wo sind Sie heute angereist?«, fragte Diego.

»Nur aus Redland«, sagte ich.

»Verstehe. Haben Sie schon Erfahrungen in der Gastronomie?«

»Reichlich«, improvisierte ich. »Überwiegend in London.«

Die Stimmen aus den Radios wurden lauter, weil Judith an den Lautstärkereglern hantierte. Nach jeder Frage von Diego drehte sie sie ein wenig lauter, aber ich kam damit zurecht.

»Schenken Sie Wein von der rechten oder der linken Seite ein?«, fragte Diego.

Ich zögerte. Ein drittes Radio war eingeschaltet worden. »Von der rechten«, sagte ich.

Kurze Zeit später hörte ich sechs verschiedene Radiosender in meinem Rücken, einige davon in fremden Sprachen; im nächsten Moment hatte die Lautstärke ein solches Niveau erreicht, dass ich Diegos Fragen nicht mehr verstehen konnte.

»Bitte?«

»Ich habe gefragt«, wiederholte Diego, »wie heißt der Premierminister?«

»Winston Churchill.«

Er fragte noch etwas, aber selbst mit Lippenlesen konnte ich nicht herausfinden, um was es sich handelte. Die Radiostimmen waren mehr als störend, sie fingen an, mich aufzuregen.

»Was?«

»Ich habe gefragt, wie hieß der Premierminister davor?«

Ich konnte mich nicht länger konzentrieren. »Können wir jetzt mal diesen verdammten Krach abschalten?«, fragte ich.

Judith schaltete die Radios aus und zog einen Stuhl heran. Die Stille war ein Segen, aber ich fühlte mich nach diesem Vorfall nicht wohl in meiner Haut.

»Also«, sagte Diego schließlich, »wer war denn nun der Premierminister vor Churchill?«

»Clement Attlee.«

»Ja, aber eben haben Sie das nicht gewusst.«

»Ich konnte mich nicht konzentrieren«, sagte ich. »Die Stimmen waren zu laut.«

»Genau so ist das«, sagte Diego.

Ich sah Judith an, die die Brauen hochzog.

»Hören Sie im Augenblick Stimmen?«, fragte ich.

»Ja«, sagte Diego.

»Sind sie laut?«

»Etwa so wie das Radio vorhin am Anfang.«

»Wie viele sind es?«

Diego warf den Kopf zurück und horchte. »Zwei. Nein, drei.«

»Was sagen sie?«

»Ich will ihnen nicht zuhören, Doktor. Sie sind lauter als Ihre Stimme, und was sie sagen, ist ... wesentlicher. Entschuldigen Sie.«

»Schon in Ordnung. Gibt es irgendeinen Unterschied zwischen Ihren Stimmen und meiner? In der Art und Weise, wie Sie sie hören?«

»Nein. Das ist genau gleich.«

»Und wenn Ihre Krankheit sehr schlimm ist?«

»Dann sind sie so laut wie die Radios eben zum Schluss. Und sie kommandieren mich herum. Sie fluchen, sagen schlimme Dinge. Das ist nicht bloß ein Gespräch, wie eben bei Ihnen.«

Ich dachte einen Moment darüber nach.

Diego fragte mich: »Wissen Sie, dass Sie es in den letzten paar Minuten mit Lippenlesen versucht haben?«

»Tatsächlich? Nun, der Lärm war so groß, dass es meine einzige Chance war, Sie zu verstehen.«

»Genau so ist das.«

Ich sah Hilfe suchend Judith an.

»Also, Diego«, begann diese, »Sie sagen uns, dass es keinen Unterschied gibt zwischen den Stimmen, die Sie hören, wenn Sie allein sind, und den Stimmen von Dr. Hendricks und mir jetzt im Moment. Die Art des Hörens ist dieselbe.«

»Genau dieselbe. Überhaupt kein Unterschied.«

»Außer, dass kein anderer Mensch im Zimmer ist, wenn Sie allein sind«, sagte ich.

Diego nahm einen der Radioapparate und hielt ihn hoch. »In diesem Kasten sitzt kein Mensch«, sagte er. »Wollen Sie sagen, dass Sie daraus keine menschliche Stimme hören?«

»Nein«, sagte ich. »Ich habe sogar sechs gehört. Laut und deutlich.«

»Genau so ist es«, sagte Diego. »Und wenn die Stimmen Ihnen sehr laut befehlen, Sie sollen in die Stadt gehen und sich nackt an den Brunnen stellen, was machen Sie?«

»Ich vermute, ich würde hingehen. Damit sie nur endlich den Mund halten.«

»Natürlich gehen Sie hin. Und wenn Ihnen unterwegs jemand begegnet, der sagt, Sie sollen nicht gehen, dann hören Sie nicht auf ihn. Sie können ihn überhaupt nicht hören. Und so sieht mein Leben aus.«

Dieses Gespräch beschäftigte mich wochenlang. Unter anderem ging mir einfach nicht aus dem Kopf, wie sehr Diegos Erfahrung der von Hesekiel, Amos und Johannes dem Täufer glich: Männer, die von göttlichen Stimmen »geplagt« wurden, auf die ihre Führer schon lange nicht mehr hörten. Die frühen Israeliten hatten solche Menschen als Boten Gottes angesehen; spätere Generationen schickten sie in die Wüste. Wir steckten sie in die hintersten Winkel unserer Provinzirrenhäuser.

Wie ich Donald Sidwell vor vielen Jahren im College erklärt

hatte, gibt es keinen Geist, sondern nur Materie. Aber wie physisch Wahnsinn sich äußern kann, hatte ich vor Diego nicht begriffen.

Ich wusste, dass beim Hören bestimmte Regionen in beiden Gehirnhälften aktiviert wurden, die vom Gehörnerv gefüttert wurden; seitdem stellte ich mir das so vor, als würden die elektrischen Kerzen an einem Weihnachtsbaum eingeschaltet. Und das passierte auch in Diegos Gehirn. Er hörte. Der einzige Unterschied bestand darin, dass der Strom, mit dem die Weihnachtsbaumkerzen eingeschaltet wurden, nicht vom Gehörnerv gespeist wurde, sondern von einer anderen Quelle. Na und?

Was Diego mich lehrte, war dies: dass Menschen mit seinem Leiden sich Dinge nicht »einbildeten«, sondern dass sie sie am eigenen Leib erfuhren. Er »dachte nicht«, dass er »Stimmen hörte«, er hörte Stimmen. Die Tatsache, dass die Tonquellen nicht aus der Schwingungsmembran und dem Kehlkopf eines Menschen in der Nähe kamen, spielte keine Rolle.

Judith Wills stimmte mir zu. »Die Frage ist doch vor allem, ob die Stimmen ihn quälen«, sagte sie. »Ob er uns um Hilfe bittet oder nicht.«

»Was, wenn sie sein Gewissen oder das seiner Eltern repräsentieren? Wir alle stützen uns auf Rat von außen. Ob wir diesen Rat nun ›einholen‹ oder ihn ›hören‹, ist unerheblich. Man hätte kein Recht, uns den Zugang dazu zu verwehren.«

Judith sah mich streng an. »Willst du sagen, es ist sein Gewissen oder seine verstorbene Mutter, die ihm gesagt hat, er soll sich nackt an den Brunnen in der Stadt stellen?«

»Nein, nicht buchstäblich. Aber ich halte es für unwahrscheinlich, dass eine Stimme oder das, was sie sagt, in ihm entstehen kann und nicht durch etwas geformt ist, was er kennt. Wahrscheinlich entspringt sie doch der eigenen Erfahrung. Auf der verbalen Ebene soll das heißen, dass er Wörter und Sätze gebraucht, die er kennt.«

»Wir sollten ihn selbst fragen.«

»Und wir sollten vorsichtig prüfen, ob und wie weit wir eingreifen. Es geht hier nicht darum, eine Wunde zu vernähen. Es geht eher darum, zu rekonstruieren, wer und was Diego ist.«

Zu diesem Zeitpunkt war der Gedanke an ein therapeutisches Eingreifen hypothetisch, denn damals besaßen wir gar keine Mittel, um das, was in Diegos Gehirn geschah, zu verändern oder gar aufzuhalten. Ich hatte Berichte über ein in Frankreich entwickeltes Medikament gelesen, das gegen einige der schrillsten Halluzinationen unempfindlich zu machen schien, aber für Patienten wie Diego gab es nur wenig im Angebot. Man konnte sie mit Insulin in ein tiefes Koma versetzen. Unter Lokalanästhesie konnte man mit einer kleinen Metallsonde durch die Augenhöhle ins Vorderhirn eindringen und einige Stränge stilllegen. Für einen Chirurgen war die Lobotomie eine Routineoperation, und sie machte den Patienten fügsamer, aber in keinem einzigen Fall, den ich verfolgt hatte, »besserte« sie seinen Zustand oder heilte ihn.

Oder man konnte mit ihnen sprechen, wie ich es mit Reggie getan hatte; man konnte sich mit ihrem Leben beschäftigen und es zu verstehen versuchen. Dies war das Vorgehen, das ich zu dem Zeitpunkt befürwortete, nicht nur, weil es mit dem geringsten Risiko verbunden war, sondern auch, weil ich der Idee anhing, dass jeder Patient ein Individuum ist und dass der Inhalt seiner Wahnvorstellungen vermutlich durch seine eigenen Erfahrungen geformt worden ist.

Die große Aufgabe bestand darin, diesen Aspekt mit der Lektion in Einklang zu bringen, die ich bei Diego gelernt hatte: dass die Voraussetzungen so biologisch erschienen. Tuberkulosepatienten waren Individuen, aber das Bakterium rief in den allermeisten Fällen annähernd die gleichen Symptome hervor. Ähnlich war es auch bei Diego. Nahm man die Millionen unterschiedlicher Erfahrungen bei allen Patienten und die Milliarden Auswirkungen, die diese Erfahrungen im Zusammenspiel hätten haben können, dann war es bei Leuten mit Diegos Problem doch umso bemerkenswerter, dass ihr Leiden fast immer ein ähnliches Muster hatte. Wenn wir einen leidenden Patienten zu zweit untersuchten, den ein Allgemeinmediziner überwiesen hatte, kam immer der Moment, wo wir uns einen Blick zuwarfen, der sagte: »Da haben wir's.« Ein vertrautes Muster war sichtbar geworden, und man wusste, was als Nächstes kommen würde.

Mit diesen Widersprüchen schlug ich mich viele Abende lang herum, sprach manchmal mit Judith Wills darüber und manchmal mit mir selbst in meinem Büro. Trotz aller Ähnlichkeiten: Die Stimmen, die zu einem Universitätsprofessor sprachen, sagten andere Dinge als die, die auf einen Tiefbauarbeiter einredeten; ich war der Ansicht, dieses Faktum könne man nicht einfach beiseitewischen.

In jener Zeit, in den frühen Fünfzigerjahren, waren gerade die Tafeln mit der Linearschrift B in Knossos entschlüsselt worden, über die man sich ein halbes Jahrhundert lang das Hirn zermartert hatte. Auch hier hatte es einen Moment gegeben, wo deutlich wurde, dass selbst die besten Wissenschaftler etwas übersehen hatten. Sie hatten Jahre mit der Annahme verbracht, dass die Basissprache des Codes das klassische oder attische Griechisch war, der Welt durch die griechische Literatur bestens bekannt. Aber es war nicht so; es handelte sich um eine ältere Sprache. Und Michael Ventris, ein Mann, der sechs Jahre jünger als ich war und bei der Royal Air Force im Oberkommando der Bomberflotte als Navigator gedient hatte, knackte den

Code, indem er der vagen Vermutung nachging, dass einige der Symbolverbindungen auf den Tafeln auf kretische Orte hinwiesen. Heureka! – Wie die Griechen späterer Zeiten ausgerufen hätten.

Die Arbeit solcher Leute ermutigte mich, wie sie auch andere aus meinem Fach ermutigte, wenn wir uns unseren Weg über die Flure der Anstalt bahnten, inmitten des Heulens und Schreiens und der zuknallenden Türen, und auf den Moment der Erleuchtung warteten.

Zu anderen Zeiten, wenn ich mit dem letzten Bus erschöpft nach Hause in mein Zimmer in Redland fuhr und dort mein Käsesandwich vorfand, hatte ich einfach nur das Gefühl, meine Denkfähigkeit zu verschleißen.

Nach der Zeit in Bristol verhalf mir meine Bereitschaft, mich mit unheilbaren Fällen zu beschäftigen und auf einem Feld zu arbeiten, das keine Erfolge versprach, zu beruflichem Aufstieg. 1961 wurde mir die Stelle als Leiter der Station für chronische Fälle an einem großen Krankenhaus bei Birmingham angeboten. Ich war erschüttert, als ich entdeckte, dass mehr als die Hälfte der Patienten schon dort auf die Welt gekommen war. Ein alter Mann lebte seit dem neunzehnten Jahrhundert dort. Soweit ich das einschätzen konnte, hatte er gar nichts, aber es war längst zu spät, ihn in die Welt hinauszuschicken. Sein Leben hatte sich im Schatten viktorianischer Backsteinbauten und verschlossener Türen selbst verzehrt. Ein Feuerwerk, das in einem Wald abgebrannt wurde und das niemand sah.

Mein Vorgesetzter war ein Londoner namens Simon Nash. Er war groß, hatte braunes, lockiges Haar und trug eine Brille und Krawatten mit geometrischem Muster. Zu Anfang fand ich ihn unerträglich förmlich, aber nach einigen Wochen entdeckte ich erste subversive Züge an ihm. Wie ich selbst stand er den üblichen Behandlungsmethoden skeptisch gegenüber und wollte die Patienten nicht einfach mit Medikamenten vollstopfen und ruhigstellen. Er wollte interessantere Dinge ausprobieren, und sei es zu seinem eigenen Vergnügen. Zu jener Zeit begann der Nationale Gesundheitsdienst nach der Euphorie des ersten Jahrzehnts leise zu bezweifeln, ob er sein Geld auf vernünftige Weise ausgab, und Simon gelang es, Gelder für ein Forschungsprojekt aufzutreiben.

Es ging um Vererbung. Wenn ein Elternteil verrückt war, erhöhte sich die Wahrscheinlichkeit, dass man selbst verrückt wurde. Auch wenn man einen verrückten Großvater hatte, schien das keine gute Prognose zu sein. Simon schlug vor, Tests mit Zwillingen durchzuführen. Sie führten zu dem nicht weiter überraschenden Ergebnis, dass es das eigene Risiko, verrückt zu werden, massiv erhöhte, wenn man einen verrückten Zwillingsbruder hatte – mit stärkerer Tendenz bei eineiigen Zwillingen als bei zweieiigen. Es kam jedoch durchaus vor, dass ein eineiiger Zwilling ernsthaft erkrankte und der andere davonkam, und hier berührte unser Forschungsansatz andere Untersuchungen, die zu dem Schluss kamen, dass mehr im Spiel war als nur Vererbung. Der zusätzliche Faktor schien »milieubedingt« zu sein – ein Wort, das ich nie recht zutreffend für eine Lebenserfahrung fand, deren wichtigster Aspekt der Konsum von Drogen und Alkohol war.

Unsere Studie hatte den grässlichen Titel »Psychose und Vererblichkeit bei monozygotischen und dizygotischen Zwillingen: Eine Langzeitstudie in Warwickshire und vier anderen englischen Grafschaften 1962/63«. Ich wies darauf hin, dass es sich natürlich nicht um eine echte »Langzeitstudie« handelte, weil wir diese Leute nicht über einen langen Zeitraum immer wieder aufgesucht, sondern uns auf ihre Aussagen und die ihrer Eltern gestützt hatten. »Stimmt«, sagte Simon, »aber ich glaube, dass der Untertitel ›ein anekdotischer Bericht‹ dem Ganzen nicht genug Gewicht gäbe, was meinst du?«

Es gab noch ein gravierenderes Problem, aber ich fand nie den Mut, mit dem guten Nash darüber zu sprechen. Ich war mir ziemlich sicher, dass die meisten der sogenannten eineiigen Zwillinge gar keine waren. Sie waren zweieiige, die jedoch gleich aussahen; aber 1963 gab es keine Möglichkeit, das ohne großen Zeitaufwand nachzuweisen. Ich hielt es für besser, nichts zu sagen. Und insgeheim freute mich der Gedanke, dass wir nicht Sklaven der Vererbung waren, sondern Möglichkeiten im Leben ergreifen konnten, also stimmte ich der These von den »umweltbedingten Faktoren« gern zu.

Glücklicher fühlte ich mich im Jahr darauf mit der Veröffentlichung eines Artikels, den ich allein geschrieben hatte. Er hieß »Rex und Antonio: ihren Stimmen zuhören«. Er hatte einen medizinischen Untertitel, aber im Wesentlichen erzählte ich darin die Geschichte von Reggie und Diego. Das Wort »zuhören« bezog sich hier auf beides: auf das, was die Patienten erlitten, und auf das, was die Ärzte tun sollten. Eine Publikumszeitschrift kaufte den Artikel der wissenschaftlichen Zeitschrift ab, in der er zuerst erschienen war; sie kürzten ihn um einige sehr fachmedizinische Passagen und zahlten mir fünf Guineen für die Nachdruckrechte.

Zwei Wochen danach bekam ich einen Brief von meiner ehemaligen Bristoler Kollegin Judith Wills. Sie war von ihrer Arbeit frustriert und schlug vor, ein vollkommen anders geartetes Behandlungszentrum aufzubauen, in dem es keine Regeln, keine Hierarchie und, wie ich es verstand, kaum Unterschiede zwischen Arzt und Patient geben würde. Ein Haus dafür hatte sie schon gefunden, eine leer stehende ehemalige Keksfabrik in Bristol, und ein Zuschuss von der örtlichen Gesundheitsbehörde war ihr ebenfalls zugesagt worden. Außerdem rechnete sie mit finanzieller Unterstützung von einem Privatmann, dessen Sohn mit zwanzig Jahren erkrankt war. Sie fragte mich, ob ich als »gleichberechtigter Leiter« hinzukommen wollte. Ich schrieb ihr, das würde ich tun, sobald ich meine Kündigungsfrist abgearbeitet hätte.

Die Biscuit Factory, wie das ganze Projekt bald hieß, stand in Bedminster, einem Bezirk auf dem Südufer des Flusses, den die Luftwaffe bombardiert hatte. Viele der Einwohner waren anderswo hingezogen, und heute war die Gegend ein Wirrwarr aus zerstörten Häusern und schnell hochgezogenen Neubauten. Es herrschte eine Stimmung tief sitzenden Schocks neben zaghaft sprießender Hoffnung – genau passend, sagte Judith, für ein Psychiatrieprojekt.

Mann, wie unterschied sich das von den herkömmlichen Nervenkliniken! Im Obergeschoss richteten wir Schlafräume mit drei oder vier Betten ein, wobei die Tür zwischen dem männlichen und dem weiblichen Trakt nicht verschlossen war und sich auf beiden Seiten Duschräume befanden. Unten gab es eine Küche mit langen Tischen aus Kiefernholz. Obwohl immer ein Koch oder eine Köchin da war, wurden die Patienten dazu angeregt, sich ihre Mahlzeiten selbst zuzubereiten; die Rotation der Köche schloss auch die Ärzte ein, was für mich eine Herausforderung bedeutete, da ich aus einer Generation kam, in der Männer von ihren Müttern, der Armee oder ihren Vermieterinnen beköstigt wurden.

Es gab darüber hinaus viel Platz für Gemeinschaftsräume, zwei Tischtennisplatten und jede Menge Bälle, die ein ortsansässiger Apotheker stiftete, der gern mit uns ins Geschäft kommen wollte. Wir hofften, dass der größte Teil der Therapie gemeinschaftlich stattfinden könne, und ich war neugierig, ob ich einige der gruppentherapeutischen Erfolge aus Silverglades wiederholen könnte. Unsere Arbeit mit zwei Tonbandgeräten, auf denen wir die Erzählungen der Patienten aufnahmen und später nachhörten, überzeugte uns immer mehr davon, dass der Schlüssel nicht in den »Symptomen« zu finden war, sondern in den Geschichten.

Wie in unserem Bereich der Medizin so üblich, gab es nie einen Patientenmangel. Wir wollten diejenigen aufnehmen, bei denen das System versagt hatte, aber kein Refugium für gewalttätige oder asoziale Menschen werden. Nach einem halben Jahr konnte ich Simon Nash davon überzeugen, dass es seiner Karriere nur guttun könnte, wenn er ein Jahr bei uns mitarbeitete. Ich wies ihn darauf hin, dass wir in unserer Disziplin eine Zeit intellektueller Neugier und Umwälzungen erlebten und dass er an vorderster Front dabei sein könne. Er kam als stellvertretender Direktor, und sein Humor machte ihn bei den Patienten beliebt: Zwar verstanden nur wenige die Absichten, die hinter seinen Rollenspielen und Psychodramen standen, aber er schien sie zum Lachen zu bringen und mit Hoffnung zu erfüllen.

Judith Wills musste von Nashs Qualitäten erst überzeugt werden, lenkte aber schnell ein, als ich ihr seine Essays zeigte. Judith selbst hatte einen aufgeschlossenen Intellekt, war aber von unbeugsamer Entschlossenheit: Sie konnte die Raserei selbst großer Kerle durch ihre bloße physische Anwesenheit stoppen. Was sie antrieb, war ein offensichtliches, unerschöpfliches Mitgefühl für alle, die durch Vererbung, gesellschaftliche Verhältnisse oder pures Unglück zerbrochen waren; wenn sie aber zu vertraulich mit ihr wurden, konnte sie sie mit einem einzigen

Wort abblitzen lassen. Selbst in der freien Atmosphäre der Biscuit Factory war Disziplin die Grundlage ihrer Güte.

Sie kam jeden Morgen um halb acht; hübsch angezogen mit Tweedrock und lässigem Sweater, schlanke Figur, etwa mein Alter, mit kurz geschnittenem Haar und einer Brille mit dicken Gläsern. Sie war das Produkt eines furchterregend aufstiegsorientierten Bildungsinstituts nur für Frauen, und wäre es anders gelaufen, hätte sie sehr gut selbst ein solches Blaustrumpf-College leiten können. Aber sie besaß auch Humor, und sie wollte Dinge verändern. Wie wir alle hing sie der berauschenden Überzeugung an, dass wir vielleicht wirklich etwas besser machen konnten als unsere Eltern und dass viele Dinge, die sie als unveränderlich hingenommen hatten, in Wirklichkeit geändert werden konnten.

Diese berauschende Überzeugung war damals weit verbreitet; wohin man sich auch wandte, schien man ein Echo davon wahrzunehmen, nicht nur in der Medizin oder in der Wissenschaft, sondern auch in der Poesie, im Theater und in der Musik. Dieser Aufbruch war zweifellos mit durch den Krieg hervorgerufen, für den wir – obwohl wir seine Soldaten waren – unsere Eltern verantwortlich machten. Unsere Generation würde den Fehler nicht wiederholen. Es würden keine Menschen mehr in Nervenkliniken geboren und dort im Stich gelassen werden. Es würde keine Gummizellen und keine Zwangsjacken mehr geben, seien sie nun aus Segeltuch oder aus Barbituraten gemacht, es würde keine Lobotomien mehr geben. Jeder Patient war ein Individuum, dessen Geschichte wir unseren Respekt zollten. Es würde keine Pauschaldiagnosen voller langer und verunstalteter griechischer Ausdrücke mehr geben. Wir verdammten den Begriff »Schizophrenie«, der eine falsche Vorstellung von dem gemeinten Zustand gab, indem er das Bild eines »gespaltenen

Selbst« entwarf, worunter der Laie sich dann jemanden »mit zwei Persönlichkeiten« vorstellte. (Ich war froh, als ich irgendwo las, dass Eugen Bleuler, der Mann, der den Namen erfunden hatte, als Arzt besser war als bei der Begriffsbildung.) Nash erzählte uns von einem Bekannten, der ein Haus in Bristol und eine Wochenendwohnung in Weston-super-Mare hatte und von sich selbst sagte, er lebe »schizophren«. Simon bot an, ihm eine geschlossene Station in Glenside zu zeigen, damit er sehen könne, wie ein schizophrenes Leben wirklich aussah.

Mit Ende vierzig war ich eigentlich zu alt, um an dem neuen Idealismus teilzuhaben. Es steckte etwas Kindliches darin, dessen ich mir damals durchaus bewusst war. Ebenso wusste ich, dass meine eigenen Kindheitsjahre mein Bedürfnis zu spielen nicht gestillt hatten: Ich war nicht oft auf Bäume geklettert oder hatte mit anderen Kindern gezeltet. Die unwiederbringlichen Jahre meiner Zwanziger hatte ich in Uniform damit zugebracht, in fremden Ländern Männer zu töten, die ich gar nicht kannte.

Als sei das noch nicht genug, stellten sich die eineinhalb Jahrzehnte nach dem Krieg zumindest in England als eine freudlose Zeit dar, an deren Horizont immer eine Bedrohung lauerte. Ich kam nicht darüber hinweg, dass eine Atombombe den Krieg in Japan beendet hatte, auch wenn ich erleichtert war, dass er zu Ende war; ich versuchte, den Gedanken an die brennenden Papierhäuser zu verdrängen. Was in dem neuen Kalten Krieg eigentlich geschah, war mir nicht recht verständlich, in der öffentlichen Debatte aber herrschte ein pessimistischer Ton vor, besonders im Fernsehen, wo Professoren mit Trauermienen an ihren Pfeifen nuckelten. Ich kannte Leute, die der Kommunistischen Partei nicht angehörten, weil sie an die Idee glaubten – wie auch, nach allem, was inzwischen bekannt geworden war –, sondern weil sie befürchteten, mit einem Parteiaustritt ihre

Hoffnungen auf eine bessere Welt zu vergraben. Es sagt einiges über diese Zeit aus, dass manche Stalin für das geringste Übel hielten.

Es war nicht sonderlich erstaunlich, dass ich in diesem neuen Jahrzehnt für unser großes Projekt in dem Haus mit dem merkwürdigen Namen alles zu geben bereit war (Simon sagte, ihm liege dauernd ein billiger Witz über Nüsse und Kekse auf der Zunge, aber zu seiner eigenen Verwunderung bekomme er ihn nicht zusammen). Die Biscuit Factory würde die Welt und unseren Blick auf die Welt verändern. Wenn wir genau herausfänden, was in den Köpfen des einen Prozents der Menschen schiefgelaufen war, die kaputt waren, dann konnten wir nicht nur diesen helfen, sondern im Gefolge auch sehr viel über die anderen neunundneunzig Prozent erfahren. Wenn Physiker eine neue Substanz testen, argumentierte Judith, lehnen sie sich nicht zurück und machen Fotos und sehen staunend zu; sie setzen sie extremen Belastungen aus, vermischen und vermengen sie und bestimmen ihre Gefriertemperatur. In der Biscuit Factory sahen wir uns nicht einfach als Ärzte – wir meinten, dass wir den Siedepunkt dieser immer noch jungen Kreatur, des Homo sapiens, bestimmen würden. Selbst in so beschwingten Momenten glaubten wir nicht, dass wir allein auf der Welt seien. Wir wussten von verschiedenen Projekten in den Vereinigten Staaten und wenigstens zwei experimentellen »Kommunen« in England; wir lasen darüber und wünschten ihnen alles Gute, studierten ihre Ergebnisse aber nicht zu gründlich aus Furcht, beeinflusst oder gar entmutigt zu werden. Wir sahen uns selbst als vorgeschobenen Posten in einer Versuchslandschaft (der Frontzipfel bei Anzio kam mir wieder in den Sinn), waren uns aber gewiss, dass eine ganze Division auf unserer Seite kämpfte.

Diese Arbeit gab mir endlich den Glauben an meine Möglichkeiten zurück, den ich zuvor verloren hatte. Die Rückschläge, die wir erlebten, blockierten mich nicht. Ich rieb mich damit auf, Menschen zu helfen, die sich selbst besudelten, und hielt mir dabei die Nase zu; ich sprach bis tief in die Nacht mit einer Frau mit zerzausten Haaren, die einer der schlimmsten Fälle unheilbaren Wahnsinns gewesen sein dürfte, die ich kannte, ständig ausgelaugt durch die Sorge um ihre vier Kinder, die es gar nicht gab. Ich schaffte das alles, weil ich wusste, dass meine Kollegen dasselbe getan hätten – denn in Wills und Nash hatte ich Menschen gefunden, deren Energie und deren Begabungen meinen Ambitionen durchaus entsprachen.

Glücklicherweise konnte ich wieder in meinem alten Zimmer in Redland wohnen. Mrs. Devaney hatte es in der Zwischenzeit an einige andere »Herren« vermietet, aber der letzte war gerade ausgezogen. Simon schlug vor, wir sollten alle zusammen in der Biscuit Factory wohnen, aber ich wusste, dass ich Zeit für mich selbst brauchte.

Manchmal ging ich auf Partys oder Versammlungen. Wenn ich den Leuten erzählte, womit ich meinen Lebensunterhalt verdiente, setzten sie in der Regel bestürzte Mienen auf. Die Gründe dafür lagen auf der Hand, meine ich. Erstens fanden sie verrückte Menschen abstoßend und verstörend. Zweitens hatten sie Sorge, dass diese Krankheiten irgendwie ansteckend sein könnten, dass man, wenn man viel Zeit mit Verrückten verbrachte, sich mit Psychose »infizieren« könnte. Und ich nehme an, sie wussten nicht genau, ob dies nun »echte« Krankheiten waren oder ob sie »nur im Kopf« existierten.

Geduldig erklärte ich ihnen, dass das Gegenteil von echt »unecht« war. Und das Gegenstück zu »nur im Kopf« müsste dann »nur im Körper« heißen. Dann versuchte ich zu erklären, dass dieser zweite Gegensatz ebenso falsch war, weil der »Kopf« auch nur die Funktion eines körperlichen Organs hatte, des Gehirns. An dieser Stelle erblickten die Menschen meistens am anderen Ende des Raums jemanden, den sie kannten, oder schlurften davon, »um einen Aschenbecher zu suchen«. Blieb jemand, so versuchte ich, es anders zu sagen. Soweit man wusste, war in allen Bevölkerungen der Welt einer von hundert verrückt (der Einfachheit halber behielt ich dieses Wort bei). Bei keinem anderen Lebewesen war das der Fall. Wenn man einen Hund misshandelte, wurde er bösartig, aber das war etwas anderes; und das galt auch bei Menschen, wie die hohe Anzahl junger Männer in Erziehungsanstalten anzeigte, die in ihrer Kindheit fast ausnahmslos geschlagen worden waren. Aber es war nicht so, dass eine von hundert Kühen, die ein normales Leben führte, in dem Augenblick, als sie erwachsen wurde, plötzlich die Stimmen nicht existenter Kühe hörte, wenn sie allein auf der Weide stand. Schon der Biologiestudent im ersten Semester lernte, dass es einstmals einen Vorteil im Überlebenskampf bedeutet haben musste, wenn solch eine Eigentümlichkeit in den Genen überdauert hatte. Da Menschen die einzige Gattung waren, bei denen das der Fall war, könnte uns diese genetische Markierung – vorausgesetzt, wir identifizierten sie – vielleicht auch helfen, zu verstehen, was die Menschen so verschiedenartig machte, so einzigartig. War das nicht ein hinreichend interessantes Projekt, an dem man weiter arbeiten sollte: das Geheimnis unseres Wesens entschlüsseln?

Ich konnte niemanden davon überzeugen, dass es so war. Um mir das ganze Theater zu ersparen, erzählte ich deshalb oft, ich sei Allgemeinmediziner. Das schienen die Leute weniger abschreckend zu finden, und ich selbst konnte in Ruhe etwas trinken und mich unverfänglichen Flirts hingeben. Simon Nash sagte mir, wenn er nicht dazu aufgelegt sei, erzähle er den Leuten einfach, er arbeite in einem Supermarkt irgendwo in der Stadt.

Nach einem Jahr veröffentlichten wir einen Artikel, der eine Art Manifest unseres Projekts darstellte. Es war betitelt: »Wer ist hier der ›Verrückte‹?« Der Schwerpunkt lag auf der Geschichte der Patientin Elsie A., die zwanzig Jahre lang in Glenside gewesen war und einen Großteil dieser Zeit hockend unter einem Tisch verbracht hatte. Dann war sie in die Biscuit Factory gekommen. Simon Nash hatte sie behandelt und berichtete nun, wie er sich mit ihrer Geschichte beschäftigt und gelernt hatte, ihre körperlichen Signale richtig »zu lesen«.

»Du beschreibst sie wie eine Schimpansin«, sagte ich.

»Sie ähnelt sehr einer Schimpansin«, antwortete Simon. »Worte haben sie nicht erreicht. Sie ist in ihrer Gattung nicht glücklich, also ist sie zur Familie zurückgekehrt.«

Solche Sachen äußerte er oft. Ich wusste nie zu sagen, ob sie nun klug waren oder einfach absurd, aber seine Antwort war schnell gekommen, und mit einer so groben Bemerkung meinerseits konnte er kaum gerechnet haben.

Simons Fixpunkt war der evolutionäre Aspekt, den er auch hier ins Zentrum rückte. Das war ziemlich spekulativer Stoff, denn damals fehlten der genetischen Wissenschaft noch wichtige grundsätzliche Informationen. Ich verfasste unterdessen eine Charakteristik der herkömmlichen Behandlungsmethoden und erklärte, warum sie versagt hatten; Judith schrieb ein Vorwort zu dem Essay, in dem sie unsere klinischen Praktiken und Vorsichtsmaßnahmen darlegte. Jeder arbeitete auch die Teile der anderen durch, und am Ende hatten wir einen Text zusammen, der uns allen gefiel. Das örtliche Fernsehen schickte einen Reporter, und unser Aufsatz erlangte in interessierten Kreisen eine gewisse Berühmtheit. Wills, Hendricks und Nash, sagte man, das klinge wie eine Anwaltskanzlei – wenngleich ein Rezensent in einer der wissenschaftlichen Beilagen schrieb, es sei »nicht die Sozietät, der ich in naher Zukunft meine Angelegenheiten anvertrauen würde«.

Auf diese Weise ging die Arbeit der Biscuit Factory weiter, in einer Atmosphäre zwischen Shortbread und Butterkeks, mit vielen nächtlichen »Vorfällen«, Auseinandersetzungen, Beschwerden aus der Nachbarschaft, weglaufenden Patienten, Partys, eingeschmuggeltem Alkohol, Besuchen von der Polizei – aber ohne ernsthafte Schäden und Katastrophen. Die Patienten schienen glücklicher zu sein als zuvor. Keiner von ihnen wurde geheilt, soweit ich weiß. Bei einigen trat eine »Besserung« ein. Und diese Letzteren bildeten die kleine Gruppe, die uns in jener großartigen Zeit voller Hoffnung vorantrieb.

Es lag auch an dem Widerstand, der mir im gesellschaftlichen Umgang entgegenschlug, wenn ich über unsere Arbeit sprach, dass mir der Gedanke kam, es sei vielleicht besser, zu schreiben, statt zu reden, wenn ich andere erreichen wollte. Nach meinem Artikel über Reggie und Diego wurde ich gebeten, einige Bücher zu rezensieren, und eine andere Publikumszeitschrift fragte an, ob ich einen Artikel über Freuds Erbe beisteuern wolle. Der Redakteur schmeichelte mir, indem er schrieb, mein Stil sei »lesbar« und »nicht zu akademisch«.

Wenn ich abends keinen Dienst hatte, machte ich mir Notizen für ein eigenes Buch. Ich wollte vermeiden, dass der nervtötende Klang von Begriffen wie »Gesundheitswesen« eine größere Leserschaft von vornherein abschreckte; ich wollte, um den schwungvollen Jargon der Zeit zu benutzen, ein »interkulturelles« Buch schreiben; ich wollte einen Verkaufserfolg. Wir drei kamen überein, dass ich dafür ein Forschungsjahr nehmen sollte; der Abglanz, der auf die Biscuit Factory fiele – wie Judith es sehr freundlich formulierte –, wäre Lohn genug, um meine Abwesenheit zu rechtfertigen.

## ZEHNTES KAPITEL

Für die Dauer meiner Reise nach Northumberland zu Richard Varian hatte ich Max bei Mrs. Gomez gelassen. Wie üblich hatten ihn Tapas und Fernsehen träge und fett gemacht, also nahm ich den Rückweg über die Wormwood Scrubs, damit er sich das Fett wieder abrennen konnte. Ich versuchte, ihn zum Spiel mit anderen Hunden zu animieren; es gab da einen grauen Zwergwindhund, der ständig im Kreis lief und ohne Erfolg versuchte, Max zur Jagd auf ihn anzustacheln; ich warf einen Stock, und Max verfolgte höflich seinen Flug durch die Luft und seine Landung auf dem Boden, als befriedige es ihn, dass die Gesetze der Schwerkraft immer noch Gültigkeit hatten. Schließlich gingen wir an den Männern mit ihren ferngesteuerten Modellflugzeugen vorbei und machten uns auf den Heimweg.

Es hatte mich ein wenig durcheinandergebracht, Richard Varian nach so langer Zeit wiederzusehen. Natürlich hatte ich in all den Jahren dann und wann an ihn gedacht; einmal hatte ich seinen Namen sogar in der Zeitung gelesen, als er zum Colonel of the Regiment ernannt wurde. Ansonsten war er so weit weg wie die Jungen und Mädchen, mit denen ich die Dorfschule besucht hatte: Ich ging davon aus, dass sie irgendwie und irgendwo lebten, aber sie schienen von meiner Person durch einen mehr als nur zeitlichen Abgrund getrennt zu sein. Sie hätten ebenso gut tot sein können.

Ich hatte mich oft gefragt, warum ich zu den frühen Phasen meiner Existenz so wenig Zugang hatte. Irgendwann schien es eine Wasserscheide gegeben zu haben, aber ich hatte keine Ahnung, worum es sich handelte und wann das gewesen sein könnte. In meinen Dreißigern und Vierzigern berichteten mir die Rundbriefe aus meinem alten College von einer Welt, die sich nicht verändert hatte; man lud mich in der Weihnachtszeit zum gemeinsamen Singen ein, zu »informellen Drinks« in London oder zur Wallace-Memorial-Vorlesung in Old Hall. Mir sagten all diese Unternehmungen nichts, als seien die Menschen, die daran teilnahmen, unaufrichtig. Ich spürte, dass es mal eine Welt gegeben hatte, in der diese Dinge authentisch waren, in der man in die Kirche ging, sich bei Shell um eine Stelle bewarb, heiratete und Kinder bekam, aber all das konnte man heute nur noch unter Vorbehalt tun, gewissermaßen als Zitat oder Anspielung.

Dieses Gefühl des Abgespaltenseins von der authentischen Welt resultierte nicht aus einem Kriegstrauma; es hatte angefangen, als ich Student war. Schon im Studium beschlich mich das Gefühl, dass meine Kindheit jemand anderem gehört hatte. Und weil es ein solch klares Gefühl von Vorher und Nachher gab, habe ich immer angenommen, es müsse eine Krise gegeben haben, deren Charakter mir verborgen geblieben war, vielleicht aus guten Gründen. In den Tagen nach meiner Rückkehr aus Northumberland kam mir jedoch der Gedanke, dass diese Veränderung vielleicht nicht auf ein einziges Ereignis zurückzuführen war. Veränderung kann auch das Ergebnis einer Kumulation von Vorgängen über einen längeren Zeitraum sein, die man nicht wahrnimmt, bis die kritische Masse erreicht ist: Man denke an den Apfel, der vom Baum fällt. Möglich, dass das Gefühl der Abspaltung und die Unfähigkeit, Dinge mit Ernsthaftigkeit zu tun, nur ein Symptom dafür waren, erwachsen zu werden. Aber ich müsste doch herausfinden, ob dieses Gefühl universell war, weit verbreitet oder im Gegenteil selten, und wenn selten, ob es krankhaft war. Es gehörte zu meinem Beruf, so etwas zu wissen.

In der Woche darauf erhielt ich einen Brief von Pereira, in dem er sich erkundigte, ob ich Richard Varian besucht hätte, und wenn ja, wie es gewesen sei. »Gesundheitlich geht es mir ziemlich gut, der Sensenmann lauert zwar, kommt aber noch nicht näher«, schrieb er, »und es würde mich freuen, Sie wiederzusehen, wenn Sie es lohnend finden, ein paar Tage hier zu verbringen. Zurzeit haben wir sehr schönes Herbstwetter, und es soll so bleiben. Ich habe in meinen Tagebüchern noch ein paar kleinere Stellen gefunden, die Ihren Vater betreffen, nichts Sensationelles, aber es könnte Sie interessieren. Ich weiß, dass Céline sich freuen würde, Sie wiederzusehen, und das gilt auch für Paulette – die in letzter Zeit ganz hervorragend gekocht hat.«

Ich lachte, als ich den Brief beiseitelegte. »Ich sorge für ein wunderschönes nacktes Mädchen, Essen aus der französischen *haute cuisine* und so viel Wein, wie Sie trinken können …« Ich wusste trotzdem nicht, ob seine Sorge um mein Wohlergehen philanthropische Gründe hatte oder unaufrichtig und von eigenen Interessen bestimmt war.

Nachdem ich am nächsten Tag einen verzweifelten Mann wegen seiner Ehe beraten hatte (mein Gott, was, wenn er die versteckte Panik in meinem Blick gesehen hatte?), ging ich mit Max auf einen Hundespaziergang zu den Little Scrubs, einer öffentlichen Anlage, die nicht ganz so bedrückend war wie die Wormwood Scrubs und im Übrigen in angenehmer Nähe zu meiner Praxis lag.

Es überraschte mich nicht, stellte ich fest, als wir unsere Runde begannen, dass Pereira das Gefühl hatte, ich würde in Bezug auf Luisa mit irgendetwas hinter dem Berg halten. Lange Zeit hatte ich mich nur in Form von Verdrängung mit ihr beschäftigt; der Speicher in meinem Gedächtnis war stillgelegt. Verrammelt und verriegelt. Ich erinnere mich, dass ich das erste Mal wieder an sie dachte, als ich als Assistenzarzt in London arbeitete, vermutlich 1948, vier Jahre nachdem sie mich verlassen hatte, um nach Genua zurückzugehen. Zu dieser Zeit wollten unsere Vorgesetzten, dass wir wirklich jeden Aspekt der Allgemeinmedizin kennenlernten, und dazu gehörten auch Tod, Geburt und Fortpflanzung. Ich interessierte mich kaum für diese Gebiete, aber in einer bestimmten Phase verbrachte ich fast den ganzen Tag mit einem Gummihandschuh an der Hand. Die Klinik für Geschlechtskrankheiten, taktvoll als Ambulanz 5 bezeichnet, war ein beliebter Gegenstand für studentische Witze, aber arbeiten mochte dort niemand gern.

In den Monaten, in denen ich mich mit diesem Teil der Anatomie beschäftigte, dachte ich über das Merkwürdige an der sexuellen Leidenschaft nach. Viele der Frauen, die sich in der Klinik auszogen, waren alt, übergewichtig und nicht so sauber, wie es die Schwestern und ich selbst gern gehabt hätten. Andere Patientinnen, werdende Mütter zum Beispiel, waren jung, und einige hätte man als Außenstehender ohne Weiteres als gut aussehend bezeichnet. Manchmal gefielen mir ihre Figuren, aber auf eine erotisch unaufgeladene Art, in etwa so, wie wenn man eine Skulptur bewundert.

Ich nehme an, das lag vor allem an der »professionellen Einstellung«, aber eines Tages rief diese Arbeit das Thema des Begehrens wieder auf den Plan. Und damit die Erinnerung an Luisas Körper. Was war mit mir geschehen in dem Hotel in Pozzuoli oder in Luisas Unterkunft oder in meinem kleinen Zimmer im Obergeschoss am Hafen? In vielen der Bücher, die ich gelesen hatte, wurde »Liebe« als Zustand der Erleuchtung beschrieben. Die Menschen, die sie erlangten, lebten auf einer höheren Ebene und sahen über die hässlichen Tatsachen beim Sex hinweg; alle Gemeinheiten ließen sie im Licht eines heiligen Feuers verschwinden. Nichts hätte meiner eigenen Erfahrung weniger entsprechen können. Luisa war für mich, was ein verschollener Vermeer für einen holländischen Kunsthistoriker war; wäre ein Vergrößerungsglas zur Hand gewesen, hätte ich es wohl benutzt, und sei es nur, um die verschiedenen Farbschattierungen ihrer Haut zu bewundern.

Das war keine gesunde Sicht auf ein anderes menschliches Wesen, sagte ich mir in meiner ambulanten Klinik. Eine nackte Frau sollte man mit Leidenschaft oder mit Verehrung betrachten; für meine gestörte Sichtweise machte ich den Liebeswahn verantwortlich, der mich meiner Urteilskraft beraubt hatte. Und wie ich sie geliebt hatte. Der Gedanke, dass sie den Rest ihrer Tage irgendwo verbringen würde, wo ich nicht mit ihr zusammen sein konnte, schien mir eine Sünde wider die Natur zu sein. Ich betrauerte den Verlust jener Nähe, die das Gegenteil der Einsamkeit war: jemanden so gründlich zu kennen und gekannt zu werden ... Damals schien es mir die Antwort zu sein auf Last und Schmerz des Lebens, die Erlösung von dem zerstörerischen Albtraum unseres Jahrhunderts. Manchmal fürchtete ich, dass der Verlust dieser Nähe mich am Ende zu Reggie und Diego auf eine geschlossene Station bringen würde.

In den folgenden Jahren quälte mich vor allem das Fehlen ihrer Gegenwart – der eilige Schritt, das Timbre ihrer Stimme, die

Lebendigkeit dieser dunklen Augen. Ohne das war ich nur ein halber Mann, ein Nichts; es wäre besser für mich gewesen, nicht geboren zu sein, als ohne sie zu leben.

Es muss zu dieser Zeit gegen Ende meiner Ausbildung gewesen sein, dass Einzelheiten unserer gemeinsamen Zeit nach und nach wiederauftauchten. Ich schätze, das ist ein gängiges Muster bei einem Trauma; erst einige Zeit nach dem Unfall erinnert sich das Opfer, wie es einem Fahrradfahrer ausweichen wollte und dann plötzlich den sich nähernden Lkw erblickte ... Ich erinnerte mich an Luisas Schüchternheit beim Abendessen an jenem ersten Abend. Vielleicht war das aber mehr als Schüchternheit, vielleicht focht sie vor den Augen ihrer Schwester einen Kampf mit ihrem Gewissen aus. Ich erinnerte mich auch an die Lücken in den Erzählungen darüber, wie sie aufgewachsen war. Und dann natürlich der Zwiespalt, den Lily Greenslade offensichtlich mit sich ausmachen musste, als ich sie fragte, ob ich Luisa als Übersetzerin mit nach Neapel nehmen könne: Jetzt erkannte ich, dass es Lily nicht um Luisas Tugend gegangen war, als sie so lange zögerte. Wenn ich noch tiefer über diese Zeit nachdächte, würde ich ohne Zweifel weitere Hinweise und Indizien finden.

Jahre wurden zu Jahrzehnten, und ich wusste, dass Luisa nicht mehr so aussehen würde wie damals; vielleicht war sie zu einer völlig anderen Person geworden. In gewisser Hinsicht wünschte ich mir das sogar, denn dann würde meine Qual geringer, weil die Frau, die ich geliebt hatte, nicht mehr existierte. Doch dieser Gedanke war zu nah am Tod; also war es besser, mit ihrer unveränderten Abwesenheit zu leben – ihr Leuchten schenkte sie nun anderen, die es nicht zu schätzen wussten.

Die einzige Konstante blieb meine Einsamkeit. Als ich Luisa zum ersten Mal küsste, spürte ich, dass ich nicht untergehen konnte, solange sie lebte. Der Gedanke, dass wir getrennt werden konnten, kam mir gar nicht. Zehn Jahre nachdem ich sie zum letzten Mal gesehen hatte, wusste ich, dass ich für immer einsam bleiben würde, weil ich früher Luisa geliebt hatte.

Ich rief Max von einem widerlich aussehenden Hund von der Größe eines Ponys fort, dessen Besitzer eine Dose Bier trank, und machte mich auf den Weg zum Ausgang der Little Scrubs. Ich konnte Max nie dazu überreden, im Auto hinten zu sitzen; er liebte es einfach, während der Fahrt seine Nase an der Windschutzscheibe platt zu drücken, auch wenn das hieß, dass er beim Bremsen gegen das Armaturenbrett geschleudert wurde. Als ich den Motor anließ, kraulte ich seinen Kopf, aber er konzentrierte sich schon ganz auf die Straße. Meine Zuneigung zu diesem Hund war absurd, dachte ich, als wir losfuhren: zu seiner Würde, seinem backenbärtigen Lächeln, seiner endlos guten Laune. Ich fürchtete den Tag seines Todes so sehr, dass es mir alle Freude zu nehmen drohte, die ich in diesem Leben hatte. Was für ein sonderbares Geschöpf, dachte ich, als wir in die Harrow Road einbogen: Er weiß nicht, dass er sterben wird. Nur ich kenne sein Schicksal. Zu welchem kosmischen Scherz gehörte er? Zu keinem. Er war eins mit seinem Dasein; den Scherz trieb das Weltall mit uns, dem missratenen Tier.

In Silverglades, meinem ersten Arbeitsplatz in Bristol, kam regelmäßig ein älterer Herr zur ambulanten Therapie. Wirklich ein respektabler Mann, der früher in einer Baumschule gearbeitet hatte und jetzt im Ruhestand war. Seine Frau, seine Enkel und sein jährlicher Skiurlaub, der seiner Arthritis alles andere als guttat, waren seine Hauptinteressen. Eines Tages hatte er in der Zeitung etwas über einen Sexskandal gelesen, und das bedrückte ihn. Während des Ersten Weltkriegs, als er als junger

Mann in einem West Country Regiment in Frankreich kämpfte, hatte es einen ausschweifenden Abend in Albert gegeben, an dessen Ende er und ein paar andere sich auf den Weg gemacht hatten, um Mädchen zu suchen. Er erzählte mir, dass die Grenze zwischen Professionellen und Amateurinnen nicht immer klar definiert war. Es gab Bordelle, vor denen bunte Laternen leuchteten; aber es gab auch Schwestern, leichte Mädchen, Zufallsbekanntschaften, Barmädchen, sogar Mütter, die nach seinen Worten »ziemlich willig« waren. Er landete im Obergeschoss eines Bauernhauses mit einer Frau Mitte dreißig. Es gab Uneinigkeit darüber, was er durfte und was nicht; er sprach kein Französisch, war aber der Ansicht, dass er das Recht hatte, mehr zu tun, als nur seine Hand in ihre Unterwäsche zu stecken. Es gab eine Balgerei, bei der er vorzeitig zur Sache kam; es gab Ärger, aber wie er versicherte, hatte er ihr nichts getan. Er legte noch ein paar Francs obendrauf und ging zurück zu seinen Freunden. Am nächsten Tag war er wieder an der Front; eine Woche später stürmten sie die Höhe bei Goncourt, und bis auf einen wurden alle seine Freunde getötet. Er dachte nicht mehr an die Frau. Er hatte fast vierzig Jahre nicht an sie gedacht, aber seit er den Bericht in der Zeitung gelesen hatte, konnte er kaum noch an etwas anderes denken. Nacht für Nacht träumte er davon, dass er für ein Verbrechen inhaftiert wurde, von dem er wusste, dass er es vor langer Zeit begangen hatte, an dessen Einzelheiten er sich aber nicht erinnerte. Oft begrub er darin jemanden, den er versehentlich getötet hatte – einen Landstreicher oder eine unbekannte Person, die niemand vermisste –, aber an dessen Grab dann ein Spürhund seine Fährte aufnahm.

Ich versicherte ihm, es sei ausgesprochen unwahrscheinlich, dass er fast vierzig Jahre danach verhaftet werden würde; ich sagte ihm, zwar sei ein sexueller Übergriff im Krieg keineswegs zu billigen und zu entschuldigen, aber die sowjetische Armee habe auf ihrem Weg durch Russland, Polen und Deutschland ebenso eine Spur der Vergewaltigung hinterlassen wie die Marokkaner auf ihrem Weg durch Italien – straflos.

Seine Ängstlichkeit hatte jedoch tiefere Wurzeln. Was die Wahrscheinlichkeit einer Verhaftung und eventuelle traumatische Folgen für die Frau anging, beruhigte er sich; was ihn aber weiter am Schlaf hinderte, war der Gedanke, dass es andere Ereignisse in seinem Leben gegeben haben könnte, an die er sich nicht erinnerte, und dass er für diese nach wie vor zur Rechenschaft gezogen werden könnte.

»Wenn man etwas vergisst, dann muss es doch einfach vorbei sein, Doktor. Gibt es irgendein Zeitlimit, nach dem man sagen kann: ›Das ist einfach nicht passiert‹? Kann man mich für Dinge verantwortlich machen, an die ich mich nicht mehr erinnere?«

Mr. Lowes Neurose wuchs sich schließlich zu einem so starken Krankheitsbild aus, dass ich ihn an den Facharzt überwies.

Als ich über Pereiras Einladung zu einem Wiederholungsbesuch nachdachte, fiel mir Mr. Lowe wieder ein. Seine Ängste waren eine Spielart meiner eigenen, und wenn ich auch in der Lage gewesen war, die wahre Geschichte meiner Verwundung bei Anzio anzunehmen, hatte ich doch eine unbestimmte Angst, andere Monster aus meiner Vergangenheit könnten aus der Ozeantiefe des Vergessens wieder auftauchen. Aber ich bin jemand, der Herausforderungen nicht ausweicht – mehr aus Neugierde denn aus Tapferkeit. Ich habe keine Angst vor Alexander Pereira, sagte ich mir selbst, oder davor, sein Nachlassverwalter zu werden, und am Ende der Woche schrieb ich ihm einen Brief, in dem ich die Einladung grundsätzlich annahm und ihn bat, mir einen geeigneten Zeitpunkt zu nennen.

Zu den Sachen, die ich unbedingt erledigen musste, bevor ich irgendwohin fuhr, gehörte ein Besuch beim Zahnarzt, einem Zyprioten, der seine Praxis in der Harrow Road hatte. Er war zu Fuß in einer Viertelstunde zu erreichen und stellte im Gegensatz zu seinem Vorgänger keine Fragen, während man den Mund voller Instrumente hatte. Im Wartezimmer griff ich nach einem Magazin, in dem Häuser auf dem Land zum Verkauf angeboten wurden – vom schottischen Herrenhaus mit Riesenjagdrevier bis zum weißen Bungalow in Surrey.

Mein Blick blieb an einem Baum hängen, der mir bekannt vorkam: eine niedrig gewachsene Eibe, die man zu einem O gestutzt hatte. Sofort erkannte ich, dass es sich um das Haus meiner Kindheit handelte, die Old Tannery, die zum Verkauf stand. Es gab eine Ansicht von vorn, die es größer aussehen ließ, als ich es in Erinnerung hatte, und eine Beschreibung der »luxuriösen« Ausstattung, die an vorsätzliche Täuschung grenzte.

Meine Mutter war 1970 gestorben, und ich hatte das Haus an einen Mann namens Peterson verkauft, der wollte, dass seine Kinder einen Garten hatten. Obwohl seit den Zwanzigerjahren kaum etwas verändert worden war, hatte das Haus für eine Familie die richtige Größe, und draußen gab es genug Platz zum Fußballspielen und Fahrradfahren. Die Petersons kümmerten sich um die Instandhaltung so wenig, wie wir es getan hatten, allerdings ließen sie wohl eine Zentralheizung einbauen. Ich freute mich zu sehen, dass der Garten genutzt wurde.

Gegen Ende ihres Lebens hatte meine Mutter eine Hypothek auf das Haus aufgenommen, um als Rentnerin genug Geld zu haben, aber selbst nachdem ich die Restschuld getilgt hatte, blieb noch genug für mich übrig, sodass ich mir eine Wohnung in einem Stadtteil von London kaufte, der damals alles andere als angesagt war.

Als ich mir jetzt das Foto mit der viktorianischen Ziegelfront ansah, musste ich daran denken, wie ich meine Mutter das letzte Mal gesehen hatte. Sie war damals achtzig Jahre alt und schon länger an Krebs erkrankt. Eine Operation hatte kurzfristig etwas Hoffnung aufkeimen lassen, aber die Krankheit war zurückgekommen, und meine Mutter hatte sich ins Unvermeidliche geschickt. Vom Bahnhof aus nahm ich ein Taxi in unser Dorf. Es war ein kalter Februartag, und die Sonne fiel auf vereiste Pfützen an den flacheren Hängen von Pococks achtzig Morgen Grund; um das Kriegerdenkmal vor der Kirche standen dichte Reihen von Schneeglöckchen. Ich schloss mit dem Haustürschlüssel auf, den ich seit meiner Schulzeit hatte, und rief nach oben.

Es kam keine Antwort, also stieg ich die Treppe hinauf und klopfte an die Schlafzimmertür. Meine Mutter saß halb aufrecht auf einigen Kissen, neben sich auf dem Bett ein Tablett, und der Hund, ein Terrier namens Plum, lag auf ihren Füßen ausgestreckt. Das eingeschaltete Radio auf dem Nachttisch war aufs zweite Programm gestellt und spielte eine Melange aus alten Melodien, zwischendurch scherzhafte Ansagen eines Moderators mit leichtem Akzent.

»Wer kümmert sich um dich?«, fragte ich und setzte mich auf die Bettkante. Sie sah bleich und hohlwangig aus, ihr graues Haar war an den Seiten des Gesichts wie angeklebt. Ich sah die kranken Zellen vor mir, die sich ihren Weg durch die inneren Organe fraßen. Ich begriff, dass das Schlimme am Krebs ist, dass die Veränderungen, die erst nach dem Tod eintreten sollten, schon einsetzen, während man noch lebt; es ist das Sterben selbst, das tötet.

»Die Bezirksschwester kommt einmal täglich, und Delia aus dem Laden schaut jeden Abend herein, ob ich etwas brauche.«

»Hast du zurzeit einen Mieter?«

»Mr. Bowman. Aber er ist verreist.«

»Wann war zum letzten Mal der Arzt da?«

»Ich glaube, Freitag. Wie geht's dir, Robert?«

»Mir geht's gut. Gibt er dir genug Schmerzmittel?«

»Er hat mir diese Tabletten gegeben.«

»Ich rede mit ihm. Er könnte dir sicher was Stärkeres geben. Wo tut's weh?«

»Meistens in der Seite. Ich bin immer so müde.«

Einen Elternteil sterben zu sehen, ist wirklich eine der großen Prüfungen im Leben; das einzig Tröstliche dabei ist, dass sie nicht wiederholt werden kann. Meine Mutter hatte Tränensäcke unter den Augen, was im Kontrast zum übrigen Gesicht sehr merkwürdig wirkte, da ihre Haut durch den Gewichtsverlust straff über die Knochen gespannt war. In ihren Augen saß noch immer ein kleines Leuchten, und als ich ihre Hand drückte, versuchte ich nicht daran zu denken, was sie alles gesehen hatten und wie wenig diese Erfahrungen jetzt bedeuteten.

Mein eigener Körper war beneidenswert, nachgerade unverschämt gesund. Bei all dem Leid lag schon ein Stück Selbstzufriedenheit darin, wie ich die schmerzfreie Bewegung meines Körpergewichts auf dem Bett wahrnahm, die reibungslose Verdauung und das problemlose Ein- und Ausatmen: das viel zu selbstverständliche Wunder der Gesundheit, das ich besser schätzen lernen sollte.

Die Augen meiner Mutter hatten etwas – für mich – Unschätzbares gekannt, das Gesicht meines Vaters, und als ich sie jetzt ansah, hatte ich für einen Moment die zaghafte Hoffnung, der Abglanz eines Lächelns könne von seiner Seite auf mich zurückscheinen – so, wie man manchmal das Licht eines Fensters in der Iris einer anderen Person gespiegelt sehen kann. Aber natürlich sah ich nichts dergleichen, nur den graugrünen, wohlwollenden Blick einer Mutter. Ihre Augen hatten mich als Säugling und als Kind gesehen; wenn sie starb, würde sie alles mitnehmen, was ich in den Jahren gewesen war, bevor mein Charakter sich geformt hatte: mein Weidenkorb neben ihrem Bett; mein müder Kopf an ihrer Brust, während ich schlief; die ersten Worte, wie ich laufen lernte, die blutigen Knie, die Tür zum Klassenzimmer, die langsame Herausbildung von so etwas wie Persönlichkeit durch all die Stolpersteine, die Trotzanfälle und das Streben – all jene Gefühle und Ereignisse, die für sie tägliche Prüfungen waren, für mich aber prägend und beinahe heilig ... all das würde nun vom Abgrund der Zeit verschlungen werden.

In den Wadis bei Anzio hatte ich gesehen, wie schnell wir bereit waren, das Leben der gerade Gefallenen gering zu achten, als hätten wir schon immer gewusst, dass man mit einem Achselzucken über ihre Existenz hinweggehen könne, während wir Überlebenden auserwählt waren, eine größere Last zu tragen. Bei meiner Mutter konnte ich mich nicht mit dieser Lüge der Überlebenden trösten: Ein Teil von mir ging mit ihr zugrunde, und ich konnte der Tatsache nicht entkommen, dass das, was so kostbar erschienen war – die Zeit, bevor das Bewusstsein erwacht und ein Selbst sich bildet –, am Ende ein Wegwerfartikel war, Abfall.

Ich blieb noch eine Stunde und sprach mit ihr, dann ging ich in die Küche und machte ihr Rührei und dazu starken Tee, eine Mahlzeit, von der ich wusste, dass sie ihr schmeckte. Als ich die Eier auf kleiner Flamme rührte, konnte ich meine eigenen Verluste beiseiteschieben und an ihre denken.

Sie war in die Welt von Königin Victorias goldenem Thronjubiläum hineingeboren worden und hatte irgendwo noch entsprechende Gedenkmünzen in einem Samtetui. Grundschule, ausreichend zu essen, eine Familie und eine Welt, die sich –

sowenig sie auch davon sehen oder verstehen mochte – langsam veränderte und die Früchte der wissenschaftlichen Erkenntnis, die Fortschritte in der Medizin und in der Demokratie gerechter und gleichmäßiger unter den Bürgern verteilte ... Als sie achtzehn geworden war, war diese gemäßigte Wohlfahrt für sie zur Norm geworden, das »Leben«, das sie führen würde.

Am Ende ihrer Tage hatte sie gesehen, wie all das zerstört worden war. Die Führer und die Könige waren verschwunden, aber der Aufruhr und das Getöse hatten zugenommen. Ihr junger Ehemann war ebenso wie Millionen seiner Landsleute getötet worden, und niemand konnte ihr wirklich erklären, warum. Und in jedem neuen Jahrzehnt gab es neue Gräueltaten, die man nicht verstand: Polen, Juden, Russen, die Kämpfe um die Burmastraße, Bergen-Belsen, die Stasi und die Gulags; Atombomben, Attentate und Völkermorde ... Ihr einziges Kind war von einem seiner eigenen Männer in die Schulter geschossen worden, und das an einem Ort, an dem beide eigentlich gar nichts zu suchen hatten.

Jeder einzelne Tod ist eine Kapitulation, das Eingeständnis, dass die fröhlichen Fotografien auf dem Kaminsims eitles Zeug sind, dass die Augenblicke der Freude, die sie zeigen, eben nicht »festgehalten« wurden, sondern lediglich geliehen waren und danach teuer bezahlt wurden ... Aber bei den Menschen ihrer Generation war die Spanne der Ernüchterung viel größer als bei uns anderen, bei ihnen war sie allumfassend.

Als ich wieder nach oben gegangen war, fand ich meine Mutter schlafend. Ich empfand eine unerträgliche Trauer um sie, um dieses formlose Bündel von Zellen, die in einem Strudel verschwanden. Ich stellte das Tablett aufs Bett, nahm ihr behutsam die verschmierte Lesebrille ab und schob die Haare zurück, die an ihrer Wange klebten. Ich nahm den Hund mit nach unten und schloss ihn in der Küche ein. Dann ging ich nach draußen zum Apfelbaum und begann zu schluchzen.

Als ich vom Zahnarzt zurück war, sah ich, dass der Anrufbeantworter rot blinkte. Es gab immer einen Moment, in dem ich zögerte und mich fragte, ob ich ihn abhören sollte. Ich konnte zum Beispiel nicht sagen, ob ich mir eine Nachricht von Annalisa wünschte oder nicht; ich sehnte mich nach den Stromstößen des Begehrens, aber was ich eigentlich brauchte, war der tiefe Brunnen der Einsamkeit. Es gab keine Botschaft von ihr. Es gab überhaupt nur eine einzige Nachricht. »Hallo, Dr. Hendricks, hier ist noch einmal Tim Shorter. Ich hatte vor einiger Zeit schon mal angerufen, aber Sie haben sich nicht bei mir gemeldet. Vielleicht hat das Gerät nicht funktioniert. Egal, ich will nur sagen, dass ich in der zweiten Januarwoche in London bin und Sie sehr gern zum Essen einladen möchte. Bitte nehmen Sie Kontakt mit mir auf, wenn Sie dies abgehört haben. Es ist nicht mehr viel Zeit.«

## ELFTES KAPITEL

Simon Nash stimmte meinem Forschungsjahr nicht so bereitwillig zu wie Judith Wills, aber ich versprach, dass ich die ersten tausend Pfund von meinen Verlagshonoraren der Biscuit Factory spenden würde, und dieses im Grunde spekulative Angebot schien ihn umzustimmen. Ich fand, die besten Bedingungen, um ein Buch zu schreiben, konnte ich dadurch herstellen, dass ich mich ins Ausland zurückzog, wo ich niemanden kannte. Keine Patienten, keine Kollegen, kein Telefon; eine gleichförmige und eintönige Zeit, die sich endlos vor mir erstreckte ...

Das Naheliegendste war Paris: Es war nicht weit, ich sprach annehmbar Französisch, und der Wechselkurs war günstig. Ich war in der Vergangenheit ziemlich oft in Paris gewesen, meist auf Konferenzen. Ich mochte die Kunstgalerien, die Metro mit den bezaubernden Namen der einzelnen Stationen, die Inseln im Fluss und Notre-Dame mit den aufsteigenden Strebebogen. Es war eine sehr schöne Stadt, weit schöner als London; aber es gab eben auch diese Selbstgefälligkeit, das unfreundliche Knurren und Achselzucken; die kaum verhohlene Sympathie für die abgezogenen Nazibesatzer, die entvölkerte Stadt im August, den religiösen Laizismus und die Fixierung auf das Äußerliche;

die Art, wie Leute zuhörten und sich selbst beim Reden bewunderten; die Ruppigkeit der Kellner, Fahrkartenverkäufer und Ladenschwengel; die drückend heißen kleinen Hotelzimmer mit ihren Blümchentapeten; die bewusste Ignoranz gegenüber anderen Kulturen.

Im Verlauf einer dreitägigen Konferenz war das alles nicht weiter störend, aber um ein Buch zu schreiben, was vermutlich Monate in Anspruch nehmen würde, sollte ich mir einen passenderen Ort suchen. Rom gefiel mir, aber vielleicht zu sehr; vielleicht würde mich der Schimmer der kopfsteingepflasterten Straßen zu sehr ablenken, die für mich wie Filmsets aussahen und mich einluden, eine Rolle zu übernehmen. Außerdem war die Stadt zu eng mit meiner Kriegsvergangenheit verbunden.

Osteuropa schied von selbst aus, da es unter sowjetischer Kontrolle stand. Mich reizte der Gedanke, nach Westdeutschland zu gehen, aber ich wusste nicht, wie ich auf ein Leben unter Männern reagieren würde, die meine Kameraden getötet und sechs Millionen andere in ihren Vernichtungslagern ermordet hatten. Die Tatsache, dass die Deutschen im Aussehen, in ihrer Kultur und ihren Erwartungen und Wünschen den Briten verwandt waren, schien das Problem nur zu verschärfen: Wenn ich vor den Kollaborateuren von Paris zurückschreckte, die noch immer wegen der Ereignisse von 1944 eingeschnappt waren, wie würde ich dann in einem U-Bahn-Abteil voller Leute reagieren, die noch vor Kurzem eifrige Nazis gewesen waren?

Was ich mir wirklich wünschte, war ein besseres, ein älteres Europa, eine Stadt, die nicht von der Barbarei des zwanzigsten Jahrhunderts verdorben worden war. Irgendwo musste eine solche Stadt existieren, dachte ich, jenseits aller Nostalgie. Ich wünschte mir eine Stadt, in der, hätte man sich dort im Jahr 1905 auf ein Rednerpult im Zentrum gestellt und gesagt: »Am Ende dieses Jahrhunderts wird Europa nicht mehr die Welt der Zaren und Kaiser und Erzgroßherzöge und Könige sein, sondern ein Ort, an dem es nur noch gewählte Führer gibt und wo alle Männer und Frauen wählen können«, die Einwohner gesagt hätten: »Das hört sich gut an. Lasst uns überlegen, wie wir dieses Ziel erreichen können.« Und wenn man dann gesagt hätte: »Tatsächlich können diese Veränderungen nur erreicht werden durch fortgesetzten Völkermord, Abermillionen von Toten, Pogrom auf Pogrom, Massaker bis hin zum Holocaust, und das in ganz Europa bis nach Russland«, hätten einen die Menschen dieser Stadt in ihr kleines, aber gut geführtes Irrenhaus gebracht.

In der Jetztzeit, in jenem schönen Herbst 1966, fand ich tatsächlich eine solche Stadt. Sie war nicht vollkommen, aber sie war alt, ansehnlich und hatte ihren Frieden mit dem modernen Leben gemacht. Man konnte sich vorstellen, dass Dante oder Goya, Goethe oder Darwin hier gewesen waren, wenn sie auch nicht unbedingt hier gelebt hatten. Dieser Ort hatte immer noch etwas vom unschuldigen alten Europa, bevor es zerfetzt, ausgeschissen und vom ersten auf den letzten Platz aller Kontinente verwiesen wurde.

Ich ging zum Verkehrsamt und fragte, wie man ein Zimmer finden könne. Der Mann hinter dem Pult hatte einen Schnurrbart und trug eine Mütze wie ein Zugschaffner. Er kramte eine Liste mit Unterkünften hervor und reichte sie mir über die Theke; ich brauchte einen Dolmetscher, und er teilte mir mit, dass seine Englisch sprechende Kollegin um zwei Uhr zurück sein werde.

Sie hieß Anna; sie hatte schokoladenbraunes Haar, das bis knapp zur Schulter reichte, und bleiche Lippen, die sehr voll wirkten, als seien sie von einem Bildhauer in Ton modelliert.

Sie trug einen Wollrock und kniehohe Lederstiefel. Ich schätzte sie auf achtunddreißig. Etwas Resigniertes lag in ihrem Wesen, aber es wirkte nicht wie Überdruss; ihr Geist schien einfach woanders zu sein.

Wir gingen kurze Zeit am Fluss entlang, und sie fragte mich, was ich in ihrer Stadt tun wollte. Ich erzählte ihr, dass ich hier sei, um ein Buch zu schreiben.

»Es gibt viele Schriftsteller hier«, sagte sie.

»Das ist erfreulich.«

»Die Stadt steckt voller Geschichten.«

»Ich schreibe aber keinen Roman, es geht ums richtige Leben. Darum, was mit uns nicht stimmt.«

»Mit uns allen?«

»In gewisser Hinsicht.«

Sie öffnete eine Außentür, und dann gingen wir über einen Hof und schließlich eine steinerne Treppe hoch.

»Wie lange brauchen Sie das Zimmer?«, fragte Anna.

»So lange, wie ich für das Buch brauche. Vielleicht drei Monate.«

Sie zuckte mit den Achseln. »Ich mag dieses Haus nicht. Und die Frau, der es gehört, die ... wie sagt man?«

»Die Vermieterin?«

»Ja, sie ist eine Zicke. Ist das das richtige Wort?«

»Wenn Sie es sagen.«

Anna legte den Kopf zur Seite und musterte mich.

»Was haben Sie da drin?« Sie zeigte darauf.

»Meine Schreibmaschine.«

»Sie ist klein.«

»Eine Reiseschreibmaschine. Ich wollte nichts Schweres schleppen.«

»Sie können Maschine schreiben?«

»Notdürftig. Mit zwei oder drei Fingern.«

Ich fragte mich, was passieren musste, damit diese Frau lächelte.

Sie sah sich im Zimmer um. Es war ein nichtssagender Raum, gar nicht mal schlecht fürs Schreiben, es würde dort wenigstens keine Ablenkungen geben.

»Ich weiß ein besseres Haus für Sie«, sagte Anna und blickte auf die Papiere in ihrer Hand. »Kommen Sie.«

Wir gingen wieder über den Hof und bogen in eine Seitenstraße ein, wo der Fluss sich in einem Netzwerk von Kanälen verzweigt hatte. Anna marschierte voran, ohne nach rechts und links zu gucken. Schließlich kamen wir an eine schmale Tür mit einem abblätternden grünen Anstrich, und sie kramte in ihren Taschen nach dem Schlüssel.

Ein dunkler Hausflur und dann eine Treppe aus Holz. Oben schloss sie die Tür zu einem überraschend großen Raum auf, mit abgeschliffenen Dielen aus Kastanienholz, einem Schreibtisch mit Blick über den Kanal, einem Schlittenbett aus Holz in der Ecke und hinter einem Vorhang einer Küchennische mit Spülbecken und Gaskocher.

»Hier gibt es keine … Vermieterin. Sie müssen selbst kochen und putzen. Das Bad ist unten, aber es wird von niemand sonst genutzt.«

Ich sah mir den abgetretenen Teppich auf dem Fußboden an. Einen Radiator gab es nicht, aber an einer Wand eine Heizschlange. Im Kamin lag noch ein wenig Kohlenasche. Ein kleines Ölgemälde zeigte eine Bauersfrau, die eine Außentreppe hinaufeilte; es war eine Rückenansicht, und das gelbliche Licht rief den Eindruck einer mediterranen Szene hervor. Es hätte durchaus eine Gasse in Pozzuoli sein können.

»Ich nehme es. Wann kann ich einziehen?«

Einen Augenblick lang glaubte ich, sie würde lächeln, aber es kam nicht mehr als ein kurzes Zucken heraus.

»Wenn Sie wollen, jetzt. Sie können morgen ins Büro kommen und den Vertrag unterzeichnen.«

»Einfach so? Sie vertrauen darauf, dass ich wiederkomme?«

»Selbstverständlich. Wenn Sie wollen, geben Sie mir Ihren Pass. Sie bekommen ihn morgen zurück, wenn Sie die Miete anzahlen.«

»Gibt es einen Lebensmittelladen in der Nähe?«

»Ja. Gleich an der nächsten Ecke, Jacob's. Und die Straße runter ist auch ein Restaurant. Nehmen Sie das Beefsteak mit Essiggurkensalat.«

Sie gab mir die Schlüssel und ging. Als ich sie die blanken Stufen hinuntergehen hörte, ergriff mich für einen Moment Panik; aber ich war schon in vielen Zimmern wie diesem hier gewesen und wusste, dass das Auspacken und Einräumen alle Zweifel beseitigen würde.

In meinem Koffer waren ein zweites Paar fester Schuhe, zwei Pullover und einige rezeptpflichtige Medikamente; den meisten Platz nahmen wichtige Bücher und englischsprachige Zeitschriften ein. Was ich sonst noch brauchte, Socken und anderes Zeug, konnte ich irgendwo kaufen.

Jacob's stellte sich als ein höhlenartig aufgebauter Feinkostladen mit dunklen Holzregalen heraus. Der Mann hinter der Ladentheke trug einen Overall und hatte einen Kugelschreiber hinters Ohr geklemmt; man sollte ihm offenbar sagen, was man brauchte, und dann holte er es. Das war umständlich, und zudem gab es Sprachprobleme. Schließlich mussten wir im Laden umherwandern, und ich zeigte auf das, was ich haben wollte. Das Ergebnis war allerdings ausgezeichnet; ich verließ den Laden mit einigen Scheiben von einem großen Schinken, eingewickelt in Pergamentpapier, dazu Brot, Senf, Orangen und einige für mich recht fremdartige Konserven.

Am nächsten Tag ging ich wieder zur Touristeninformation und zahlte eine Monatsmiete; der Mann mit der Mütze gab mir meinen Pass zurück. Anna war nicht da. Mit Händen und Füßen fand ich heraus, wo ich Schreibmaschinenpapier kaufen konnte, und verließ das Büro mit einem Stadtplan.

Nach ein paar Minuten stand ich auf dem gepflasterten Hauptplatz, der auf einer Seite von der Kathedrale und auf zwei anderen von Kolonnaden begrenzt war, dazu ein Brunnen und die Messingstatue eines Ritters auf einem Pferd. Zweifellos war das Karl oder Philipp oder Friedrich der Kühne oder der Letzte oder der Furchtlose, aber mich erinnerte er an den Hundeführer bei der Fuchsjagd in dem Dorf, wo ich aufgewachsen war: ein Mann, dessen Haltung auf dem Pferd seiner Begeisterung für die Jagd nicht entsprach. In einer Bar bestellte ich einen Kaffee und sah mich um.

Ich lebte schon so lange allein, dass Einsamkeit nicht meine »zweite Natur« war, sondern meine erste. Sie war nichts als eine Umsetzung der Conditio humana, warum sollte sie mir also zu schaffen machen? Als er einmal einen trauernden Vater trösten wollte, schrieb Albert Einstein: »Ein menschliches Wesen ist Teil einer Ganzheit, die wir ›Universum‹ nennen, ein Teil, der in Zeit und Raum begrenzt ist. Es erlebt sich selbst, seine Gedanken und Gefühle, als etwas vom Rest Abgespaltenes, eine Art optische Täuschung des Bewusstseins. Diese Täuschung ist wie ein Gefängnis für uns. Sie beschränkt uns auf unsere persönlichen Wünsche und die Zuneigung zu den uns nächststehenden Personen. Es muss unser Ziel sein, uns aus dem Gefängnis zu befreien, indem wir einen Ring des Mitgefühls bilden, um alle lebenden Kreaturen und die Gesamtheit der Natur in ihrer Schönheit zu umarmen.«

Offenkundig schrieb Einstein ziemlich oft an Bewunderer, die ihn um philosophischen Rat fragten. Er mag über diese Nebenbeschäftigung selbst erstaunt gewesen sein, aber ich kann mir auch vorstellen, dass sie eine willkommene Ablenkung von der Physik darstellte. Ich mochte den Gedanken, den er hier ausdrückte, auch wenn ich immer über den Ausdruck »optisch« gestolpert bin; für einen Wissenschaftler schien mir das ein eigenartiger Fehler zu sein. Vielleicht war es auch ein Übertragungsfehler.

Während ich meinen Blick über den Platz schweifen ließ, versuchte ich, mich von der Täuschung der Abspaltung zu befreien und gewissermaßen die lebenden Kreaturen, die ich sah, zu umarmen. Bei den Vögeln und Hunden fand ich das leichter als bei den Menschen. Die Taube, die auf dem Pflaster vor dem Café auf herunterfallende Krümel wartete, die Spatzen auf dem Brunnenrand: Für ihren Knochenbau und ihr Gefieder, für ihre Selbstvergessenheit hatte ich freundliche Gefühle; ich war glücklich, Teil dieser Schöpfung zu sein. Am nächsten Tisch gab es zwei Schoßhunde, deren hingebungsvolle Schnüffelei für mich in Ordnung war. Sie taten mir zwar leid, weil sie durch Streicheleien und kleine Belohnungen so vollends konditioniert schienen – sie hatten nichts von der amüsanten Würde größerer Hunde –, aber selbst diese kleinen Viecher besaßen Rippen und schlagende Herzen.

Was die Menschen betraf … Ich hatte Mitgefühl mit den Alten auf ihrem immer schnelleren Weg bergab auf das Ende zu; ich sorgte mich um die Jungen. Paare schienen eine außerirdische Gattung zu sein. Ich hasste das sexuelle Element in der Art und Weise, wie ich Frauen betrachtete – Vermutungen anstellend, jede einzelne taxierend, ganz gleich, ob sie vierzehn oder siebzig war. Ich wollte entweder mit allen oder mit keiner geschlafen haben. Was ich am meisten hasste, war das Gefühl, etwas versäumt und versagt zu haben, Pech gehabt zu haben und deshalb allein zu sein. Ich empfand schon ein wenig Sympathie für all diese Menschen – in der Weise, die Einstein vielleicht gemeint hatte, weil ich sie als Eingesperrte sah, eingesperrt in der Fiktion ihrer »Individualität«. Aber an dieses unbestimmte Solidaritätsgefühl grenzte die Verachtung für eine Gattung, die meinte, anders zu sein, ausgezeichnet zu sein, was offensichtlich auf einer Täuschung beruhte. Meine Sympathie konnte ganz sicher nicht so weit ausgedehnt werden, dass sie einen »Ring des Mitgefühls« bildete.

Ich dachte nicht immer so.

Am Samstag ging ich auf einen Flohmarkt am Nordtor der Stadt. Es war kalt geworden, und ich trug beide Pullover unter meiner Jacke. Der Markt fand in einem ehemaligen Lagerhaus statt, aber es gab auch Verkaufsstände, die sich am Kanal entlangzogen. Drinnen gab es ein Sammelsurium von gläsernen Lampenschirmen und kaputten Staubsaugern und Klapptischen mit Brand- oder Wasserflecken. Ich fragte mich, wie es gewesen wäre, mit jemand anderem inmitten all dieses Gerümpels herumzustreunen.

Ich ging nach draußen und setzte mich auf die Mauer am Kanal. Ich zündete mir eine Zigarette an und beobachtete ein Paar hinter einem Tisch voll mit angeschlagenem Geschirr, wie es mit einem Mann verhandelte, der einen teuren Mantel trug. Der männliche Trödler sah aus wie ein polnischer Henker mit tiefen Falten in seinem ausgezehrten, verzweifelten Gesicht; seine Frau war fett für jemand, der so arm war, ungehalten und aufdringlich und hatte ein Kopftuch fest um das rote Gesicht geknotet.

Weiter unten am Flussufer legte jemand eine Schallplatte auf ein Grammofon zum Aufziehen, und der Blechbläserklang von altem New-Orleans-Jazz stieg in die Lüfte.

In diesem Augenblick, bei den schmeichelnden Tönen der Klarinette, kam mir zum ersten Mal in den Sinn, dass am Ende vielleicht wirklich alles misslungen war.

Mein ganzes Leben lang hatte ich gedacht, es würde sich ein Muster meines Schicksals und meiner Bestimmung abzeichnen, wenn ich nur erst einmal die gegenwärtige Phase hinter mir hätte. Vermutlich hatte ich irgendwann einmal eine vage Idee von wohlverdienten Strafen oder einer freundlichen Vorsehung verinnerlicht – vielleicht von meiner Mutter oder im Kindergottesdienst.

Die Städte, die ich kennengelernt hatte – Tunis, Colombo und Jerusalem ebenso wie Venedig, Brügge, Wien und viele andere –, hatten mich die verheißene Zukunft jedoch nicht erblicken lassen. Ich hatte ihre Mauern mit den Augen danach abgetastet, was sie verbargen; ich hatte zu den Fensterflügeln im Dachgeschoss hoch oben über den Kaufhäusern aufgesehen, weil ich gelernt hatte, dass nur der Blick nach oben uns zur Erkenntnis verhilft. Ich hatte durch die beschlagenen Scheiben von Bars und über die Halbvorhänge von Restaurants gespäht. Ich hatte die Welt der anderen gesehen, aber nie meinen Platz darin gefunden; ich war immer weitergezogen über die Gehsteige, verwirrt von der Auswahl, unfähig, eine Entscheidung zu treffen, weil ich fürchtete, das zu verpassen, was für mich bestimmt war.

Die einsame Kindheit, das Heranwachsen mit der Bibel und den alten Sprachen – all das waren ganz klar Übergänge gewesen, Schritte nach vorn. Als junger Erwachsener erwartete mich der Krieg, obwohl ich mir auch hier einredete, dass ... Nun: wenn ich erst einmal aus Dünkirchen zurück war, wenn ich erst einmal wieder im Gefecht war, wenn ich erst einmal raus war aus Nordafrika, wenn ich erst einmal von meiner Verletzung genesen war, wenn ich erst einmal ... Immer noch glaubte ich, wenn ich nur das Vertrauen nicht verlor, würde sich das Muster irgendwann enthüllen.

Nach dem Krieg setzte ich meine Hoffnungen da hinein, mich in meiner Arbeit »zu verlieren« – durch einen Umweg auf den Weg zu kommen, wie der gute Polonius es geraten hatte. In den folgenden Jahren, in diesem Tunnel der Forschung, in den geschlossenen Stationen des menschlichen Geistes, hat mich vielleicht ein milder Aberglauben angespornt: Ich war »gut«, arbeitete, um meine Mitmenschen von ihrem Leid zu erlösen, das außer mir fast niemand richtig verstand. Unbewusst vielleicht glaubte ich, dass Gott mir zusah; ich glaube, ich hoffte damals, auch diese intensive Arbeit werde ein Durchgangsstadium sein, und dann ... und dann aber ganz sicher.

Ich entschied mich also dafür, mich selbst »zu verlieren«, und ich verlor mein Selbst – bei all diesen Beratungsgesprächen, auf den Stationen mit den ganz schweren Fällen und den vollgeschissenen Sachen. Und nun sah ich zum ersten Mal, dass mein Leben eine einzige Kette von Übergängen bleiben würde und kein Muster sich abzeichnete. Das einzige »Danach«, das es jemals geben würde, war das, das ich gerade durchlebte: wieder mal eine fremde Stadt, in der ich allein war.

Am Montag fing ich an, das Buch zu schreiben, dem ich innerlich schon den Titel *The Chosen Few* gegeben hatte. Ich hatte in der Schreibwarenhandlung Papier gekauft und spannte das erste Blatt in die Schreibmaschine ein. Zwei Tage nach diesem

Kauf, zwei Tage des Hin-und-her-Tigerns im Zimmer, über die glänzenden Holzdielen, dann an den Schreibtisch zurück, um handschriftliche Notizen zu machen, tippte ich endlich das erste Wort. Es hieß »Es«.

Ich war überhaupt nicht auf die physische Anstrengung vorbereitet, ein Buch zu schreiben. Die medizinischen Artikel und Arbeitspapiere, die ich verfasst hatte, waren nicht länger gewesen als studentische Referate, aber um ein Buch zu werden, durfte das hier nicht kürzer werden als – nun, wenn man von anderen ausging, die im Regal standen – fünfundsiebzig- bis achtzigtausend Wörter. Das schien mir eine unerreichbare Zahl zu sein, wie oft ich mir auch sagte, dass selbst die längste Reise mit einem einzigen Schritt beginnt. Waren meine Finger kräftig genug, um mehr als eine halbe Million Mal auf die Tasten zu hauen? Waren die Muskeln in meinem Kreuz stark genug, um mich all diese Wochen aufrecht zu halten?

Ich wählte den größtmöglichen Zeilenabstand, um handschriftliche Korrekturen vornehmen zu können. Ich ging davon aus, dass ich in neunzig Tagen fertig sein könnte, wenn ich drei Seiten am Tag schaffte – ungefähr die drei Monate, für die ich das Zimmer gemietet hatte. Ich arbeitete jeden Vormittag, ging dann nach draußen und lief durch die Straßen und setzte mich ab fünf bis zur Abendessenszeit noch einmal an die Arbeit. Nachts las ich. Nach und nach, sehr langsam, machte ich Fortschritte: Der Stapel mit den weißen Blättern schrumpfte, der mit den beschriebenen wuchs an. Es war, wie eine Mauer hochzuziehen, Stein für Stein.

Es gab einen Teil meiner persönlichen Arbeit, den ich nicht in das Buch integrieren konnte, obwohl er für die Art, wie ich die Welt sah, und das, was ich über Luisa dachte, eine Rolle spielte.

Als ich in Birmingham arbeitete, begann die Forschung, sich dem damals neuen Thema der Drogenabhängigkeit zuzuwenden. Als Belohnung für meine langen Winter in den Stationen der chronisch Kranken durfte ich eine auf ein halbes Jahr befristete Assistentenstelle an einem Forschungsinstitut in Edinburgh wahrnehmen, wo man mit den damals sehr begrenzten Mitteln versuchte herauszufinden, was in den Gehirnen Heroinabhängiger passierte. Die Theorie ging davon aus, dass die Funktion des Frontallappens der Großhirnrinde, in der Laiensprache also der Sitz des Verstandes und der Verhaltenskontrolle, erheblich absackte, während es gleichzeitig einen enormen Anstieg beim Dopamin gab – des Hormons, das Glücksgefühle hervorruft und den Wunsch, diese wieder zu erleben.

Diese Theorie hatte kaum etwas Überraschendes, aber sie erinnerte mich an etwas anderes: an die physiologischen Vorgänge beim Sex, auf die sie ebenfalls zutraf. Ich fragte mich, ob das Gefühl der Liebe oder das Gefühl, »verliebt« zu sein, auch dadurch erklärt werden konnte. Mich hatten Parallelen zwischen meinen eigenen Denkmustern bezüglich Luisa und denen von Patienten verblüfft, die unter dem litten, was seinerzeit »Monomanie« hieß und was man später in »Zwangsstörung« umbenannt hat. Ich schlug meinen schottischen Kollegen vor, den Serotoninlevel bei Versuchsgruppen aus beiden Personengruppen zu untersuchen, aber Zeit- und Geldmangel arbeiteten gegen uns.

Es stand außer Frage, dass »Verliebtheit« Veränderungen im Gehirn hervorrief, die Frage war nur, wie bei Diegos Stimmen, ob das gesund oder krankhaft war. Von den Neurowissenschaften ist es kein weiter Schritt bis zur Metaphysik, und da die Entwicklung leistungsfähigerer Scanner, medizinischer Geräte, die eine Antwort auf submikroskopischer Ebene hätten geben können, noch bevorstand, blieb mir nichts anderes übrig, als über den merkwürdigen Status nachzugrübeln, den wir Menschen dem Begriff »Liebe« verliehen.

Es war die einzige Emotion, der wir die Macht zugestanden, unser Leben zu verändern; kein anderes Gefühl – wenn wir mit »Gefühl« die unkontrollierte Freisetzung von Hormonen im Gehirn meinten – durfte bei den Entscheidungen des Verstandes eine Rolle spielen. Keine gesunde Person würde eine das Leben verändernde Entscheidung auf der Basis von Neid, Wut oder Verzweiflung treffen, aber voller Freude trafen wir Entscheidungen, die unser Leben enorm veränderten, wenn diese auf dem Gefühl der »Liebe« fußten.

Wir waren sogar stolz darauf: Die Gesellschaft spendete Beifall und gab denjenigen steuerliche Anreize, die nach dem Gebot dieses spezifischen Ausstoßes von Dopaminen heirateten, sich fortpflanzten, arbeiteten und starben. Das ist ausgesprochen merkwürdig, dachte ich, versuchte mich zu meinem eigenen Vorteil aber davon zu überzeugen, dass die Qualen, die ich wegen Luisa ausgestanden hatte, nichts anderes als die Nebenwirkungen einer Serie fehlgezündeter Neurotransmitter waren.

Da ich für diese Gedanken im Entwurf des Buches keinen Platz gefunden hatte, hatte ich kurz vor meiner Abreise aus England dem Magazin, das mich schon einmal publiziert hatte, einen Artikel über dieses Thema angeboten. Zu meiner Überraschung druckten sie ihn in voller Länge ab, und die Überschrift enthielt einen Begriff, der damals sehr in Mode war: »Liebe: Der menschliche Kategorienfehler«. Noch eine ganze Weile nach der Veröffentlichung bekam ich Anrufe von Magazinen oder Rundfunksendern, die nach einem eingefleischten Rationalisten suchten, der alles menschliche Leben auf synaptische Prozesse zurückführte. Ich war es irgendwann leid, zu erklären, dass damit keineswegs meine gesamte Weltsicht abgedeckt war.

Während ich an *The Chosen Few* schrieb, ging ich meistens in der Brasserie Felix Mittag essen, einem Lokal, das ich auf einem Platz entdeckt hatte, der zu Fuß etwa eine Viertelstunde von meiner Wohnung entfernt war. Egal, zu welcher Zeit man kam, es gab immer ein Tagesgericht – zum Beispiel gebeizten Lachs mit Dillsauce oder gekräuterte Bratwurst. Dazu trank ich das heimische Bier, das dunkel war und wenig Kohlensäure hatte.

Eines Nachmittags sah ich Anna vom Verkehrsamt vorbeigehen und hob instinktiv den Arm. Sie blieb stehen und spähte durchs Fenster. Ich winkte sie herein, und sie erlaubte mir, ihr eine heiße Schokolade auszugeben. Ihr Gesicht wirkte bleich, und unter den Augen hatte sie dunkle Flecken. Sie fragte mich, wie es mit meinem Buch voranging.

»Es geht vorwärts. Ich tippe.«

»Wissen Sie jeden Tag schon vorher, was Sie schreiben werden?«

»Manchmal«, sagte ich. »Wenn ich eine bestimmte Geschichte erzählen will oder eine Meinung korrigieren möchte.«

»Korrigieren?«

»Ja. Mein Buch zeigt, dass vieles von dem, was wir auf unserem Gebiet zu wissen glauben, vermutlich nicht stimmt.«

Sie fragte mich nicht, was »mein Gebiet« war. Sie schlürfte ihren Kakao, dann drehte sie den Griff der Tasse zur Seite und nahm sie in beide Hände.

»Und an anderen Tagen?«, fragte sie.

»An anderen Tagen sitze ich da und warte. Wenn nichts kommt, ist es besser, irgendetwas zu schreiben, habe ich gemerkt – irgendetwas. Man kann das Blatt immer noch zerreißen und wegschmeißen. Aber wenn man nicht anfängt, kommt auch nichts. Man muss es durchstehen.«

»Ich verstehe.«

Sie sah aus dem Fenster. Sie schien immer nach etwas in der Ferne zu suchen.

»Sind Sie hier geboren?«, fragte ich.

»Ich? Nein. Ich lebe seit etwa fünf Jahren hier.«

Ich wollte gern mehr wissen, aber ihr Verhalten war nicht ermutigend.

»Was machen Sie heute Nachmittag?«, fragte ich.

»Ich sehe mir einige Immobilien an, die wir vielleicht auf unsere Liste setzen.«

»Wo?«

»In verschiedenen Stadtteilen.«

»Gehen Sie zu Fuß?«

»Ja.«

»Kann ich mitkommen?«

Ich hatte das nicht fragen wollen, die Worte rutschten mir einfach heraus.

Noch immer ohne Lächeln sagte Anna: »Wenn Sie wollen. Aber ich muss jetzt los.«

Ich bezahlte und folgte ihr in die Kälte draußen. Sie marschierte in einem solchen Tempo vorwärts, dass ich Mühe hatte, Schritt zu halten. Die erste Station war ein Apartment in einem grauen Mietshaus. Der Fahrstuhl war kaputt, und der Weg nach oben in den vierten Stock war lang. Anna erzählte mir, das Apartment gehöre einem alten Ehepaar, das in eine Wohnung in einem Vorort umziehen wollte und die Mieteinnahmen brauchte.

Die beiden sahen aus, als seien sie reif für den Ruhestand. Der alte Mann zwitscherte wie ein im Käfig gehaltener Vogel, als Anna die Wohnung in Augenschein nahm. Es lag etwas Flehentliches in seinem Verhalten, auch wenn ich keine Ahnung hatte, was er sagte. Seine Frau klapperte in der kleinen Küche mit Tassen und Tellern. Sie drängten uns schwarzen Tee auf und dazu Gebäck, das stark krümelte.

Danach erzählte Anna mir, dass sie sie aufgefordert hatte, neu streichen und das Heißwassersystem reparieren zu lassen.

»Sind Sie zufrieden mit Ihrer Wohnung?«, fragte Anna.

»Sie ist nicht die luxuriöseste«, sagte ich, »aber die beste.«

»Ich sehe das auch so. Als ich hier ankam, habe ich selbst darin gewohnt.«

»Und wo wohnen Sie jetzt?«

Sie ruderte mit dem Arm in der Luft. »Da drüben. Hinter der Kathedrale.«

»Ist es schön da?«

»Natürlich. Ich konnte ja wählen.«

Es war dunkel, und ich hatte am Morgen nur eine einzige Seite geschrieben. Ich hatte das Gefühl, dass mich die Schreibmaschine mahnend rief.

»Kann ich an einem anderen Tag mal wieder mit Ihnen mitkommen?«, fragte ich. »Ich habe gern Gesellschaft.«

»Am Freitag sehe ich mir andere Wohnungen an. Ich komme wahrscheinlich etwa um dieselbe Zeit an der Brasserie vorbei. Wenn Sie also da sind ...«

»Sagen Sie mir eine Telefonnummer?«, fragte ich, aber sie war bereits losgegangen und drehte sich nicht mehr um.

Es wurde zu meiner regelmäßigen Nachmittagsaktivität, mit Anna die Zimmer und Wohnungen, die möblierten Zimmer und kleinen Hotels zu inspizieren, die gelistet werden sollten. Wie einsam kann ein Mann denn sein, fragte ich mich, dass seine einzige Freundin vom Verkehrsamt ist – eine Frau, in deren Wohnung er nie war und deren Nachnamen er nicht kennt ... Aber ich mochte unsere Gänge und lernte die Stadt gut kennen. Manchmal wies mich Anna auf kleine Restaurants hin oder auf Läden, in denen fremdsprachige Bücher verkauft wurden.

An anderen Nachmittagen ging ich ins Kino. Das war eine gute Methode, um meinen Kopf von *The Chosen Few* auszuruhen. Hierzulande schien man düstere einheimische Filme zu bevorzugen, oder aber Schmierenkomödien, in denen kleine Männer Torten ins Gesicht bekamen. Eines Nachmittags kaufte ich in einem »Filmklub« eine Tagesmitgliedschaft zum Preis einer normalen Eintrittskarte und stellte fest, dass ein pornografischer Film gezeigt wurde, der in einem Nonnenkloster spielte. Auf dem Filmplakat hatte es darauf nicht den geringsten Hinweis gegeben, das war hier nicht der Stil.

Obwohl sie es nicht ausdrücklich gesagt hatte, kam Anna immer dienstags und freitags an der Brasserie Felix vorbei. Manchmal mussten wir nur einige wenige Immobilien begutachten, und oft genügte schon der erste Blick; an anderen Tagen wurden wir nicht vor sieben fertig. Unsere Unterhaltung blieb sich im Großen und Ganzen gleich. Meistens ging es um die Zimmer und Wohnungen, der Rest betraf die Geschichte der Stadt.

Ich fragte Anna nie nach ihrer Familie oder ihrem früheren Leben, und sie zeigte kein Interesse an meinem. Nach einer höflichen Nachfrage, wie es mit dem Buch voranginge (»Also, es geht vorwärts, wenigstens geht es vorwärts«), holte sie die zusammengefalteten Blätter aus ihrer Jackentasche und sagte: »Okay. Heute gehen wir in einen Stadtteil, wo wir noch nicht gewesen sind. Das ist da, wo früher die Weber wohnten. Ist das das richtige Wort? Weber?«

Und dann machten wir uns auf den Weg, über eine Brücke, durch eine Seitenstraße mit Kopfsteinpflaster. Manchmal nahmen wir die Straßenbahn oder die scheppernde Hochbahn, von der aus wir in die Fenster der grauen, eintönigen Apartmentblöcke sehen konnten, die nach dem Krieg an die Stelle der zerstörten Straßen getreten waren.

Natürlich wollte ich mehr über sie wissen. Im Stillen malte ich mir alles Mögliche aus. Sie war von einem brutalen Ehemann geschieden; sie war verwitwet; ihr Mann saß hinter dem Eisernen Vorhang fest, und sie arbeitete, um ihm Geld schicken zu können. Sie hatte zwei kleine Kinder, die in einem anderen Land lebten. Sie war ein Spitzel der Regierung und hielt nach illegalen Einwanderern Ausschau. In Wirklichkeit – und das hielt ich für am wahrscheinlichsten – arbeitete sie selbst an einem Buch, einem großen historischen Roman, und hatte den Job beim Verkehrsamt angenommen, um ihre Miete bezahlen zu können.

Ihr Gesicht faszinierte mich. Die modellierten Lippen, eine hohe Stirn und große braune Augen, denen ein uneingestandener Schmerz jeden Ausdruck genommen zu haben schien. Ihre Gesichtszüge waren das, was man »markant« nennt, aber es erwies sich als unmöglich, sie im Gedächtnis zu behalten. An den Tagen, da ich sie nicht traf, versuchte ich spaßeshalber, sie zu zeichnen – aber alles, was ich zustande brachte, war eine ungefähre Skizze, ziemlich groß, schlank, das Haar schulterlang. Ich konnte mich bis in die Einzelheiten an die Gesichter von Kindern erinnern, mit denen ich in den Zwanzigerjahren auf der Dorfschule gewesen war, aber von dieser Frau, die ich noch am Tag zuvor gesehen hatte, hatte ich nur eine vage Vorstellung.

Waren wir Freunde? Ich wusste es nicht. Eigentlich schon. Es gab eine Verbindung zwischen uns, die dadurch gewachsen war, dass sie an zwei Tagen in der Woche an der Brasserie vorbeikam; in der Art, wie wir beide akzeptierten, dass man den anderen nichts fragen durfte, solange man selbst nicht über die eigene Vergangenheit sprechen wollte, lag viel Taktgefühl. Ich glaube, dafür mochten wir uns. Es war genau richtig für mich, dass sie eine Geschichte hatte, die ich nicht herausfinden musste: Mein Verhältnis zu Anna war das Gegenteil der Beziehung zu meinen Patienten, und es beglückte mich, dass ich über ihre Vergangenheit in Unkenntnis blieb.

Eine der Haltungen, die mich am engsten mit Judith Wills und Simon Nash verbanden, war unser Zurückschrecken vor den üblichen »Lösungen« der Psychoanalyse. Diese armen Mädchen mit ihren Schmerzen und ihrem Stottern und ihren »Absenzen«, die alle ganz klar an Formen der Epilepsie litten – und denen man erzählte, der Grund ihrer Krankheit sei der verborgene Wunsch, mit ihren Stiefvätern zu schlafen ... Das war klinische Fahrlässigkeit oder, im Fall des Mädchens mit den Bauchschmerzen, das man von ihrer »Hysterie« geheilt nach Hause schickte und das dort an Magenkrebs starb, auch strafbare Fahrlässigkeit.

Und doch ... Das menschliche Bedürfnis nach einer Geschichte, nach dem Geheimnis und seiner Lösung, erst recht, wenn das Ende mehr war als die Auflösung in einem Detektivroman, vielmehr Erlösung und Glück mit sich brachte ... Dieser Hunger verschwand nie, er stellte immer eine Versuchung dar. Und wenn man davon absah, die Tatsachen so zurechtzubiegen, dass sie in das Muster passten, das jede Kirche von ihren Anhängern verlangt, wenn man undogmatisch vorging, konnte man zugestehen, dass Menschen im Verlauf langer Gespräche manchmal Dinge über ihre Vergangenheit entdeckten, die ihnen helfen konnten, ihre Zukunft zu gestalten.

Mit Anna schloss ich eine Freundschaft, die nicht auf Intimität, sondern auf deren Abwesenheit beruhte. In dieser Leere wuchs ein Gefühl der Vertrautheit. Eines Tages gingen wir in den Bezirk, in dem die Kathedrale stand, um eine Wohnung zu inspizieren, deren Bewohner für ein halbes Jahr in Italien waren. Sie war größer als die meisten, die wir sonst sahen: Im Wohnzimmer gab es einen Marmorkamin, Ölgemälde an den Wänden und Sofas mit Samtbezügen; im größten Schlafzimmer, mit Blick auf den Fluss, stand ein Himmelbett. Ich hatte nie in einem Himmelbett geschlafen oder auch nur auf einem gesessen. Als ich mich darauffallen ließ und gegen die Kissen lehnte, fragte ich Anna, die das Zimmer ausmaß: »Glaubst du, dass es in den Erfahrungen, die du gemacht hast, ein bestimmtes Muster gibt? Oder sind sie rein zufällig und haben nichts miteinander zu tun?«

Sie lächelte zum ersten Mal, seitdem wir uns kennengelernt hatten. Sie legte das Maßband beiseite, zog die Reißverschlüsse ihrer Stiefel auf und setzte sich neben mich aufs Bett.

Das Lächeln war immer noch da, als sie sich mir zuwandte. »Ich sehe kein Muster, Robert. Ich sehe nur einzelne Tage.«

»Ich habe dich bisher nie lächeln sehen.«

»Du hast bisher nie etwas gesagt, was mich zum Lächeln gebracht hätte.«

Einen Augenblick lang dachte ich, sie würde gleich zu lachen beginnen, und ich war froh, dass sie es nicht tat.

Sie legte eine Hand auf meinen Schenkel und sagte: »Wenn du willst, können wir miteinander schlafen.«

»Hast du mich jetzt gut genug kennengelernt?«

»Ja.«

»Okay. Hier drinnen ist es schön und warm.«

Sie lächelte erneut, stand auf und zog Pullover und Bluse aus, zog sich den Unterrock über den Kopf. Sie trug eine Nylonstrumpfhose, deren Saum von der Leiste bis zum Brustbein reichte. Ich hatte so etwas noch nie gesehen; ich vermutete, dass Frauen es außer für die Wärme auch für die ziemlich kurzen Röcke brauchten, die sie damals trugen. Ich musste an Luisa denken und daran, wie stolz sie auf ihren altmodischen *reggicalze* gewesen war, als sie sich im Hotelzimmer drehte und wendete und die seidenen Strapse Streifen auf ihrer nackten Haut bildeten.

Annas Haut hatte eine hellbraune Färbung, die mich wieder an die Tonerde des Bildhauers erinnerte; das Abdomen war flach, die Hüften kräftig, und die Patella war angenehm konturiert. Ich zog mich ebenfalls aus, und dann saßen wir nackt nebeneinander auf dem luxuriösen Bett. Sie ließ ihre Hände über meine Brust und meine Schultern gleiten und küsste mich dann auf die Wange.

Ich fand ihren Körper unter einem anatomischen Blickwinkel gefällig, darüber hinaus nicht. Ich betrachtete sie mit einer Freundlichkeit, die ich früher nie hatte aufbringen können, und war stolz darauf, jenes Stadium der Distanziertheit erreicht zu haben, in dem ich ihre Nacktheit als etwas Menschliches, Gesundes wahrnahm. Ihr Schamhaar war kastanienbraun, aber spärlich, als sei sie sechzehn und nicht achtunddreißig. Sie streckte ihre Hand aus und berührte meinen Penis, der schlafend zur Seite lag. Ich erinnere mich, dass mir diese lächerlichen Begriffe – »Schamhaar«, »Penis« – ausnahmsweise einmal angemessen vorkamen. Sie hob das schlaffe Ding in ihrer Hand an, als wolle sie nachschauen, ob darunter etwas Interessanteres lag, aber dort war nur der Übergang meines Schenkels in die Leiste zu sehen. Ich berührte ihre Schamlippen und bewegte meinen Finger zwischen ihnen, wobei ich die Fingerspitze sanft in die Vagina einführte. Ich fragte mich, warum mein Leben immer noch auf Latein ablief.

Nach einer Weile hörten wir auf, uns zu betasten.

Ein paar Minuten schwiegen wir, bis Anna schließlich etwas sagte. »Die nächste Wohnung ist nicht so interessant.«

»Wo liegt sie?«

»In den Vororten. Wir müssen die Straßenbahn nehmen. Ist dein Dauerticket schon abgelaufen?«

»Nein, es gilt noch drei Tage.«

Wir legten uns wieder rücklings aufs Bett und starrten an die Decke.

»Das muss hier ganz schön an Heizung kosten«, sagte ich.

»Ich nehme an, sie sind reich«, sagte Anna. »Sie verbringen den ganzen Winter in Venedig.«

Wieder Schweigen, diesmal ein bisschen belastender.

»Und wir sind hier«, sagte Anna. »Und sind bis zu diesem Punkt gekommen. Macht's dir was aus?«

Sie feuchtete mit der Zunge ihren Finger an, ließ ihre Hand über die Leiste gleiten und zog dann die Schamlippen auseinander und öffnete das Schleimhautgewebe bis zu einem Punkt, wo die Spitze der Klitoris aus ihrer Höhle linste. Sie fing an, sie mechanisch zu reiben. Ich legte mich seitlich zu ihr und schlang den Arm um ihre Schulter. Mein Gesicht versank in ihrem Haar, und meine Lippen lagen an ihrem Ohr.

»Magst du mir sagen, was du gerade denkst?«

»Nein«, keuchte sie. »Es ist zu schrecklich.«

Sie fiel aufs Bett zurück, als sie gekommen war, und Tränen rannen von ihren Augen ins Haar.

Das Buch kam täglich konstante drei Seiten voran, und langsam bekam ich eine Vorstellung von seiner Gestalt und davon, wie viel noch zu schreiben war. Der schwierigste Teil war das dritte Viertel, als das Ende noch nicht in Sicht, es aber zu spät war, von vorn zu beginnen. Es begann mit einem Angriff auf meinen Berufsstand, der, wie ich argumentierte, sich zu sehr für Krankheitsbegriffe interessierte, um das einzuschätzen, was vor seiner Nase lag: die erhellenden Erfahrungen der Patienten. Eine kurze Geschichte der Disziplin bis heute, auf zwei Seiten beschränkt, arbeitete heraus, dass es eine einzige wichtige Entdeckung gegeben hatte, nämlich, dass die meisten Menschen, die in den chronischen Stationen untergebracht waren und glaubten, sie seien Napoleon oder Jeanne d'Arc, nicht unter einer Gehirnerkrankung oder einem persönlichen Zusammenbruch litten, sondern das Spätstadium der Syphilis erreicht hatten. Das war die Summe allen Fortschritts; beinahe zweihundert Jahre für die Feststellung eines Kategorienfehlers.

Ich empfand ein Vergnügen darin, mich mit den vorhandenen Behandlungsmethoden zu beschäftigen, insbesondere mit dem sich selbst bestätigenden Geschwätz der Freud'schen Psychoanalyse, vor dem unser Berufszweig in die Knie gegangen war. Ich versuchte, das so leicht und anekdotisch wie möglich zu beschreiben.

*Es war ein regnerischer Abend im Oktober 195- in Yorkshire. Die Dachrinnen des riesigen viktorianischen Gebäudes liefen über. Ich war der diensthabende Arzt im Praktikum, als wir einen Anruf aus der Praxis eines Allgemeinmediziners in Halifax erhielten. Er hatte einen jungen Patienten, den er uns überweisen wollte. Seine Mutter besaß ein Auto und konnte ihn innerhalb einer Stunde zu uns bringen.*

*Ich benachrichtigte meinen Vorgesetzten, Dr. H., einen Mann mit langjähriger Erfahrung. Der Patient traf gegen sieben Uhr abends bei uns ein. Er hieß Terry und trug Sakko und Krawatte. Seine Mutter, obwohl ziemlich aufgelöst, war eine seriöse Frau.*

*Terry war als Grundschüler gut genug gewesen, um auf eine höhere Schule zu gehen und danach auf die Universität, wo er jetzt im Abschlussjahr studierte. Seine Eltern waren sehr stolz auf ihn. Als Kind war er ruhig gewesen und ein leidenschaftlicher Leser. Er hatte eine* ältere Schwester, zu der das Verhältnis jedoch nicht sehr eng war; die Schwester erfreute sich guter Gesundheit. Vor ein paar Monaten hatte er begonnen, abends lange auszubleiben. Er erzählte seinen Eltern, er habe einen Teilzeitjob und wolle von dem verdienten Geld mit einem Mädchen nach Paris fahren. Er verschwand dann für eine Woche, und als er zurückkam, sagte er, er werde von der Polizei verfolgt. Er weigerte sich, sein Schlafzimmer zu benutzen, weil er behauptete, es sei mit Abhörgeräten verwanzt, und bestand darauf, unten zu schlafen. Er warnte seine Eltern davor, Radio zu hören, weil dort unter Umständen kodierte Nachrichten über ihn gesendet werden könnten.

Als Dr. H. ihn befragte, schien Terry wie betäubt. Er schüttelte den Kopf, als wolle er ihn von etwas Lästigem frei machen. Er sprach langsam, als sei er sediert, obwohl seine Mutter sagte, er stehe nicht unter Medikamenten. Dann war er wieder aufgeregt und wollte Dr. H. unbedingt vor einer Verschwörung warnen, in die die Polizei ihn verwickeln wollte.

Wir sprachen außerdem über seine Gefühle für Mädchen und seine methodistische Erziehung. Dr. H. sagte seiner Mutter, dass Terry in einer Klinik besser aufgehoben sei. Wir kamen überein, dass sie am nächsten Tag wiederkommen und Terrys Sachen bringen solle. Ein Pfleger brachte Terry weg.

Als die Mutter gegangen war, sagte Dr. H.: »Eine schizophrenogene Mutter, wie sie im Buche steht.«

Ich war entsetzt, sagte aber nichts. Hier hatten wir einen jungen Mann im Anfangsstadium einer schweren Krankheit, und der Facharzt wollte das mit seiner Kindheit erklären. Dr. H. sprach über Terrys »Über-Ich« und sein »Es« – was irgendwie damit zu tun haben sollte, dass er mit einem Mädchen ausgegangen war.

Und wir hatten hier eine Frau, die gerade den schlimmsten Moment ihres Lebens erlebte, und alles, was wir ihr zur Beruhigung anbieten *konnten, war die Aussage, dass es ihr Fehler war. Dr. H. bestand unerbittlich darauf, dass diese reichlich durchschnittliche Frau eine »schizophrenogene« (d. h. die Verrücktheit verursachende) Mutter war.*

*Ich wünschte, ich könnte sagen, dass Terry ein Einzelfall war, aber jeder neue Fall wurde in derselben Manier betrachtet. An jenem regnerischen Abend in Yorkshire schwor ich mir, zu versuchen, den armen Seelen eine bessere Chance zu geben, die durch den genetischen Zufall das ganze Gewicht der unberechenbaren Vorzüge unserer Rasse im Überlebenskampf tragen mussten.*

Aus Rücksicht auf die ärztliche Schweigepflicht und im Hinblick auf die Gesetze zu Verleumdung und übler Nachrede hatte ich Lancashire zu Yorkshire gemacht, Jimmy zu Terry und so weiter. Das war alles in Ordnung, aber bald stellten sich Probleme ein. Das erste betraf die Sprache. Es gibt eine Grenze, wie oft man einen Leser mit dem Wort »phänomenologisch« konfrontieren kann. Armes Altgriechisch: schwer zu lesen wegen dieser spitzen, stachligen Schrift und für uns auch in unserer eigenen Schrift abschreckend; aber wenn ich Wörter wie »verrückt« gebrauchte, war das Buch nicht ernst zu nehmen. Der Spagat zwischen Angemessenheit und Zumutbarkeit stellte sich als große Herausforderung dar; vorher hatte ich nicht gewusst, wie viel von der Arbeit eines Autors die eines Boten oder eines Agenten war – eines Vermittlers des Lesbaren.

Als Nächstes untersuchte ich die Behandlung vom Gesichtspunkt des Patienten aus und zeigte auf, wie rätselhaft das Verhalten des medizinischen Personals einem Leidenden erscheinen musste. Ich legte dar, dass die extremen Handlungen – selbst die Wahnvorstellungen – solcher Patienten genau besehen verzweifelte Versuche darstellten, die Integrität dessen zu schützen, was sie als ihr »Selbst« ansahen.

Damit lag ich mit dem vorherrschenden Denken dieser Zeit durchaus auf einer Linie. Ich ging aber darüber hinaus, indem ich aufzeigte, dass die ganze Vorstellung des »Selbst«, die der Patient bis zum bitteren Ende verteidigte, zwar die entscheidende Veränderung gewesen sein mag, die den Homo sapiens erschaffen hatte, im Grunde aber eine Schimäre: eine eigenartige neurale Selbsttäuschung, die sich nur durchgesetzt hatte, weil sie eine fadenscheinige Überlegenheit verlieh. Diese armen Seelen versuchten verzweifelt, eine Lüge zu verteidigen.

Auf dieser Grundlage stellte der zweite Teil des Buches die These auf, dass die Ereignisse des zwanzigsten Jahrhunderts – die Schützengräben, die Vernichtungslager und die Gulags – nur als psychotische Ausdrucksform des genetischen Fluchs verstanden werden konnten, unter dem die Menschen standen; dass sie in gewisser Hinsicht die Verwirklichung ihres Wahns waren, weil die Menschen versucht hatten, die Welt nach ihren eigenen krankhaften Vorstellungen neu zu erschaffen.

Das Schreiben fiel mir sehr schwer. Ich musste jeden der wissenschaftlichen Bausteine – die Biologie, die Genetik, die Geschichte – präzise ausarbeiten; war ich mit einem davon fertig, war ich einerseits erleichtert und fürchtete andererseits, ich hätte es besser machen können. Die Zwischenstücke stellten eine Herausforderung anderer Art, aber von gleicher Schwierigkeit dar: Manchmal wusste ich nicht, welche Anekdote und welche Fallgeschichte ich nehmen sollte oder wohin mich das führte.

Dann hieß es rausgehen und durch die Straßen schlendern, um den Kopf frei zu machen. Inzwischen kannte ich die Stadt gut, die breiten Einkaufsstraßen mit den verspiegelten Scheiben, den Schaufensterpuppen und den teuren Klamotten ebenso wie die stillen Wohnviertel mit den Giebelhäusern und die Industriebezirke. In gewisser Hinsicht sind alle Städte Versionen eines Paradigmas. Das Licht eines Winternachmittags beleuchtet die Cafés in Siena nicht anders als die in Nablus oder Boston. Das Leben der anderen geht weiter.

Drei Tage nach dem Vorfall auf dem Himmelbett kam Anna zur üblichen Zeit zur Brasserie Felix. Sie trank einen Glühwein, bevor wir uns auf den Weg machten; sie schien mitteilsamer als sonst und keineswegs peinlich berührt durch die Erinnerung an unsere letzte Begegnung. Das erleichterte mich. Obwohl der versuchte Sex nicht meine Idee gewesen war, schrieb ich seinen Fehlschlag doch mir zu. Ich hätte in der Lage sein müssen, dieses schlafende Organ aufzurichten, wie man einen Finger hebt, auf Befehl. Donald Sidwell hatte mir erzählt, er habe in Brüssel einmal ein Mädchen kennengelernt, das tatsächlich geglaubt hatte, genau so funktioniere das.

Wir waren in einem Apartment in der Nähe des Hauptbahnhofs, mit Blick auf einen Rangierbahnhof. Mir erschien der Gedanke, nachts Züge zu hören, verlockend, aber Anna war da nicht so sicher.

»Und dann die Aussicht«, sagte sie.

»Magst du keine Züge?«

»Ich ziehe Gärten vor. Parks.«

»Ja, aber es liegt etwas ... Geselliges im Rattern der Wagen auf dem Gleis, der Gedanke an die Reisen anderer Leute.«

Sie lächelte, aber ich unterließ es, sie darauf hinzuweisen.

»Halt das mal, bitte«, sagte sie und reichte mir ein Ende des Maßbands.

Als sie in die Hocke ging, die Bluse stramm über Schenkel und Hüften gespannt, wobei das braune Haar über den Kragen ihres cremefarbenen Pullis fiel, war sie zweifellos ein hübsches Geschöpf. Ich mochte sie.

»Sag mal, Robert, wie viele Wochen bist du jetzt hier?«

»Es müssten zehn sein.«

»Und von deinen Freunden hat dich kein einziger besucht.«

»Nein ... Ich ... Nein. Ich habe nicht so viele Freunde. Ich habe Kollegen, zwei davon stehen mir nahe.«

»Erzähl mir von ihnen.«

»Judith. Sie ist ernst, aber freundlich. Prinzipienfest, klar denkend, entschieden. Sie hat irgendwie das Kommando. Aber sie kann auch über kindisches Zeugs lachen. Wenn sie ins Kino geht, sieht sie sich Komödien an.«

»Und der andere?«

»Simon? Auf den ersten Blick wirkt er ... schwierig. Aufgeblasen? Kennst du das Wort?«

»Ja, wie ein Richter oder Schulleiter.«

»Ja, aber dann merkt man, dass er eine andere ... dass er weitergehende Pläne hat. Sein Kopf ist ihm immer voraus. Die Patienten lieben ihn.«

»Patienten?«

Ich hatte mich verraten.

Anna lächelte wieder. »Aber keiner von beiden kommt dich besuchen.«

»Ich möchte nicht, dass die beiden kommen. Ich muss dieses Buch allein schreiben. Dann gehe ich zurück nach England und arbeite weiter mit ihnen.«

»Andere Freunde hast du nicht?«

»Meine besten Freunde hatte ich in der Armee. Im Krieg.«

»Was ist mit ihnen passiert?«

»Ein paar von ihnen sind tot. Zu den anderen habe ich den Kontakt verloren.«

»Aber im Krieg?«, fragte Anna.

Ich starrte aus dem Fenster über den Rangierbahnhof, dann drehte ich mich wieder zu Anna um.

»Während des Kriegs«, sagte ich, »war ich glücklich.«

»Glücklich?«

»Ich glaube nicht, dass ich das schon jemals irgendwem erzählt habe. Ich wusste, was ich tat. Man konnte gar nicht einsam sein, weil man nicht wirklich ein Individuum war, man war Teil desselben Körpers. Er starb, man selbst wurde verwundet, ihm ging es gut. Morgen würde es genau umgekehrt aussehen. Das war nicht wichtig, das änderte nichts. Wir hatten einfach dieses Gefühl von … einer Aufgabe. Die Dinge waren klar und einfach.«

Sie warf mir einen fragenden Blick zu.

»Mein bester Freund war ein Mann namens Donald Sidwell. Wir waren wie Brüder. Wir lernten uns an der Universität kennen. Er konnte sich für so vieles begeistern – Autos, Musik, Pferderennen, Frankreich. Dann kam er ins selbe Regiment wie ich, und wir kämpften an denselben Orten. Frankreich, Nordafrika, Italien.«

»Und dann?«

»Er wurde bei Anzio verwundet. Ich auch. Wir alle wurden verwundet. Es war furchtbar dort. Ich glaube, wir wären besser niemals dort hingegangen.«

»Aber er hat überlebt.«

»Ja. Er wurde im Herbst darauf getötet. In den Bergen nördlich von Florenz. Das war eine andere Art Kampf, hautnah, in den Wäldern. Wir mussten eine Straße durch die Berge Richtung Norden frei halten. Aus irgendeinem Grund griffen wir am Nachmittag an. Dann wurde es dunkel. Donald war sehr kurzsichtig. Ich weiß nicht, was im Einzelnen passiert ist, aber wir hatten an dem Tag eine Menge Verluste.«

»Und das war's?«

»Das war's. Wie bei vielen anderen. Er ist nie bei sich angekommen, hat kein Leben gehabt.«

»Warst du in ihn verliebt?«

»Nicht so. Nicht ›verliebt‹. Aber ich liebte ihn.«

Wir saßen auf dem Bett. Ganz locker, keine Anspannung. Lange Zeit rührte sich keiner von uns. Ich konnte das Ticken der Uhr auf dem Kaminsims hören.

Dann räusperte sich Anna. Ganz ruhig sagte sie: »Ich wusste, dass du Arzt bist. Ich habe es an der Art gemerkt, wie du mich berührt hast.«

Aus irgendeinem Grund fand ich das komisch. Ich ließ mich aufs Bett zurückfallen und lachte. Anna sah mich zuerst argwöhnisch an, aber als sie merkte, dass in meinem Lachen keine Häme steckte, fing sie zu kichern an – anfangs über mich, nehme ich an, dann darüber, was sie gesagt hatte, und dann über die Absurdität des Ganzen. Von allem und jedem.

Ich war froh, sie nach zehn Wochen endlich zum Lachen gebracht zu haben, und ich bedauerte es, als wir aufstehen und wieder nach draußen auf die kalten Straßen zurückkehren mussten.

Inzwischen konnte ich sehen, dass ich mich dem Ende des Buches näherte. Ich bekam die Skizze für das, was noch geschrieben werden musste, auf ein einziges Blatt.

In einem der Buchläden mit fremdsprachiger Literatur, die Anna mir gezeigt hatte, fand ich eine Studienausgabe von Tennyson, die vermutlich ein englischer Anhalter hiergelassen hatte, um sein Gepäck leichter zu machen. Die zwielichtigen Gefilde der viktorianischen Poesie hatten mich nie gereizt, aber ich brauchte jetzt etwas anderes zu lesen, und der Band kostete nur ungefähr einen Shilling. In seinem Kommentar wies der Herausgeber darauf hin, dass »In Memoriam« als Elegie nicht nur eines Freundes gedachte, sondern einer ganzen vergangenen Weltsicht. Die Veröffentlichung von Charles Lyells *Principles of Geology* im Jahr 1830 hatte klargemacht, dass die Erde keineswegs ein paar Tausend Jahre alt war, wie es die Christen bis dahin geglaubt hatten, sondern Hunderte von Millionen Jahren. Das räumte genügend Zeit für Darwins im Schneckentempo erfolgenden Prozess der natürlichen Selektion ein, aber es machte ein Ende mit einer bestimmten Lebensweise und einer Tradition des Denkens. Diese verlorene Gewissheit, so der Herausgeber, war es, die Tennyson in »In Memoriam« betrauerte, ähnlich wie Matthew Arnold in »Dover Beach«.

Das Gedicht berührte mich sehr, als ich es auf dem Schlittenbett in meinem gemieteten Zimmer sitzend las. Ich erkannte nun, dass dies einer der Gründe dafür gewesen war, dass ich mein Buch in einer ganz bestimmten Stadt hatte schreiben wollen: Ich suchte nach einem Ort, der mich in eine unschuldigere Zeit zurückversetzen konnte. In meinem Fall nicht in eine Zeit vor der Entdeckung des wahren Erdalters, aber in eine Zeit vor 1914, als man noch immer glauben konnte, dass die Menschen – bei allen barbarischen Akten der Römer, Goten und Mongolen und bei allen Extremen von Unterwerfung und Sklaverei – im Grunde stetig zivilisierter, humaner und aufgeklärter wurden, mit welchen Rückschlägen auch immer. Die Zeit vor Flandern und Auschwitz zeigte umso deutlicher, dass diese Spezies, wenn sie nur die Mittel zur Vernichtung und die Möglichkeit hatte, sie einzusetzen, weit entfernt davon war, die Krone der Schöpfung zu sein, sondern in Wahrheit in der Rangskala tiefer stand als alle anderen Arten in der Gattung der Säugetiere.

In der Tat ein unschuldiges Zeitalter, und eine Spielart davon hatte ich in meiner namenlosen Stadt gefunden und geschätzt, während ich *The Chosen Few* schrieb. Der Titel bezog sich auf das eine Prozent der menschlichen Bevölkerung weltweit, das verrückt ist: also jene, deren Genom eine pervertierte Spielart der »Vorzüge« ist, deren sich die restlichen neunundneunzig Prozent erfreuen; jene bedauernswerten wenigen, die die Kosten für unseren Zugang zum Vortrefflichen tragen, für die begeisterte Bereitschaft aber, mit der wir Verbrechen begehen, die niemals gesühnt werden können, nicht verantwortlich sind.

Ich hämmerte den allerletzten Punkt aufs Papier und beobachtete, wie er an den Rändern zart verwischte, als die Tinte getrocknet war – wie die umflorten Ringe des Saturn. Ich hatte diesen verlorenen Seelen meinen Tribut gezollt und gezeigt, dass es lohnte, ihren Erfahrungen genauer zuzuhören, dass jedes einzelne Leben heilig war und dass es durch die Grobheit der klinischen Klassifizierungen abgewertet wurde. Allerdings fürchtete ich, Leser könnten mich für sentimental halten, und um dieser Kritik zuvorzukommen, hatte ich zugestanden, dass manche Patienten nicht nur schwierig waren, sondern tatsächlich keine »angenehmen« Menschen. Aber ich war hinter meinen eigenen Erwartungen zurückgeblieben und hatte feststellen müssen, dass weder mein analytisches noch mein deskriptives Vermögen der Aufgabe gewachsen waren, und das bekümmerte mich stark. Ich würde nie wieder die Zeit noch die Energie haben, ein solches Thema anzugehen, und ich hatte meine Chance vertan.

Gegen Ende meiner Arbeit wuchs der Zweifel in mir, ob ein Sachbuch oder ein wissenschaftliches Buch das richtige Medium war, um meine Überzeugungen über das Wesen unseres wahnsinnigen Jahrhunderts zu transportieren; diese brauchten einen größeren Spielraum, eine geschmeidigere Form, in der Dinge mitschwangen, ohne dass sie ausgesprochen wurden. Das hielt mich aber nicht mehr auf. Ich machte weiter, bis ich nicht mehr weitermachen konnte; dann schichtete ich die Seiten sorgfältig zu einem Bündel, band sie mit einer Schnur zusammen und legte sie in eine Pappschachtel.

An jenem Freitag traf ich mich zum letzten Mal mit Anna. Nachdem wir die Immobilien auf ihrer Liste inspiziert hatten, lud ich sie zum Essen in ein kleines Restaurant ein, auf das sie mich zweimal hingewiesen hatte. Wir tranken zwei Flaschen Wein und aßen eine Räucherfischplatte, dann eine Hähnchenpastete mit Wildpilzen.

Danach standen wir draußen auf dem Bürgersteig. Unsere Heimwege lagen in entgegengesetzter Richtung, aber ich sträubte mich innerlich, Abschied zu nehmen.

»Soll ich mitkommen und mir deine Wohnung ansehen?«, fragte ich.

Sie schüttelte den Kopf. »Das hat keinen Sinn.«

»Soll ich dir schreiben?«

»Wozu? Du wirst nicht wieder herkommen. Und ich werde nicht nach England kommen.«

Ich sah auf meine Füße. »Kann ich dir wenigstens ein Exemplar von dem Buch schicken, das ich hier geschrieben habe? Wenn es raus ist?«

»Ja, das kannst du tun.«

»Dann brauche ich deine Adresse.«

»Nein, du kannst es ans Verkehrsamt schicken.«

Ich wollte nur sehr ungern auf diese Art auseinandergehen, weil es zeigte, wie schal solche vorübergehenden Freundschaften waren. Aber die Alternativen waren auch falsch: Briefe an jemanden zu schreiben, der älter wurde, in die Ferne rückte, sich veränderte, in gewisser Weise nicht mehr dieselbe Person war, wenn ich nicht mehr da war …

Ich holte Luft und sagte mir selbst, Abschied nehmen zu können sei ein Zeichen von Gesundheit – oder erhalte wenigstens die Gesundheit. Ich würde mich trennen, mich erfolgreich lösen. Schließlich hatte ich Mary Miller seit fünfundzwanzig Jahren nicht gesehen, und vermutlich lebte sie noch, in anderer Gestalt, eine fremde Frau.

Früher in Birmingham hatte ich einen manisch-depressiven Patienten gehabt, der mir erzählte, dass bei ihm eine sechsmonatige Depression dadurch ausgelöst worden war, dass er sich nicht in der Lage sah, sich von einem Gepäckträger bei der Bahn zu verabschieden, der außergewöhnlich freundlich zu ihm gewesen war. Das machte alles andere im Leben sinnlos, sagte er. Ich verstand, was er meinte, aber einem Gefühl bis zur letzten Konsequenz anzuhängen, war nicht von Vorteil, wenn diese Konsequenz der Wahn war.

Also breitete ich meine Arme aus, drückte Anna fest und sagte: »Danke, danke für alles. Ich hoffe, dass du glücklich wirst.«

Mehr gab es nicht zu sagen.

Sie sagte: »Das hoffe ich für dich auch.«

In dieser Welt war das reichlich unmöglich. Aber als ich kehrtmachte und auf dem Kopfsteinpflaster an dem dunklen Kanal entlang zurückging, hatte ich das Gefühl, dass zwar nicht in dieser, aber in einer anderen Welt solche Dinge zu einem guten Ende gebracht werden konnten.

In England sprach ich mit dem Lektor des Magazins, das meinen letzten Artikel veröffentlicht hatte, und fragte ihn, wo ich das Buch anbieten sollte. Er nannte mir zwei Namen, einmal einen medizinischen Verlag und dann einen Publikumsverlag, und ich entschied mich dafür, es an den zweiten zu schicken, weil es dort vermutlich mehr Leser erreichen würde.

Ein paar Wochen darauf, als ich längst wieder in meinem möblierten Zimmer in den Redlands war, brachte mir Mrs. Devaney einen Brief von einem gewissen »Neville de Freitas, Programmchef«, der mich zum Mittagessen in London einlud. Das fand im Rugantino statt, einem schmalen Restaurant in der Romilly Street, wo italienische Kellner die Horsd'œuvres auf Servierwagen heranschoben und schwere Rotweine brachten, von denen de Freitas sich selbst das meiste einschenkte. Er hatte rötlich braune Koteletten, graues Haar, das seine Ohren bedeckte, und trug eine Weste mit Messingknöpfen; abgesehen von der Zigarette, die er während des Essens nicht ausgehen ließ, sah er aus wie eine Illustration aus einem edwardianischen Kinderbuch: Herr Dachs, der Baumeister oder etwas in der Art.

»Das ist genau die Art von Buch, nach der wir gesucht haben«, erzählte er mir. »Es ist offen und direkt, es ist Gegenkultur. Es ist auf genau die richtige Art interdisziplinär. Wir möchten es an ein paar Stellen kürzen, wenn Sie einverstanden sind. Ich bringe Sie mit Alison zusammen, meiner Lektorin. Dann müssten Sie einen guten Klappentext aus dem Ärmel schütteln. Wenn es sich als Hardcover gut verkauft, könnte es einer der Starttitel für die Paperback-Reihe werden, mit der wir nächstes Jahr anfangen wollen.«

Ich verstand nicht alles, was er sagte, aber es sah so aus, als wolle er mein Werk veröffentlichen. Soviel ich von dem ganzen Metier wusste, war es im Normalfall so, dass man erst einmal jahrelang abgelehnt wurde, also bat ich ihn, mir klar und deutlich zu bestätigen, dass es sich nicht um ein Missverständnis handelte.

Der Kellner brachte *fegato alla veneziana*, leicht angesengte Leber unter einem Gitter dünner, zart gedünsteter Zwiebelringe. Plötzlich tauchte das Bild des Mittagessens in Neapel mit Luisa vor mir auf und der Moment, als die Frauen aus dem Irrenhaus hereingekommen waren; ich wünschte mir, sie würden jetzt die

Tür von der Romilly Street aus öffnen, sodass ich ihnen etwas von den Speisen auf den voll beladenen Servierwagen des Rugantino abgeben könnte.

Es stellte sich heraus, dass es sich nicht um ein Missverständnis handelte.

»Wir können Ihnen sechshundert Pfund als Vorschuss auf das zu erwartende Honorar anbieten«, sagte de Freitas und schaufelte sich Röstkartoffeln auf den Teller. »Es tut mir leid, dass es nicht mehr ist, aber schließlich ist es ja nur ein Vorschuss. Wenn der erst einmal durch die Verkäufe gedeckt ist, werden die Honorare im üblichen Turnus bezahlt. Möchten Sie noch etwas Wein?«

»Danke«, sagte ich. »Haben Sie vielen Dank.«

## ZWÖLFTES KAPITEL

Im Vorfeld meiner Rückkehr auf Pereiras Insel vergegenwärtigte ich mir alles, was ich über ihn wusste. Er war 1887 unweit von Paris in eine anglo-hispanisch-französische Familie hineingeboren. Er hatte in England und Frankreich gearbeitet, zuerst als Psychiater, überwiegend aber als Neurologe, der sich auf alte Menschen und ihre Leiden spezialisierte. Sein großes Thema waren das Gedächtnis und die Erinnerung. Im Ersten Weltkrieg hatte er in derselben Infanterieeinheit wie mein Vater gekämpft, weil er aus irgendeinem Grund nicht in der französischen Armee dienen konnte. 1940, als Frankreich von den Deutschen besetzt wurde, hatte er an der Salpêtrière in Paris gearbeitet. Er hatte mir eine ziemlich komische Geschichte darüber erzählt, wie er versucht hatte, sich der nicht existierenden Résistance an der Loire anzuschließen, aber zu dem Schluss kam, als ehemaliger Offizier sei es für ihn einfacher, wieder in die britische Armee zu gehen. Er war tauglich, entschlossen und ordenbehangen und wurde 1941 ins Medizinische Corps der Armee aufgenommen. Ursprünglich sollte er in der Administration arbeiten, aber weil qualifizierte Ärzte knapp waren, fand er sich 1943 auf einem Truppentransporter nach Nordafrika wieder. Es versetzte mir einen kleinen Schock, als er mir das erzählte, denn ich rechnete nach und stellte fest, dass er, nur wenige Tage nachdem mein Bataillon im algerischen Hafen von Bône abgelegt hatte (heute wieder Annaba, glaube ich, der Name aus der vorkolonialen Zeit), ebendort angekommen war, gerade rechtzeitig zur Monsunzeit. Fast war es, als habe er mich verfolgt.

Er war dreißig Jahre verheiratet gewesen, hatte aber keine Kinder, und seine Frau war schon tot. Seine Karriere als Neurologe hatte spät noch einmal einen Abzweig in die Psychiatrie genommen, und das Ganze war vor etwa dreißig Jahren etwas abrupt zu Ende gegangen.

Und das war alles, was ich wusste. Wenn ich die Aufgabe als sein literarischer Nachlassverwalter übernehmen sollte, musste ich wohl oder übel einige seiner Bücher und Artikel lesen, wenn nicht gar alle, um ein besseres Verständnis seiner Karriere zu bekommen, als es mir bei meinem ersten Besuch möglich gewesen war, den er – vermutlich, weil er eine Einschätzung meines Charakters und meiner Eignung gewinnen wollte – in eine umfassende Beichte meinerseits umgemünzt hatte (wenn auch nicht so vollständig, wie er glauben mochte). Ich musste außerdem wissen, was um Himmels willen er in dem großen Treibhaus angestellt hatte, das seitlich an sein Wohnhaus grenzte. Ich hielt die Zeit für gekommen, meinerseits ein paar Nachforschungen anzustellen.

Während einer Konferenz in Paris in den Siebzigerjahren hatte ich die Amerikanische Bibliothek in der Rue du Général Camou kennengelernt. Obwohl die meisten Bücher in englischer Sprache waren, gab es eine gute französische Abteilung, und das Personal war zweisprachig. Deshalb nahm ich diesmal, statt nach Marseille zu fliegen, den Zug nach Paris, um zu sehen, was ich über Pereira herausfinden konnte, und wollte dann am nächsten Tag weiter nach Süden fahren.

In der Amerikanischen Bibliothek fragte ich die Bibliothekarin, ob es ein französisches Äquivalent des *Who's Who* gebe.

»Ja«, antwortete sie. »Sie brauchen *Le Bottin Mondain*. Es gibt aber auch einen *Who's Who* auf Französisch.«

»Und der heißt nicht *Qui est Qui*?«

»Nein.«

»Sie überraschen uns immer wieder, die Franzosen, oder?«

»Allerdings. Deshalb bin ich auch so gern hier.«

Nach diesem anregenden kleinen Gespräch schleppte ich beide Bücher zu einem Tisch in einer Nische, blätterte zum Buchstaben »P« – und fand ihn. Alles schien in Ordnung zu sein. »*Né le 9 mars 1887 à Paris 12e … Fils de: Antonio Maria Pereira, diplomate, et Elizabeth Georgina Waters … Etudes: … Dipl: … Carrière: … Salpêtrière … Royal Manchester Infirmary … consultant senior … École de Neurologie … professeur de chaire …*«

Es war alles genau so, wie er es mir erzählt hatte, auch wenn es in der Zusammenfassung etwas kümmerlich wirkte. Der letzte Absatz enthielt eine Liste der veröffentlichten medizinischen Artikel, erwähnte aber auch den populärwissenschaftlichen Titel *Alphonse Estève: The Man Who Forgot Himself* (London 1959).

Ich überflog das alles ziemlich rasch und blieb an einem Eintrag hängen: *La Conspiration de la Serre* (roman, Éditions du Seuil, 1964) … Ein Roman, Himmelherrgott! Soviel ich wusste, war Serre ein Städtchen in Nordfrankreich, nahe den Schlachtfeldern an der Somme, aber das »la« deutete darauf hin, dass es hier eine andere Bedeutung hatte. Ich ging zurück zu meiner jungen amerikanischen Freundin an ihrem Pult.

»Wissen Sie, was das französische *serre* heißt?«

»Aber sicher. Das ist ein Glashaus.«

»Danke. Vielleicht auch Treibhaus? ›*Die Treibhausverschwörung*‹. Ziemlich guter Titel für einen Roman, finden Sie nicht?«

»Ich glaube, ›*Die Glashausverschwörung*‹ gefällt mir besser. Wenn ich Treibhaus höre, denke ich irgendwie an ungesunde Triebe.«

»Mag sein, ja. Wer hätte gedacht, dass ... Also auch noch Romancier.«

Sie lächelte erneut und schob sich die Brille nach oben in ihr dichtes braunes Haar. Ich überlegte kurz, ob ich sie zum Mittagessen einladen sollte, besann mich dann aber eines Besseren. Wenn ich sie nach ein paar Minuten nicht mehr attraktiv finden würde, wäre es reine Zeitverschwendung; und wenn doch, was sollte ich dann tun? Sie überreden, ihre Nachmittagsschicht in der Bibliothek sausen zu lassen, und sie in ein Hotel abschleppen? In Paris bleiben und sie mit Blumen und Essenseinladungen überschütten, nur um am Ende zu erfahren, dass sie einen Freund zu Hause in Delaware hatte? Ich sah mich wieder in den Abgrund meiner folgenlosen Beziehung zu Anna starren; also verließ ich schnell die Bibliothek, ging die windige Avenue Rapp hinauf und machte mich auf den Weg zum Fluss.

Auch wenn das Pariser Leben mit seinem starren Schema ermüdend sein kann, ist auf bestimmte Dinge doch Verlass. Die rote Markise über dem Trottoir, die runden Tische und die Rohrstühle, das weiß aufs Fenster geschriebene *menu du jour* ... Man weiß, was einen erwartet. Wichtig ist, nicht das miserabel gekochte *côte de* zu nehmen, dem eine im Laden gekaufte *tarte aux* folgt und die zusammen jene *formule* ausmachen, die man uns unbedingt andrehen will. Ich bestelle immer *œuf mayonnaise* und danach ein *sandwich camembert* mit einem halben Krug Rotem, schließlich einen kräftigen *café double*, und danach sieht die Welt unweigerlich besser aus.

Beschwingt steuerte ich auf den gewölbten Brückenbogen des Pont de l'Alma zu. Meine nächste Station sollte die Bibliothèque Nationale sein, wo ich versuchen wollte, ein Exemplar von *La Conspiration de la Serre* zu bekommen. Von einem früheren Besuch her erinnerte ich mich, dass die Bibliothek mit der Metro nur schlecht zu erreichen war, aber das machte mir nicht viel aus, ich mochte die neuen Wagen der Linie Vincennes–Neuilly mit ihren pneumatisch schließenden Türen ohnehin nicht; ich zog die ehrwürdigen alten Schienenfahrzeuge auf der Linie Clignancourt–Orléans vor, deren ratternde Wagen von den Geistern von Verdun heimgesucht wurden – jenen arm- und beinlosen Kriegsversehrten mit ihren Bettelbüchsen. Ich konnte mir ein Taxi leisten – wenn ich nur erst herausfand, welcher Wagen frei war. Simon Nash hatte mir mal erklärt, dass ein Drittel der winzigen Taxilichter sagen wollte: »Ich bin auf dem Weg zu meiner Geliebten«, und die anderen zwei Drittel bedeuteten »Verpiss dich«.

Es traf sich, dass ich problemlos einen hilfsbereiten Marokkaner fand und die Fahrt am linken Seineufer genoss. Ich war sehr neugierig, wie Pereiras Buch geschrieben war. Viele Leute verkrampften, wenn sie literarisch schreiben sollten, beinahe, als müssten sie dafür Schlips und Kragen anlegen. Ich vermutete, dass Pereira dafür zu klug war, hatte wegen des Wortes »conspiration« – Verschwörung – aber so meine Zweifel. Wie viele andere mochte er den Fehler gemacht haben, zu glauben, dass einen Roman zu schreiben bedeute, sich vom richtigen Leben zu erholen; womöglich hatte er gar einen »Thriller« versucht.

Wie sich herausstellte, hätte ich mir darüber nicht den Kopf zerbrechen müssen. Ohne Anmeldung konnte ich die Bibliothèque nicht nutzen, dafür brauchte ich einen Ausweis und einen Bürgen. Vom Hotel aus telefonierte ich mit der London Library. Es dauerte ein paar Minuten, bevor sie mir bestätigten, dass sie ein Exemplar des Buches hatten; ich bat sie, mir dieses an Pereiras Adresse auf der Insel zu schicken. Wenn ich einen Zuschlag zahlte, konnte es in achtundvierzig Stunden dort sein, unter Umständen also schon vor mir.

Vom ersten Moment an, als ich wieder in Pereiras Haus war, wünschte ich, ich wäre nicht gekommen. Das Bild des Heiligen mit seinem entrückten Blick oben in meinem Zimmer bezauberte mich nicht länger, und das geronnene Blut, das die Dornenkrone auf dem Kruzifix über dem Bett hinablief, schien mir die einfältigsten und grausamsten Aspekte aller Religion zu verkörpern.

Als ich zum Essen nach unten kam, sagte Paulette: »Da ist ein Päckchen für Sie.«

Ich hatte noch nie zuvor jemanden getroffen, der Missbilligung mit so sparsamen Gesten ausdrücken konnte.

Zum Essen gab es *blanquette de veau* mit gerösteten Rosmarinkartoffeln und grünem Salat, und dabei erzählte ich Pereira von meinem Besuch bei Richard Varian.

Anschließend zeigte er mir in der Bibliothek noch eine Reihe Fotos, die 1917 irgendwo in der Nähe des Gebirgskamms von Messines aufgenommen worden waren. Er war sich ziemlich sicher, dass die verschwommene Gestalt, Zweiter von links, mein Vater war. Er zeigte mir eine Patronenhülse, graviert mit den Umrissen von Wildblumen; er glaubte, das sei das Werk meines Vaters, der als Schneider außergewöhnlich geschickt gewesen sei. Es gab außerdem einen Zinnaschenbecher, den er mit niemandem in Zusammenhang bringen konnte. Das war alles recht interessant, dachte ich, aber es lohnte kaum, sich länger dabei aufzuhalten; also sagte ich ihm nach dem ersten Brandy, dass ich gern schlafen gehen wolle.

Ich nahm das Päckchen von der London Library mit nach

oben und packte *La Conspiration de la Serre* von Alexander Pereira aus. Mein Französisch war gut genug, sodass ich der Geschichte folgen konnte; die Mehrzahl der schwierigen Wörter waren Fachbegriffe und deshalb ihren englischen Entsprechungen eng verwandt. Schon nach der zweiten Seite war klar, dass der Anspruch, ein »Roman« zu sein, kaum gerechtfertigt war; alles roch stark nach einer wahren Geschichte.

Diese Geschichte handelte von einem Arzt, der auf einer entlegenen Insel im Mittelmeer ein kleines Sanatorium für etwa dreißig Patienten gründet, die als unheilbar eingestuft worden sind. Dieser Dr. Lenoir hat eine Lieblingspatientin – eine junge Frau, Béatrice, in die er vor ihrer Krankheit verliebt war. Sie ist die Tochter eines Freundes, und er kennt sie schon seit Langem. Bis zum Alter von einundzwanzig Jahren war sie eine kluge und schöne Frau, als plötzlich ... Sie ist so irre, wie's nur geht. Sie redet Unsinn. Fünf Jahre lang versucht Lenoir alle möglichen Behandlungsformen, aber es tritt keine Besserung ein. Sie hört Stimmen, sie hat Erscheinungen, sie fühlt sich verfolgt. Dann geschieht eines Tages etwas Bemerkenswertes. Béatrice bekommt Besuch von ihrem Vater, der gerade aus Indochina zurück ist, wo er im Staatsdienst tätig war. Eine Woche darauf schreibt er an Dr. Lenoir und teilt ihm mit, dass er an Malaria erkrankt ist und Lenoir sich bitte vergewissern möge, dass er seine Tochter nicht angesteckt hat. Zu spät! Die Tochter hat hohes Fieber. Sie zeigt alle Symptome von Malaria, und Lenoir nimmt sie schnell bei sich zu Hause auf, um sie von den anderen Patienten zu isolieren. Ein Skandal.

Lenoir bringt Béatrice in einem schönen Zimmer unter, abgelegen vom Hauptteil des Hauses, eine halbe Treppe hoch – sehr ähnlich dem Zimmer, in dem ich jetzt diese unterhaltsame, wenn auch etwas schmonzettenhafte Geschichte las.

Als die Malaria sich ihrer bemächtigt, ist das der Anfang einer merkwürdigen Entwicklung. Sie ist nicht mehr so irre. Statt durch ihn hindurchzustarren und mit Leuten zu sprechen, die niemand sonst sieht, erkennt sie Dr. Lenoir nach und nach wieder. Obwohl sie fiebert, spricht sie vernünftig. Sie erzählt Lenoir, dass sie sich an kaum etwas aus den letzten fünf Jahren erinnern kann. Es sei gewesen, als sei sie gekidnappt und in ein fremdes Land gebracht worden, wo man sie in eine Gefängniszelle steckte und verhörte. Eine Form der Folter, aber zum Glück kann sie sich nur an sehr wenig erinnern. Sie fragt Dr. Lenoir, wann es ihr besser gehen wird und wann sie wieder nach Hause zu ihrer Mutter kann. Er sagt ihr, dass sie zunächst die Malaria besiegen muss.

Nach einer langen Krise überlebt sie am Ende. Noch besser, sie ist auch von ihrem Wahn geheilt. Sie kann normal reden und argumentieren, sie unterliegt keinen Täuschungen mehr. Sie ist geheilt, sie ist glücklich. Sie zieht bei Dr. Lenoir aus und kehrt nach Hause zurück, wo sie mit ihrer Mutter lebt.

An dieser Stelle ging ich ins Bad, putzte mir die Zähne und machte mich bettfertig. Es amüsierte mich, wie wenig Mühe Pereira sich gegeben hatte, zu erfinden. Das Buch beruhte ganz offensichtlich auf seinen eigenen Erfahrungen (man konnte sagen, dass er tatsächlich Lenoir »war«, denn er fand die Figur offenkundig sympathischer, als ein normaler Leser es getan hätte). Ich nahm an, er hatte das Ganze deshalb einen Roman genannt, weil das Vorgehen des Arztes in jeder anderen Form des Berichts als äußerst heikel bewertet worden wäre.

Es war schon fast zwei, als ich ins Bett stieg, um das Buch zu Ende zu lesen. Dr. Lenoir ist wegen des Falls Béatrice ziemlich enthusiastisch. Er baut an sein Haus ein großes Treibhaus an, wo er seine Patienten unterbringen und ihre Temperatur zu steigern versuchen will. Sie liegen auf Korbbetten unter Woll- und Bettdecken, während die Sonne durchs Glas auf sie niederbrennt. Es scheint aber nichts zu ändern. Dr. Lenoir glaubte, dass es das Fieber war, das die wie auch immer geartete Ursache des Wahns vernichtete – wie kochendes Wasser Instrumente sterilisiert, weil Bakterien abgetötet werden. Jetzt ist er sich nicht mehr sicher. Vielleicht hatte das Malariabakterium eine besondere Eigenschaft. Eines Tages kommt ein Anruf aus dem Krankenhaus auf dem Festland, wo es einen weiteren Malariafall gibt – jemand, der sich ebenfalls bei Béatrice' Vater angesteckt haben könnte. Sie haben kein Chinin mehr, um den Mann behandeln zu können, und fragen an, ob Lenoir noch Reserven hat. Er sagt: Ja, ich bringe es vorbei. Als er im Krankenhaus ankommt, fragt er, ob er den Mann mit der Malaria sehen könne. Sie führen ihn zu dem Patienten, und bevor er das Chinin übergibt, entnimmt er ihm eine Menge Blut. Zurück in seiner Inselklinik, injiziert er dieses kranke Blut vier seiner Patienten. Um es kurz zu machen: Einer von ihnen stirbt, einer zeigt keinerlei Veränderungen, und zwei werden von ihrem Wahn geheilt.

So weit war ich gekommen, bevor ich ein paar Stunden später wieder erwachte und die Sonne aufging.

Ich entschied mich, den Roman – ein einziges Kapitel war noch übrig – erst zu Ende zu lesen, bevor ich Pereira darauf ansprach.

Meine Unterhaltung mit ihm am Abend dieses Tages erinnerte mich an meine Zeit bei Mr. Liddell in dem Haus im Wald, wenn er mir am letzten Tag des Trimesters ein Glas Sherry und eine Zigarette aus seiner silbernen Dose anbot und wir die vergangenen zwölf Wochen durchgingen und das, was ich in der Zeit gelernt hatte.

Pereira wählte sogar einen vergleichsweise unverfänglichen

Gesprächsgegenstand, indem er mir einen Satz zitierte, den er bei einem südamerikanischen Schriftsteller gelesen hatte: »Das Leben eines Menschen besteht nicht aus dem, was geschehen ist, sondern aus seiner Erinnerung daran und der Art und Weise, wie er sich erinnert.«

»Das muss ein kleiner Schock für Sie gewesen sein, dass schon jemand anders Ihre Lieblingstheorie in Worte gefasst hatte«, bemerkte ich.

Zu seiner Ehre muss gesagt werden, dass er nicht im Geringsten verärgert war. »Ich erinnere mich an einen ganz besonderen Mann«, sagte er, »der für mich eine große Rolle gespielt hat. Er kämpfte bei Lyon in der Résistance. 1943 haben ihn die Deutschen gefangen genommen und in ein Konzentrationslager gesteckt. So sind sie nämlich mit der Résistance verfahren, die Nazis. Sie wollten ihnen nicht den Kriegsgefangenenstatus zugestehen.«

»Aber er hat überlebt?«, fragte ich. »Das ist ungewöhnlich.«

»Er war jung, das war der Grund. Er war Schüler im letzten Jahr auf dem *lycée*. Ein kluger und aufgeweckter Junge aus einem schönen Städtchen, der Architekt werden wollte. Als sie ihn schnappten und ins Lager steckten, war er erst achtzehn. Die alten Leute und die Kinder brachten sie sofort um. Die anderen ließen sie sich zu Tode arbeiten. Er musste den ganzen Tag an der Errichtung einer Nebenstelle des Lagers arbeiten. Beinahe wäre er an Typhus gestorben, aber mit seiner Jugend und seiner Lebenskraft kam er irgendwie durch. Dann gaben sie ihm eine Arbeit im Krematorium, wo er die Leichen in die Öfen werfen musste.«

»Ist er deshalb zu Ihnen in die Sprechstunde gekommen?«

»Ja. Er hatte die Erinnerung daran zwanzig Jahre lang verdrängt. Nach der Befreiung des Lagers war er absolut erschöpft und traumatisiert ... Als er wieder in Frankreich war, führte er äußerlich ein ganz normales Leben. In Paris fand er eine kirchliche Stelle. Zwanzig Jahre lang war er ein unauffälliger Mann, der in einer Pension in der Gegend um Pigalle wohnte. Er war unverheiratet und hatte keine Freunde, die man so hätte nennen können, aber in seiner Arbeit war er zuverlässig, und die Menschen mochten ihn. Dann las er eines Tages im Büro einen Zeitungsartikel über Auschwitz-Birkenau und erinnerte sich. ›Mein Gott. Da bin ich gewesen.‹ Seine Arbeitskollegen wussten gar nicht, wovon er redete. Zuerst dachten sie, er habe sich das ausgedacht.«

»Und damals war er in mittlerem Alter.«

»Ungefähr vierzig, ja. Er hatte zu den Waffen gegriffen, weil er nicht wie die anderen jungen Männer nach Deutschland verfrachtet werden wollte, um dort in einer Fabrik zu arbeiten. Es gefiel ihm, Züge entgleisen zu lassen oder Fabriken in die Luft zu jagen, die Reifen für die Deutschen herstellten. Er sagte, er sei begeistert von dem Gedanken gewesen, sie auf freiem Feld oder in den Straßen zu bekämpfen. Sagte, dass er nur zu gern an einer Schusswunde gestorben wäre.«

»Und stattdessen?«

»Im Lager erfuhr er, was wir an der Westfront erfahren hatten. Die Erniedrigung unserer Gattung. Er erzählte mir, man habe sich mit den Leichen beeilen müssen, um die Quoten zu erreichen. Manchmal hatten sie nicht lange genug vergast.«

»Und das war die Erinnerung, die ihn heimsuchte?«

»Wir haben das zwei Jahre lang durchgearbeitet, zweimal wöchentlich.«

»Konnten Sie ihm helfen?«

»Ich denke schon. Ich glaube, wir haben den Sitz der Erinnerung in seinem Gehirn verschieben können – diese Stimme, die vor Schmerz aufschrie. Wir haben es geschafft, den Sitz der Erinnerung an eine Stelle zu verschieben, die erträglicher war.«

Ich ging zum Tisch zwischen den beiden Fenstern und goss mir einen Whisky ein.

»Glauben Sie«, fragte ich, »dass es zwischen dem, was Ihr Auschwitz-Mann durchgemacht hat, und dem, was meine psychotischen Patienten erlebt haben, einen großen Unterschied gibt?«

»Keinen sehr großen.«

»Denken Sie, man kann mit Fug und Recht sagen, dass es ein Jahrhundert der Psychose war, wie immer man das Wort auch definiert?«

»Ich denke schon«, sagte Pereira. »Was die Fakten angeht, gibt es einen Unterschied bei dem, was mein Résistance-Kämpfer erlebte und was Ihre Patienten durchgemacht haben mögen. Aber die Qualität der Erfahrung ist ... sehr ähnlich.«

»Und Sie glauben noch immer, dass die Erinnerung hilft.«

»In der Tat. Die Art, wie wir uns erinnern. Erinnerung und Kunst. Sonst nichts.«

Am nächsten Morgen brach ich zu einem Gang über die Spitze der Insel auf. Es gab einen Weg, den ich noch nicht gegangen war und der zum Norden der Insel führte (Pereiras Haus lag im Südwesten, der Hafen in der geschützten östlichen Bucht). Der Weg war sandig und flach und an den Seiten mit Pinien und Buscheichen bestanden. Auf dieser trockenen Ebene konnte ich ein gutes Tempo halten.

Nach einer Weile verließ ich den Hauptweg und folgte einem schmaleren Pfad, der zu einem Weingut führte. Am Ende fand ich ein Holzschild, das mir mitteilte: *»Entrée Défendue. Zone Militaire«*. Schon möglich, dass die Insel früher einmal eine geheime

Nuklearbasis oder ein Testgebiet für bakteriologische Kriegsführung gewesen war, aber das in sich zusammengesunkene alte Haus sah mehr nach dem Zeitalter von Pfeil und Bogen aus.

Von der Sperrzone aus folgte ich einem noch schmaleren Pfad und hoffte, so ans Meer zu gelangen. Mein ganzes Leben lang habe ich zu dem bewährten Mittel gegriffen, in die Natur einzutauchen, wenn ich nachdenken wollte. Je mehr ich mich verirrte, desto besser fühlte ich mich. Ich war das Gegenteil des jungen Wordsworth, als er die Berge und Seen erkundete; für mich war es wichtig, vom Dickicht eingeschlossen zu sein und keine Übersicht und keinen Kurs zu haben. Als Kind habe ich mich manchmal auf dem Weg nach Hause absichtlich verlaufen, und etwas Ähnliches muss auch geschehen sein, als Bill Shenton und ich uns in das Wadi bei Anzio herunterließen, um die Deutschen auszuspähen.

Es fing heftig zu regnen an, und ich schlug mich auf dem sandigen Boden durch die Dornbüsche an den Pinien entlang und freute mich über die düsteren Regenschwaden.

Man kann nur glücklich werden, wenn man offen ist für die eigene Vergangenheit. Die Erfahrung, sich durch ein nasses Dickicht den Weg zu bahnen, muss sich durch die Erinnerung an all die früheren Gelegenheiten, wo man das getan hat, tief verankert haben, wenn auch nicht unbedingt bewusst. Darin liegt der Reichtum. Aber wenn der Kopf irgendwie blockiert ist – wenn er den gegenwärtigen Augenblick zu starr festhalten möchte –, dann ist die Seele nicht durchlässig; die Vergangenheit kann nicht heilend in sie einsickern, und man hat umsonst gelebt.

Ich glaubte, das jetzt zu verstehen, als ich aus einem Wäldchen heraustrat und blanken Fels vor mir sah. Ich hörte das Meer irgendwo unter dem Wind lärmen, der sich erhoben hatte. Ein paar Singvögel riefen, einer von ihnen, eine Drossel, war unermüdlich, trotz des Regens.

Am meisten Lärm machten die Möwen, die von der *calanque* unten aufstiegen, mit den Flügeln schlugen und über mir kreisten. Ich stand da und ließ mir den Regen übers Gesicht laufen, ganz und gar allein. Ich hätte der letzte Mensch auf dieser Welt sein können.

Eine Möwe schoss auf mich herab und schrie hungrig. Zwei, drei Mal setzte sie zum Sturzflug an, bis mir dämmerte, als ich mich duckte, um ihr auszuweichen, dass sie mich tatsächlich angriff. Ich war bestürzt, dass sie die Hierarchie der Arten nicht anerkannte; auch fragte ich mich, wie sie bei so vielen Fischen im Meer so hungrig hatte werden können.

Um den Sturzflugangriffen der Möwe zu entkommen, wandte ich mich wieder ins Inselinnere, entschlossen, mich zu Pereiras Haus zurückzuschlängeln. Auf dem Weg nahm ich einen Seitenpfad und begann plötzlich zu laufen – nicht weil ich in Eile war, sondern weil ich meine Chancen steigern wollte, mich zu verirren. Ich bewegte mich zwischen Bäumen, deren frei liegende Wurzeln in den ausgetretenen Pfad hineinragten, sodass jeder einzelne Schritt ein Risiko bedeutete. Ich ging hügelabwärts, vielleicht wieder zur See, aber die Bäume und der Dunst versperrten mir jede Sicht. Als der Weg vor mir nicht mehr gangbar war, kletterte ich wieder nach oben und lief quer über die Heide. An einer bestimmten Stelle war sie weggebrannt worden, um einen Weg zu markieren, aber der war jetzt übersät mit abgeschnittenen Pinienästen, so weit das Auge reichte, was ihn beinahe unpassierbar machte. Ich konnte nichts anderes tun, als meine Füße möglichst hoch anzuheben und krachend durch das dichte Netz aus Ästen und Zweigen zu stapfen. Der Farn besprühte mich mit Regen, und im Gestrüpp verhakte ich mich immer wieder. Ich erinnerte mich daran, wie ich bei Anzio unterwegs gewesen war, um Donald Sidwell Varians Befehl zu überbringen, er solle ins Bataillonshauptquartier zurückkehren – und als ich den armen Donald gefunden hatte, lag er mit verschmierten Brillengläsern im Schlamm. Jetzt hatte ich mich wirklich verirrt, und meine Kräfte ließen nach. Trotz meiner Jugend auf dem Lande war ich nie wirklich kräftig gewesen; nur eine sehr kurze Zeit, nach meiner Ausbildung in der Armee, war ich unermüdlich und nicht aufzuhalten gewesen. Ich krachte weiter durch die zersplitternden Zweige und fühlte, wie sich unter meinem durchnässten Hemd der Schweiß bildete. In dem trüben Wasserwirbel entdeckte ich etwas, das aussah wie ein Öltank. Wozu er in dieser unbewohnten Gegend gut sein sollte, konnte ich mir zwar nicht vorstellen, aber ich überlegte, dass man ihn höchstens von einem Motorfahrzeug aus befüllen konnte und demnach ein befestigter Weg dorthin führen musste.

Genau so war es; aber als ich schließlich wieder bei Pereiras Haus angelangt war, war es schon beinahe ein Uhr. Ich ging die Treppe hoch, um möglichst nicht gesehen zu werden.

In meinem Zimmer setzte ich mich aufs Bett, den Kopf in die Hände gestützt. Ich fürchtete, bei einem weiteren Eintauchen in die Ereignisse meines Lebens vielleicht etwas zu finden, was in den Tiefen meiner Erinnerung schlummerte und womit ich nicht zurechtkommen würde; ich fürchtete, womöglich irre zu werden.

Ich stemmte mich vom Bett hoch, ging ins Bad, trocknete mich ab, wusch mich und wechselte die Kleidung. Dann schlenderte ich nach unten in die Bibliothek, als sei alles in bester Ordnung.

In Paris hatte ich im *Figaro* den Artikel eines Fachjournalisten für Telekommunikation über das System Minitel gelesen, das seit drei Jahren in Betrieb war. Es handelte sich um einen kleinen Computerbildschirm mit einer Tastatur, die mit dem eigenen Telefonanschluss verbunden war und auf der man in einer fremden Datenbank Fahrpläne lesen und Tickets kaufen konnte und so weiter, ohne lange in der Leitung zu warten, bis man einen erschöpften Mitarbeiter an den Hörer bekam. Nun wurde das System von der Bretagne auf ganz Frankreich ausgedehnt; der Journalist schrieb, dass es sich eventuell auch international durchsetzen würde, sodass jeder, der über einen Telefonanschluss verfügte, vernetzt sein würde. Bald brauchte man einfach nur noch den Namen eines alten Schulfreunds ins Minitel eintippen und auf »Go« drücken, und schon würden seine Adresse und die Telefonnummer auf dem Bildschirm auftauchen – vielleicht sogar mit einem Foto.

Das klang für meine Ohren reichlich falsch. Die Kindheit und die Freunde von damals können nicht einfach in die geheimnislose Jetztzeit einbrechen; wie Paula Wood müssen sie an einem Ort leben, zu dem wir keinen Zugang haben, wo die Zärtlichkeit der Erinnerung sie aber dann und wann in eine bedeutsame Gestalt umformen kann: Mit anderen Worten, ihre Aufgabe besteht darin, fiktionale Figuren darzustellen.

An jenem Abend nach meinem erschöpfenden Ausflug teilte ich Paulette mit, dass ich mich nicht wohlfühlte und nicht in der Lage sei, zusammen mit meinem Gastgeber zu essen. Sie brachte mir später ein Tablett mit Käse und Pastete nach oben, dazu eine halbe Flasche Rotwein, und während ich das alles verzehrte, las ich Pereiras Roman zu Ende. In der Geschichte passierte nicht mehr viel. Offenbar war ihm nichts anderes eingefallen, und so ließ er einen Deus ex Machina auftreten – einen ehemaligen Nazi, der irgendwie Bürgermeister des Ortes geworden war und Dr. Lenoirs Treibhaussanatorium schließen ließ, womit dem Helden nichts anderes übrig blieb, denn als verkannter Pionier in seine Heimat Paris zurückzukehren, *un médecin maudit*.

Nachdem ich den Wein ausgetrunken hatte, öffnete ich eine Flasche Bonnie Dew: eine Notration, die ich bei meinem letzten Besuch am Hafen gekauft und im obersten Fach des Kleiderschranks versteckt hatte. Bis Mitternacht hatte ich sie fast geschafft.

Ich putzte mir die Zähne und stolperte aus dem Bad zurück ins Zimmer, wobei ich im Geist die Tür zu allen Ereignissen aus meinem früheren Leben fest verschloss. Die Welt, in der ich heute lebte und in der ich mich in Pereiras Haus schlafen legte unter Palmen und Pinien, war um so vieles besser als die, die ich hinter mir gelassen hatte. Hier an einem warmen Ort zu sein, wo die Nachtluft wunderbar roch ... Der Geschmack und die Wirkung von Wein und Whisky ... Die sauberen Bettlaken und die sanften Geräusche der Insel ...

Ich versuchte, nicht daran zu denken, dass ich diese Dinge allein genoss, nicht daran, um wie viel stärker sie emotional aufgeladen gewesen wären, wenn eine bei mir gewesen wäre, die ihre Kleider sorgfältig auf dem Peddigrohrstuhl abgelegt hätte. Es hatte nicht sein sollen. Eine Schimäre war das, diese Vorstellung von Liebe, von meiner vollkommenen Ergänzung – eine Wahnvorstellung, die Diegos Trugbildern in nichts nachstand.

»Was ist die Welt? Was wünscht der Mensch zu haben? Jetzt in der Liebsten Arm und jetzt begraben, in kalter Erde, einsam und allein!«

Ich erinnerte mich, dass ich durch diesen plötzlichen Ausbruch in »The Knight's Tale« sehr betroffen war, als wir es in der Schule lasen, vor vielen Jahren ... In meinem Inselschlafzimmer malte ich mir Chaucers Rivalen Palamon und Arcite aus, wie sie unter der Erde in ihren Rüstungen verwesten ... Wenigstens waren sie tot und mussten nicht mehr grübeln. Mein »kaltes Grab« hatte sich schon aufgetan, als ich noch am Leben war, noch immer jung. Ich wohnte schon so viele Jahre in meinem Grab.

## DREIZEHNTES KAPITEL

Am nächsten Tag hatte Pereira zum Essen für mich einen Überraschungsgast parat. Es war eine junge Frau mit noch etwas feuchtem kastanienbraunem Haar in einem ärmellosen, marineblauen Hemdkleid aus Leinen, die sich einen beigefarbenen Cardigan um die Schultern geworfen hatte; die Augen hatten einen leichten Mascaraschatten, ansonsten aber war sie ungeschminkt. Ich brauchte einen Moment, um sie angezogen zu erkennen. Es war Céline. Aber natürlich.

Pereira führte uns ins Esszimmer, wo wir Platz nahmen. Céline sah verlegen aus, ein Naturmädchen vor Messer und Gabel und drei glänzenden Weingläsern – eins davon ließ sie sich zu Paulettes Missbilligung mit Coca-Cola füllen.

»Ich habe Ihren Roman gelesen, Dr. Pereira«, sagte ich.

»Das freut mich. Wo haben Sie ihn gefunden?«

»In der London Library. Die haben fast alles.«

»Wie rührig. Ich habe mich nicht getraut, ihn vor jemandem zu erwähnen, der so gut schreiben kann wie Sie. Es war nur ein kleines *jeu d'esprit*. Hat er Ihnen gefallen?«

»Ja. Ihre Sprache trifft den Kern. Hat er sich gut verkauft?«

»Nein. Die Leute wussten nicht recht, ob er auf wissenschaftlicher Erkenntnis beruhte oder reine Erfindung war.«

»Und was war's?«

»Ach, beides.«

Wir sprachen mit Rücksicht auf Céline französisch.

»Worum geht es in dem Buch?«, fragte sie.

»Darf ich es ihr erzählen?«

»Aber sicher, Dr. Hendricks. Nur zu.«

Ich trank mein Glas aus. Ich hatte keine Ahnung, wie komplex ich es für Céline halten sollte, und ohnehin konnte ich mit meinem begrenzten Französisch nicht alle Feinheiten herausarbeiten, aber ich erzählte ihr den Kern der Handlung. Céline saß reglos da, mit geöffneten Lippen, ihre großen Augen auf mich gerichtet. Pereira beschäftigte sich weiter mit seinem *navarin* vom Lamm, wobei ein kleines Saucenrinnsal unbeachtet sein Kinn herablief.

Als ich bis zu der Stelle mit der Malaria gekommen war, lächelte Céline mir über den Rand ihres Colaglases zu. »Das ist das Ende?«

»Beinahe.«

Pereira räusperte sich. »Ich sollte Ihnen sagen, Dr. Hendricks, dass all das in einer anderen Welt, in der wirklichen Welt, tatsächlich passiert ist.«

»Ich weiß«, sagte ich. »Julius Wagner-Jauregg. Er hat den Nobelpreis für Medizin bekommen. Aber er hat Leute behandelt, die progressive Paralyse hatten – das Spätstadium der Syphilis. Ihre Krankheit hatte also eine organische Grundlage, das Syphilisbakterium.«

»Im neunzehnten Jahrhundert gab es eine Menge Berichte über die Heilung von Psychosen durch Fiebertherapie. Wagner-Jauregg erzielte auch gute Erfolge, indem er Menschen mit Tuberkulin spritzte.«

»Aber es waren alles Syphiliskranke, oder?«

»Nicht nach den Berichten, die ich in Kliniken in Graz und Klagenfurt gefunden habe. Bei Schizophrenie hat es weniger gut funktioniert, und einige der Patienten starben, aber in anderen Fällen hat es die Heilung gefördert.«

»Was passiert dann in der Geschichte?«, fragte Céline.

»Also«, sagte ich, »Dr. Lenoir hat keine Malariablutreserven mehr, deshalb muss er eine Zucht Moskitos aufziehen. Auf der Insel verbreiten sich Gerüchte über ihn. Die Leute haben es nicht gern, wenn Verrückte in der Nähe leben. Und jetzt auch noch Malaria übertragende Moskitos, die da herumschwirren. Sie könnten sich anstecken und außerdem auch noch verrückt werden!«

»Und was ist mit dem Mädchen?«, fragte Céline und schlürfte geräuschvoll ihre Coca-Cola.

»Sie lebt noch immer auf der Insel«, sagte Pereira.

»Ist sie meine Großmutter?«

»Nein. Béatrice ist eine Figur in einem Roman.«

»Aber sie «

»Ja«, sagte Pereira und seufzte, »eigentlich ist es deine Großmutter. Aber das ist nicht der Kernpunkt der Geschichte.«

»Warst du in sie verliebt?«, fragte Céline.

»Das ist lange her. Sie war sehr schön.«

»Und Lenoir ist eine fiktive Version von Ihnen«, sagte ich.

»Einiges an seiner Karriere stimmt mit meiner überein«, sagte er. »Die Fiebergeschichte. Ich wollte ihn nicht mit dem ganzen langweiligen akademischen Kram ausstaffieren. Ich habe ihn mehr als Eiferer angelegt, eine Art Frankenstein.«

»Ja, diese Stellen haben mir gefallen«, sagte ich. »Und hatten Sie wirklich Patienten hier in Ihrem Treibhaus?«

»Ja, hatte ich. Nach dem Krieg.«

»Nach welchem?«

»Ich habe in den Zwanzigerjahren mit meinen Experimenten begonnen, aber das Treibhaus habe ich erst sehr viel später gebaut. Ich hatte nach 1946 hier zwanzig Patienten. Aber die Welt hatte sich verändert. Wagner-Jauregg ist immer umstritten gewesen. Manche Leute meinten, es sei ein Verbrechen, kranke Menschen mit noch einer Krankheit anzustecken. Und dann stellte sich heraus, dass er Sympathien für die Nazis hegte. Und nach dem Krieg, als ans Licht kam, was die Naziärzte alles getan hatten ... Er fiel in Ungnade – und seine Ideen wurden mit ihm verdammt. Ich selbst wurde von den französischen Behörden verfolgt. Diese ganze Forschungsrichtung fand in Europa und in Amerika ein Ende. Für die psychisch Kranken war das eine Tragödie.«

»Was hätte man tun sollen?«

»Die Experimente fortführen – natürlich mit Zustimmung der Patienten. Die Fiebertherapie hätte vielleicht gerade solchen Leuten geholfen, die nur einen schweren Schub gehabt hatten – und dann Besserung erfuhren. Solche Fälle gibt es, stimmen Sie mir zu?«

»Ja. Aber was die anderen angeht, hätten Sie die nicht immer auf dem Fieberpegel halten müssen? Sie immer wieder infizieren oder sonst wie ihre Temperatur erhöht halten?«

»Das weiß man nicht. Aber wir hätten die Freiheit haben sollen, es herauszufinden.«

»Und dann sind Sie in den Ruhestand gegangen?«

Pereira lehnte sich in seinem Stuhl zurück und legte seine Serviette auf den Tisch. »Ich gab mich geschlagen, wie die Leute auf Ihrem Fachgebiet auch. Aber mit einigen Dingen habe ich mich weiter beschäftigt. Besonders interessierte mich, dass Béatrice – wenn wir sie so nennen wollen – sich an die Details ihre Psychose kaum erinnern konnte.«

»Warum gerade das?«

»Weil es die Frage nach der Wirklichkeit stellt. Wenn ihre Erfahrungen wirklich waren in dem Sinn, dass ihr Hirn sie so wahrnahm – und das beschreiben Sie ja in *The Chosen Few* sehr präzise –, dann akzeptieren wir, dass sie ›wirklich‹ sind. Aber wenn sie sich im Gedächtnis so wenig eingeprägt haben und wenn das Gedächtnis eine solche Schlüsselrolle für die Definition des Menschen spielt, entweder für sich genommen oder aber im Zusammenspiel mit anderen Fähigkeiten, dann ...«

»Dann was?«

»Dann gibt es mehr als nur eine Art und Weise, am Leben zu sein.«

Ich lächelte, als ich mein Glas abstellte. »Ich denke, Sie haben die Welt der Medizin verlassen und sind zur Metaphysik übergewandert.«

Pereira lächelte ebenfalls. »Und nach meiner Lektüre Ihres Buches, Dr. Hendricks, dachte ich, das ist genau der Ort, wo wir uns treffen könnten.«

Am nächsten Tag ging ich zur *calanque* hinunter, diesmal nicht, um in meinen Gedanken »aufzuräumen«, sondern um sie »zu sammeln«. Ich hatte eine kleine Thermosflasche mit Paulettes starkem Kaffee und ein Notizbuch mitgenommen. Als ich mich gegen einen einigermaßen bequemen Felsen lehnte, fielen mir die Zeilen aus *The Waste Land* ein: »Am Ufer saß ich / Fischte, die öde Ebene im Rücken / Werd ich denn wenigstens mein Land ordnen?«

Vielleicht war es aber besser, statt nach Ordnung zu streben, mich zu entspannen und mich von all den Absurditäten und Unstimmigkeiten des Lebens überrollen und überschwemmen zu lassen. Daraus sind Dichterlaufbahnen und ganze Religionen entstanden. Zwar mochte ja »das ungeprüfte Leben« nach Sokrates nicht lebenswert sein, aber im Augenblick fühlte ich mich durch zu viel Überlegung ganz erschöpft. Dabei hatte ich mich nicht bewusst für diese dauernde Reflexion entschieden, es war einfach das, was mein Hirn Tag für Tag mit mir anstellte.

Als sie am Vorabend gegangen war, hatte ich mich lose mit Céline verabredet. Ich entschuldigte mich dafür, so viel geredet zu haben, und sagte, ich wäre am nächsten Tag an der *calanque*, falls sie mich sehen wollte. »Zu kalt, um nach Seeigeln zu tauchen«, sagte ich, »aber wir könnten einen kleinen Spaziergang machen und danach Mittag essen.« Sie lächelte ihr abwesendes Lächeln, sagte aber nichts. Ich war etwa eine halbe Stunde an der *calanque*, als ich jemanden rufen hörte und nach oben sah, von wo sie mir zuwinkte. Sie trug eine Jacke und einen kurzen Rock, dazu eine Wollstrumpfhose und knielange Stiefel, vermutlich alles, was sie an »Winterkleidung« besaß. Der Tag, an dem es so heiß gewesen war, dass sie nackt auf dem Fels liegen konnte, schien sehr lange her zu sein.

Während ich zu ihr nach oben kletterte, wurde mir plötzlich der Altersunterschied zwischen uns bewusst. Wie jeder weiß, der über fünfundvierzig ist, sehen ältere Leute sich nicht so, sondern bleiben im Selbstbild beim Alter von neunundzwanzig oder dreiunddreißig oder in einem ähnlichen, noch fast jugendlichen Alter stehen; die grauen Haare und das wabbliger werdende Fleisch betrachten sie als kleine Fehlentwicklung, der man mit einer kurzen Diät oder auch mit gedämpftem Licht beikommen kann. Wenn man sich aber einer Person vom anderen Geschlecht gegenübersieht, die nicht einmal halb so alt ist wie man selbst, dann setzt sich doch ein gewisser, nicht eben angenehmer Wirklichkeitssinn durch.

»Ich möchte Sie zum Essen einladen«, sagte ich. »Gibt es hier auf der Insel was Nettes?«

»Nur der alte Bauernhof, den man zum Hotel umgebaut hat«, sagte sie. »Aber das ist im Winter geschlossen. Wir können zu meiner Großmutter gehen, Béatrice. Sie kann kochen.«

Bis zu dem Weiler, den sie mir am ersten Tag gezeigt hatte, war es ein kleiner Marsch von zwanzig Minuten. Die Großmutter, die über achtzig sein musste, war noch immer eine sehr gut aussehende Frau, mit einem heiteren Blick und einer guten Figur unter ihrem Witwenschwarz. Céline machte sich nicht die Mühe, sie mir vorzustellen, doch ich fand heraus, dass sie Françoise hieß. Das niedrige Bauernhaus öffnete sich zu einem Wohnzimmer, und vom Herd kamen schon verlockende Gerüche. Auf dem Tisch stand eine Platte mit geöffneten Austern, von der wir uns bedienen sollten.

»Sie sind also Pépés neuer Freund?«, fragte mich Françoise.

»So nennt sie Dr. Pereira«, sagte Céline.

»Mehr oder weniger«, sagte ich.

»Übertreiben Sie es nicht mit der Freundschaft.« Ihr Lachen war phlegmatisch und voll. »Er ist ein ungezogener Kerl. Er hat gern die Zügel in der Hand.«

»Das habe ich schon gemerkt. Was will er denn genau?«

Françoise stellte *pommes purée* auf den Tisch. »Pépé? Er möchte verstanden werden.«

Als Nächstes kam Schweinebraten in einer Senfsauce mit feinen Erbsen, dazu ein Glas von dem Inselwein, den ich inzwischen gern trank. Anfangs musterte ich Françoise mit professioneller Aufmerksamkeit: Schließlich war sie ein Stück Medizingeschichte, einer von nur wenigen Menschen, die von einer furchtbaren Krankheit durch eine Behandlung geheilt worden waren, die später in Misskredit geriet. Ich verglich sie mit Menschen, die ich in meiner Anstalt in Lancashire kennengelernt hatte, in Silverglades oder in der Biscuit Factory, aber ich konnte keine Spuren der Erkrankung entdecken, nicht ein einziges dieser verräterischen Muster – nicht einmal so etwas wie durch bestimmte Wörter ausgelöste Reaktionen. Bei ihr gab es nur Genauigkeit und Deutlichkeit; diese alte Frau war bei bester Gesundheit.

»Was meinen Sie damit, Pereira will verstanden werden?«, fragte ich.

»Na ja«, sagte Françoise und setzte sich zu uns, »es ist so lange her, dass sein Leben begann. Die Welt hat sich seitdem so sehr verändert. Er hat in zwei Weltkriegen gekämpft. Als er geboren wurde, gab es noch keine Autos, aber später hat eine Rakete dann einen Mann auf den Mond gebracht. Und in seiner Zeit als Mediziner sind lauter neue Ideen aufgekommen. Er versuchte, daran teilzuhaben, ein großer Mann zu werden, aber am Schluss haben die Leute ihn verachtet. Er wurde schikaniert. Sie versuchten, ihn von der Insel zu vertreiben. Deshalb hat er so gern Besuch von weit her – von Leuten, die seinen Ruf nicht kennen.«

»Aber für seine Arbeit in großen Krankenhäusern ist er doch sicher geachtet worden. Und für seine Lehrtätigkeit.«

»Ja. Aber er wünschte sich mehr als das.«

»Was wünschte er sich denn?«

»Da müssen Sie mich nicht fragen, Doktor. Ich bin nur ein Dorfmädchen. Ich kenne mich in diesen Dingen nicht aus. Ich glaube, er wollte die Welt verändern, das war sein Problem. Aber er ist ein guter Mensch. Er wollte niemandem Böses.«

»Und Sie hat er wirklich geheilt?«

»Ja. Wenigstens die Malaria hat mich geheilt. Ich war so krank, dass ich mir den Tod wünschte. Ich hätte mich selbst umgebracht. Die Stimmen trieben mich dazu. Ich hätte vielleicht noch ein Jahr durchgehalten. Und dann dieses Wunder.«

Sie bekreuzigte sich.

Ich verließ dieses glückliche Haus nur widerstrebend, aber nachdem ich ein paar eingelegte Pflaumen angenommen hatte, die sie mir unbedingt mitgeben wollte, hatte ich das Gefühl, ich sollte der alten Dame ihre Nachmittagsruhe gönnen. Céline sagte, dass sie mich begleiten würde, und als ich mich bei Françoise bedankt und ihr zum Abschied die Hand gegeben hatte, zogen wir unsere Jacken über und gingen zur Tür.

»Es hat mich gefreut, Sie kennenzulernen, Doktor«, sagte Françoise. »Vielleicht hat Pépé endlich den richtigen Mann gefunden.«

Wir nahmen einen anderen Weg zurück, und Céline fragte mich, ob ich gern den Friedhof sehen wollte, der an einem langen Weg neben einem Weinberg lag. Hinter einer niedrigen Mauer erstreckte sich ein Hektar Land mit selbst gemachten Gedenktafeln: schmale Tafeln mit emaillierten Fotos der Verblichenen, auf einem aufrechten Familiengrabstein befestigt; ein Ruderboot aus Holz mit einem Seil drum herum und mit Kränzen für die auf See Umgekommenen. Wir gingen an den Gräbern und Grabmalen entlang.

»Was denkst du, wenn du sie betrachtest?«, fragte ich.

Céline lachte. »Nichts. Arme Dinger.«

»Verblüfft es dich nicht, dass sie anscheinend alle so sehr geliebt wurden?«

»Die Leute müssen das behaupten.«

»Bist du mal verliebt gewesen?«

»Hundertmal und öfter! Und du?«

»Nur ein Mal.«

»War es schön für dich?«

»Es war … eine Art Wahn. Ich musste daran denken, als deine Großmutter vorhin sagte: ›Ich war so krank, dass ich mir den Tod wünschte.‹«

Céline lachte wieder. »Dieser Ort hier macht mich …« Sie legte die Hände um meine Hüften und küsste mich auf die Lippen.

Ich war zu überrascht, um zu reagieren.

Sie trat zurück, immer noch lächelnd. »Möchtest du mit mir schlafen?«

»Natürlich möchte ich das.«

»Ich meine, jetzt.«

»Hier?«

»Ja.«

»Aber, Céline … Ich bin viel älter als du. Du kannst kaum älter sein als –«

»Ich bin fast dreißig.«

»Du siehst jünger aus.«

»Ich weiß. Das ist meine Haut. Und du bist höchstens … fünfzig oder so was? Das ist kein so großer Unterschied. Es ist alles in Ordnung. Wir können es da drüben machen, unter dem Baum. Ich habe es schon mal da gemacht.«

»Das kann ich nicht, Céline.«

Es fiel mir überraschend leicht. Mein erster Anblick dieses nackten Mädchens, das nach Seeigeln tauchte, musste nicht zwangsläufig in eine Kette von Folgeereignissen münden, er konnte auch einfach eine einzigartige Erinnerung bleiben. Als ich Célines Ellbogen fasste und sie über den Weg zurückführte, glaubte ich beinahe, ich sei am Ende doch »ein besserer Mensch« geworden.

Ich kochte mir in der Küche einen Tee, ging damit nach oben in mein Zimmer und kroch unter die Decke. Ich überflog noch einmal mein Exemplar von *La Conspiration de la Serre* und machte mir einen Spaß daraus, zu raten, welche Passagen erfunden waren und welche direkt aus dem Leben stammten.

Durch den Wein und die dicke Daunendecke fiel ich bald in Schlaf und träumte einen Traum voller so irdischer Freuden, dass nur die Erinnerung an die Regel meiner Mutter mich abhält, ihn hier wiederzugeben. Als ich aufwachte, war der Tee auf dem Nachttisch kalt geworden; ich ging über den Flur ins Bad, drehte die Wasserhähne auf und sah dem Wasser zu, wie es über die Roststellen am Wannenrand floss.

An jenem Abend waren vor dem Essen nur wir zwei in der Bibliothek. Ich erwähnte meinen Besuch bei seiner früheren Patientin und erzählte Pereira, wie sehr mich ihre Gesundheit und ihr Charakter beeindruckt hatten.

»Das freut mich«, sagte er. »Sie ist mein ganzer Stolz. Sie ist die Eine, die ich der Hölle entrissen habe. Als sie von ihrem Wahn geheilt war, konnte sie sehen, dass alles nur Täuschung war, aber sie konnte sich kaum an die Beschaffenheit der Realität erinnern, in der sie gelebt hatte, oder sie sich auch nur vorstellen. Aber wir wissen doch, dass die bestimmende Qualität des Menschen – das, was Sie als ›neuralen Tic‹ abqualifizieren – unsere Fähigkeit ist, willentlich eine Verbindung zwischen einem Moment physischer Selbstwahrnehmung und dem Sitz des episodischen Gedächtnisses herzustellen. Ich hoffe, ich habe Sie annähernd richtig zitiert?«

Ich gab keine Antwort.

Ich trat ans Fenster und starrte in die Dunkelheit. Ich wollte noch einen Drink; ich wollte eine ganze Flasche; ich wollte den Fluss Lethe austrinken, bis ich bereit war, neu geboren zu werden.

Als ich mich langsam wieder dem Raum zuwandte, fragte ich: »Sagen Sie, haben Sie bekommen, was Sie von mir wollten? Ist die Befragung beendet?«

»Ich denke schon«, sagte der alte Mann, drückte sich aus seinem Lehnstuhl hoch und schlurfte zur Tür. »Sollen wir jetzt zum Essen gehen?«

»Und was haben Sie von mir gewollt? Es ging doch nicht nur darum, ob ich der richtige literarische Nachlassverwalter für Sie bin, oder?«

»Ich fürchte, nein. Nein. Ich hoffte, dass ich einen klareren Blick auf mein Leben gewinnen würde, bevor es zu Ende geht. Mit jemandem zu sprechen, den ich kannte, konnte mir helfen, die Katastrophe besser zu verstehen, die wir alle durchlebt haben.«

»Und hat es geholfen?«

»Mein Gott, ja. Sehr sogar. Schon allein, als ich Ihren Erzählungen über diesen nächtlichen Kampf in Tunesien zuhörte, und wie Sie damals reagiert haben. Oder wie Sie in die Wadis bei Anzio gerutscht sind. Ich kann Ihnen gar nicht sagen, wie sehr es mir geholfen hat, zu sehen, dass ein anderer Mann zu einer anderen Zeit eine Spielart dessen erlebt hat, was ich in Flandern gesehen habe. Einfach nur Ihre Stimme zu hören, während Sie erzählten. Dinge, die für mich neu und doch auf eine merkwürdige, furchtbare Art vertraut waren. Und dann Ihre Auseinandersetzungen im Beruf ...«

Er stockte. Zum ersten Mal ließ er mir gegenüber eine starke Gemütsbewegung erkennen, bis dahin hatte es nur Sticheleien oder Heiterkeit gegeben.

»Es freut mich, dass ich helfen konnte.«

»Ich wollte Ihnen etwas zurückgeben«, sagte Pereira. »Im Verlauf Ihres Besuchs kam mir der Gedanke, dass ich Ihnen auch helfen könnte. Ich fing an zu glauben, dass das Nachdenken über die Erinnerung und ihre Funktionsweise Ihnen aus Ihrer großen Traurigkeit verhelfen könnte. Ich hoffe, dass wir gemeinsam einen solchen Blick auf Ihre Vergangenheit werfen konnten, dass sie für Sie erträglicher wird.«

»Wovon reden Sie?«

»Von Ihrer italienischen Liebe. Luisa.«

Wir standen im Türrahmen. Hinter meinen Augen fühlte ich einen ganz ungewohnten Druck. »Sie wissen überhaupt nichts von Luisa.«

»Sie mussten mir nichts erzählen. Ich habe so einen Verlust früher schon bei anderen gesehen.«

Ich schluckte. »Und was noch?«, fragte ich.

Pereira war mir ein paar Schritte voraus und wandte mir den Rücken zu, aber ich war sicher, dass ich die Worte aufschnappte: »Ihr Vater.«

## VIERZEHNTES KAPITEL

Zurück in London, galt es, Weihnachten zu überstehen. Täglich nach dem Mittagessen ging ich mit Max raus. Um ein bisschen Abwechslung zu haben, gingen wir manchmal in die Kensington Gardens und mischten uns unter die Touristen aus den Hotels in Bayswater. Die Hauptstadt schien geschlossen zu haben; nur die Geschäfte, die Bobbie-Helme aus Plastik und Kaffeebecher mit dem Union Jack drauf verkauften, waren weiterhin geöffnet. Es war mir immer ein Rätsel, wohin die Leute in dieser Phase verschwanden, die längst nicht mehr nur ein paar Tage dauerte, sondern sich für eine Ewigkeit von zwei Wochen hinzuziehen schien. Irgendein Aberglaube verbot es mir, am Weihnachtstag selbst zu arbeiten, und nach einem Spaziergang im Hyde Park unter lauter gelangweilt wirkenden Muslimen fand ich schließlich ein chinesisches Restaurant auf dem Queensway, wo ich mir ein paar Gerichte zum Mitnehmen bestellte. Zu Hause machte ich eine teure Flasche Wein auf, die mir ein Patient geschenkt hatte, und teilte das Essen auf, indem ich einige der milder gewürzten Hähnchenteile mit Reis in Maxens Fressnapf tat und die gut gewürzten Garnelen selbst aß.

Ich fragte mich – so, wie ich es jeden Tag getan hatte, seitdem sie wieder einen Platz in meiner Erinnerung hatte –, was Luisa jetzt tat. Vermutlich saß sie an einem reich gedeckten Tisch mit ihren ... inzwischen mit ihren Enkeln: Tagliatelle mit Trüffeln, Geflügelbraten, Panettone und Mandarinen, ein kräftiger Barolo, das Gelächter mehrerer Generationen ... Derweil war Max hier ein genügsamer Gefährte und kletterte nach unserem gemeinsamen Mahl am Nachmittag auf das Sofa, um sich mit mir zusammen einen Kriegsfilm anzusehen. Die Geschichte steckte voller Unwahrscheinlichkeiten, aber ich hatte genug getrunken, um mich nicht darum zu scheren.

Von den Gedanken an Luisa wanderte meine Erinnerung zu den anderen Frauen weiter, die ich gekannt hatte. Viele Jahre lang hatte ich keine Geliebte. Luisa war alle Frauen für mich; und ich versuchte mich davon zu überzeugen, dass ich keineswegs der unglücklichste Mensch der Welt war, weil ich sie verloren hatte, sondern dass ich mich glücklich schätzen durfte, dass eine solche Frau mich einstmals geliebt hatte. Mit dieser Sisyphos-Aufgabe ging es an manchen Tagen besser und an manchen nicht so gut.

In meiner Zeit in der Biscuit Factory, an diesen langen Arbeitstagen, kamen mir die Begriffe »Liebe« und »Romanze« irgendwie trivial vor. Judith Wills und ich hatten eine Nähe zueinander, die auf gemeinsamen Interessen beruhte. Das konnte anregend sein, und eines Abends nahmen wir uns spontan in die Arme. Judith hatte selbst keinen Geliebten, und in gewisser Weise war sie »genau die richtige Frau« für mich: das richtige Alter, dieselben Interessen, vertrauenswürdig, bescheiden ... Aber wie sehr ich sie auch schätzte, sie auch mochte, ich fand nichts Erotisches an ihr. Ihr trockenes Haar, ihre dicken Nylonstrümpfe und braunen Schuhe ... Ich versuchte, meine Wertschätzung in Verlangen zu verwandeln, aber vor meinem geistigen Auge tauchte nur das Bild von Luisa in dem Hotelzimmer in Pozzuoli auf.

Ich schämte mich meiner affektiven Oberflächlichkeit. Ich sah Paare, die aus Arbeitskollegen bestanden. Aus Kollegialität wurde Verbundenheit, dann Zuneigung, dann Liebe, und wenn man sie genug mochte, um sie zu umarmen und zu knuddeln, dann konnte man doch sicher auch ... Und offensichtlich geschah das auch. Man sah unansehnliche Menschen, unbeholfen und grau, deren ineinander verschlungene Finger und liebevolle Blicke einem verrieten, dass sie am Ende des Abends zu Hause zusammen im Bett und in einer immer noch funktionierenden Umarmung landen würden.

Mein Zurückschrecken vor solchen Szenen ließ mich manchmal überlegen, ob die Art meines Begehrens im Grunde nicht homosexuell war. Warum hatte es sich denn nur auf eine einzige Frau gerichtet? Und war es nicht bezeichnend, dass es sich um eine Frau handelte, die ich nicht haben konnte? War es möglich, dass ich sie auserwählt hatte, weil ich sie nicht haben konnte – und gewusst hatte, dass sie verheiratet war? Aber wenn es so war, dass ein homosexueller Mann seine wahre Natur um jeden Preis unterdrücken wollte, dass er eine Frau befriedigen und selbst Genuss daran finden konnte – brachte ihn die Verleugnung so weit, dass er tatsächlich neu gepolt wurde?

Die keuschen Nach-Luisa-Jahre fanden ein Ende, als ich ein chinesisches Mädchen in Soho kaufte. Das schmutzige Zimmer im ersten Stock eines Hauses an der Greek Street lag in meinen Augen so weit entfernt von Pozzuoli wie nur möglich. Von da an freundete ich mich mit dem Gedanken an, das Ganze funktional zu halten, indem ich Geld bezahlte; vom Liebeswahn hatte ich genug. Es gab eine freundliche Frau in der Baker Street, die ich aufzusuchen pflegte, aber sie fing an, mich gernzuhaben, und bot mir Extraleistungen ohne Bezahlung an; sie wollte sogar zu mir kommen und über Nacht bleiben. Ich dachte darüber nach, wie ich sie zufriedenstellen konnte; sie war nicht mehr »anders« genug. Dann lernte ich in einem Klub ein portugiesisches Mädchen kennen. Ich sah sie ein halbes Jahr lang einmal die Woche, und irgendwann ärgerte es mich, dass ich mich so sehr darauf freute. Als ich Annalisa begegnete, war ich zu dem Schluss gekommen, dass sexuelle Leidenschaft eine genauso schlimme Falle ist wie Liebe. Wenn das Verlangen versiegte, war das das traurige Ende einer Affäre; wenn aber nicht, wenn es unersättlich auf dieser Höhe fortbestand, dann war man ebenso unglückselig und bejammernswert wie ein Junkie, der irgendwo in einem Hauseingang lag. Bei der Entscheidung zwischen einem Rinnsal und einer Sturzflut lag es auf der Hand, dass man das Rinnsal wählte. Annalisa war seit Luisa die erste Frau, für die ich mehr als bloße Zuneigung empfand, aber als es zur entscheidenden Szene kam, machte ich keine Anstalten, sie zu halten: Ich hatte nicht gekämpft. In dieser ganzen Zeit, die mit dem Callgirl in Jonas Hoffmans New Yorker Wohnung ihren Gipfel erreichte, hatte ich versucht, Sex weder als Teil eines wahnsinnigen Liebesverlangens noch als fleischliche Widerlichkeit zu behandeln, sondern als natürlichen und sogar komischen Bestandteil des Alltagslebens. Es war mir nicht gelungen. Am Ende war ich der Mann, der seine eigenen Wunden weggeätzt hatte, indem er darauf bestand, dass Liebe eine neurale Fehlfunktion und ein Kategorienfehler war.

In der zweiten Januarwoche traf ich Tim Shorter in seinem Klub. Ich brauche kaum zu sagen, dass ich selbst nie einem Klub angehört habe, aber ich bin einige Male zu einer Verabschiedung oder einer Buchvorstellung an solchen Orten gewesen. Ich kannte die Etikette. Ich zog Anzug und Krawatte an und ging von der U-Bahn Piccadilly an den mit Schlussverkaufsangeboten beklebten Schaufenstern der Jermyn Street entlang zum St. James's Square und gab der London Library *La Conspiration de la Serre* zurück, dann weiter zur Pall Mall. Der Klub hatte eine durch die Abgase des Stadtverkehrs geschwärzte Fassade aus Portlandzement.

»Mr. Shorter? Ja, Sir, er ist im Kartenzimmer«, sagte der Pförtner in seiner Loge im Eingangsbereich. »Zweite Tür rechts.«

Es handelte sich um eine mit Teppichen ausgelegte Lounge mit einer Bar am anderen Ende; die Möbel sahen aus, als seien sie von einem Cateringunternehmen gemietet worden. Als ich mich im Raum umsah, löste sich ein Mann von selbst von der Bar und kam auf mich zu.

»Dr. Hendricks? Tim Shorter. Danke, dass Sie gekommen sind. Kann ich Sie vor dem Essen zu einem Drink einladen?«

Er war ein Mann in den Sechzigern, in einem grauen Anzug mit Streifenkrawatte; sein Auftritt wirkte forsch und verschwörerisch. Er kam mit einem Glas Sherry und einer Silberschale mit Erdnüssen von der Bar zurück und stellte sie auf den Kaminsims zwischen uns. Im Kamin gab es ein auf antik gemachtes elektrisches Heizgitter.

»Schön, dass Sie gekommen sind. Haben Sie meine erste Nachricht erhalten? Das muss im September gewesen sein.«

Er schob sich mit dem Zeigefinger die Brille auf den Nasenrücken.

»Ich bin ziemlich viel unterwegs gewesen.«

»Ja, selbstverständlich. Sie haben natürlich viel zu tun. Ich hoffe, es hat Ihnen nichts ausgemacht, dass ich mich so aus heiterem Himmel gemeldet habe. Ich habe Sie über Directory Enquiries ausfindig gemacht.«

»Nein, das ist völlig in Ordnung.«

»Wie auch immer. Der Ablauf ist der, dass wir zum Lunch

nach oben in den Long Room gehen. Ich habe einen Tisch für zwei reserviert, sodass wir ungestört sind. Sind Sie von weit her gekommen?«

Ich sah mich in dem Raum um. Die anderen Mitglieder waren ausnahmslos Männer, überwiegend in Dreier- oder Vierergruppen; die meisten von ihnen legten eine Art Kumpelhaftigkeit an den Tag – gelegentlich gab es lautes Gelächter –, aber richtige Freundschaftsverhältnisse schien es nicht zu geben. Ich hatte den Eindruck, dass ich hier der Jüngste war.

Es war Zeit, nach oben zu gehen. »Darf ich vorgehen?«, fragte Shorter.

Während ich meinem Gastgeber folgte, registrierte ich, dass die Treppe mit einem blauen Läufer mit Fleur-de-lys-Muster belegt war. Eine Frau in Uniform und weißer Schürze, die offenbar eine wichtige Rolle spielte, platzierte uns an einem Tisch am Fenster.

»Am meisten wird unsere gemischte Grillplatte gerühmt«, sagte Shorter, »aber natürlich können Sie nehmen, was Ihnen beliebt. Die Tagessuppe ist normalerweise eine gute Wahl.«

Shorter schob sich die Brille auf die Stirn, während er auf die Speisekarte schielte; es gab eine gemurmelte Unterhaltung mit dem Weinkellner, bevor er sich für den Rioja des Klubs entschied.

»Alles geregelt«, sagte er, lehnte sich zurück und rieb sich die Hände.

»Danke.«

Er brach ein wenig Brot auf seinen Beilagenteller. »Ich will Sie nicht länger auf die Folter spannen. Ich wollte mit Ihnen über eine Person sprechen, von der ich glaube, dass Sie sie von früher kennen. Es geht ihr nicht besonders gut.«

»Um wen handelt es sich?«

»Eine Person, die Sie im Krieg kannten. Gehe ich recht in der Annahme, dass Sie in Italien waren?«

»Ein, zwei Jahre, ja.«

»Dachte ich mir ... Einer von den D-Day-Drückebergern.«

»Wie bitte?«

»Die D-Day-Drückeberger. So haben wir Sie damals genannt. Weil Sie nicht an der Landung in der Normandie teilgenommen haben während Ihres Rom-Urlaubs.«

Ich dachte an Roland Swann, der an seinen Verwundungen gestorben war, an Donald Sidwell, der in den Bergen getötet worden war, an die Kompanie A, die komplett ausgelöscht worden war, an die Leichenteile des Gefreiten Hall, die man zurücktrug in das Dormitorium ...

»Fahren Sie fort«, sagte ich.

»Sie haben sie vielleicht kennengelernt, als sie für das Rote Kreuz arbeitete. Eine Italienerin namens Luisa. Ich fürchte, ich kann mich an ihren Geburtsnamen nicht erinnern. Vielleicht Neri? Wie auch immer, sie war mit meinem Bruder verheiratet, Nigel.«

Ich nahm mit vorgetäuschter Nonchalance einen Schluck von dem Klub-Rioja. »Erzählen Sie mehr.«

»Ich weiß nicht, wie viel Sie wissen. Hatten Sie nach dem Krieg noch Kontakt? Haben Sie sich geschrieben?«

»Nein. Ich war einen Sommer lang mit Luisa und ihrer Schwester und einer Amerikanerin befreundet. 1944. Ich hatte Genesungsurlaub wegen einer Schulterverletzung.« Ich hörte mich selbst mit gepresster Stimme diese Dinge sagen. »Luisa ging zurück nach Genua, um sich um ihren Mann zu kümmern, der beim Kampf für die Partisanen verwundet worden war. Ich schloss mich wieder meinem Bataillon an. Das war alles. Ich hatte keine Adresse oder sonst etwas.«

Ich fühlte mich schlecht, als ich die Silben von Luisas Namen vor Tim Shorter aussprach. Ich wollte nicht, dass sie durch die Tatsache, diesen durchschnittlichen Mann zu kennen, beschmutzt wurde.

»Ach ja, der erste Ehemann. Der italienische Kriegsheld. Oh, danke, Maya. Das riecht gut.«

Die uniformierte Kellnerin stellte ein paar eingelegte Garnelen vor mich hin. Daneben lagen ein Zitronenviertel und ein gekräuseltes Salatblatt. Der Teller stand so weit entfernt, dass ich nicht wusste, ob mein Arm lang genug war, ihn zu erreichen.

»Erzählen Sie weiter«, sagte ich.

»Also, Nigel arbeitete am Britischen Konsulat in ... muss in den frühen Fünfzigern gewesen sein. Wunderbarer Job, er musste sich nur drum kümmern, dass die gelegentlichen Reisenden aus England einen Adapter für die dortigen Steckdosen bekamen, und so was. Egal, an einem ihrer vielen heiligen Feiertage lernte er Luisa kennen und verliebte sich in sie.«

»Was war mit ihrem ersten Ehemann?«

»Er starb im Krieg. Nach allen Berichten muss er ein sehr tapferer Mann gewesen sein. Die Kämpfe in der Gegend waren wohl ziemlich hässlich.«

»Habe ich auch gehört. Wann ist er gestorben?«

»Das genaue Datum weiß ich nicht. Ich lernte sie ja erst kennen, als Nigel und sie heirateten, etwa fünfundfünfzig. Sehr hübsche Hochzeit. Eine kleine Feier in einem Dorf bei La Spezia. Haben Sie gesagt, Sie kannten ihre Schwester?«

»Ja. Magda.«

»Sie war dabei. Sehr hübsches Mädchen, obwohl nicht ganz so ein Hingucker wie Luisa. Der gute Nigel hatte immer einen Schlag beim anderen Geschlecht.«

»Was ist aus ihnen geworden?«

»Geworden? Nicht viel. Sie heirateten, sie hatten drei Kinder. Dank Nigels Job kamen sie ein bisschen herum. Nicht dass er in der Diplomatie jemals Höhenflüge unternommen hätte. Im Gegenteil. ›Ich fliege immer schön tief‹, sagte er. ›Die typische Waldschnepfe.‹«

Ich hatte es geschafft, einige der eingelegten Garnelen in meinen Mund zu bekommen. »Und was haben Sie im Krieg gemacht?«

»Royal Navy. Geleitschutz auf dem Atlantik. Sind die Garnelen in Ordnung?«

»Ja, danke, ich ... esse mittags nie sehr viel. Habe ich Sie so verstanden, dass Ihr Bruder tot ist?«

»Leider, ja. Er ist vor zwei Jahren gestorben. Schlaganfall. Er hatte immer Bluthochdruck. Hat das Leben ein bisschen zu sehr genossen, Sie verstehen.«

»Hatten sie eine gute Ehe? Waren sie glücklich?«

»Oh ja. Ich glaube schon. Also Nigel ganz sicher. Überglücklich. Luisa ... Sie war mir immer ein bisschen ein Rätsel. Geheimnisvoll, wenn das Wort es trifft.«

Ich dachte an Luisa, wie sie auf dem Rücksitz eines offenen Wagens auf der Küstenstraße Puccini gesungen hatte; ich stellte sie mir vor, wie sie sich in dem Hotelzimmer in Pozzuoli halb nackt herumdrehte.

»Gut«, sagte ich. »Ich bin froh, dass sie ein gutes Leben hatten. Und jetzt geht es Luisa nicht gut, sagen Sie?«

»Das ist richtig. Ich hatte sie lange nicht gesehen, aber ich bin Nigels Nachlassverwalter und musste mich nach seinem Tod um all seine Papiere und so weiter kümmern. Einmal musste ich auch nach Rom, um sie zu treffen.«

»Rom?«

»Ja, sie hat sich nach seinem Tod dort eine Wohnung gesucht.«

»Was ist mit ihr?«

Shorter unterbrach sich, um Senf auf seinen Teller zu tun, auf dem sich ein Steak, eine Niere, ein Kotelett und ein Würstchen türmten wie Figuren aus einem morbiden Gesellschaftsspiel. Vor mir stand ein Berg Fischpastete.

»Wir haben uns unterhalten. Wir hatten ein wirklich ausführliches Gespräch. Sie war allein in diesem ziemlich dunklen Apartment in der Nähe des Tibers. Kennen Sie Rom?«

»Ich bin einmal dort gewesen. Vor einer Sanitätskommission. Seitdem noch ein paarmal. Erzählen Sie weiter.«

»Luisa war sehr nett, sehr gastfreundlich. Aber sie sah abgemagert aus. Sie trug in der Wohnung eine dunkle Brille.«

»Wie lange ist das her?«

»Ungefähr ein Jahr. Sie war schon ziemlich krank, glaube ich. Wie auch immer, wir tranken eine Menge Wein. Als der Abend fortgeschritten war, erzählten wir uns plötzlich vertrauliche Dinge. Ich erzählte ihr von meiner Ehe, Sachen, die ich besser für mich behalten hätte. Ungefähr um ein Uhr morgens fing sie an zu weinen. Ich war peinlich berührt. Sie erzählte mir, es habe einen Mann gegeben, den sie geliebt habe. Ich nahm an, dass es sich um den italienischen Ehemann handelte. Wenn's schon nicht der arme Nigel sein konnte.«

»Und wer war es?«

»Das ist der Punkt, Dr. Hendricks. Sie waren das.«

Ich starrte auf die polierte Oberfläche des Tisches. Ich überlegte, wie sie mit dunklen Brillengläsern wohl aussehen würde.

»Das scheint Sie nicht sehr zu überraschen«, sagte Shorter.

»Ich bin nicht überrascht. Ich bin erleichtert. Und auch ...«

»Auch was?«

»Traurig ...«

»Traurig?«

»Wenn Sie so wollen.«

Dem, was Shorter dann erzählte, konnte ich nur schwer folgen, aber es schien überwiegend Nigels Besitz und Fragen der Erbschaftssteuer zu betreffen. Ich war froh, dass es sich um nichts Persönlicheres handelte, denn ich brauchte Zeit, um mich zu sammeln.

»... und jedenfalls fragte sie mich, ob ich Sie vielleicht ausfindig machen könnte, wenn ich wieder in England wäre. Ich nehme an, dass sie jetzt, da sie wieder Witwe war, nichts Falsches darin sah, Sie zu suchen. Sie hatte Ihren Namen in einer Zeitung gelesen, als Sie ein Buch publiziert haben, aber sie war nicht sicher, ob es sich um dieselbe Person handelte. Also versprach ich ihr, es zu versuchen und herauszufinden, ob wirklich Sie es waren.«

»Verstehe. Und was hat sie?«

»Ich weiß es nicht genau, aber es hat mit den Lungen zu tun. Der Arzt in Rom hat empfohlen, dass sie eine längere Zeit in den Alpen verbringt, und genau da ist sie jetzt.«

Die Kellnerin hatte den Teller mit der Fischpastete abgeräumt; Shorter tunkte das letzte Stück Würstchen in den Senf.

»Möchte sie, dass ich sie besuche?«

»Vielleicht. Gesagt hat sie das nicht. Sie wollte einfach herausfinden, ob es Ihnen gut geht, glaube ich. Ich habe ihr gesagt, ich würde Bericht erstatten.«

»Und wenn ich es ihr vorschlagen würde?«

»Nun«, Shorter lehnte sich in seinem Stuhl zurück und wischte sich den Mund ab, »sie hat vielleicht nicht mehr lange zu leben. Also wird sie es wohl kaum ablehnen. Aber eins weiß ich, sie schien sich sehr viele Gedanken um Sie zu machen. Als wir darüber sprachen, hatte sie einen merkwürdigen Gesichtsausdruck. Als sie Ihren Namen nannte. Irgendwie durcheinander und gleichzeitig drängend und –«

»Ich kenne diesen Gesichtsausdruck.«

»Sie sagte: ›Nur, wenn er will. Sag ihm das. Und sag ihm – selbst wenn er nicht kommt –, sag ihm, dass ich ihn immer lieben werde.‹«

Ich sah zur Seite und entdeckte, dass ich durch ein Bild an der Wand hindurchstarrte, das ein Pferd zeigte. »Das hat sie gesagt?«

Shorter lachte. »Aber ja! Ich fürchte, jetzt habe ich Ihnen was erzählt.«

Nach dem Essen ließ ich mir Tim Shorters Adresse geben und schrieb ihm einige Tage später, um mich zu bedanken. Im Gegenzug teilte er mir mit, wo Luisa sich bis Ende Januar aufhalten würde. Es war ein Hotel in Megève in den französischen Alpen.

Es lag auf der Hand, dass ich nicht dorthin fahren konnte. Ich wollte nicht, dass Luisa aus dem Helldunkel meiner Erinnerung ins grelle Licht der Gegenwart trat. Ich fürchtete, ich würde sie noch immer so lieben wie vor siebenunddreißig Jahren, und ich fürchtete, dass ich sie weniger lieben würde. Ihre Abwesenheit hatte mein Leben seit dem Ende des Krieges bestimmt; sie hatte meiner Existenz als Erwachsener Gestalt und Identität verliehen und alle diese verkrüppelten Beziehungen bedingt. Wenn ich irgendwie feststellen sollte, dass sie dieser bestimmenden Kraft nicht würdig war, wäre mein Leben nicht mehr bloß traurig, es wäre inhaltsleer. Mit der Traurigkeit hatte ich gelebt, die Traurigkeit hielt ich gerade noch aus; aber den Gedanken, dass all das umsonst gewesen sein sollte, konnte ich nicht ertragen. Wenn ich auf der anderen Seite entdecken würde, dass sie noch immer die war, ohne die ich nicht leben konnte, dann gäbe es in diesem Leben keine Aussicht auf Erlösung mehr.

Also konnte ich nicht fahren. Fakt war, dass ich sie zu sehr geliebt hatte. T. S. Eliot, ein Dichter, den ich erst spät entdeckt habe, wurde oft mit dem Satz zitiert, die Menschheit könne sehr viel Wirklichkeit nicht ertragen. Mir schien eher, dass die Menschheit vor allem nicht zu viel Liebe ertragen konnte. Dass ich Luisa Neri zu sehr geliebt hatte, nach den geltenden Standards der Welt – unter dem Aspekt der Familiengründung, der Vaterschaft, des gepflegten Umgangs mit den Mitmenschen –, das hatte mein Leben ruiniert.

So betrachtet, hatte ich aus den Trümmern noch etwas gebaut, was beinahe der Mühe wert gewesen war. Es war ein fragiles Artefakt, zusammengeleimt aus Bruchstücken: ein Patient, dem ich geholfen hatte; ein veröffentlichtes Buch, das trotz seiner Zuspitzungen und verschämten Schönfärberei unangenehmer Wahrheiten doch auf einige Zustimmung gestoßen war; ein Gefühl für gemeinsame Ziele mit Kollegen; manchmal eine Freundlichkeit, die den Empfänger überraschte; Freundschaft mit einer Kreatur einer anderen Gattung. Aber der stützende Apparat, den ich aus diesen Teilen zusammengebaut hatte, war keineswegs stabil genug, um einem Wiedersehen mit der Frau standzuhalten, die seine Gestalt indirekt bedingt hatte.

Ich konnte es deshalb selbst nicht so recht glauben, dass ich am 28. Januar die Rückbank eines alten Mercedes Diesel von Kensal Kars enterte und dem Fahrer sagte, ich wolle nach Heathrow. Er fuhr über die Schleichwege bei Willesden Junction und White City, bevor wir auf die offene Strecke kamen. Der Geruch eines Luftauffrischers verursachte mir eine leichte Übelkeit, und ich musste das Fenster aufmachen und den grauen Nachmittag hereinlassen.

Ich hatte mit mir selbst abgemacht, dass ich jederzeit zurückkonnte. Ich rechnete damit, dass ich den Mut sinken lassen würde, sobald ich in Megève war. Dort im Gebirge würde es vermutlich strahlenden Sonnenschein und Schnee geben, also konnte ich für ein paar Tage den Erholungseffekt nutzen und dann wieder nach London zurückkehren.

Terminal zwei mit seiner niedrigen Decke war der Startpunkt meiner angenehmeren Reisen zu den Tagungshauptstädten Europas gewesen; ich fühlte mich beschwingt beim Anblick der in Pelze gekleideten Leute, die mitten in der Woche ihre Skier am Check-in-Schalter verluden. Oben ging ich durch die Passkontrolle und dann in die Wartezone, wo ich eine Zeitung und eine Flasche Whisky kaufte und mich etwas halbherzig dem Kreuzworträtsel zuwandte; da ich nur Economyklasse flog, blieb mir die Lounge, im Gegensatz zu damals in New York, verwehrt.

Seit jenem Tag schien sich eine Menge verändert zu haben. Es war noch gar nicht lange her, aber irgendwie hatte ich nach allem, was ich mit Pereira besprochen hatte, eine veränderte Sicht auf die Welt und meinen Platz darin. Es war kaum zu sagen, ob das vom Nachdenken über sein Leben kam oder über meins, aber als ich einen Blick nach oben auf die Abflugtafel warf, war ich überzeugt, dass ich irgendetwas hinzugewonnen hatte. Das Boarding für den Flug begann.

In Genf trug ich meinen Koffer den abschüssigen Gang an der Gepäckausgabe hinunter und dann durch den Zoll. Durch die gewonnene Stunde war es erst acht Uhr, und ich überlegte, ob ich im Hotel wohl noch essen konnte. Der Taxifahrer, der mir die Hand schüttelte und sich als Patrick vorstellte, war ein sehr gesprächiger Mann und stellte eine Menge Fragen. Ich antwortete mit ein paar Gegenfragen, und schließlich gewann das Auto an Höhe. An den Rändern der Kuhweiden gab es schmutzige Schneeverwehungen. Ich bin nie Ski gelaufen und fand den Anstieg zu dem Kurort interessant; ich musste an Tuberkulosepatienten denken, die mit Pferdekutschen hier ankamen, und abgemagerte Mädchen, die sich fragten, ob sie die Stadt oder die Ebene jemals wiedersehen würden.

Mein Hotel lag nahe der Ortsmitte – ein bescheidener Holzbau, in dem ganz sicher das letzte Essen um halb neun serviert worden war. In den Straßen, die vom Platz abgingen, gab es jedoch genug Restaurants, und ich fand eine Pizzeria, in der ich schnell bedient wurde, und trank Wein aus der Region. An der Bar gab es einen Briefständer aus Holz mit Plänen von Megève, und ich nahm einen heraus und machte mich beim Essen damit vertraut. Luisas Hotel lag auf halbem Weg aus dem Zentrum an einer Straße, die nach Westen führte.

Mein Zimmer war klein und so gut geheizt, dass ich das Fenster für die frostige Nacht draußen öffnen musste; befreit atmete ich die eisige Luft ein. Das Bett war schmal und hart, aber es gab – sehr selten in Hotels – eine gute Leselampe über dem Kopfende. Ausnahmsweise war ich mal nicht ganz oben, sondern im ersten Stock, über der Küche, von wo ich noch immer das Scheppern der Töpfe und Pfannen hörte.

Als ich das Licht ausmachte, dachte ich an die Zeilen von »Burnt Norton«, die dem »Zu viel Wirklichkeit«-Passus folgen: »Zeit Vergangenheit und Zeit Zukunft / Was gewesen wäre und was gewesen ist / Verweisen aufs Gleiche, nämlich das, was da ist.« Ich versuchte, mein persönliches »Was gewesen wäre« zu enträtseln und herauszufinden, ob es noch immer gegenwärtig war, und schlief darüber ein.

Ich muss kaum erwähnen, dass ich erstaunliche Träume hatte, außer in ausgesprochen langweiligen Nächten. Alle hatten mit Luisa und einem verlorenen Leben zu tun; physisch hatten sie die schamlose Freimütigkeit, die die Traumwelt mit sich bringt.

Es fiel nicht schwer, auf diese Dinge – Sex und so weiter –

zurückzublicken, wenn es sich um Mary Miller handelte. Wir waren jung gewesen, und eine ironische Distanz rundete mancherlei Kante von damals ab. Wenn ich an die Hure in New York dachte, konnte ich ein bisschen Selbstekel rauslassen. Die Episode mit der ernsthaften Anna war die einmalige Gelegenheit gewesen, diese absurden anatomischen Begriffe zu gebrauchen. Wenn es aber um Luisa ging, schien es keine nachvollziehbare Art und Weise zu geben, das zu beschreiben. Als Kind meiner Generation begrüßte ich selbstverständlich die neuen Sitten der Sechziger – Nacktsaunas, Sexgurus, Hippie-Musicals, Love-ins und so weiter –, aber diesem ganzen *laisser-aller* fehlte irgendwie etwas Wesentliches: das Gefühl, ein Tabu zu verletzen. Luisa war eine große Tabubrecherin.

Tagsüber, wenn wir auf und angezogen waren, war alles ganz normal, wenn überhaupt etwas normal sein konnte im Sommer 1944 in Süditalien. Ich meine damit, dass wir nicht zum Fallschirmspringen oder Tiefseetauchen gingen oder gemeinsam Wagners *Ringzyklus* sahen. Es gab dann und wann ein Picknick oder eine Spritztour in einem beschlagnahmten Auto, es gab Cafés am Marktplatz, in denen wir etwas tranken, Abendessen draußen in dem ummauerten Garten, der zum Meer hin abfiel. Es gab mich, wie ich in ihrer Unterkunft auf dem Bett saß und redete und Luisa in ihrem Unterrock mit dem elfenbeinfarbenen Spitzensaum beobachtete, während sie sich zum Spiegel vorbeugte, um Mascara aufzutragen; und manchmal, wenn ich dort ausgehfertig angezogen saß, hatte sie überhaupt nichts an, während sie Make-up auftrug, dieselbe Grundhaltung, den Kopf gestreckt und auf Zehenspitzen, aber nackt, wie ein kleines Mädchen. Vor allem aber sprachen wir. Ich war nie besonders gesprächig, doch bei Luisa war ich ein Bach, der munter sprudelte, denn zum ersten Mal in meinem Leben war ich mit einem

Menschen zusammen, der mich verstand. Das war der Punkt, an dem die schamlosen Nächte und das Geplapper des Tages sich berührten: im Hochgefühl des Verstandenwerdens. Und die Person, die sie mir zeigte, das Bild in ihren Augen, war kein Caliban, der sich im Spiegel sieht; was ich sah, reichte, um das Leben für mich zu dem zu machen, was es meiner Vermutung nach für andere war: unbeschwert und voller Freude. Deshalb liebte ich sie.

Nachdem ich im Hotel gefrühstückt hatte, ging ich nach draußen, um Megève zu erkunden. Auf dem Kopfsteinpflaster tippelten Ponys, ihre Karren gefüllt mit Wolldecken und Pelzen; die nichtssagende Kirche hatte einen Turm mit einer kleinen Kuppel an der Spitze, aufgespießt wie eine Perlzwiebel. Vor den Geschäften schwatzten Frauen in langen Mänteln und Stiefeln miteinander, dann gab es Leute in schimmernden Jacken mit Skiern über den Schultern, die die Treppen zur Seilbahn hochstapften. Ich hatte keine Lust, mich aus dem hellen Sonnenschein zu entfernen. Da ich Wanderschuhe und einen dicken Mantel trug, hinderte mich nichts daran, den Lift nach oben zu nehmen. Eine Angestellte am Ticketschalter versicherte mir, dass viele Leute einfach zum Mittagessen hinauffuhren; sie empfahl mir in dem Restaurant auf dem Gipfel ein Gericht namens *boudin avec ses deux pommes*. Als sie mir das Ticket reichte, lächelte sie zahnlos. *»Bon appétit, Monsieur!«*

Wir stiegen über den niedriger gelegenen Pisten auf, dann über eine Allee von Tannen, deren Zweige schlaff herabhingen. Nach einem weiteren Aufstieg erreichte ich den Holzbau des Restaurants, wo ich draußen saß, Bier trank und die Skiläufer beobachtete, die sich an allen Seiten des Berges nach unten schlängelten. Am Ende der Piste stiegen sie aus ihren Skiern, stellten sie zusammen und rammten das stumpfe Ende in den Schnee; dann kletterten sie die breite Terrasse hoch, bahnten sich in ihren klobigen Stiefeln auf Hacken und Zehenspitzen ihren Weg, wischten sich mit den Handschuhen übers Gesicht, stießen aus ihren geröteten Gesichtern Atemwolken in die Luft, während sie voreinander prahlten und schnauften und ihre Bestellungen riefen.

Der *boudin* kam, eine Blutwurst. Ihre *deux pommes* waren ein Apfel- und ein Kartoffelpüree. Hier fiel das Licht der Sonne auf Frostkristalle, die Grandiosität der Berge und den pfeffrigen Geschmack des *boudin*. Ich ließ meinen Blick ins Tal schweifen und fragte mich, welches der winzigen Dächer wohl auf Luisas Hotel thronte. Mein ganzes Leben schien sich in der glitzernden Luft über den prähistorischen Felsen auszubreiten, die aus der Erde hervorstießen. Unter dem Geländer sah ich einen Hasen durch den Schnee hüpfen und dann verschwinden, dessen Herz unter seinem Winterfell im Rhythmus von Leben und Tod schlug.

Die Sonne war hinter dem Berg verschwunden, als ich wieder im Ort ankam. Ich studierte den Plan in meiner Hosentasche und beschloss, ich könnte ebenso gut losgehen und sehen, wie lange ich zu Luisas Hotel brauchte. Die Anfängerhügel, die noch vor zwanzig Minuten ein sonnenbeschienener Tummelplatz gewesen waren, strahlten jetzt, als die Mütter ihre Kinder in der Abenddämmerung riefen, eine bedrohliche Frostigkeit aus.

Ich brauchte fünfzehn Minuten, etwas länger, als ich gedacht hatte. Meine Fingerspitzen fühlten sich in den Handschuhen kalt an, als ich vor dem Chalet-Hotel stehen blieb. Auf beiden Seiten des gefegten Weges zum Eingang waren Schneeverwehungen, und unter dem Vordach standen breite Schaufeln bereit; das Haus hatte drei holzverkleidete Stockwerke, rote Vorhänge mit Karomuster, und aus den Backsteinschornsteinen stieg der Rauch.

Am Fenster eines Zimmers im zweiten Stock sah ich für einen

Augenblick eine dunkelhaarige Frau, die auf den Ort sah, als suche sie etwas. Sie zog die Vorhänge zu, und nun sah ich nur noch den Stoff und das Licht dahinter.

Ich ging den kleinen Weg bis zum Eingang und betrat die Lobby mit ihrer hochgedrehten Zentralheizung und ihren Trockenblumen.

»*Je cherche Madame …*«, ich konnte den Namen kaum über meine Lippen bringen, »*Shorter*«, sagte ich zu der Frau hinter der Empfangstheke.

Es folgte ein etwas unschlüssiges Blättern durch das Hauptbuch, dessen Seiten, die sich unter dem Druck von Kulis gewellt hatten, zwischen den Fingern der Frau raschelten und knackten.

»*Ou peut-être*«, sagte ich, als es langsam peinlich wurde, »*Madame Neri.*« Möglicherweise hatte sie auch den Namen ihres ersten Mannes wieder angenommen, aber den kannte ich nicht.

»*Ah, oui, Monsieur, tout à fait. Madame Neri. Un moment, s'il vous plaît.*«

Ein Telefongespräch folgte, bei dem ich natürlich nur die Rezeptionistin hörte. Indem sie die Hand über die Sprechmuschel legte, fragte sie: »*Et vous êtes Monsieur …?*«

»Hendricks.«

Nach einem erneuten kurzen Gespräch legte sie den Hörer auf und bat mich, in einer Stunde wiederzukommen, dann würde Madame Neri mich empfangen.

Um mich warm zu halten, ging ich mit schnellen Schritten in den Ort zurück und bestellte einen Tee in einem Café. Ich stellte mir Luisa in ihrem Zimmer vor. Sie würde ein Bad nehmen und dann ihr Haar föhnen, ein dezentes Make-up anlegen und ihre Kleidung auswählen. Sie war nicht eitel, aber anspruchsvoll. Auf jeden Fall war sie es gewesen … Wie konnte ich glauben zu wissen, wie sie heute war? Sie war nun über sechzig. Zweifache

Witwe. Ich konnte doch nicht zu ihr gehen und alte Wunden aufreißen.

Nein. Ich verließ das Café und ging in Richtung meines Hotels zurück. Es fing an zu schneien, kleine Flocken, ein Schneegestöber im Licht der Straßenlaternen. Wenn ich erst wieder in meinem Hotelzimmer wäre, wäre ich außer Gefahr. Und sie auch. Das war das Beste, was ich tun konnte.

Dann blieb ich stehen und sah in die schneewirbelnde Nacht. Oh lieber Gott, hilf mir.

Zum letzten Mal drehte ich um, ging zurück in das Café, kippte zwei Cognacs und wandte mich dann nach Westen. Ich würde ein paar Minuten zu früh da sein, aber damit musste sie zurechtkommen.

In der Lobby wischte ich mir den Schnee vom Kopf und stampfte mit den Füßen auf. Die Rezeptionistin sah mich über die Theke hinweg mitleidig an, wählte aber die Nummer. Ich hörte nicht zu, was sie sagte, weil ich meine ganze Konzentration aufbieten musste, um nicht umzudrehen und wegzurennen.

»*Vous pouvez monter, monsieur. Chambre numéro vingt-sept. L'ascenseur ...*«

Aber ich hatte den Lift schon entdeckt und hämmerte auf den Knopf. Als es nach oben ging, konnte ich mich in der Spiegelwand selbst sehen: geplatzte Äderchen, tropfnass, aber erkennbar dieselbe Kreatur, die nach der Schule über Pococks Achtzig-Morgen-Acker nach Hause gelaufen war. Der Lift schlingerte und hielt an. Es dauerte lange, bis die Türhälften sich teilten und mich herausließen. Ich stand auf dem Flur, sah zuerst in die eine, dann in die andere Richtung. Eine Tür wurde geöffnet, in den Flur fiel ein bisschen Licht, und eine Stimme sagte: »Robert?«

Meine Füße blieben, wo sie waren. Ich versuchte, mich zu bewegen, aber meine Beine reagierten nicht. Als die Aktivität zurückkehrte, ging ich so langsam, dass ich das Gefühl hatte, ich würde dieses Licht niemals erreichen.

Eine Gestalt kam in der Finsternis auf mich zu, ich erkannte den Gang, den lebhaften Hüftschwung, der einst den Saum ihres Baumwollkleides um ihre Knie hatte wirbeln lassen, als wir die Galleria in der Via Forcella in Neapel verließen.

Und dann war sie bei mir. Und dann war sie in meinen Armen.

Ich drückte sie an meine Brust, und jede einzelne Stunde jedes vertanen Jahres wurde bedeutungslos und null und nichtig, als die Zeit sich über uns wie eine Kuppel schloss.

In Luisas Zimmer gab es nur einen Lehnstuhl und einen harten Hocker vor dem Schminktisch. Wir wussten nicht, wo wir uns hinsetzen sollten, also blieben wir stehen. Es gab eine Tischleuchte und neben dem großen Bett mit dem Fußteil aus Holz eine Leselampe; der Raum lag im Halbdunkel, aber die rötlichen Vorhänge und die weichen Möbel strahlten eine gewisse Wärme aus.

»Lass dich ansehen«, sagte ich.

Sie schüttelte widerstrebend den Kopf, und ihre Augen sagten: »Bitte nicht«, aber sie hielt meinem Blick stand, als wir voreinander standen und einander die Hände hielten, so als wollten wir mit irgendeinem ländlichen Tanz beginnen.

Die Zeit hatte in ihrem Gesicht ihren Abdruck hinterlassen, Risse und Falten, Spuren und Tränensäcke, wo einstmals glatte Flächen und klare Linien gewesen waren. Zwischen ihren Augen sah ich eine Furche, auf einer Seite verlief eine senkrechte Linie von der Augenbraue bis zum Lid. Ihr schwarzes Haar war kürzer geschnitten und hatte graue Strähnen. Um die Taille, unter dem hellbraunen Pullover, zeichnete sich so etwas wie

Rundlichkeit ab, und ihre Brüste sahen schwerer aus, mütterlicher.

Wie viele Zehntausende vergangener Stunden musste es gebraucht haben, um diese langsamen Veränderungen herbeizuführen.

Die Form ihrer Augen war so, wie ich sie in Erinnerung hatte, aber was ich in dem diffusen Licht in ihrem Blick erkennen konnte, war das Bedürfnis, sich selbst zu schützen. Von allen Beschädigungen, die die Zeit ihr zugefügt hatte, tat mir diese am meisten weh. Luisa ohne ihre unbekümmerte Lebensfreude war nicht die Luisa, die ich kannte.

Aber ihre kleine Hand in meiner war noch immer dieselbe.

Ich versuchte, wieder etwas zu sagen. Schließlich brachte ich es zu einem Lächeln und räusperte mich: »Deine kleine Hand.«

»Ja. Nicht erfroren.« Sie drückte meine.

Dann setzten wir uns zusammen aufs Bettende. Ihre Füße reichten nicht ganz bis auf den Boden.

»Jetzt sieh mich an, Robert.«

Ich wandte mich ihr zu. Als sie mit dem Handrücken über mein Gesicht strich und dann mit der Handfläche über meinen Arm, lächelte sie und nickte, wie eine Mutter, die ihr Kind bestärkt. Dann hielt sie wieder meine Hand. Kaum hörbar sagte sie: *»Carissimo.«*

Seite an Seite sitzend, sahen wir uns jetzt direkt an.

»Eins darfst du nicht sagen«, sagte ich.

»Was?«, fragte Luisa.

»Dass es dir leidtut. Es gibt nichts, was dir leidtun muss. Es zählt nur das, was geschehen ist.« Ich sprach irgendwie ins Leere. Der Schmerz war größer, als ich ihn mir hatte vorstellen können; zu seinen Symptomen gehörte, dass sich etwas in meiner Brust zusammenzog, sodass ich nur noch keuchend atmen konnte.

Luisa stand auf, und wenigstens in dieser Bewegung war noch die alte Leichtigkeit zu erkennen. Sie stand mit dem Rücken zum Kamin und atmete tief ein; auch an ihrer Pose erkannte ich etwas wieder. Ich konnte die junge Frau an der Neigung ihrer Hüfte erkennen, an der leichten Drehung ihres rechten Handrückens, als sie zu sprechen begann.

»Eines Tages ging ich über den Strand. Mit meiner Schwester. Ich sah zwei Männer. Beide wart ihr verwundet. Ihr standet in eurem Badezeug beinahe nackt da, jung und erfüllt von Lachen und von eurer Freundschaft, aber ich konnte die Narbe an deiner Schulter sehen und die Art, wie du deinen Arm hieltest. Und was deinen Freund angeht, wie er da stand, das war auch nicht natürlich. Obwohl er sich alle Mühe gab, es nicht zu zeigen. Und das hattet ihr für unser Land getan. Für mich. Dann seid ihr zu uns rübergeschwommen. Du warst wunderschön. Das weißt du. Dein Freund war reizend, aber du ... Du warst schön. Aber das war nicht der Moment, in dem ich mich in dich verliebte. Nein, ich schaffte es zu widerstehen. Erst als ich sah, wie tief dein Schmerz saß. Das war einen oder zwei Tage danach, als ich sah, dass selbst dein Freund, der dir so nahestand, der durch dieselbe Hölle gegangen war wie du, die Hölle, die euch zusammenschweißte, ich sah, dass selbst er dich nicht verstehen konnte. Das war der Moment, in dem ich mich in dich verliebte.«

Wir schwiegen beide sehr lange. Die Luft im Zimmer schien zu schwer, um sie mit Worten zu bewegen.

Als ich etwas zu sagen versuchte, hob Luisa die Hand. Ich hatte vergessen, wie gebieterisch sie sein konnte.

Ihr Handrücken machte wieder diese typische Bewegung, die ich liebte, diese Bewegung, die bedeutete: Hör mir zu, es ist wichtig.

Sie sagte: »Ich habe von dir geträumt, Robert, beinahe jede Nacht. Fast vierzig Jahre lang. Oft bin ich mit Tränen aufgewacht. Manchmal habe ich meinen Mann mit meinem lauten Schreien aufgeweckt. Jede Nacht eine Version immer derselben Geschichte. Der Garten hinter meiner kleinen Wohnung am Meer. Du bist da, aber ich kann nicht rein. Ich bin ausgeschlossen. Es gab Zeiten, wo es besser war, als meine Kinder klein waren und ich mich in ihren kleinen Leben verlieren konnte. Wenn ich mich am Tag um sie kümmerte, bekam ich dich aus dem Kopf. Aber nicht, wenn ich schlief. Wegen der Arbeit meines Mannes sind wir viel gereist. Ich habe in Malaysia gelebt und in Südamerika – und in diesen fernen Regionen mit ihren Palmen und Fächern und Bambusmöbeln war es noch schlimmer. Da haben mich meine Träume am meisten gequält. Und dann die Partys, die Botschaften, die Tage. Ich habe die Tage meines Lebens heruntergezählt und sie weggeschmissen.«

Sie schluckte und sprach nicht weiter.

»Du hättest zu mir kommen können«, sagte ich.

»Ich wusste nicht, wo du warst. Ich wusste nicht, ob du noch lebst. Und es war nicht an mir, dich zu suchen. Nicht nach dem, was ich getan hatte.«

Sie ließ den Kopf hängen.

»Meine arme Luisa. Und diese ganzen Jahre, diese ganzen Nächte und ... Hast du an den Tag zurückgedacht, als ihr drei beschlossen hattet, an den Strand zu gehen und im Meer zu schwimmen? Hast du daran zurückgedacht und diesen Tag verflucht?«

Luisa hob den Kopf. »Nicht ein Mal«, sagte sie.

»Bist du sicher?«

»Ja, auch wenn die Jahre der Schwermut viel schwerer wogen als die paar Wochen des Glücks. Es war mein Leben.«

Ihr Koffer stand offen; ich konnte die Pullover, die Unterwäsche, ein Buch sehen, das Leben, das ich hätte teilen sollen. Ich sagte: »Und hast du nicht darüber nachgedacht, ob –«

»Habe ich nicht. Ich habe gedacht, es ist nicht zu ändern.«

»Und dein Mann? Als wir uns kennenlernten. Der erste –«

»Ich liebte ihn, aber all das hatte mit ihm überhaupt nichts zu tun.«

Nach einem erneuten langen Schweigen sagte ich: »Ich verstehe.«

Sie holte ruhig Atem und murmelte dann: »Ich habe beinahe mein ganzes Leben lang darauf gewartet, dich das sagen zu hören.«

Ich stand auf und legte meine Arme um sie. Dann weinte sie, natürlich, aber ich hielt mich von der tiefen Quelle ihres Kummers fern, denn es hätte nicht geholfen, wenn ich zusammen mit ihr dorthin hinabgestiegen wäre.

Als sie sich beruhigt hatte und wir uns voneinander lösten, fragte ich: »Sag mir, bist du krank? Der Mann, den ich getroffen habe – Shorter –, hat mir erzählt, dass es dir nicht gut geht.«

Sie langte nach einem Taschentuch, putzte sich die Nase und wischte sich die Tränen weg, ganz normale Handlungen in so einer Situation. »Ich fürchte, ja. Es kann noch ein paar Wochen dauern, vielleicht ein Jahr. Länger aber nicht.«

Ich wollte sie wieder trösten, aber sie hob die Hand. »Nein, nein, mein Liebster. Es ist alles in Ordnung. Es macht mir nichts aus zu sterben. Es ist alles gut, Roberto.«

»Das macht mich froh.«

»Jetzt, wo ich dich noch einmal gesehen habe, ist alles gut.«

## FÜNFZEHNTES KAPITEL

Bei meiner Rückkehr nach London fand ich einen dicken Brief von Alexander Pereira vor, den zu öffnen ich aber verschob, bis ich Max von Mrs. Gomez abgeholt hatte. Es fühlte sich merkwürdig an, wieder in meiner eigenen Wohnung zu sein. Obwohl ich wusste, wo alles war, und ich auch den Anrufbeantworter problemlos bedienen konnte, kam es mir vor, als würde ich meinen Alltag nachspielen.

Ich nahm an, dieses Gefühl der Verschiebung hing damit zusammen, dass ich Luisa wiedergesehen hatte. Ich versuchte, die Tatsache zu verarbeiten, wie wir Therapeuten sagen, dass ich siebenunddreißig Jahre lang das falsche Leben gelebt hatte.

In Momenten extremer Belastung wendet das menschliche Gehirn einen nützlichen Mechanismus an, ein Umschalten, das sich in unserer Evolution als erfolgreich erwiesen hat: Wir spalten uns ab. Es fühlt sich unwirklich an. Wir sehen uns selbst im Spiegel, als seien wir ein anderer; wir reden laut mit uns selbst und sagen Dinge wie: »Das glaube ich jetzt nicht.« Eine Spielart dieses Verhaltens erfuhr ich gerade an mir selbst.

Als ich *The Chosen Few* schrieb und den Inhalt der Konserven aus Jacobs Feinkostladen auf der Kochplatte erwärmte, hatte ich mich damit abgefunden, dass sich am Ende doch nicht alles zum Guten wenden würde. In einem höheren Alter als die meisten Menschen, so nahm ich jedenfalls an, gestand ich mir endlich ein, dass ich kein passendes Muster entdecken würde; mein Leben würde nicht die kultivierte und rettende Gestalt eines Kunstwerks annehmen. Vielmehr würde es eine sprunghafte Abfolge von Täuschungen bleiben, die miteinander im Streit lagen, bis auch die letzte gescheitert war.

Seit meiner Kindheit machte mir der Gedanke Angst, dass ich nichts weiter war als eine molekulare Masse in zufallsbestimmter Bewegung, aber nach der Trennung von Luisa hatte ich eingesehen, dass es noch schlimmer war. Dieser Gedanke der einzigartigen Liebe: Er lastet auf einem mit aller Wucht der sozialen Akzeptanz, der Geschichte und der Kunst ... Für mich hatte er sich nicht als unerreichbar, sondern als zerstörerisch erwiesen. Meine Gefühle für Luisa hatten mein eigenes Leben zerstört und das ihre inhaltsleer gemacht. Gottlob hatte ich – tollkühn bis zuletzt – den Mut aufgebracht, sie wiederzusehen. So hatte ich ihr schließlich ein wenig von ihrem Schuldgefühl nehmen können.

Was alle anderen Jahrzehnte betraf, war diese »Liebe« eine Katastrophe gewesen. Das wusste ich jetzt. Ich wusste auch, dass ich verdammt war – denn ein bestimmter uneinsichtiger Teil meiner selbst würde ihr sogar unter Folter niemals abschwören.

Wir hatten abgemacht, dass wir brieflich und telefonisch in Kontakt bleiben würden; sie sollte mir berichten, wie es mit ihrer Krankheit stand, und ein Foto von sich und ihren Kindern schicken. Sie bat mich um ein Exemplar von *The Chosen Few*, aber ich sagte ihr, dass ich mich des Buches zu sehr schämte. Wir kamen überein, dass ich sie in Italien besuchen würde, und sie versprach mir, sie werde gesund genug sein, um sich um ihren Gast zu kümmern.

Und was wäre gewesen, wenn sie nicht todkrank gewesen wäre? Hätte ich sie gebeten, zu mir zu ziehen und mit mir in meiner Wohnung in Kensal Green zu leben, direkt unter Mrs. Kaczmarek? Oder hätte sie mich in ihr Elternhaus bei La Spezia aufgenommen, das jetzt ihr Zuhause und das ihrer drei erwachsenen Kinder war?

Wäre sie nicht krank gewesen, hätten wir uns nie wiedergesehen. Ohne das und den Tod ihres zweiten Ehemanns hätte sie nie versucht, mich ausfindig zu machen. Darin lag eine Ironie, aber sie war zu düster, als dass ich darüber nachdenken konnte. Wir hatten uns entschieden, zu retten, was zu retten war, und solange sie atmete, würde ich auf irgendeine Art immer davon träumen, eines Tages mein Leben mit ihr zu teilen.

Durch das Nachdenken über Luisa hatte ich Pereiras Brief vergessen, und es dauerte ein paar Tage, bis ich wieder darauf stieß.

*Lieber Mr. Hendricks,*
*ich schreibe diese Zeilen in Eile, weil ich ein paar Wochen verreist sein werde, aber ich wollte anfragen, ob Sie nicht Anfang März kommen wollen. Mit etwas Glück ist hier dann schon der Frühling unterwegs.*

*Ihre Besuche haben mir viel Freude gemacht. Ich hatte nicht damit gerechnet, dass wir so gut miteinander auskommen würden. Céline hat Sie »charmant« genannt – das arme Mädchen mag närrisch sein wie ein Kolibri, aber ich glaube, sie hat es ehrlich gemeint.*

*Ich weiß, dass Sie erst vor Kurzem hier waren, aber ich habe Ihnen etwas besonders Interessantes zu zeigen. Um ehrlich zu sein, hatte ich es die ganze Zeit, aber ich war mir noch nicht sicher, ob Sie reif dafür waren, es zu sehen. Nun, da ich Sie besser kennengelernt habe, bin ich von Ihrer Belastbarkeit überzeugt.*

*Kommen Sie. Die beiden Mädels – Paulette und Céline – würden sich freuen. Und ich mich auch.*

*Ihr Freund*
*Alexander Pereira*

In dem Augenblick, als ich das Gefühl hatte, mich auf eine widerstrebende Weise mit Luisas und meiner Geschichte ausgesöhnt zu haben, erfüllte mich eine nervöse, drängelnde Neugier. Ich musste so bald wie möglich auf die Insel, und es war gemein von Pereira, dass er mich noch den ganzen Februar durchstehen ließ. Ich hatte meine Zweifel, dass er wirklich weg sein würde – schon deshalb, weil er zu gebrechlich war, um lange zu reisen; viel eher wollte der alte Gauner mich darüber schwitzen lassen, was er mir angekündigt hatte, wollte, dass ich über »die Funktionsweise der Erinnerung« noch einmal neu nachdachte. Das kümmerte mich alles überhaupt nicht. Ich wollte etwas über meinen Vater hören.

Irgendwie musste ich die Zeit rumkriegen, jene endlosen Stunden im Februar, wenn der Bleihimmel auf London lastet und der Tag verblasst, bevor er überhaupt begonnen hat. Aus einer Laune heraus rief ich den Immobilienmakler an, dessen Namen ich in dem Magazin beim Zahnarzt entdeckt hatte; die Old Tannery stand noch immer zum Verkauf, und ich machte einen Termin aus, um mir das Haus unter dem Vorwand, ich sei ein möglicher Käufer, anzusehen. Der Zug setzte mich am frühen Nachmittag ab, und ich fand ein ungepflegtes braunes Taxi, das mich die fünf Meilen bis zum Dorf fuhr. Vor der Kirche, die zur Erinnerung ans silberne Thronjubiläum der Queen einen neuen Eingang erhalten hatte, schossen wie an dem Tag, da ich meine Mutter zum letzten Mal gesehen hatte, rund ums Kriegerdenkmal Schneeglöckchen durchs Gras ans Tageslicht (wie viel Druck diese zarten Sprösslinge auf die Erdlast über ihnen ausübten, was für eine Gier nach Licht ...).

Der junge Makler wartete schon auf mich; er trug eine Wachsjacke und rahmengenähte Schuhe.

»Sind Sie neu in der Gegend, Sir?«, fragte er und schüttelte mir die Hand. Den Ausdruck »Sir« gebrauchte er auf die spöttische Art, die bedeutende Menschen manchmal zur Schau tragen, wenn sie glauben, ihr Gegenüber sei nicht vom gleichen Rang wie sie selbst.

»Ich ... ich bin Londoner.«

»Ah, der Moloch. Sie suchen ein Schlupfloch auf dem Land?«

»Etwas in der Art.«

»Nun, das könnte passen. Haben Sie Familie?«

Wir standen an der Haustür, und er fummelte mit einem Schlüssel herum. Ich war kurz davor, ihm meinen zu geben, den ich noch immer bei mir hatte.

»Eine Familie?«

»Kinder?«

»Nein. Ich bin allein.«

»Gut, Sie sollten sich ein bisschen umsehen. Ich muss Sie warnen, hier ist lange nichts mehr gemacht worden. Der letzte Eigentümer war ein bisschen knapp bei Kasse, und die alte Dame, die vorher hier gewohnt hat, war wohl ...«

»War was?«

»Verwitwet, glaube ich. Lebte seit langer Zeit allein.«

»Hatte sie keine Kinder?«

»Darüber wissen wir nichts, Sir. Ah. Jetzt kann es losgehen. Soll ich Sie herumführen?«

Er zeigte mir die nun leeren Räume meiner Kindheit, und ich versuchte, überrascht auszusehen, als ich in den Garten hinausblickte; angesichts eines dunklen Gangs hinter einer Tür gab ich mich erstaunt – obwohl es der Gang war, den ich vor langer Zeit zu einem Tunnel unter Troja erklärt hatte.

»Das hier ist die Küche«, sagte er und öffnete die Tür zu dem Raum, in dem ich bis zum Alter von elf Jahren die meiste Zeit meines Wachzustands zugebracht hatte. »Ich fürchte, sie muss ein bisschen aufgemöbelt werden.«

Ich sah auf die Tür mit ihrer geriffelten Glasscheibe. Im Holz darüber konnte ich die beiden kleinen Schraublöcher sehen, in denen damals der Halter für die Handtuchrolle hing. Stundenlang, wenn meine Mutter kochte oder bügelte oder übrig gebliebenes Fleisch durch den Wolf drehte, der an der Tischplatte festgeklemmt war, hatte ich in diese Ecke des Raums geguckt, auf die Tür, das gestreifte Handtuch und den Warmwasserspeicher dahinter. Ich schlug meine Fibel auf der blanken Tischplatte auf und las verbissen laut vor; Buchstabe für Buchstabe, Wort für Wort quälte ich mich voran auf dem Weg zum Lesen und Schreiben. Auf dem Herd köchelte das Fleisch aus der Pferdemetzgerei für Bessie, die Schäferhündin, und der Geruch mischte sich mit dem der Wäschestärke aus dem Spülbecken, wo meine Mutter ein Hemd wusch. Zur Teezeit beherrschte stattdessen der Duft nach getoastetem Brot die Küche, auf das sie Rinderfett schmierte, mit ein wenig dunklem Gelee vom Boden der Schüssel dazu, und mit Salz, das sie zwischen den Fingerspitzen fein zerrieben hatte. Ich fragte mich dann, ob Zuhause immer aus diesen Dämpfen bestehen würde, aus diesem Blick in die Ecke mit der Tür, dem Handtuch und dem Warmwasserspeicher. Ich hechelte danach, dass mein Leben endlich anfing, hatte aber gleichzeitig Angst davor, was ich alles verlieren würde.

»Und vielleicht wollen Sie diese Wand wegnehmen. Es ist nur

eine Trennwand. Wie wäre das. Dann hätten Sie eine hübsche Kombination aus Küche und Esszimmer.«

»Ja. Ich denke trotzdem, ich lasse es, wie es ist.«

»Natürlich. Das Haus hat eine Menge Potenzial. Es gibt ausgedehnte Anbauten.«

»Die alte Gerberei.«

»Ja, genau. Sollen wir uns jetzt oben umsehen?«

»Die Mühe können wir uns sparen«, sagte ich. »Ich kaufe es.«

In London versuchte ich auszurechnen, wie ich mein altes Haus zurückkaufen konnte. Über die Jahre hatte ich einiges vom Honorar für *The Chosen Few* zurückgelegt, und auch wenn ich den Großteil des Geldes aus dem Verkauf des Hauses nach dem Tod meiner Mutter für meine Londoner Wohnung ausgegeben hatte, war doch etwas übrig geblieben und hatte bei einer Bausparkasse einige Zinsen gebracht.

Als ich in meiner Schreibtischschublade nach den entsprechenden Dokumenten suchte, stieß ich auf mein Tagebuch, jenes 400-Seiten-Notizbuch aus dem Materialienschrank auf dem Gymnasium, inzwischen vielfach mit Klebstoff und Klebeband ausgebessert. Die ersten dreißig Seiten waren in altgriechischer Schrift in meiner noch kindlichen Handschrift beschrieben, mit Füllhalter. Ich musste lächeln, als ich einige der Anspielungen auf die »unvergleichliche Helena« (Mary Miller) und den »umherstreifenden Odysseus« (mein Vater) wieder las. Der Ton war sehr verschieden von dem des klinischen Tagebuchs, das ich in der Anstalt in Lancaster geführt hatte. Als ich jene Seiten jetzt wieder las, spürte ich die schwelende Glut des Missbehagens, die in *The Chosen Few* schließlich zu einem lodernden Feuer geworden war. Die Zeit, die ich mit der Forschung und dem Nachdenken über dieses Projekt verbracht hatte, die frühen Sechziger, schlug sich in einem raueren Ton nieder, und die Handschrift war elliptisch und wirkte zornig.

In derselben Schublade lagen die acht oder neun Notizbücher aus dem Krieg, die ich von verschiedenen Orten der Welt aus mit der Post an meine Mutter geschickt hatte. Ich schlug eins auf und las noch einmal über unsere Ausbildung in Devon und den Rückzug nach Dünkirchen 1940. Meine Mutter hatte sie alle aufbewahrt, und ich hatte sie erst ein Mal ganz gelesen, etwa 1947. Ich blätterte die beiden durch, die ich in Bône gekauft hatte und die einen zurückhaltenden Bericht über den Kampf in Tunesien lieferten (ich vermute, ich wollte meine Mutter nicht beunruhigen), danach das ramponierte Aquila Quaderno Studente (Schülerschreibheft Adler), das ich in Neapel gekauft hatte. Ich erinnerte mich daran, dass ich über meine Offenheit überrascht gewesen war, als ich es das erste Mal gelesen hatte – nicht, was unsere Truppenbewegungen anging, sondern meine Gefühle.

Ich schlug dieses Heft mit einem leichten Zittern auf, und zu meinem Erstaunen entdeckte ich, dass die Seiten leer waren.

Sie waren alt und vergilbt, in der Körnung des Papiers und der Färbung der Linierung und der Ränder unverkennbar italienisch, aber unbeschrieben. Ich ging die restlichen Notizbücher durch und fand wie erwartet Notizen aus Palästina und Syrien – ziemlich interessant, aber eigentlich nicht mehr unmittelbar den Krieg betreffend.

Alles war da – oder wenigstens so viel, wie ich damals riskieren konnte aufzuschreiben. Aber über den Sumpf bei Anzio, den Raketenbeschuss, die Landung in der Nacht, die Schützengräben, die Wadis, die Auslöschung der Kompanie A, Lily Greenslade, Stabsfeldwebel Stark, Neapel, Pozzuoli und Luisa Neri – kein einziges Wort.

Am Flughafen von Marseille saß der zweisprachige Angestellte der Mietwagenagentur wieder in seiner Kabine, und wir sprachen wie gewohnt jeweils die Sprache des anderen.

»Hallo, Sir. Wie geht es Ihnen? Hätten Sie gern wieder den Peugeot?«

*»Oui, merci. Très bien. La bleue?«*

»Ja, der blaue Wagen ist frei. Habe ihn eben erst gereinigt. Sind Sie beruflich hier, oder machen Sie Urlaub?«

*»Toujours travail. Mais la dernière fois.«*

»Zum letzten Mal? Ist schade!«

*»C'est la vie.«*

»Steht auf dem Parkplatz. Nummer fünfundsechzig. Danke, Sir.«

*»Merci à vous.«*

Ich ließ den Peugeot, der von der schnellen Fahrt heiß gelaufen war, auf dem abschüssigen Gelände am Ende der *presqu'île* stehen und sah, dass das Wassertaxi im Hafen wartete. Ein paar Stunden später hatte ich mich wieder in meinem Zimmer eingerichtet, hatte gebadet, meine Sachen ausgepackt und war bereit, meinem Gastgeber für so etwas wie einen Showdown gegenüberzutreten. Es war inzwischen sechs Uhr abends, und ich brauchte einen Drink. Ich nahm in der Bibliothek Platz, um zu warten, und bat Paulette, mir etwas Hochprozentiges mit Gin zu bringen.

Pereira kam schon ein paar Minuten später, in einem cremefarbenen Leinenjackett über einem blassblauen Hemd, dazu eine scharlachrote Krawatte. Selbst mit seiner kahlen, ledern glänzenden Kopfhaut und seinem verschleierten Blick sah er verdammt elegant aus, dachte ich.

Ich war nervös, wie ein Schüler bei der Bewerbung um einen Studienplatz.

»Tut mir leid, dass Sie warten mussten, Robert«, sagte Pereira. »Wie war die Reise?«

»In Ordnung, danke. Ich habe Ihren Brief bekommen. Ich möchte gern sehen, was Sie noch über meinen Vater haben.« Ich legte direkt los, weil ich nicht wollte, dass er das Tempo des Gesprächs diktierte.

»Zum gegebenen Zeitpunkt werde ich Ihnen alles erzählen. Vielleicht ist es leichter für Sie, darüber zu lesen, als es zu hören.«

»Zu lesen? Wo?«

»In meinen Tagebüchern. Wollen wir nach dem Essen darüber reden?«

Mein Versuch, den Verlauf des Gesprächs zu steuern, war schon gescheitert, und ich merkte, dass Pereira das mit einem Lächeln registrierte. »Und was haben Sie gemacht, seitdem wir uns das letzte Mal gesehen haben?«, fragte er.

»Ich habe gearbeitet. Und dann habe ich eine alte Freundin wiedergesehen. In einem französischen Wintersportort.«

»Wen?«

»Luisa Neri.«

»Und wie war das, sie nach so langer Zeit wiederzusehen?«

»Das lässt sich kaum mit ein paar Worten sagen. Vielleicht komme ich zum gegebenen Zeitpunkt darauf zurück.«

»*Touché!*«

»Eins möchte ich Ihnen trotzdem erzählen. Ich habe mich entschieden, das Haus zu kaufen, in dem ich groß geworden bin. Mit meinem ersparten Geld und einem Bankkredit lässt sich das wohl schaffen.«

»Sie wollen sich also Ihre Kindheit zurückkaufen?«

»Ja. Ich möchte sie den Händen der Zeiträuber entreißen.«

Pereira lächelte. »Das klingt nach einer guten Idee. Das sollten mehr Leute machen. Sie werden sich dort zu Hause fühlen.

Ich wünschte, ich könnte dasselbe machen, aber für mich ist es zu spät. Der Garten in Auteuil …«

»Ich werde wohl nicht selbst dort wohnen. Das Haus ist zu groß. Mal sehen, wie es sich nutzen lässt.«

»Aber wenigstens gehört es dann Ihnen.«

»Ja. Als ich zurückkam, ist etwas Seltsames passiert. Ich habe meine Unterlagen zusammengesucht, um zu sehen, ob ich mir das Haus leisten kann, und bin auf ein paar alte Tagebücher gestoßen. Und eins davon, aus Italien 1944, war leer.«

»Zensiert worden?«

»Ich habe das nie der Zensur vorgelegt, ich habe es einfach nach Hause geschickt. Niemand ging davon aus, dass man Tagebuch führt. Die anderen Hefte waren alle voll. Ich war vorsichtig genug und habe keine Namen genannt und keine Stellungen notiert, aber ich habe Eindrücke und Reaktionen notiert. Im Zweifelsfall habe ich Spitznamen gebraucht.«

»Und die anderen Hefte waren alle beschrieben?«

»Sie waren genau so, wie ich sie in Erinnerung hatte.«

»Sind Sie sicher, dass Sie in dieses eine überhaupt etwas geschrieben haben? Vielleicht waren Sie durch das, was da geschehen ist, voll beansprucht. Es war eine emotionale Zeit für Sie.«

»Sicher. Aber ich weiß, dass ich in das Heft geschrieben habe. Ich erinnere mich, wie ich eines Nachts, als ich Luisa nicht treffen konnte, in meiner Unterkunft gesessen und meine Gefühle für sie beschrieben habe. Ich erinnere mich, dass ich im Offiziersklub in Rom über die Kämpfe bei Anzio geschrieben habe, die da schon beendet waren.«

»Und im Heft stand nichts.«

»Die Seiten waren leer.«

»Dann müssen Sie in ein anderes Notizbuch geschrieben haben.«

»Entweder das, oder ich habe eine falsche Erinnerung. Vielleicht habe ich niemals irgendetwas geschrieben. Oder irgendeine Kraft hat es ausgelöscht. Oder gegen ein anderes, unbeschriebenes Notizbuch ausgetauscht.«

»Oder vielleicht ist die Schrift immer noch da, aber Sie haben sie nicht sehen können.«

Ich lachte. »Für wie verblendet halten Sie mich?«

Diesmal lächelte Pereira nicht. Er sagte: »Das erzähle ich Ihnen beim Essen. Gehen wir.«

Erst beim Hauptgang, als Paulette nicht mehr um uns war, kamen wir auf das Thema zurück.

»Eine Sache, die wir gemeinsam haben, Dr. Hendricks – beide misstrauen wir den grobschlächtigen Etiketten unseres Berufsstandes. Das menschliche Hirn enthält mehr Atome als das Universum, oder irgendetwas in der Größenordnung, und im Zusammenspiel können sie noch um ein x-Faches mehr erzeugen. Wir würden einer solchen Unendlichkeit doch nie einen zusammengeschusterten Namen anheften! Aber ich habe in Ihrem Leben ein paar Muster entdeckt, in der Geschichte, die Sie mir so freimütig erzählt haben.«

»Reden Sie weiter.«

»Eins der ersten Dinge, die Sie mir erzählt haben, war, dass Sie New York unbedingt verlassen mussten, aber warum das so war, haben Sie nicht erzählt. Dann gab es, als Sie nach Hause kamen, eine Nachricht auf Ihrem Anrufbeantworter. Eine ausfällig werdende Amerikanerin. Aber als Sie das noch einmal abspielen wollten, war es weg.«

»Sie musste irgendwie noch vor meiner Ansage draufgesprochen haben. Ich kann mich gar nicht erinnern, dass ich Ihnen das erzählt habe.«

»Es war am ersten Tag.«

»Ich wollte nur ein bisschen Konversation machen. Es hatte keine besondere Bedeutung.«

»Gewiss. Und dann war da Ihr Verwandter ersten Grades, Ihr Onkel, hieß er Billy?«

»Bobby.«

Diesmal erinnerte ich mich, ihm das erzählt zu haben, *à propos* der Tatsache, wie wenig ich von meinem Vater wusste.

»Entschuldigung«, sagte Pereira. »Bobby. Er war in einer Anstalt. Sie haben ihn einmal zu Weihnachten mit Ihrer Mutter besucht, als Sie noch klein waren. Vielleicht eine Erbkrankheit? Sie selbst hatten Absenzen und dissoziative Fugues. Wie zum Beispiel, als Sie in Anzio einen deutschen Gefangenen machten und dann nicht mehr wussten, was Sie taten. Sie wurden manisch. Danach Ihr verlängerter Genesungsurlaub, als Sie sich von einer vergleichsweise harmlosen Schusswunde erholten. Die Rede war von Kopfschmerzen. Ganz offensichtlich machten sich Ihre Vorgesetzten Sorgen um Ihren Geisteszustand. Und dann sind Sie in den Stab versetzt worden.«

»Was reden Sie da?«

»Denken Sie an Ihre Kindheit. Sie haben mir erzählt, dass Sie in Ihrem Zimmer stundenlang allein die Bibel gelesen haben. Später sind doch sicher viele Eltern mit einem gerade erwachsenen Kind zu Ihnen gekommen, dessen erstes auffälliges Symptom als Teenager gerade darin bestanden hatte.«

»Die Bibel zu mögen, macht einen noch nicht zum Schizophrenen.«

»Natürlich nicht.«

»Und daraus ist bei mir nichts Abnormes entstanden. Keine Halluzinationen, kein Wahnsystem.«

»Aber Sie sind misstrauisch.«

»Misstrauisch ist nicht dasselbe wie paranoid.«

»Der Unterschied ist graduell. Haben Sie je professionelle Hilfe in Anspruch genommen?«

Ich fühlte mich sehr erschöpft. Ich lehnte mich in meinen Sessel zurück und nahm einen Schluck Wein. »Als wir demobilisiert wurden, bekamen wir Unterstützung. Einen zweireihigen Anzug zum Beispiel, daran erinnern sich die meisten, aber es gab auch eine medizinische Untersuchung. Der Offizier, der mit mir sprach, behauptete, ich sei das gewesen, was man ›tötungswütig‹ nannte. Er bot mir irgendeine primitive Therapie an.«

»Haben Sie die angenommen?«

»Nein, ich habe ihm gesagt, er solle mich in Ruhe lassen. Ich hatte eine Menge über Kriegsneurosen aus dem Ersten Weltkrieg gelesen. Die Behandlung dieser Männer hat der Psychiatrie in England einen ungeheuren Auftrieb gegeben. Aber sie waren ernsthaft krank. Ich war das nicht. Diese Verfassung gibt es, seit Menschen anfingen, sich gegenseitig umzubringen. Bei Herodot wird jemand erwähnt, den Namen habe ich vergessen, der mitten in der Schlacht erblindet, ohne dass er auch nur berührt wird, und seine Sehkraft nie zurückgewinnt.«

»Bei den Amerikanern in Vietnam gab's so was oft«, sagte Pereira. »Man nennt es ›posttraumatische Belastungsstörung‹.«

»Reichlich sperrig.«

»Glauben Sie nicht, dass Sie das hatten?«

»Ich weiß es nicht.«

»Und später? Haben Sie jemals Hilfe gesucht?«

»Ja. Ein Mal, während ich in der Biscuit Factory arbeitete. Ich hörte eine Stimme. Das habe ich Simon Nash erzählt, und er hat mich an einen alten Kollegen in London verwiesen. Da bin ich ein paarmal gewesen.«

»Was hat er gesagt?«

Ich lachte wieder. »Das war alles so traurig. Er hatte keine Ahnung, aber um seine Reputation aufrechtzuerhalten, musste er irgendetwas sagen. Er meinte, ich hätte eine ›schizophreniforme Störung‹. Es war zum Lachen. Dieses Unvermögen.«

»Und haben die Symptome angedauert?«

»Nein. Ich habe sieben oder acht Mal in meinem Leben eine Stimme gehört. Immer, wenn ich unter großem Stress stand. Ich begriff, dass die durch den Stress erzeugten Chemikalien einen Stromkreis schalteten, der das Hörfeld erreichte. Für einen Moment, und dann ist es vorbei.«

»Und das hat Sie nicht geängstigt?«

»Nicht im Geringsten. Es war Teil von dem, was ich war. So war es eben, einer kaputten Gattung anzugehören. Einer Gattung, die nicht Teil der übrigen Schöpfung ist.«

In dieser Nacht schlief ich gut, getröstet durch das Wissen, dass ein Mann aus der Generation meines Vaters mich so gut zu kennen schien. Der Gehalt dessen, was er sagte, kümmerte mich schon lange nicht mehr – ob es richtig oder falsch war oder ob Größen wie richtig oder falsch überhaupt existierten. Es war einfach angenehm zu wissen, dass ein intelligenter Mensch über mich nachgedacht hatte; beinahe so, als ob er sich um mich sorgte.

Am nächsten Morgen frühstückte ich allein, und die Sonne fiel durch die hohen Fenster ins Zimmer und erleuchtete den Tisch, auf den Paulette jetzt einen Teller mit pochiertem Ei und einer halben Tomate hinstellte, dazu geröstetes Baguette und Butter.

»Danke«, sagte ich. »Ich habe überlegt, heute vielleicht Céline zu treffen. Wissen Sie zufällig, wo sie ist?«

»Ich habe keine Ahnung. Sie hat zwei oder drei verschiedene Jobs. Sie könnten am Hafen fragen.«

So freundlich hatte die alte Frau noch nie mit mir gesprochen, und als sie dabei war, die Kissen auf der Fensterbank glatt zu streichen, fragte ich aus heiterem Himmel: »Kennen Sie Françoise, ihre Großmutter?«

»Natürlich. Die Insel ist klein.«

»Sie muss älter sein als Sie.«

»Ein bisschen. Aber ich kenne auch ihre Tochter. Célines Mutter, Agnès.«

»Und wo ist die?«

»Agnès ist in Marseille, schon seit sie fünfundzwanzig ist.«

»Was macht sie?«

»Sie macht nichts. Sie ist in der Anstalt.«

»Arme Frau. Kannten Sie sie gut?«

»Ja, ich habe mich um sie gekümmert, als sie noch ein Kind war. Der Vater, der Mann von Françoise, war Fischer und manchmal mehrere Tage hintereinander weg. Françoise hat im Hotel am Hafen gearbeitet, und ich habe auf das kleine Mädchen aufgepasst, Agnès.«

»Wie war sie?«

»Reizend. Bleiben Sie länger, Monsieur?«

»Nein. Und dies ist mein letzter Besuch. Agnès muss also sehr jung gewesen sein, als sie Céline bekam?«

»Sie war drei- oder vierundzwanzig.«

»Céline hat mir erzählt, dass sie auf Mauritius geboren ist.«

Paulette lächelte. »Ihr Vater kam von Mauritius. Er hatte mit Agnès einen Sommer lang eine Liebesaffäre, als er hier auf der Insel Urlaub machte. Aber Céline ist in dem Haus geboren, in dem Françoise heute lebt. Sie ist nie woanders gewesen als auf der Insel.«

»Sie hat ihre Mutter nie besucht?«

»Sie war erst ein Jahr alt, als Agnès in die Klinik kam. Céline ist von ihrer Großmutter und den Nachbarn großgezogen worden. Möchten Sie ein Foto von Agnès sehen?«

»Die Verbindung zwischen den Generationen? Ja, gern.«

»Kommen Sie mit.«

Paulette führte mich durch die Diele und über einen Flur, auf dem ich vorher nie gewesen war. Sie tippelte auf ihren unter dem Witwenschwarz verborgenen Säbelbeinen so schnell vorwärts, dass ich mich sputen musste, um mitzukommen.

Sie öffnete eine Tür und schaltete das Licht an. Es war ein Wohnschlafzimmer mit heruntergelassenen Fensterläden. Dort stand ein einzelnes Bett, über dem ein Kruzifix hing, dazu ein Polstersessel, eine Kommode und sonst kaum etwas. Auf dem Fliesenboden lag eine Schilfrohrmatte, und in der Luft hing ein feuchtkalter Geruch.

Paulette nahm einen Schlüssel von einer Untertasse und öffnete die oberste Schublade der Kommode, aus der sie eine Schachtel holte.

»Hier.« Sie reichte mir ein Schwarz-Weiß-Foto, das einen ansehnlichen Mann mit einem prächtigen Schnurrbart zeigte, vermutlich den Vater, neben ihm eine Frau um die dreißig, in der ich Françoise zu erkennen glaubte. Ich konnte verstehen, warum Pereira sich in sie verliebt hatte, als sie jünger war: Ihr Blick hatte eine herrliche Ausstrahlung, und ihre Haltung glich der einer Tänzerin. Vor ihnen stand ein etwa siebenjähriges Mädchen mit dichtem schwarzem Haar, den Kopf zu einer Seite geneigt.

»Das ist Agnès.« Paulette tippte mit dem Finger auf das Foto.

»Und das ist Françoise.«

»Ja.«

»Sie ist schön.«

»Aber ja. Dr. Pereira hat sie geheilt. Und das ist ihr Mann, Jacques. Er ist auf See ums Leben gekommen.«

Ich betrachtete die Gruppe. Ich stellte ein paar Berechnungen an. Daraus und aus ihrer Kleidung schloss ich, dass das Foto etwa Mitte der Dreißiger aufgenommen worden war. Jacques, der Fischer, machte einen fröhlichen und humorvollen Eindruck – wenn man aus einem Schnappschuss überhaupt solche Schlüsse ziehen kann. Françoise, größer als ihr Mann, sah einfach nur engelsgleich aus, gesegnet von der Gnade Gottes.

Das Mädchen dagegen – Agnès, Célines Mutter ... Ihre dunklen Augen wirkten verstört, nach innen gerichtet. Sie sahen in die Kamera, aber mit abwehrendem Blick. Ich bekam einen Kloß im Hals, als ich diese drei menschlichen Wesen betrachtete: der stolze Vater, die Frau, die aus der Hölle gerettet worden war, das verurteilte Kind. Wie sanft sie aussahen angesichts dessen, was das Leben für sie bereithielt ... Ich fühlte mich an die Worte der Jungfrau Maria erinnert, als der Erzengel Gabriel sie aufsuchte und ihr sagte, dass sie durch ein Wunder mit dem Sohn Gottes schwanger sei. Nach einer einzigen verwunderten Frage wehrte sie sich nicht weiter. Sie kniete nieder und sagte: »Siehe, ich bin die Magd des Herrn. Mir geschehe, wie du gesagt hast.«

Verlegen durch meine Gefühlsbewegung, drehte ich mich um und lächelte, auf der Suche nach einer scherzhaften Bemerkung. Auf einem Tisch sah ich das Foto eines jungen Mannes – ein Bursche mit einem Mondgesicht, einem scheuen Lächeln und zu vielen Zähnen.

»Und wer ist der nette Kerl da?«

»Das war Gérard. Mein Bruder.«

»Was ist mit ihm passiert?«

»Er ist bei Verdun gefallen. Er war neunzehn.«

»Das tut mir leid.«

Die alte Frau lächelte. »Ist schon gut. Das ist jetzt sehr lange her. Halb Frankreich ist da gestorben.«

Ich holte tief Luft. »Danke, dass Sie mir die Bilder gezeigt haben.«

»Es war sehr freundlich von Ihnen, sie sich anzusehen. Möchten Sie Céline heute immer noch treffen?«

Ich überlegte. »Ja. Ich glaube schon.«

»Sie ist auch ...«

»Ich weiß.«

»Wie ihre Mutter.«

»Ich weiß.«

Wir traten auf den Korridor und gingen zurück in die Diele.

Es war dann ganz leicht, Céline zu finden. Mit Paulettes Erlaubnis nahm ich den Wagen und fuhr zum Hafen, wo ich sie dabei antraf, wie sie das Café ausfegte, das Haar mit einem Schal straff zurückgebunden. Sie stellte den Besen ab und küsste mich auf beide Wangen.

»Möchtest du einen Kaffee?«

»Gern.«

Nachdem sie laut an der Maschine hantiert und sich über sie aufgeregt hatte, kam sie schließlich mit zwei Tassen zurück und setzte sich mit mir an einen Tisch.

»Ich werde nicht mehr auf die Insel kommen«, sagte ich. »Ich bin gekommen, um mich zu verabschieden.«

»Ist deine Arbeit beendet?«

»Ja.«

Ich erinnerte mich an meine erste Begegnung mit Céline, als sie nach Seeigeln getaucht hatte. Bei der Erinnerung musste ich lächeln. »Du warst eine wunderbare ... Gesellschaft«, sagte ich.

»Ich lerne gern neue Menschen kennen.«

Ich legte meine Hand auf ihre. »Du bist ein seltsames Mädchen.«

»Das sagen alle.«

»Céline, hast du deinen Vater je kennengelernt?«

»Nein. Er kam von weit her. Er ist nicht lange hiergeblieben.«

»Und deine Mutter?«

»Meine Mutter lebt in Amerika.«

»Natürlich. Und du?«

»Ich lebe hier. Bei den Möwen.«

»Und mit deiner Großmutter, Françoise.«

»Natürlich. Bis sie stirbt.«

»Ich habe ein Geschenk für dich, Céline.« Ich fasste mit der Hand in meine Jackentasche. »Sie haben meiner Mutter gehört. Sie ist vor zehn Jahren gestorben, und ich wollte sie immer jemandem schenken.«

Sie streckte ihre flache Hand aus, und ich legte ein Paar Ohrringe hinein, Perlen in einer goldenen Fassung, für meine Mutter ziemlich flott, für Céline aber vielleicht zu sehr »alte Dame«.

»Danke, Robert.«

»Hast du Ohrlöcher?«

»Natürlich. Ich habe sie selbst gestochen, als ich ein junges Mädchen war.«

»Sind sie nicht zu altmodisch?«

»Nein. Ich lege sie gleich an. Wie sehen sie aus?«

»Wunderbar. Ich glaube nicht, dass meine Mutter sie jemals getragen hat.«

»Sehe ich wie eine Adlige aus?«

»Auf jeden Fall, Céline, auf jeden Fall. Wie Madame de Pompadour.«

»Ist das eine Freundin von dir?«

»Keine enge Freundin.«

Als ich das Gesicht dieser jungen Frau betrachtete, ihre blicklosen Augen und den kastanienbraunen Ton in ihrem Haar, spürte ich nicht mehr den Stachel des Begehrens; stattdessen stieg so etwas wie Zärtlichkeit in mir auf. Vielleicht, wenn ich je eine Tochter gehabt hätte, überhaupt ein Kind, hätte ich ihm gegenüber dieses Gefühl gehabt. Und so sollte es sicher auch sein, Lust, die sich in Zuneigung verwandelt, kein sich selbst nährendes Feuer, das die Jahre verwüstet. Der Gedanke, dass ich fähig war, eine so gute und beträchtliche Veränderung durchzumachen, ließ mich denken, dass ich am Ende gar nicht so allein war. Ich war in der Lage, an einem ganz normalen menschlichen Austausch teilzuhaben, und auch Céline, trotz all ihrer Besonderheit und obwohl sie in einer Realität lebte, zu der ich keinen Zugang hatte, war dazu in der Lage.

Wir gingen an der Uferstraße entlang, und sie nahm meine Hand. Als wir wieder am Café angelangt waren, umarmte ich sie und drückte sie fest an mich. Sie küsste mich und murmelte mir etwas ins Ohr, was ich nicht verstand. Ich ging schnell zum Auto zurück und fuhr los, ohne mich noch einmal umzudrehen.

Jetzt gab es für Pereira keinen Grund mehr, mir noch länger vorzuenthalten, was immer er hatte und mir zeigen wollte. Als wir uns in der Bibliothek trafen, lag eine gewisse Spannung in der Luft. Auch Trauer, weil wir, jeder auf seine Weise, meine Besuche hier durchaus genossen hatten.

Ich trat an die Fensterfront und sah hinaus in die Dunkelheit. Um die Situation etwas aufzulockern, sagte ich: »Der Frühling ist im Anmarsch. Heute Morgen hat kräftig die Sonne geschienen.«

»Ja. Eine Jahreszeit voller Hoffnungen. Und Sie ... Haben Sie das Gefühl, dass es Ihnen geholfen hat, hierherzukommen? Hat unser gemeinsamer Durchgang durch Ihr Leben dazu beigetragen, Ihren Schmerz wegen Luisa zu lindern? Oder Ihren Missmut wegen Ihres Buches?«

»Mir geht es ein bisschen anders als vorher. Und keineswegs schlechter. Insofern wäre es nur logisch …«

Pereira lächelte. »Das freut mich, Robert. Wie Sie wissen, habe ich selbst keine Kinder.«

Ich nickte. Ich hatte inzwischen eingesehen, dass hinter den Ränken des alten Mannes Wohlwollen stand, aber das hieß nicht, dass ich bereit war, ihn an Vaters statt anzunehmen.

»Und Ihr Buch, *The Chosen Few*. Es ist gut, wissen Sie. Es ist sehr gut.«

»Nein. Ich habe das Ausmaß, in dem Irrsinn biologisch bedingt ist, nicht ehrlich dargestellt. Ich konnte es nicht ertragen.«

»Und heute?«

»Bis zu dem fernen Tag, an dem Wissenschaftler, die weit klüger sind als Sie und ich, die genetischen Faktoren fein säuberlich auseinandergepflückt und bestimmt und eine therapeutische Antwort gefunden haben … Bis zu diesem fernen Tag sollten wir den Patienten mit Respekt zuhören, wirklich hören, was sie sagen, das … nun, das gehört sich zumindest.«

»Bevor ich Ihnen die Seiten aus meinem Tagebuch zeige, die Ihren Vater betreffen, wollen Sie mir da etwas versprechen?«

»Was?«

»Versprechen Sie mir, dass Sie sich nicht weiter von Ihrem Buch distanzieren. Was immer auch seine Schwächen sein mögen, es war ein großartiges Werk, so voller Hoffnung.«

Ich fühlte wieder den Druck hinter meinen Augen. Ruhig sagte ich: »Das verspreche ich.«

»Dann kommen Sie jetzt mit.«

Ich folgte Pereira in die Diele und dann die Treppe hoch auf den langen Flur. Er schloss ein Schlafzimmer auf und machte das Licht an. Das Zimmer war voll mit Lampen ohne Glühbirnen, altem Geschirr und alten Möbeln; aus einem Regal in der Ecke zog er eine blaue Mappe heraus, die er mir reichte.

»Das umfasst die zweite Hälfte 1918«, sagte er. »Ich war damals Kompaniechef. Die Stücke, die Ihren Vater betreffen, fangen da an, wo ich das Lesezeichen eingelegt habe. Aber natürlich können Sie alles lesen, wenn Sie wollen.«

»Danke.«

»Ich schlage vor, dass Sie es mit aufs Zimmer nehmen. Wir können morgen Vormittag darüber sprechen. Schlafen Sie gut.«

Er hob die Hand, als wolle er mir einen aufmunternden Klaps auf den Arm geben, aber ich war schon durch die Tür vorausgegangen und trug die Mappe die halbe Treppe hoch in meine Höhle, wo ich die Läden auf die Nachtluft öffnete und für einen Moment dem entfernten Rauschen des Meeres in der *calanque* lauschte.

Ich setzte meine Lesebrille auf, schaltete das Licht ein und schlug den Ordner auf. Ich fing vorn an, weil ich dachte, es würde mir einen besseren Überblick verschaffen, wenn ich wüsste, wo die Männer zu diesem Zeitpunkt des Krieges waren, aber bald blätterte ich, gierig wie ein Schuljunge auf seine Eiswaffel, bis zum Lesezeichen vor. Ich las:

*18. September 1918. Wir sind bei P__, beinahe da, wo wir 1915 angefangen haben. Eine Woche in Ruhezeit, dann zurück in die Linie. Ich vermisse das Stabsquartier der Kompanie A – ich bin mit meinen Männern hier nicht vertraut. Die gute Nachricht ist, dass der Krieg nicht mehr lange dauern kann; wir dürften in ein paar Wochen zu Hause sein, wenn wir bis dahin überleben.*

*Die Männer in dieser Kompanie sind nicht gerade die besten. Eine Menge Eingezogene, rachitische Jungens, die es auf der Brust haben* und eigentlich in England sein sollten. Ich muss ihre Briefe zensieren. Erstaunlich, dass sogar die Überlebenden aus Kitcheners Armee, die Optimisten der ersten Kriegstage, die Regeln bis heute nicht gelernt haben. Ihre Briefe nach Hause strotzen von Ortsnamen, von Dörfern, durch die wir gekommen sind, und den Namen anderer Einheiten. Ich versuche, diese Dinge einfach mit einem Wachsstift unkenntlich zu machen, aber ich habe schon jetzt einen ganzen Munitionsbeutel voll mit Briefen, die so unmöglich sind, dass sie nicht abgeschickt werden können. Manche von den alten Legionären sind außerdem kriegsmüde und schreiben Dinge, die sie nicht dürfen.

Es gibt Nachrichten über das Vorrücken unserer Panzer, aber wir sitzen immer noch in den alten Schützengräben fest. Mein Unterstand ist von meinem Vorgänger hier nicht gut erhalten worden. Das Dach ist undicht. Überall Ratten.

In der Abenddämmerung Appell, und ich sagte den Männern, dass wir in den kommenden Tagen wohl angreifen würden. Wenig Begeisterung.

19. September. Schwerer Granatwerferbeschuss seitens der Hunnen. Wir mussten die Verdrahtung einstellen. Ich sah einen Fuchs, der sich unter einem zersplitterten Baum seinen Bau grub.

20. September. Granatwerferbeschuss und Verdrahtung. Wagstaff hat irgendwie ein paar Eier bekommen. Lese Henri Bergson, »Materie und Gedächtnis«. Ziemlich interessant.

Ich schrieb einen Brief an Françoise. Ich denke viel an sie, auch wenn sie erst achtzehn ist. Sie hat etwas Liebenswertes. Nach all den Bordellerfahrungen wünsche ich mir ein unschuldiges Mädchen.

21. September. Granatwerferbeschuss und Verdrahtung. Die Männer sind unruhig, weil sie wissen, dass wir bald angreifen werden. Habe

beschlossen, eine Patrouille ins Niemandsland zu führen, um sie zu beschäftigen. Hughes, Bowker, Roe und Hendricks schienen mir am besten geeignet. Lauter alte Legionäre. Hendricks ist im Zivilberuf Schneider, ist schon seit 1915 hier. Nur ungern Unteroffizier, hätte mehr werden können, wenn er gewollt hätte, aber kriegsmüde.

22. September. Die Patrouille war erfolgreich. Wir kamen nahe genug ran, um die Hunnen reden zu hören. Sie sind nicht mehr so vorsichtig wie früher. Roe wollte einen gefangen nehmen, aber Hendricks beschimpfte ihn heftig. Auf dem Rückweg von der Pampe aus Geschützlöchern besudelt. Roch grauenhaft. Ich mag nicht daran denken, wodurch wir da gekrochen sind.

23. September. Verdrahtung und Granatwerferbeschuss.

24. September. Nachts von Wagstaff geweckt. Hendricks in den Kopf geschossen. Wunde selbst zugefügt. Er liegt jetzt etwas hinter der Linie, und die Militärpolizei ist schon an dem Fall dran. (Dass sie so schnell sind, bedeutet, der Angriff steht unmittelbar bevor.) Aber es gibt hier keinen Sanitätsposten. Das nächste Feldlazarett eine Meile im Hinterland. Kein Sanitäter in der Nähe. Chaos.

Haben mit den Militärpolizisten gesprochen. Sie sagen, Hendricks muss behandelt werden, und man darf ihn nicht sterben lassen – damit er vors Kriegsgericht kommen kann. Ich sagte ihnen, Blödsinn, sie sollen ihn sterben lassen, aber sie sagen, die Anweisung vom Divisionskommando sei eindeutig. Der Kommandierende Offizier hat mit ihnen wohl auch schon über die Moral der kämpfenden Soldaten gesprochen: Kurz vor dem Ziel und dem Einmarsch in Deutschland brauchten wir »blutrünstige« Leute. Mein Gott.

Ging die Linie entlang. Ich fand Hendricks auf einer Bahre, das halbe Gesicht war weg. Schussverletzung auch in der Brust. Er hatte ein Lewis-MG mit Ladehemmung. Er hat Schmerzen. Ich brüllte die MPs ziemlich an, und dabei entschlüpfte mir aus Versehen, dass ich im Zivilberuf Arzt bin. Dann gab es eine telefonische Anweisung aus dem Bataillonshauptquartier, dass ich den »Gefangenen« – das ist er jetzt – sofort ins Feldlazarett und danach ins Krankenhaus zu begleiten habe. Ich übergab Waites das Kommando über die Kompanie. Er kann die Männer zum Sturmangriff führen, wenn es so weit kommt, bevor ich zurück bin.

Also gingen wir durch den Verbindungsgraben zurück, wobei Hendricks stöhnte. Obwohl er die halbe Zunge und viele Zähne verloren hat, kann er sich noch verständlich machen. Genug ist genug. Aubers, die Somme-Schlacht, Ypern, er ist wahrlich durch den Fleischwolf gedreht worden.

In der Nachschublinie verluden wir ihn auf einen Stabswagen. Wenn wir schneller fuhren und durch Schlaglöcher donnerten, waren die Erschütterungen für ihn zu stark. Er schrie erbärmlich. Schließlich erreichten wir das Feldlazarett, wo sich Hendricks die Kehle aus dem Leib brüllte. Ich musste dem Chirurgen klarmachen, dass es wichtig sei, ihn zu behandeln. Die übliche Antwort: schon zu schwer verwundet. Die MPs trafen ein und sagten, in dem Falle müsse er ins Krankenhaus gebracht werden, fünf Meilen weiter. Warum ihn nicht von seinem Elend erlösen, sagte ich. Das wäre Mord, sagten sie: Wir müssen ein Exempel statuieren.

Wir requirierten einen Lkw, und Hendricks wurde hinten rein verfrachtet. Durch das Loch in seinen Rippen sah ich viel zu viel von seinen größeren Organen. Wie eine Anatomiestunde. Ich nahm Verbandszeug und Morphium, um ihm irgendwie zu helfen. Er spuckte die Morphiumtabletten voller Wut aus. Er war entschlossen zu sterben. Ich glaubte, sein Wunsch werde bald erfüllt, weil er schon zu viel Blut verloren hatte, aber seine Schreie waren schwer zu ertragen.

Nach einer albtraumhaften Fahrt erreichten wir das Krankenhaus. Wagstaff und ich holten ihn auf einer Bahre vom Lkw runter. Er griff nach meiner Pistole, vielleicht, um Schluss zu machen – oder mich zu töten, wer weiß. Ich bog seinen Arm zurück und sagte ihm, er solle sich benehmen. Er spuckte mich an.

Wir rannten den steinernen Flur hinunter, wobei der arme Mann auf der Bahre auf und nieder geschleudert wurde, bis wir den Operationssaal erreichten, von Sturmlaternen erleuchtet, mit wohlerzogenen englischen Krankenschwestern und einigen französischen Pflegern. Der Operationstisch sah aus wie ein Schlachtblock. Die MPs waren vor uns angekommen und brüllten das medizinische Personal an. Wir hielten ihn fest, während der Chirurg versuchte, die Wunden zu säubern und zu vernähen. Unter der Augenhöhle saß eine Kugel fest. Auf dem Auge hatte er seine Sehkraft verloren und gewissermaßen an sich selbst eine Lobotomie durchgeführt, denke ich. Der Chirurg, ein junger Mann, machte seine Arbeit an den Wunden im Oberbauch verd. gut. Als er nähte, mussten wir Hendricks zu viert festhalten. Schließlich konnten wir ihm etwas Morphium verabreichen und versuchten, eine Bluttransfusion durchzuführen. Der Chirurg war mit mir einer Meinung, dass er nicht mehr lange zu leben hatte, aber wer weiß. Blut war lebenswichtig.

Wir brachten ihn auf ein Bett in der Station, aber er war gewalttätig und stark. Er riss sich den Transfusionsschlauch raus. Fluchte und brüllte. Die Krankenschwestern waren völlig aufgelöst. Die MPs holten Lederriemen, und schließlich gelang es uns, ihn zu bezähmen, ans Bett geschnallt, wie er war. Die Bluttransfusion begann. Er warf seinen Kopf wild herum, aber mehr konnte er nicht tun.

Dann zogen wir uns zurück, um Tee und etwas zu essen zu bekommen. Dieser Kampf dauerte noch zwei Tage an. Am zweiten Tag bekam ich den Befehl, mich meinen Männern nicht eher wieder anzuschließen, als bis es »dem Gefangenen« gut genug gehe, damit er *überstellt werden kann. Offenbar hatte man ihm in seiner Abwesenheit den Prozess gemacht und ihn für schuldig befunden.*

*26. September. Zu unserem Erstaunen hat Hendricks überlebt. Wie viele von Maschinengewehren Verletzte ist er wieder zusammengeflickt worden. Das halbe Krankenhauspersonal war damit beschäftigt, ihn am Leben zu erhalten, und ich mag gar nicht daran denken, dass andere deswegen vielleicht gestorben sind.*

*28. September. In meiner Abwesenheit hat meine Kompanie gestern den Sturmangriff gemacht, geführt von Waites, der getötet wurde. Ungefähr 20 Prozent Verwundete, aber wir haben zum ersten Mal seit 1915 unser Ziel erreicht.*

*Ich bekam vom Bataillonshauptquartier eine Belobigung, dass ich Hendricks am Leben hatte erhalten können. Morgen früh wird er vor dem Exekutionskommando stehen, wobei er zum Stehen zu schwach ist und an einem Baum festgebunden werden muss.*

*29. September. Elf Uhr abends. Botschaft erhalten, dass das Exekutionskommando erfolgreich war. Wir beziehen morgen neue Stellungen. Ich habe heute Abend im Bataillonshauptquartier gegessen: Rinderragout und Rotwein. Blieb in einer Unterkunft im Dorf und las weiter Bergson.*

Ich legte die Mappe neben mich aufs Bett, nahm meine Brille ab, stand auf und ging aus dem Zimmer.

Unter der Tür von Pereiras Schlafzimmer sah ich einen Streifen Licht, aber ich ging daran vorbei, die Treppe hinunter und in den Garten. Ich ging bis zum Ende des Rasens und zu den Kiefern, wo ich mich hinsetzte und dem Meer zuhörte.

Was ich gelesen hatte, war unmöglich zu begreifen. Auf jeden

Fall dachte ich an einen anderen Krieg. Ich sah das ausdruckslose Gesicht von Sergeant Warren vor mir – wie er vor dem Dormitorium in Anzio stand. Ich hörte meine Stimme, als ich ihn rügte, ihn dafür verfluchte, dass er seinen Posten verlassen hatte; dann hörte ich Richard Varian sagen: »Ich wage alles, was dem Menschen ziemt; wer mehr wagt, der ist keiner.«

In den Zweigen über meinem Kopf ging der Wind ganz leicht.

Nun wusste ich es. Und es war etwas, was ich wirklich wissen musste. Alles war verloren, wie ich immer vermutet hatte; aber am Ende hatte ich wenigstens die Hand meines Vaters berührt.

## SECHZEHNTES KAPITEL

Am nächsten Tag war Pereira zum ersten Mal vor mir unten beim Frühstück gewesen. Es war fast zehn, als ich die Bettdecke zurückschlug, mich wusch, rasierte und anzog. Ich trank einen Kaffee und machte mich dann auf die Suche nach ihm. Er saß in der Bibliothek und rauchte eine dünne Zigarre.

»Geht es Ihnen gut?«, fragte er.

Ich nickte.

»Sicher?«

»Ja.«

»Ich wusste nicht, wie ich mich entscheiden sollte. Ob ich es Ihnen erzähle oder ob Sie es lieber selbst lesen.«

»Lesen war besser. Dadurch hatte ich das Gefühl, dabei zu sein. So kann ich es eher glauben.«

»Hat es Sie überrascht?«

»Wenn ich zurückdenke, mag es Hinweise gegeben haben, die ich nicht beachtet habe. Meine Mutter wollte nicht darüber sprechen, nie. Wenn sie sagte, es sei zu schmerzhaft, habe ich das natürlich so hingenommen.«

»Ursprünglich wollte ich es Ihnen gleich am Anfang zeigen, aber etwas in Ihrem Verhalten ließ mich zögern.«

»Sie haben mich getestet.«

»Ich hatte es mir einfacher vorgestellt. Ich hatte gedacht, es würde Ihnen guttun, ein bisschen Familiengeschichte geschenkt zu bekommen. Und ich sei der Überbringer des Geschenks. Aber als ich Sie dann kennenlernte ... Sie waren nicht länger der vorgestellte Sohn von jemandem, an den ich mich nur schwach erinnern konnte. Sie waren ein Mann aus Fleisch und Blut, vollgepumpt mit Schwermut – und vielleicht nicht belastbar. Ich habe mir Sorgen gemacht, welche Auswirkung es auf Sie haben könnte.«

»Aber Sie haben sich dann durchgerungen.«

»Ja. Die Art und Weise, wie Sie über Ihr Leben gesprochen haben ... Am Ende war ich beruhigt.«

»Und was haben Sie von mir gewollt?«

»Ich wollte den Geist kennenlernen, der das Buch geschrieben hatte. Das war ein selbstsüchtiges Motiv. Ich hatte das Gefühl, Sie könnten mir helfen, das Jahrhundert zu verstehen, das wir ertragen mussten, und so mein Leben zu einem irgendwie freundlicheren Ende bringen.«

»Wohlgestalt. Das fehlende Stück im Puzzle.«

»Ich hoffte, der Sohn von Unteroffizier Hendricks, der zufällig auch der Autor von *The Chosen Few* war, könnte mir helfen, einen Kreis zu schließen. Es tut mir leid, wenn das anmaßend von mir war.«

»Es war nicht anmaßend. Eigennützig vielleicht.«

In der Tat sogar wahnsinnig eigennützig. Aber er hatte nicht mehr viel Zeit, bevor er in das weite und leere Reich des Sterbens eintrat, all die großen Fragen seines Lebens ungelöst.

Der alte Mann stand auf und ging quer durch den Raum. Für einen Moment sah er in den Garten hinaus, dann drehte er sich zu mir um.

»Es kann ja durchaus sein, dass Ihr Vater mir das Leben gerettet hat. Wenn ich die Männer zum Angriff geführt hätte und nicht Waites, wäre ich vielleicht getötet worden.«

»Möglich«, sagte ich. »Obwohl Sie zu diesem Zeitpunkt des Krieges sicher auch nicht vorangingen, mit Pistole und scharlachroter Schärpe, um zu zeigen, dass Sie der Offizier sind.«

Pereira schwieg eine Weile. Dann räusperte er sich und fragte: »Jetzt, wo Sie wissen, wie selbstsüchtig meine Motive waren, wollen Sie noch immer mein literarischer Nachlassverwalter sein?«

»Ja. Ich werde mit Vergnügen Ihre Werke lesen und sehen, ob ich für eine weitere Verbreitung sorgen kann. Ich muss Ihnen allerdings sagen, dass ich meine Zweifel habe, ob ich ein marodes Gesundheitssystem davon überzeugen kann, den Leuten Malariablut zu injizieren.«

»Aber vielleicht könnten Sie den Gedanken wenigstens wieder ins Spiel bringen.«

»Vielleicht. Heute schreibe ich kaum noch für Zeitschriften, aber ich könnte es versuchen.«

»Danke.«

Langsam ließ sich Pereira in seinen Lehnsessel sinken und sah dabei so alt aus, wie er wirklich war. »Ich bin froh, dass Sie noch einmal kommen konnten«, sagte er. »Es gibt noch etwas, was ich Ihnen geben wollte.«

»Ein Souvenir?« Ich stellte mir ein altes Regimentsabzeichen für die Dienstmütze oder ein Koppelschloss vor.

»In gewisser Weise. Haben Sie die Stelle in meinem Tagebuch gelesen, wie ich die Post zensieren musste?«

»Der Munitionsbeutel voller Briefe, die nie abgeschickt wurden?«

»Ich habe ihn aufgehoben. Er liegt immer noch auf dem Dachboden. Ich sollte die Briefe einem Archiv in England schenken, wo die Leute etwas über ihre Großväter erfahren können.«

»Wenn Sie wollen, nehme ich sie mit.«

»Danke. Nachdem ich einmal entschieden hatte, dass diese Briefe nicht abgeschickt werden konnten, klebte ich die Umschläge wieder zu. Ich habe sie mir seit 1918 nicht wieder angesehen. Aber nach Ihrem ersten Besuch hier bin ich nach oben gegangen und habe die Namen und Adressen auf den Umschlägen durchgesehen. Insgesamt sind es etwa fünfzig. Hieß Ihre Mutter Janet?«

»Ja.«

»Ich gebe Ihnen den Brief, bevor Sie abreisen. Als Ihr Freund, Robert, würde ich Ihnen raten, sich ein bisschen Zeit zu lassen, bevor sie ihn lesen, und erst einmal das zu verarbeiten, was Sie heute Nacht erfahren haben. Vermutlich enthält der Brief nichts von besonderem Interesse, ich kann mich nicht erinnern, warum ich ihn zurückgehalten habe, aber Sie sollten vorsichtig sein.«

Und so verblieben wir. Ich verließ die Insel am Nachmittag des folgenden Tages und habe Alexander Pereira nicht mehr wiedergesehen. Er starb im folgenden Sommer, und ich bekam von seinem nächsten Verwandten, einem Neffen aus Paris, einen Brief, in dem er mir mitteilte, dass sein Onkel mir 100 000 Francs hinterlassen habe, was ungefähr 10 000 Pfund entsprach. Ich bekam einige Pakete in meine Londoner Wohnung geliefert, die nicht nur Exemplare von Pereiras in Französisch und Englisch veröffentlichten Arbeiten enthielten, sondern auch seine ursprünglichen Arbeitsnotizen; allein die zur Malariabehandlung umfassten tausend Seiten. In einem beiliegenden Brief bat er mich dringend, noch ein weiteres Buch zu schreiben, und legte fest, dass zwar das Eigentum an seinem Haus auf der Insel auf seinen Neffen übergehen werde, ich aber jederzeit »mein« Zimmer kostenfrei nutzen könne, wenn es mir möglich sei. »In diesem kleinen Zimmer können Sie vielleicht das Basismetall unserer gesamten mühsamen Arbeit schürfen und es in Gold verwandeln. Sie sind mein Waffenbruder, mein geistiger Bruder in der Arbeit; und in der Arbeit liegt die wahre Würde des Lebens.«

Der Neffe schrieb mir, dass Pereira an einer Lungenentzündung gestorben sei und wochenlang krank im Bett gelegen und sich geweigert habe, ins Krankenhaus zu gehen. Das hohe Fieber, das den Wendepunkt der Krankheit anzeigt, überlebte er nicht mehr, wobei seine Temperatur am Ende einundvierig Grad erreichte. Nach Paulette, die an seinem Krankenbett saß, sei er ins Delirium verfallen. Ich lächelte, als ich mich fragte, ob diese lodernde Temperatur seine Gedanken neu geordnet hatte. Es war kein maliziöses Lächeln; ein Tod durch Fieber, das seinen Geist auf eine andere Stufe hob, wäre – dessen war ich mir sicher – genau das Ende, das dieser Mann sich ausgesucht hätte.

Die Aufgabe als sein literarischer Nachlassverwalter war anspruchsvoller, als ich es erwartet hatte. In Frankreich war er berühmt, aber in England kannte man ihn kaum, und seine Forschung war überwiegend veraltet. Soviel ich auch mit Lektoren und Herausgebern bei Zeitschriften und Verlagen sprach, es war schwer, Interesse zu wecken, bis es mir gelang – im Zuge eines neu erwachten Interesses an anekdotisch aufgearbeiteter Neurologie –, einen Taschenbuchverlag für eine Neuausgabe von *Alphonse Estève: The Man Who Forgot Himself* zu finden. Ungefähr ein Jahr danach konnte ich dank der Bemühungen meines alten Freundes Neville de Freitas einen längeren Artikel über Pereira und seine Arbeit in der Bildungsbeilage einer Zeitung unterbringen. Im Frühjahr darauf nahm ich an einer internationalen Konferenz in Venedig teil, wo ich entgegen anfänglichem Widerstand einen Vortrag über Pereiras Arbeit und die Möglichkeiten der Fiebertherapie halten konnte. Anschließend übergab ich seine Papiere den Archives Nationales in Paris.

Der Kauf der Old Tannery ging ohne Komplikationen vonstatten. Ich nahm Kontakt zu Judith Wills auf, um sie zu fragen, ob sie eine Idee hatte, was ich mit diesem Besitz anfangen könnte, außer es als überdimensionierten Wochenendsitz zu nutzen. Zu dieser Zeit war Judith schon keine praktizierende Ärztin mehr. Wie so viele andere hatte sie irgendwann festgestellt, dass die Arbeit auf einem Gebiet, das kaum Erfolgserlebnisse bereithielt, an ihrer eigenen *joie de vivre* zu nagen begann. Sie hatte den öffentlichen Gesundheitsdienst verlassen und war Professorin an einem Institut im Süden Londons geworden, wo nach ihren Aussagen die akademische Forschung und die Aufgabe, die jüngeren Kollegen auf dem neuesten Stand zu halten, sie vollauf befriedigten.

Sie kam eines Samstags, um sich das Haus anzusehen, und amüsierte sich über die Geschichten, die ich aus meiner Kindheit erzählte. Ich führte sie nach draußen und zeigte ihr die alten Nebengebäude – auch jene Türen in die Dunkelheit, die ich noch nie zu öffnen gewagt hatte.

»Ich habe eine Taschenlampe im Auto, Robert. Warum nehmen wir nicht die?«

»Du bist immer so praktisch, Judith.«

»Irgendwer muss es doch sein. Und du oder Simon, ihr wart es nun mal nicht.«

»Hast du keine Angst vor dem, was du finden könntest, wenn du die Vergangenheit aufrührst?«

»Nein. Ich bin keine Freudianerin. Ach, hier. War das die Tür, vor der du Angst hattest?«

Wir standen in einem Bau mit Ziegelboden, den der Vorbesitzer als Garage genutzt hatte. Von dort ging ein dunkler Nebenraum ab, und davon eine weitere Tür, die ich nie geöffnet hatte.

Judith gab ihr mit der Schulter einen Stoß, und das verzogene Holz knirschte über den Boden. Drinnen hörte man ein Trippeln, als hätten wir ein Tier aufgescheucht – vermutlich eine Ratte.

Der Strahl von Judiths Taschenlampe erfasste verrottende Holzlatten, die senkrecht an die Wand des kleinen Raums gelehnt waren. Sonst gab es nichts. Nur den Geruch nach Feuchtigkeit und Abfall.

»Ich nehme an, das war ein Lager, wo sie die Felle vor oder nach dem Gerben gelagert haben«, sagte ich.

»Es ist einfach ein Raum, Robert. Er kann auch für Werkzeuge genutzt worden sein. Oder sonst was. Vielleicht standen hier die Spaten und Hacken für den Garten.«

»Wofür sind diese ganzen Bretter?«

»Sieht so aus, als ob irgendwo was abmontiert wurde. Gibt es ein Stockwerk über diesem hier?«

Ich führte sie ans andere Ende des Baus, wo eine kleine Holztreppe auf einen leeren Speicher führte, der die Grundfläche des ganzen Bauwerks umfasste, gute vierzig Quadratmeter. Es gab kein elektrisches Licht, aber die Fenster nach vorn heraus ließen genug Helligkeit herein.

»Das wäre ein ziemlich guter Wohnraum«, sagte Judith.

»Denkst du dasselbe wie ich?«

»Ein Ableger der Biscuit Factory? Ja. Aber mit realistischeren Zielen.«

Wir gingen ins Haupthaus zurück. Ich hatte vergessen, wie groß es war. Ich hatte meine Tage damals nur in der Küche und in meinem Kinderzimmer verbracht, weil die anderen Räume zu heizen zu teuer war. Aber wenn man die Zimmer zur Untermiete mit einbezog, gab es im Erdgeschoss fünf Schlafzimmer und drei große Wohnräume.

»Ich würde mein Zimmer am Ende des Flurs gern behalten«, sagte ich.

»Ich schätze, das können wir dir zugestehen. Was denkst du, wer sollte das Ganze leiten?«

»Wir sollten eine Anzeige schalten. Du könntest Beraterin auf Honorarbasis sein, Judith.«

Es brauchte ein Jahr, um die Baugenehmigung zu bekommen, und ein weiteres, um alle notwendigen Umbauten durchzuführen. Im Fortgang der Arbeiten wurde im Obergeschoss noch ein weiterer Raum entdeckt. Das Fenster am oberen Ende der fixen Metallleiter, das man von außen sehen konnte, hatte innen tatsächlich ein Pendant; es ging auf einen Raum, der nach der Abtrennung eines zweiten Badezimmers versiegelt worden war. Keiner wusste, warum man das gemacht hatte, aber nachdem die Versiegelung geöffnet worden war, hatten wir noch Platz hinzugewonnen.

Zu diesem Zeitpunkt hatte sich die Volkswirtschaft etwas erholt, der Gesundheitsdienst verfügte über ein bisschen mehr Geld, und dank Judiths Erfahrung und Verhandlungsgeschick kamen wir zu einer Vereinbarung mit den Gesundheitsbehörden vor Ort. Man plante, die alte Nervenheilanstalt des Bezirks zu schließen und die Patienten rauszuschmeißen (sie benutzten dafür einen feineren Ausdruck); ein paar Verantwortliche befürchteten, dass es anderswo nicht genug Betten für sie gebe. Wenn wir auch die Nebengebäude nutzten, konnten wir ihnen anbieten, sechzehn Patienten zu übernehmen, und selbst diese geringe Zahl war schon eine Hilfe. Die Kosten würden die Behörden aufbringen, aber es stand uns frei, auch Privatpatienten aufzunehmen, und obwohl es eine langwierige Reihe von Inspektionen gab, um zu gewährleisten, dass die Außenanlagen sicher waren, und Brandschutztüren an den ungünstigsten Stellen eingebaut werden mussten, ließ sich die Partnerschaft im Großen und Ganzen gut an, und es gelang uns, die Anwaltskosten in Grenzen zu halten.

Für die Eröffnung wurde ein Tag im Mai 1983 festgelegt. Ich muss sagen, es war eines der merkwürdigsten Feste mit freudigem Anlass, an denen ich je teilgenommen habe. Simon Nash und seine glamouröse zweite Frau, eine persische (nicht iranische, wie sie betonte) Möbeldesignerin, kamen mit als Erste an. Ich hatte Simon seit zehn Jahren nicht gesehen, und wenn seine Lockenpracht inzwischen auch ziemlich grau war, trug er doch immer noch dieselbe schrullige Förmlichkeit zur Schau, die ich schon bewundert hatte, als wir zusammenarbeiteten. Er bestand darauf, in die Küche zu gehen, um die Getränke zu inspizieren. Auch Judith, die sich bereit erklärt hatte, eine kurze Rede zu halten, war früh dran.

Ich hatte aus dem Dorf und dem Städtchen jeden eingeladen, an den ich mich noch erinnern konnte, außerdem eine Reihe früherer Kollegen aus Bristol. Die Lokalzeitung, die immer knapp an interessanten Nachrichten war, hatte in der vorangegangenen Woche einen langen Artikel über das neue Projekt veröffentlicht und nun einen Reporter und einen Fotografen zu dem großen Eröffnungstag geschickt. Die örtliche Gesundheitsbehörde war in großer Zahl vertreten, ebenso wie die meisten örtlichen Arztpraxen. Alles in allem waren wir beinahe hundert Leute. Der Regen blieb aus, und die Gäste konnten sich auf dem Rasen verteilen, wo der Cateringservice Partytische aufgebaut hatte. Judith hatte vorgeschlagen, die Leute sollten ruhig ihre Kinder mitbringen, weil das die Sache auflockern würde. Einige Jugendliche spielten ein bisschen Fußball, und ein Baby wurde allgemein bewundert.

Es war, wie Simons Frau es ausdrückte, »sehr englisch«. Aber vielleicht war es das auch nicht. Es hätte nur ein paar Luftballons und eine Blaskapelle gebraucht und wäre sehr deutsch, sehr österreichisch oder sehr französisch gewesen. Es war zivilisiert, bescheiden und doch stolz. Der Drink, der aus der Küche gereicht wurde, war ein trüb gefärbter »Sommerkelch«, schien aber eine nachhaltige Wirkung zu haben (ich vermutete, Nash hatte seine Hände im Spiel). Zu essen gab es eine kohlenhydratreiche Mischung aus Bratwurst im Brötchen, Königinnenpastetchen und Ei-und-Kresse-Sandwiches; mich erinnerte das ans Essen auf dem Cricketfeld in Chardstock 1940, jedoch nicht ganz so schmackhaft. Ich stand auf einem abschüssigen Stück Rasen und sah nach unten, dachte an John Passmore, der mit seinem linkshändigen Spin fünf Wickets schaffte, indem er den Ball in einer unmöglichen Kurve den Abhang hinunterwarf, während ich unten als Fänger vor den Schweineställen stand, mich umsah und den Anblick der Hügel von Devon im frühen Herbstlicht genoss.

Die örtliche Bürgermeisterin sollte die offizielle Eröffnung vollziehen, eine kräftige Frau, die in einer schwarzen Limousine ankam. Sie betrat das Grundstück durch das schmiedeeiserne Tor und ging den asphaltierten Weg entlang. Sie trug einen Hut, der aussah wie ein pinkfarbenes Baiser, und hatte ihren Gatten ein paar Schritte hinter sich im Schlepptau.

Vorher aber wurde die Menge zur Ordnung gerufen, weil Frau Professor Judith Wills eine kurze Einführung geben wollte. Neben der Haustür stand eine niedrige Steinbank, auf die Judith stieg, damit die Leute sie sehen konnten. Was sie sagte, habe ich nicht schriftlich, aber an das meiste kann ich mich erinnern, und der Artikel in der Lokalzeitung gab es recht präzise wieder. Sie sprach über unsere Pläne für die Old Tannery, den exzellenten Leiter, den wir gefunden hatten, und die beängstigende Vernachlässigung der Gesundheitsvorsorge bei geistigen Erkrankungen im ganzen Land. Der Teil aber, an den ich mich am besten erinnere – nicht ohne Scham, vermute ich –, war der, in dem sie über mich sprach, was etwa in der Mitte ihrer Ansprache geschah.

»Dr. Nash und ich saßen manchmal zusammen, nachdem Dr. Hendricks wieder bei uns war, und fragten uns, was ihn wohl glücklich machen könnte. Er hatte eine gute Ausbildung, eine hervorragende Karriere im Krieg und im Beruf hinter sich – eine erfolgreiche, darf man dazu sagen, soweit das auf unserem Arbeitsfeld überhaupt möglich ist. Die Hälfte unserer weiblichen Patienten war in ihn verliebt. Ich erinnere mich an eine arme vernarrte Person, die den ganzen Tag hinter ihm herzutrotten pflegte in der Hoffnung, ein Lächeln von ihm zu ergattern. Die Hälfte der weiblichen Belegschaft fühlte ebenso, aber das alles schien ihm überhaupt keine Freude zu bereiten.

Eines Tages brachte ich den Mut auf, ihn zu fragen. ›Meine Aufgabe ist es nicht, glücklich zu sein, Wills‹, antwortete er. Ich weiß nicht, warum er mich beim Nachnamen nannte, aber so war es. ›Und was ist Ihre Aufgabe?‹, fragte ich. ›Ich weiß es noch nicht genau‹, sagte er, ›aber meine Lebensaufgabe besteht darin, etwas zu entdecken.‹ Als Dr. Nash ihn fragte, warum er nicht verheiratet sei, sagte er, er habe einmal eine Freundin gehabt und wollte keine andere mehr. Er zeigte Simon das Foto einer jungen italienischen Frau, die auf einer Mauer am Meer saß. ›Und war sie hübsch?‹, fragte ich. ›Das nehme ich an‹, antwortete Dr. Nash, ›aber das Bild war etwas unscharf. Ich kann es nicht genau sagen.‹

Nun, Robert, vielleicht ist deine Lebensaufgabe dieses Projekt hier gewesen. Wie dein Lieblingsdichter T. S. Eliot es ausgedrückt hat: ›Und am Ende allen Entdeckens / Langen wir, wo wir losliefen, an / Und kennen den Ort zum ersten Mal.‹«

Ich glaube nicht, dass Judith jemals Eliot gelesen hatte, aber ich war ihr dankbar, dass sie sich die Mühe gemacht hatte, Zitatenlexika zu wälzen. Es gab noch eine weitere Runde von dem hochwirksamen Sommerkelch, bevor man der Bürgermeisterin auf die Steinbank half, damit sie die Eröffnung der Einrichtung verkünden konnte. Sie las vom Blatt ab, unbeholfen und über die längeren Wörter stolpernd, aber das schien niemandem etwas auszumachen. Alle lächelten und klatschten Beifall, und ein kleiner Junge machte Radschlag rund um einen Apfelbaum.

Weil ich nach dem Krieg nicht den Kontakt zum Regiment gehalten hatte, war ich in keinem Verteiler und deshalb auch der Letzte, der erfuhr, wenn ein früherer Freund gestorben war. Zufällig sah ich eine Todesanzeige für Brian Pears in der Zeitung und beschloss, zur Beerdigung zu fahren, einer zugigen Angelegenheit in Bath Abbey.

Anschließend gab es einen Empfang in einem Steinhaus mit großem Garten. Pears hatte es offensichtlich zu etwas gebracht – ob durch Arbeit oder durch Spiel, als Pferdearzt oder als Pferdewetter, das wusste ich nicht. Vielleicht war er Berater des königlichen Rennpferdtrainers geworden oder hatte irgendwann einen außergewöhnlichen Dreiereinlauf in Lingfield getippt. Vielleicht hatte auch Mrs. Pears, Caroline, das Geld ins Haus gebracht. Wie auch immer, es gab drei oder vier ansehnliche Töchter, die zwischen den Gästen umhergingen und Räucherlachs reichten, und eine Kellnerin, die roten und weißen Burgunder ausschenkte.

Bei dieser Gelegenheit traf ich einen Mann namens Cornell, der behauptete, sich an mich aus Palästina zu erinnern, und mir erzählte, dass Richard Varian vor einigen Monaten gestorben sei. Er war zum Colonel of the Regiment ernannt worden, in Anerkennung seiner Fähigkeiten und Verdienste, und hatte ein gutes Alter erreicht, also war es kein Unglück, und doch warf es mich um. In meinen Augen war Richard unsterblich gewesen, jemand, zu dem ich aufschauen konnte. Das hieß nun, dass von den Fünf Gerechten nur noch John Passmore und ich übrig geblieben waren.

Ich hatte drei Gläser von Fruitys exzellentem Macon getrunken, als ich eine kleine Unterhaltung mit einer von Pears' Töchtern führte – Joanna, glaube ich. Ich erzählte ihr, was für ein großartiger Mann ihr Vater gewesen sei, was durchaus passend war. Da ich davon ausging, ich müsste das ein bisschen näher erklären, erzählte ich ihr von den Kämpfen bei Medjez im April 1943, unserem ersten ernsthaften Gefecht.

»Und die Kompanie Ihres Vaters stand in Reserve. Aber, weiß Gott, wir brauchten sie. Wir hatten die ganze Nacht auf dem Höhenzug gekämpft, und die Deutschen waren jetzt in unserem Rücken. Ich dachte, Fruity wird nie mehr kommen und uns helfen. Aber dann kam er kurz nach dem Morgengrauen mit dem Wasserkarren des Bataillons, nachdem wir vierundzwanzig Stunden nichts zu trinken hatten. Ich war also mehr als erfreut, ihn zu sehen. Und wissen Sie, was er zu mir sagte: ›Ich hatte sechzig zu vierzig gegen dich gewettet, dass ihr die Stellung nicht haltet. Ich schätze mal, jetzt muss ich bezahlen!‹«

Als ich zu Ende erzählt hatte, lachte ich, aber Joanna Pears hatte offensichtlich nicht die leiseste Ahnung, wovon ich überhaupt redete, und sah mich nur verwundert an.

Jener Tod, von dem auch nur zu berichten ich kaum ertrage, ist der meiner Luisa, die noch etwas länger gelebt hat als das Jahr, das man ihr gegeben hatte, wenn auch nur einige Wochen. Es ging ihr nie gut genug, als dass ich sie hätte besuchen können. Ich erfuhr davon aus einem Brief von Tim Shorter, den Luisa angewiesen hatte, mich zu benachrichtigen, wenn es so weit war. Das Begräbnis fand im kleinen Kreis bei La Spezia statt, aber ich flog nicht hin. Ich fand, es wäre eine sehr peinliche Angelegenheit, ihren Kindern – jenen Kindern, die beinahe meine hätten sein können – zu erklären, wer ich war und unter welchen Umständen ich ihre Mutter geliebt hatte.

Was den Brief meines Vaters an meine Mutter anging, den Pereira mir gegeben hatte, konnte ich mich nicht durchringen, ihn aufzumachen. Ich ließ ihn ein Jahr und noch ein weiteres liegen, zwei Jahre, in deren Verlauf all das geschah, was ich gerade berichtet habe. Manchmal nahm ich ihn aus meiner Schreibtischschublade in meiner Wohnung in Kensal Green, drehte und wendete ihn zwischen meinen Fingern und fragte mich, ob es wirklich an mir sei, ihn zu öffnen. Nach Pereiras Tod gab es niemanden mehr, mit dem ich über den Inhalt hätte sprechen können. Ich vermutete, dass er ernüchternd sein würde: die üblichen Bitten um Socken und Marmelade und die Hoffnung, dass zu Hause alle wohlauf seien. Nachdem ich ihn mein ganzes Leben nicht gekannt hatte, wollte ich nicht, dass mein Vater am Ende eine Enttäuschung war.

Schließlich war es ein Traum, der mir den entscheidenden Anstoß gab. Oder vielleicht war es auch eine Vision. Oder ein Trugbild, eine Schimäre. Unter der Voraussetzung, dass es nicht im strikten Sinne ein Traum war, kann ich hier zum ersten Mal in meinem Leben die Regel meiner Mutter brechen und erzählen, was darin passierte.

Ich träumte, es sei der letzte Tag des zwanzigsten Jahrhunderts, der 31. Dezember 1999. Statt das Ende dieses umnachteten Säkulums zu begehen, feierten wir die Jahrtausendwende – ein Zeitraum, der viel zu lang war, als dass er irgendetwas bedeutete.

In einem heruntergekommenen Teil Londons stand ein riesiges Bauwerk, ein Zelt, das aussah wie eine umgedrehte Untertasse, voll mit Leuten, die in geordneten Reihen standen. Die Queen war da, wie so oft in Träumen, und sah unverändert aus, nicht älter als zur Zeit ihrer Krönung. Alle waren auf den Beinen, aber keiner wusste, was er tun sollte. Es gab Musik. Neben der Queen stand ein Mann, den ich nicht erkannte – eine wichtige Person, vielleicht ein Politiker –, dessen Blick aussah, als witterte der Mann seine Chance. Es schien, als wolle er die Hand Ihrer Majestät halten, aber sie wehrte ab.

Weder er noch sie schienen etwas von dem zu verstehen, was vor sich ging oder was in den letzten hundert Jahren passiert war. Sie standen nebeneinander, die kleine Großmutter in ihren Schuhen mit den klobigen Absätzen, die Nase rümpfend unter ihrem zerquetschten Hut, und der wild dreinschauende Opportunist, den Blick nach vorn gerichtet, beide vergeblich mit einem Ritual und einem Volkslied ringend, das ihnen unbekannt zu sein schien.

Und so ging in meinem Traum das Jahrhundert zu Ende.

Am folgenden Tag, Max lag neben mir auf dem Sofa, öffnete ich den uralten Umschlag.

16. September 1918

Liebste Janet,
danke für Deinen Brief. Es freut mich zu hören, dass zu Hause alles in Ordnung ist und es Robert gut geht. Grüß bitte Deine Eltern von mir, wenn Du sie das nächste Mal siehst. Es war richtig von Dir, dass Du Bobby besucht hast.

Wir sind jetzt ungefähr wieder da, wo wir vor dreieinhalb Jahren angefangen haben. Ein paar Dinge haben sich verändert. Die meisten der Männer, mit denen ich eingerückt bin, sind tot oder wegen ihrer Verwundungen wieder zu Hause. Vor Kurzem sind eine Menge Neue gekommen, überwiegend Eingezogene. Sie sind jünger als ich, und ich merke, dass ich ihnen nicht viel zu sagen habe. Ich kann ihnen nicht erklären, was wir gesehen und durchgemacht haben.

Man hat mir erneut die Beförderung zum Sergeant angeboten, aber ich habe abgelehnt. Ich glaube nicht mehr an das, was wir hier machen. Als ich eingerückt bin, dachten wir, wir würden losziehen und die Sache schnell erledigen, und die Deutschen würden eins auf die Nase kriegen und danach keinen Ärger mehr machen. Wir wussten damals, dass es mehr als ein paar Wochen dauern würde, aber wir dachten, in einem Jahr wäre es vorbei.

Das Schlimme ist, ich glaube nicht, dass unsere Befehlshaber sich vorher Gedanken gemacht haben. Das sollte ich in einem Brief vermutlich nicht schreiben, aber es ist die Wahrheit. So ist es dann, wenn man an der ganzen Front Maschinengewehre vor sich hat. Man kommt nicht wirklich voran, weil man niedergemäht wird. Also gräbt man sich ein. Die ganze Front entlang, mehr als 400 Meilen. Und dann kann man wohl nicht einfach nur abwarten. Also wird ein Angriff befohlen, selbst wenn alle wissen, dass er keinen Erfolg haben kann.

Im letzten Jahr gab es Meutereien. Einige der französischen Jungens sagten, sie würden in der Verteidigungsstellung ausharren, aber nicht angreifen, denn damit würden nur Menschenleben sinnlos geopfert. Doch dann kamen die Yankees, und wir bekamen Panzer, und man versprach uns, es werde bald vorbei sein.

Wir waren eine Woche in Ruhestellung, dann eine in Reserve, und heute Abend geht es wieder an die Front.

Ich bin müde. Ich glaube nicht, dass ich die Kraft in mir habe, es noch einmal zu versuchen. Es würde mir nichts ausmachen, jetzt getötet zu werden, ein sauberer Kopfschuss. Aber erst einmal kommt das Bombardement. Die eigenen Geschütze sind schlimmer als die der anderen. Sie nennen das »Weichklopfen«, und wir sollen dankbar sein, je länger es dauert, weil die Verteidigungslinien des Feindes so zerstört werden. Aber das kann man keinem erzählen, der schon an der Somme gekämpft hat. Erinnerst Du Dich? Ich habe es Dir damals erzählt. Wir haben sie sieben Tage lang beschossen, und als wir zu ihren Linien vorgedrungen sind, waren nicht einmal die Drahtverhaue beschädigt.

Ich sollte hier nicht weiterschreiben, aber Du musst wissen, dass ich wahrscheinlich am Ende bin.

Die Welt, in der ich groß geworden bin, ist heute restlos untergegangen. Nicht nur die Welt meiner Kindheit, sondern auch die Zeit, in der wir geheiratet haben, und unsere Vorstellungen von der Zukunft. Wenn wir hart arbeiteten und von Krankheiten verschont blieben, würde alles gut werden. Es gab die Arbeit, die Kirche, das Geld, die Familie und den anständigen Umgang mit anderen Leuten. Ich war nicht naiv, ich wusste, dass es Böses auf der Welt gab, und Kriege. Aber nicht so, nicht ganze Bevölkerungen, die sich auf den Weg machen, um sich abschlachten zu lassen.

Früher meinte ich zu verstehen, Janet, ich kannte den Unterschied zwischen Recht und Unrecht. Heute weiß ich gar nichts mehr. Die Dinge, die mir heilig waren, haben sich in Luft aufgelöst. Menschen dürfen heutzutage alles tun. Das ist keine Welt mehr, die ich kenne, keine Welt, in der ich leben möchte.

Glaub mir, es tut mir leid, dass ich so mutlos bin, gerade jetzt, wo das Ende des Krieges vielleicht kurz bevorsteht. Aber das haben wir schon öfter gehört. Das Problem ist, dass ich nicht mehr schlafen kann, mit den Nerven völlig runter bin und mich die kleinste Kleinigkeit auf die Palme treibt. Gestern Abend kam ein Neuer in die Unterkunft und fing an zu singen, und sie mussten mich von ihm losreißen. Ich weiß nicht, warum mich das zur Weißglut getrieben hat, dieser Kerl, der da Liedchen singt und nicht begreift, was um ihn herum los ist. Ich habe die ganze Zeit diesen schlimmen Metallgeschmack im Mund, und meine Träume, wenn ich schon mal schlafen kann, wecken mich gleich wieder auf.

Gestern Abend hat der Offizier mir Rum gegeben und gesagt, vielleicht würde mir das helfen. Aber wir haben überhaupt keinen Sanitätsoffizier in erreichbarer Nähe, und ich bräuchte stärkere Mittel, wenn ich das hier durchhalten soll. Heute Morgen habe ich aus dem Vorrat noch ein bisschen mehr Rum abgezweigt, ich bin die meiste Zeit hier beduselt. Ich habe bei ein paar Abstinenzlern aus dem Norden Zigaretten gegen ihre Rumration eingetauscht, aber es reicht nicht.

Die Sache ist die, die Welt erscheint mir nicht mehr real zu sein. Ich glaube nicht daran, dass die Bäume fest stehen oder dass Gegenstände unbeweglich bleiben. Die Luft und die Erde leben, genau wie die Ratten, die Füchse, die Menschen. Warum nicht? Aber wir Menschen haben unseren Platz verloren.

Ich möchte Dir sagen, dass Du eine wunderbare Ehefrau warst, zärtlich und liebevoll, mehr, als ich es verdient habe, und wenn ich nicht mehr nach Hause komme, hoffe ich, dass Du ein Leben für Dich selbst und den Jungen aufbauen kannst. Denk nicht zu viel an mich. Wenn Du einen anderen kennenlernst, ist das in Ordnung. Du brauchst doch die Unterstützung, denk also nicht an mich.

Ich habe auch einen Brief an den Jungen geschrieben. Ich weiß, *dass er noch nicht lesen kann, aber Du kannst ihm den Brief geben, wenn Du ihn für alt genug hältst.*

*Es grüßt Dein Dich liebender Mann*
*Thomas*

An diesen Brief war mit einer Büroklammer ein zweiter geheftet, sorgsam gefaltet, nie gelesen. An wenigen Stellen war die Tinte verwischt, vielleicht durch Regentropfen.

*14. September 1918*

*Lieber Robert,*
*ich weiß nicht, wie alt Du sein wirst, wenn Du dies hier liest, und ob es Dich überhaupt erreicht. Du wirst Dich an mich nicht erinnern. Du bist gerade erst zwei Jahre alt, und ich fürchte, das ist zu jung. Aber ich möchte, dass Du weißt, dass ich mich an Dich sehr gut erinnere.*

*Wir waren sehr glücklich, als wir erfuhren, dass Deine Mutter schwanger ist. Es kam etwas überraschend, weil ich nur eine Woche Heimaturlaub hatte, aber wir haben es als Gnade angesehen. Du bist im Juni geboren, und ich bekam von zu Hause eine Fotografie geschickt.*

*Um ehrlich zu sein, hast Du ausgesehen wie die meisten anderen Babys, aber ich sagte mir selbst, dass Du besser als die anderen bist, und steckte das Bild in mein Soldbuch, wo es auch blieb, selbst an dem Tag, als wir an der Somme angriffen. Darüber will ich Dir nichts erzählen, aber ich glaube, Du warst mein Glücksbringer. Von den 800 Mann unseres Bataillons, die am Morgen angriffen, haben abends beim Appell nur noch 145 geantwortet, als ihr Name aufgerufen wurde.*

*Im Frühjahr letzten Jahres war ich ein paar Tage auf Heimaturlaub, und Du warst ein prima kleiner Kerl, mit den Augen Deiner Mutter.*

Alle Frauen sagten: »Der Kleine wird später mal ein Herzensbrecher«, aber das sagen sie über alle Babys, aus Höflichkeit. Ich habe Dich auf einen langen Spaziergang am Kanal mitgenommen und auf meinem Arm getragen. Ich habe Dir alle Bäume und Blumen gezeigt und ihre Namen genannt, auch wenn ich überhaupt kein Fachmann bin – mein Gebiet ist eher Zuschneiden und Nähen –, aber ich wollte es doch versuchen. Ich sah einen Fisch und habe auf ihn gezeigt. Aber Du bist mit Deinen Augen nicht der Richtung meines Fingers gefolgt, sondern hast Dir einfach den Finger selbst angeschaut.

Deine Mutter hat mir regelmäßig geschrieben und von Deinen Fortschritten berichtet. Sie war stolz auf Dich. Das nächste Mal, dass ich Dich sah, muss letztes Jahr Weihnachten gewesen sein, als Du achtzehn Monate alt warst und Dich sehr verändert hattest. Du konntest sprechen, nicht einfach komische Wörter, sondern ganze Sätze. Unser Nachbar Mr. Bridger nannte Dich »den kleinen Professor«. Du hast aufrecht in dem Kinderstuhl gesessen, den ich beim letzten Besuch aus ein bisschen Holz aus einem der Nebengebäude zusammengezimmert hatte. Du hast viel geredet und mich gefragt, wie es ist, Soldat zu sein. Ich habe Dir gesagt, es sei nicht so, wie man es in den Büchern liest, aber zu viel wollte ich nicht sagen. Als Du mir was erzählt hast, hast Du mit Deinen Händen gestikuliert, als wolltest Du etwas abwägen.

Normalerweise können Babys nicht so sprechen. Für uns war es, als ob wir einem Entdecker zuhörten, der von einem besseren Ort zurückkam, wo noch keiner vor ihm gewesen war, und jetzt davon berichtete. Wir hingen an Deinen Lippen.

Wenn Du schliefst und wir wussten, dass Du gleich aufwachen würdest, standen wir nebeneinander und sahen zu Dir hinunter. Du hast Dich selbst hochgezogen, ein bisschen zerzaust und rot im Gesicht, und hast Dich im Zimmer umgesehen, als müsstest Du Dich erst daran erinnern, wo Du warst. Dann hast Du etwas gesagt, und wir gingen raus.

*Ich werde Dich nie mehr wiedersehen, und ich sollte versuchen, Dir ein paar Ratschläge mit auf den Weg zu geben. Aber die Wahrheit ist leider, dass ich nichts mehr von der Welt verstehe. Dies ist nicht die Welt, wie ich sie mir vorgestellt hatte. Du musst Dich selbst zurechtfinden in dem Durcheinander, das wir hinterlassen. Sei freundlich zu anderen Menschen. Sei gut zu Deiner Mutter.*

*Ich kann nichts anderes tun, als für Dich zu beten. Ich bete für Deinen inneren Frieden und Dein Glück. Und ich bitte Dich, mir zu vergeben. Ich habe Dich geliebt und wollte Dir nichts Schlechtes tun. Wie ich das Bild von Dir in der Schlacht bei mir trug, trag Du mich bitte in Deinem Herzen, bis wir uns vielleicht in einer besseren Welt als dieser wiedersehen.*

# DANK

Mein Dank gilt Gillon Aitken, Rachel Cugnoni, Jocasta Hamilton, Barbara Jones, Gail Rebuck, Steve Rubin und Tom Weldon.

Ebenso bedanke ich mich bei Sally Riley, Lesley Thorne, Andrew Kidd und Imogen Pelham, bei James Holland, Richard Cable, Susan Sandon, Emma Mitchell, Najma Finlay und Alice Broderick.

Ich habe das Glück, seit dreißig Jahren dieselbe Agentin und denselben Verlag zu haben; bessere Freunde und Kollegen als diese könnte ich mir nicht wünschen.

20. April 2015

## ZITATNACHWEISE

S. 7 »Dunkles Haus, vor dem ich wieder steh' …« – Alfred, Lord Tennyson, *In Memoriam*, übersetzt von Jochen Schimmang.

S. 80 »Unter Weiden, am Gestad …« – Alfred Tennyson, *Die Dame von Shalott*, übersetzt von Ferdinand Freiligrath.

S. 155 »Ich wage alles, was dem Menschen ziemt …« – William Shakespeare, *Macbeth*, 1. Aufzug, 7. Szene, übersetzt von Dorothea Tieck.

S. 339 »Was ist die Welt? Was wünscht der Mensch zu haben? …« – Geoffrey Chaucer, *Chaucers Canterbury-Geschichten*, übersetzt von John Koch.

S. 345 »Am Ufer saß ich …« – T. S. Eliot, *Das wüste Land*, übersetzt von Ernst Robert Curtius.

S. 368 »Zeit Vergangenheit und Zeit Zukunft …« – T. S. Eliot, *Burnt Norton*, in: Vier Quartette. Four Quartets, übersetzt von Norbert Hummelt.

S. 419 »Und am Ende allen Entdeckens …« – T. S. Eliot, *Little Gidding*, in: Vier Quartette. Four Quartets, übersetzt von Norbert Hummelt.